La mort pour héritage

DU MÊME AUTEUR AUX ÉDITIONS MIRA

La Manipulatrice
Le secret brisé

JASMINE CRESSWELL

La mort pour héritage

Roman

MIRA

Titre original :
DESIRES & DECEPTIONS
publié par MIRA®

Traduction de l'américain par BÉNÉDICTE DUCHET-FILHOL

Photos de couverture
Feu : © MARTIN BARRAUD / GETTY IMAGES
Maison en feu : © PIXTAL /PR DIRECT

83/85 boulevard Vincent Auriol 75646 PARIS CEDEX 13.
ISBN 2-280-85555-0 — ISSN 1765-7792

Prologue

Vermont, novembre 1987

Le guetteur accroupi se redressa avec d'infinies précautions et regarda à l'intérieur du chalet. Claire n'avait pas pris la peine de fermer les rideaux de la salle de séjour, et il la voyait distinctement bien qu'aucune lampe ne fût allumée. Elle était assise sur une peau de mouton blanche devant la cheminée de granit, les bras autour des genoux, les yeux fixés sur les flammes dansantes. La lueur rougeoyante des bûches d'érable qui brûlaient dans l'âtre donnait de l'éclat à ses joues habituellement pâles et allumait des reflets cuivrés dans ses cheveux blonds. Il avait toujours trouvé Claire trop mince et trop grande, mais, ce soir, elle était si jolie qu'il regrettait presque de devoir la tuer. Presque.

Il bougea les épaules pour soulager ses muscles endoloris. Il s'était fatigué les bras à transporter les deux gros bidons d'essence depuis la clairière où il avait garé la jeep. Il pensait que deux jerricanes seraient amplement suffisants pour arroser tout le soubassement du chalet, mais, le temps d'arriver au quatrième mur, il ne restait plus d'essence. Il n'était cependant pas inquiet. Avec cet air froid et sec, le feu prendrait en quelques minutes. Il avait fait un essai sur une cabane abandonnée le week-end précédent, provoquant un incendie si violent qu'il avait fallu appeler en renfort les pompiers de Middlebury.

Le seul souvenir de cet incendie l'exaltait : ces flammes qui s'élevaient si haut dans le ciel et transformaient la nuit en un demi-jour aux teintes rougeâtres et inquiétantes, ces dizaines d'hommes qui suaient et peinaient pour essayer d'éteindre le brasier… Et tout cela à cause de lui !

Bon Dieu ! Ç'avait été formidable ! S'efforçant de calmer son impatience, le guetteur enfonça ses mains gantées dans ses poches et attendit le moment le plus favorable pour mettre le feu. Il se pencha de nouveau pour regarder à l'intérieur du chalet, essuya la buée que son souffle déposait sur la vitre et vit Jon Kaplan sortir de la cuisine, une bouteille de champagne et deux flûtes à la main. Claire avait eu dix-huit ans la veille, et elle avait manifestement décidé que le moment était venu de perdre sa virginité, de devenir une femme. Et c'était Kaplan, ce grand crétin de un mètre quatre-vingt-dix, qu'elle avait choisi pour la dépuceler, liant ainsi son destin au sien.

Le guetteur sourit, amusé par l'ironie du sort : Kaplan allait s'envoyer Claire, mais il n'aurait pas l'occasion de s'en vanter. « Prends du bon temps, mon vieux ! Mais profites-en bien, parce que tu n'as plus que quelques instants à vivre. »

Un éclat de rire lui monta aux lèvres, dont il étouffa le bruit en portant la main à sa bouche. Un coup de vent porta à ses narines l'odeur de l'essence qu'il avait répandue autour de la maison, et ses nerfs se tendirent brusquement. Le moment approchait, pensa-t-il. Claire et Kaplan commençaient à oublier le monde extérieur. Dans cinq minutes à peine, il pourrait craquer la première allumette. Il ressentit un étrange pincement au creux de l'estomac, une sensation de plaisir intense qui le laissa un peu étourdi.

Il regarda Kaplan s'asseoir près de Claire sur la peau de mouton, la bouteille et les flûtes calées entre ses jambes. Claire leva les yeux, souriante, et, par une bizarre illusion d'optique, il lui sembla que ce sourire s'adressait à lui et non à Kaplan. Le visage du guetteur s'assombrit. Un vague malaise l'envahit soudain. Il donna un coup de pied dans un tas de neige molle, irrité par les émotions qui l'agitaient. Oui, Claire avait un sourire plein de douceur et d'innocence. Mais cela ne signifiait pas qu'elle méritait de vivre. C'était même une raison supplémentaire pour la tuer. Il détestait les hypocrites, et Claire n'était pas aussi innocente qu'elle en avait l'air. Les femmes s'obstinaient à confondre le sexe et l'amour, et ensuite, lorsque les choses ne marchaient pas comme elles l'avaient espéré, elles en attribuaient la faute aux hommes. Bon Dieu ! Elle ne valait pas mieux que les autres ! C'était une putain. Sa mère était une putain. Toutes les femmes étaient des putains et il les haïssait toutes.

Fronçant les sourcils, il se tourna de nouveau vers la fenêtre. Au fond, il rendait service à Claire en la tuant. Elle aurait fini par comprendre la vie, et il lui épargnait donc beaucoup de désillusions. N'était-il pas préférable qu'elle meure avec dignité, avant que la réalité ne détruise ses rêves ? Peut-être même pouvait-il choisir le moment où il allumerait l'incendie de façon qu'elle rende le dernier soupir à l'instant de son premier orgasme. Ainsi, elle quitterait ce monde sur une bonne impression.

Il vit Jon remplir les deux flûtes et en tendre une à Claire. Elle la prit et eut un petit rire nerveux au moment où ils trinquèrent. Kaplan attendit qu'elle ait bu presque tout le champagne, puis il se pencha, lui enleva son verre et le posa sur le manteau en pierre blanche de la cheminée. S'étant libéré les mains, il commença à ôter le pull-over de Claire, sans grande délicatesse, mais avec beaucoup de détermination. Puis, comme si l'idée lui en venait seulement, il l'embrassa. Le guetteur poussa un grognement de mépris. Kaplan n'avait visiblement pas l'habitude de s'embarrasser de longs préliminaires.

Agacé par le manque d'imagination de Jon et la gaucherie de Claire, le guetteur alluma une cigarette et tourna la tête pour souffler la fumée dans l'ombre d'un pin tout proche. Selon lui, le sexe sans une pointe de sadomasochisme pour le pimenter ne présentait aucun intérêt. Mais à chacun ses goûts, se dit-il. Après tout, peu lui importait la façon dont Claire s'envoyait en l'air. Ce serait plus facile de mettre le feu au chalet si leurs ébats absorbaient entièrement ces deux-là. C'était pour cela qu'il avait attendu. Avec un peu de chance, l'oxyde de carbone dégagé par l'incendie les tuerait avant même qu'ils aient remarqué l'odeur de fumée ou entendu le craquement du bois attaqué par les flammes.

L'air de la nuit était si froid qu'il brûlait les poumons. Le guetteur écrasa sa cigarette dans la neige et, s'appuyant au mur du chalet, releva le col de sa veste fourrée et remonta plus haut sur son visage son écharpe en mohair. Autour de lui, la neige recouvrait les montagnes Vertes d'un manteau immaculé sur lequel se détachait la masse sombre des épicéas et des sapins éclairés par les rayons argentés de la lune. Ces bois étaient vraiment magnifiques !

Pas de doute, le Vermont était un bel endroit pour mourir.

Etendue sur la pile de coussins posés par terre, Claire tentait désespérément de se laisser emporter par l'élan d'une passion romantique. Malheureusement, elle n'éprouvait qu'inconfort et nervosité. Jon était allongé sur elle, et il pesait lourd. Pire encore, il lui avait enlevé son pull-over et son T-shirt, et le froid la gênait, lui donnait la chair de poule. Ni le champagne ni le feu de bois ne parvenaient à la réchauffer.

Des picotements dans la nuque éveillèrent en elle la désagréable impression que quelqu'un les observait. C'était sans doute uniquement dû à la gêne, pensa-t-elle. L'idée de faire l'amour avec Jon lui paraissait maintenant beaucoup moins bonne que quelques jours plus tôt, à l'université. Elle bougea les hanches, espérant trouver un coin de tapis plus moelleux, et Jon laissa échapper un gémissement de plaisir.

— Oui, ma belle, oui, murmura-t-il. Continue !

Elle ne savait pas trop ce qui l'avait excité, mais elle avait lu suffisamment de livres et vu assez de films pour interpréter le regard vitreux de Jon, sa peau moite et sa respiration bruyante comme des signes indéniables de satisfaction. A en juger par ses grognements et par la façon dont il transpirait, il devait même être sur le point d'avoir un fabuleux orgasme.

Claire, quant à elle, ressentait un malaise grandissant. Elle regrettait maintenant de ne pas avoir tiré les rideaux ; cela lui aurait permis de se débarrasser de cette impression stupide d'être observée. Elle fixa le plafond aux poutres apparentes et se demanda si la pratique rendait les rapports sexuels plus agréables. Pour l'instant, et malgré tout ce que ses amies lui avaient raconté sur les délices de l'amour physique, elle était plutôt tentée de rester chaste jusqu'à la fin de ses jours.

Le feu de bois créait sur les poutres des jeux de lumière intéressants. Le crépitement et le chuintement des bûches ponctuaient les halètements de Jon. Claire avait un devoir de français à rendre le mardi matin, et elle fit mentalement le plan de cette dissertation sur les romanciers français du XIXe siècle tandis que les mains fiévreuses de Jon s'empêtraient dans ses cheveux et qu'il lui couvrait le cou et les épaules de baisers. Soudain, la bouche du jeune homme se posa sur la sienne, fervente et exigeante. Une sensation d'étouffement, presque de claustrophobie, la submergea immédiatement.

— Arrête ! bredouilla-t-elle en le repoussant et en tentant de se relever. Je ne peux plus respirer !

Jon n'eut pas l'air particulièrement ravi de cette interruption, mais il la laissa tout de même inspirer deux ou trois fois à fond avant de la renverser de nouveau sur les coussins et de se remettre à l'embrasser. C'était pour cela qu'elle était montée au chalet, se rappela Claire. Elle ne voulait pas, une fois adulte, devenir frigide comme sa mère, se trouver prise dans le piège d'un mariage raté. Il fallait qu'elle apprenne à apprécier le sexe comme une femme normale, ou alors qu'elle meure en essayant.

Claire chassa sa dissertation de son esprit, et tenta de répondre aux baisers de Jon avec toute l'ardeur souhaitée, mais elle suffoquait et n'avait qu'une envie, se dégager.

Elle se rendit compte qu'elle était au bord des larmes. Malgré sa bonne volonté, son corps tout entier se rétractait au contact des lèvres de plus en plus passionnées de Jon.

Les baisers frénétiques du jeune homme s'arrêtèrent brusquement.

— Qu'est-ce qui ne va pas ? demanda-t-il en se redressant, le souffle court, et en s'efforçant visiblement de recouvrer son sang-froid.

— Rien, répondit-elle avec un sourire contraint. C'est merveilleux. Tu es merveilleux. Sincèrement !

Les yeux noirs de Jon brillaient encore de désir, mais, chose étonnante, il ne parut pas disposé à la croire sur parole. Il se souleva sur un coude et la regarda avec attention.

— Ecoute, Claire, ce n'est pas pour me vanter, mais j'ai assez d'expérience dans ce domaine pour être capable de dire si ma partenaire prend du plaisir. Tu n'as pas aimé ce que nous faisions, hein ?

— Si, si..., commença-t-elle, d'abord décidée à mentir.

Puis elle s'interrompit et, s'asseyant, se couvrit les épaules avec son pull-over et s'écarta suffisamment de Jon pour qu'ils ne se touchent plus.

— Non, avoua-t-elle alors, rouge de confusion. Excuse-moi. Je ne sais pas ce que j'ai... Je ne dois pas être très douée pour ça.

Jon roula sur lui-même et s'adossa au canapé. Sa respiration était encore précipitée, mais, au bout d'un moment, elle se ralentit, et il remplit de champagne une flûte qu'il lui tendit d'une main tout en tapotant de l'autre le coussin posé par terre à côté de lui.

— Viens t'asseoir là, près de moi.

Elle le considéra d'un air méfiant et il lui sourit.

— Ça ne t'engage à rien, Claire. Nous allons bavarder un peu. Nous ne nous tiendrons même pas la main, si cela t'ennuie.

Elle avait toujours senti que les allures de sportif macho de Jon cachaient une grande gentillesse, et c'était même pour cette raison qu'elle l'avait choisi. Elle se leva, tira les rideaux, et ce geste la délivra de cette étrange impression d'être observée. Soulagée, elle s'assit à côté de Jon, qui lui passa un bras autour des épaules et la pressa contre lui avec une surprenante douceur. Elle hésita un instant, puis se détendit.

— Excuse-moi, répéta-t-elle. Je t'ai gâché ton week-end.

— Arrête de t'excuser, d'accord ? Le sexe n'est pas tout dans la vie.

— Tu en es sûr ? demanda-t-elle avec un sourire triste.

— Non.

Son sourire à lui était empreint d'une ironie désabusée.

— Si tu veux, Jon… Enfin… Si tu as envie de continuer, ça ne me dérange pas.

— Moi si ! Franchement, Claire, je peux patienter jusqu'à ce que, toi, tu en aies vraiment envie. Toi et moi… eh bien… ce n'est pas uniquement sexuel. Je désire que nous soyons amis.

Il était temps de l'avertir qu'elle n'était pas aussi naïve qu'il semblait le croire, songea Claire.

— Voilà de bien belles paroles, Jon, mais je suis au courant de ton pari avec tes copains de l'équipe de football. Je sais qu'ils sont tous impatients d'apprendre si tu m'as sautée ou non ce soir.

Il eut la délicatesse de paraître confus.

— Je suis désolé, Claire ! J'ai été entraîné par les autres. Je t'aime beaucoup, mais je suis le capitaine de l'équipe de football, et tout le monde s'attend à ce que je me comporte d'une certaine façon, tu comprends ?

— Que vas-tu leur dire lundi ? Si nous ne faisons pas l'amour, tu mentiras pour gagner ton pari ?

— Je leur dirai de se mêler de leurs affaires, répondit-il. Ce qui se passe ici ce week-end ne regarde que nous.

Il lui prit la main et la caressa doucement avant d'ajouter :

— Si tu veux, nous pouvons retourner tout de suite au campus.

A sa grande surprise, Claire se rendit compte qu'elle n'avait aucune envie d'écourter le week-end. Après tout, elle était au courant du pari avant de se mettre en route pour le Vermont, et il serait hypocrite de s'en offusquer maintenant. Sous ses airs machistes, Jon était gentil, et elle appréciait sa compagnie. En outre, le bras qui lui entourait les épaules lui donnait une sensation de tiédeur et de sécurité, et elle se rapprocha du jeune homme, savourant ce sentiment d'intimité.

— Non, déclara-t-elle. Je ne veux pas partir. C'est magnifique, ici, en cette saison. Les randonnées à skis sont merveilleuses. J'aimerais rester, si, toi, tu es d'accord.

— Mais bien sûr !

Jon lui frictionna les bras et, au contact de ses mains, une impression de chaleur mêlée de légers picotements se répandit sur la peau de Claire, qui frissonna.

— Tu as froid ? demanda-t-il.

— Un peu. Il ne faut pas laisser le feu s'éteindre avant que nous soyons couchés.

— Ne bouge pas ! Je vais rajouter une bûche. Ce bois d'érable sent merveilleusement bon, tu ne trouves pas ?

— Mmm…

Elle s'appuya contre le bras du canapé et, les paupières mi-closes, regarda Jon tisonner la braise. En arrivant, ils avaient rentré à l'intérieur du chalet une partie du bois entassé sous la véranda. Il était bien sec, mais la neige poussée par le vent en avait mouillé l'écorce. Cela expliquait peut-être la forte odeur de brûlé, presque d'essence, que percevait Claire à présent.

Jon jeta quelques bûches dans la cheminée. Elles crépitèrent, des gouttelettes d'humidité et un peu de fumée noire en jaillirent, puis elles commencèrent à flamber. Jon se tint un instant accroupi devant l'âtre pour vérifier qu'elles prenaient bien et, quand il revint s'asseoir près de

Claire, il avait la peau toute chaude. Elle se blottit contre lui, détendue et gagnée par une agréable somnolence.

— Tu sens la fumée, observa-t-elle.

— Tu sens la femme, répliqua-t-il d'une voix rauque.

Il l'enlaça et, comme elle ne protestait pas, lui lança un regard interrogateur.

— Claire ?

Lui soulevant le menton, il la força à lever la tête et dit :

— J'ai envie de t'embrasser.

Il se pencha alors vers elle, d'un mouvement lent qui lui aurait donné le temps de se détourner si elle l'avait voulu, mais elle ne le fit pas et, cette fois, quand il l'étreignit, toutes les parties de leurs corps semblèrent s'ajuster parfaitement. Ses seins n'étaient pas écrasés contre la poitrine de Jon, son nez ne se cogna pas contre le sien et leurs bouches se rencontrèrent exactement au bon angle. La langue du jeune homme lui effleura les lèvres, et elle les entrouvrit spontanément. Une main se referma sur l'un de ses seins, et un frisson la parcourut, mais un frisson accompagné d'une sensation de chaleur, pas de froid.

— Tu es belle, Claire. Je t'aime vraiment beaucoup.

Il y avait dans cette voix quelque chose d'enfantin, d'étonnamment timide pour un homme considéré comme le plus grand don Juan du campus.

— Moi aussi, je t'aime beaucoup, murmura-t-elle, attendrie. Tu es quelqu'un de foncièrement gentil, Jon.

— Hé ! surveille tes expressions ! s'écria-t-il en souriant. Ce genre de compliment peut ruiner ma réputation !

Tout en parlant, il l'entraînait vers les coussins qui attendaient devant la cheminée. Elle ne résista pas, et il lui versa la fin de la bouteille de champagne avant de la déshabiller en lui chuchotant des mots tendres. Il couvrit ensuite son ventre et ses seins de baisers, éveillant en elle un plaisir inconnu. Peut-être allait-elle apprendre à aimer le sexe, pensa Claire, l'esprit légèrement brumeux. Le champagne l'avait un peu étourdie, juste assez pour l'empêcher d'analyser ses actes. Dieu merci, l'impression d'être observée s'était dissipée, et elle éprouvait la même euphorie qu'après une course de cinq kilomètres par une belle matinée d'hiver.

Lorsque les doigts de Jon se glissèrent entre ses cuisses, une vague de volupté l'inonda. C'était plus que bon, songea Claire. C'était merveilleux. Peut-être allait-elle finalement échapper au sort de sa mère, enfermée dans un simulacre de mariage. Peut-être allait-elle devenir une femme normale…

Jon s'allongea sur elle et, quand il la pénétra, la douleur lui arracha un gémissement étouffé. Il lui jeta un coup d'œil surpris.

— Mais tu es vraiment vierge !

— Plus… maintenant…, balbutia-t-elle avec un sourire contraint.

— Excuse-moi, Claire. Je ne m'attendais pas… Je ne peux plus me retenir.

— Ça ne fait rien.

Elle s'efforça de cacher son sentiment de frustration face à la disparition brutale du désir qu'elle avait senti monter en elle. Jon l'embrassa de nouveau, se mit à bouger en elle à un rythme de plus en plus rapide, puis, juste au moment où la douleur commençait à se transformer en un tremblement d'excitation, il eut un spasme et s'effondra. Quelques instants plus tard, il se sépara d'elle, s'appuya sur un coude et lui saisit le menton pour l'obliger à se tourner vers lui et à le regarder.

— Excuse-moi, murmura-t-il.

— Ce n'est pas grave, déclara-t-elle en lui caressant la joue. C'est à mon tour, à présent, de te dire d'arrêter de t'excuser.

— Nous nous sommes très bien entendus, pendant un moment. La prochaine fois, je te promets que je te donnerai du plaisir.

Touchée par cette gentillesse, Claire mentit pour épargner l'amour-propre de son compagnon.

— C'était bien, affirma-t-elle. Je me sens bien. Ne te tracasse pas, Jon. Tu as été formidable !

Il l'avait au moins débarrassée du fardeau irritant de sa virginité, et de cela elle lui était reconnaissante. Il paraissait d'ailleurs disposé à se laisser rassurer.

— Ce sera encore mieux la prochaine fois, annonça-t-il en bâillant. Puis il attrapa sur le canapé une couverture en mohair dont il recouvrit leurs deux corps. Claire se rendit alors compte qu'elle avait déjà très chaud. En quelques minutes, la température du chalet semblait avoir monté d'une dizaine de degrés au moins.

Jon bâilla de nouveau.

— Je ne sais pas pourquoi je suis si fatigué… Excuse-moi, Claire, mais j'ai du mal à garder les yeux ouverts.

— Ne t'inquiète pas. Moi aussi, je suis fatiguée.

Et c'était vrai. Elle n'arrêtait pas de bâiller, comme si ses poumons manquaient d'oxygène.

— Nous allons dormir quelques heures, et après..., commença Jon.

Une quinte de toux puis un autre bâillement l'empêchèrent de terminer sa phrase.

— Bon sang ! s'exclama-t-il ensuite. Je ne sais pas ce que j'ai... Faire l'amour ne m'épuise pas aussi vite, d'habitude.

Claire fut soulagée de le voir si somnolent. Elle avait besoin d'un peu de temps pour débrouiller l'écheveau de ses émotions, qui oscillaient entre la perplexité et le désarroi.

— Tu ne crois pas que nous dormirions mieux dans un vrai lit ? demanda-t-elle. Il y a une terrible odeur de fumée ici. Les bûches devaient être trop humides.

Comme il ne répondait même pas par un grognement, elle se tourna vers lui, prête à répéter sa question, mais il avait les yeux fermés et ses bras pendaient mollement sur la couverture. Au bout de quelques instants, le rythme de sa respiration changea, et elle comprit qu'il était profondément endormi.

Claire avait les paupières lourdes, mais se sentait trop énervée pour dormir. Elle avait également la peau moite et la migraine la menaçait sérieusement. Une migraine qui empirait de seconde en seconde.

Il lui fallait de l'aspirine, pensa-t-elle. De l'aspirine et une douche chaude. Elle se leva sans bruit, attentive à ne pas réveiller Jon, ramassa ses habits éparpillés sur le sol et se dirigea vers la salle de bains. L'armoire à pharmacie contenait heureusement un tube d'aspirine. Elle en prit trois cachets, parce que son mal de tête lui causait à présent des élancements si violents qu'elle avait envie de vomir. Elle avala les comprimés avec de l'eau dont le goût désagréable lui arracha une grimace. L'eau du chalet provenait d'un puits équipé d'un moteur électrique ; d'habitude excellente, elle était ce soir tiède et légèrement saumâtre.

Claire considéra son reflet dans la glace accrochée au-dessus du lavabo et, fronçant les sourcils, essaya de se rappeler pourquoi elle était venue dans la salle de bains. Elle avait la tête lourde, les membres engourdis, le moindre mouvement exigeait un gros effort, mais elle aperçut alors ses vêtements posés sur le rebord de la baignoire et se dit qu'elle avait dû venir là pour s'habiller. Elle mit donc ses chaussettes de laine, son fuseau, son T-shirt et son pull-over, puis chercha ses chaussures du regard. Elle ne trouva qu'une paire de pantoufles fourrées roses ornées d'yeux et de moustaches de chat. S'asseyant sur un tabouret, elle les enfila et resta quelques instants à contempler, fascinée, les moustaches dont le bout frémissait.

Dieu ! qu'il faisait chaud ! Elle alla d'un pas chancelant jusqu'à la fenêtre à guillotine de la salle de bains et tira sur le châssis. Il résista, mais elle parvint finalement à le soulever de quelques centimètres. L'air froid de la nuit la saisit. Elle se pencha jusqu'à ce que sa bouche se trouve à hauteur de l'ouverture et aspira à pleins poumons. Décidément, elle ne se sentait pas bien du tout… Le visage appuyé contre la vitre, elle ferma les yeux et attendit en espérant que l'air de la montagne dissiperait son malaise. Et en effet, au bout de quelques instants, la douleur lancinante qui lui vrillait les tempes commença à se calmer.

Sa migraine s'atténuait, mais il régnait toujours une chaleur infernale dans le chalet. Le carreau lui-même était chaud. Claire regarda fixement les flammes qui dansaient autour de la maison et se demanda pourquoi le spectacle de ce bon feu l'effrayait tant. Jon avait vraiment réussi une belle flambée, songea-t-elle, gagnée par une torpeur grandissante. Mais pourquoi l'avait-il allumée dehors et non dans la cheminée de la salle de séjour ?

A peine son esprit nébuleux avait-il formulé cette question qu'elle en saisit toute l'étrangeté. Il ne lui fallut ensuite qu'une seconde pour comprendre ce qui se passait.

Mon Dieu ! Le chalet brûlait !

Claire traversa précipitamment la pièce et poussa la porte. Un rideau de fumée l'arrêta net, si épais qu'il lui cachait la salle de séjour.

— Jon ! Jon ! Réveille-toi !

Sa voix s'étrangla, car, au moment où elle avait ouvert la bouche pour crier cet avertissement, de la fumée avait envahi ses poumons, provoquant une affreuse sensation d'étouffement et de brûlure.

Une serviette. Il lui fallait une serviette humide.

Ce conseil entendu lors d'un exercice d'incendie pratiqué à l'école primaire lui revint brusquement à la mémoire. Vacillante, secouée de haut-le-cœur, elle retourna à l'aveuglette dans la salle de bains. La porte n'en était ouverte que depuis vingt secondes, mais déjà des volutes de fumée âcre emplissaient la pièce. Elle palpa le rebord de la baignoire jusqu'à trouver une serviette, qu'elle mouilla avant de s'en couvrir le visage. Puis elle regagna la salle de séjour au pas de course.

La fumée formait une muraille aux formes changeantes, qui empêchait Claire de rien distinguer à plus de dix centimètres devant elle. Des cendres lui pénétraient dans les narines. Au-dessus d'elle, les poutres qui se consumaient faisaient entendre des craquements sinistres, mais elle ne distinguait encore aucune flamme.

Le rez-de-chaussée du chalet était construit d'un seul tenant, et il n'y avait donc pas beaucoup de murs pour se guider. Claire traversa à quatre pattes des mètres et des mètres de plancher avant de se cogner à l'un des placards de la cuisine et de comprendre qu'elle avait gaspillé de précieuses minutes à chercher Jon dans la mauvaise direction. Réprimant un sanglot, elle suivit à tâtons l'alignement des placards et finit par atteindre l'ouverture qui marquait l'entrée de la salle de séjour. Malgré sa terrible panique, elle tenta de se repérer. L'évier était derrière elle, le réfrigérateur sur sa gauche et le plan de travail sur sa droite. Cela signifiait qu'elle se trouvait juste en face de la cheminée de la salle de séjour et que cinq ou six mètres la séparaient de Jon.

Jamais elle n'aurait cru qu'il était si difficile d'avancer en ligne droite. La fumée la gênait au point que, par moments, elle perdait tout sens de l'orientation. Elle gardait la tête baissée, les yeux fixés sur les lames de parquet, pour se diriger correctement. Sa progression l'absorbait tant qu'elle se heurta à Jon avant même de le voir.

— Dieu soit loué ! Dieu soit loué !

Elle le secoua par l'épaule en bredouillant un mélange de prières et de supplications, mais ses efforts pour le réveiller restèrent vains. Terrifiée, elle mit l'oreille contre les lèvres du jeune homme et posa la main sur sa gorge. Elle ne perçut aucun souffle, aucune pulsation.

— Jon ! Jon ! Réveille-toi, bon sang !

De nouveau elle le secoua et, son angoisse se transformant brusquement en fureur, lui bourra la poitrine de coups.

— Remue-toi, espèce d'idiot ! Nous devons partir d'ici !

Silence. Un silence de mort.

Non, il n'était pas mort ! Il ne pouvait pas être mort ! Elle ne le lui permettrait pas. Presque étouffée par la fumée et ses sanglots, elle l'attrapa sous les aisselles et parvint tant bien que mal à l'asseoir. Puis, allant se placer derrière lui, elle passa les bras autour de son torse et commença à le tirer vers la porte d'entrée du chalet.

Un épouvantable fracas retentit soudain et, en un instant, un mur de flammes surgit devant elle, lui barrant le passage.

Claire s'immobilisa. Comment sortir, à présent ? Elle s'accroupit, fit reposer le poids du corps inerte de Jon sur ses genoux, et s'efforça de se représenter le plan de la maison. Il y avait une autre porte, dans la buanderie, près de la salle de bains, qui donnait sur l'extérieur. Elle ne savait pas trop comment elle arriverait à tirer Jon jusque-là, mais, pour l'instant, cela semblait leur seule chance de salut. La cuisine était beaucoup moins loin, mais la fenêtre placée au-dessus de l'évier risquait d'être trop étroite et trop haute. D'ailleurs, les flammes léchaient déjà le bas des placards, et elle n'aurait peut-être pas le temps de mettre Jon en sûreté avant que le feu ne dévore la pièce.

Claire reprit sa position à quatre pattes, allongea Jon sur son dos, les mains croisées autour de son cou, et commença à marcher, mais à peine avait-elle franchi un mètre que les bras du jeune homme tombèrent et qu'il commença à glisser.

— Il faut que tu te cramponnes, Jon ! marmonna-t-elle, les joues ruisselantes de larmes de colère. Il faut que tu m'aides si tu veux que je te sauve.

Il ne répondit pas, bien sûr. Elle savait qu'il ne répondrait pas, qu'il ne le pouvait pas. La serviette était sèche, à présent, et elle s'en débarrassa, puis tenta d'amener un peu d'air dans ses poumons. Mais l'atmosphère ne contenait plus le moindre oxygène, et elle rassembla ses forces en vue de l'effort épuisant qu'elle allait devoir fournir pour hisser de nouveau Jon sur ses épaules. Mon Dieu ! Comment le sortir du chalet s'il n'était même pas capable de se tenir à elle ?

Juste au moment où elle se retournait pour le soulever, une poutre en feu tomba du plafond et atterrit sur le dos du jeune homme, où elle resta posée en équilibre. Des flammèches en jaillirent, atteignirent Claire à la poitrine.

Elle poussa un cri d'effroi et de douleur, et s'écarta instinctivement. Des reflets rougeoyants enveloppèrent le corps de Jon, qui s'embrasa ensuite avec un horrible grésillement.

C'était un spectacle insoutenable. Claire s'enfuit en hurlant, avançant à l'aveuglette, se cognant aux murs, et ses pas la conduisirent vers l'arrière de la maison de façon plus inconsciente que réfléchie.

Il n'y avait pas moyen de s'échapper par la porte de derrière, déjà transformée en barrière incandescente. Elle se fraya alors un chemin à travers la fumée et les débris jusqu'à la salle de bains, grimpa sur la baignoire et tenta de soulever le châssis de la fenêtre, mais la chaleur avait déformé le bois, et il ne bougea pas d'un pouce. Claire était cependant obnubilée par le désir de quitter le chalet, non pas tant pour sauver sa vie que pour s'éloigner de ce lieu où Jon venait de connaître une mort affreuse. Elle s'enveloppa la main dans une serviette de bain pliée, brisa la vitre d'un coup de poing, fit tomber tous les éclats de verre. Puis elle se hissa sur le rebord de la fenêtre et sauta... pour se retrouver à quatre pattes dans la neige. Le souffle court, à demi folle de terreur, elle commença de fuir le souvenir du corps de Jon dévoré par les flammes.

Elle fonça vers les bois, trébuchant dans ses pantoufles roses. Elle courut jusqu'à ce que ses jambes ne la portent plus. Alors, accablée de honte, elle s'appuya contre un arbre, les bras croisés sur la poitrine, et se mit à se balancer d'avant en arrière, les épaules secouées par des sanglots d'autant plus douloureux qu'ils n'amenaient pas de larmes à ses yeux. Qu'allait-elle dire lorsque les pompiers trouveraient le corps de Jon ? Comment allait-elle expliquer le fait qu'elle s'en était sortie, mais avait laissé mourir Jon ?

La neige entrait dans ses pantoufles, et Claire claquait des dents. Même si la perspective d'affronter les autorités l'effrayait, elle devait gagner la grande route, franchir les deux kilomètres qui la séparaient du voisin le plus proche et signaler ce qui s'était passé. Son pull-over et son T-shirt, qui lui avaient paru si chauds à l'intérieur du chalet, constituaient une tenue tout à fait insuffisante pour une nuit de novembre dans les montagnes Vertes du Vermont. Si elle ne voulait pas mourir de froid, il lui fallait absolument bouger. Tirant les manches de son pull-over sur ses doigts gourds, Claire se mit en marche. Arrivée au bout de la clairière, elle se retourna pour jeter un dernier coup d'œil au chalet en feu. Ce qu'elle vit l'arrêta net.

Une jeep venait de surgir des bois situés derrière la maison et se dirigeait lentement vers la route. Du conducteur, dont le visage était caché par une écharpe et une casquette en tissu écossais, elle ne discerna que la silhouette. Mais la lueur de l'incendie permettait de distinguer nettement la plaque minéralogique du véhicule.

ABC 4.

Claire connaissait cette immatriculation. ABC signifiait Andrew Brentwood Campbell. Le chiffre 4 indiquait la position de la jeep dans le parc automobile privé d'Andrew. Et Claire connaissait aussi très bien Andrew Brentwood Campbell.

C'était son père.

1.

Miami, Floride. Aujourd'hui

Le motel offrait des chambres propres, trente-six chaînes de télévision câblées, des réductions pour les personnes du troisième âge et du café gratuit dans le hall. Malheureusement, comme Dianna ne tarda pas à le constater, un éclairage correct et de grandes tables ne faisaient pas partie des avantages qu'il fournissait.

Elle avait cependant l'habitude d'improviser, et les défauts de la chambre ne la gênaient pas. Ignorant les récriminations de Hal, elle tira une chaise un peu délabrée devant la tablette en Formica accrochée entre la salle de bains et la tringle montée sur pieds qui tenait lieu de penderie. Ouvrant sa vieille valise, elle en sortit une trousse de toilette et entreprit d'aligner sur la tablette les flacons et les produits de beauté qu'elle contenait.

— Je me lave les mains et je suis prête, dit-elle.

Hal Doherty examina la pièce avec répugnance, furieux de ne pas avoir assez d'argent pour loger ailleurs.

— Je déteste la Floride l'été, bougonna-t-il. Pourquoi diable Andrew Campbell est-il ici à cette période de l'année ?

— Il mène sa campagne pour être élu gouverneur, répondit Dianna.

Cette façon qu'elle avait de prendre toutes les questions au pied de la lettre horripilait Hal. Si elle ne ressemblait pas tant à Claire... Il tourna à fond le bouton du climatiseur et lança son sac de voyage sur le lit situé le plus près de la porte. Il le contourna ensuite et vint se placer derrière Dianna, les sourcils froncés.

— On n'y voit rien, là-dedans ! Il nous faut de la lumière !

— La glace est d'une bonne taille, au moins, observa la jeune femme en montrant le miroir accroché au mur, au-dessus de la tablette.

Sa voix était à la fois rauque et douce, ce qui donnait à ses remarques les plus anodines un caractère étrangement sensuel.

— Cette glace ne sert à rien si nous n'avons pas de lumière, grommela Hal. Nous ne pourrons réussir votre maquillage qu'à condition de bien distinguer vos traits.

Il débrancha l'une des lampes de chevet et la posa sur la tablette, entre le dentifrice de Dianna et un prospectus sur les magasins de discount d'un centre commercial voisin. Il tripota l'abat-jour, essaya différents angles, puis finit par le dévisser et par le jeter dans un coin.

— C'est mieux comme ça.

Enfin satisfait de l'éclairage, il souleva le menton de Dianna et fixa avec attention son reflet dans le miroir. Il sortit ensuite une photographie de la poche extérieure de son sac de voyage et considéra alternativement le cliché et la glace.

— Les pommettes ne vont pas du tout, déclara-t-il en triturant nerveusement sa moustache. Bon Dieu ! Vous ne lui ressemblez pas tant que ça ! Jamais ils ne se laisseront abuser.

— Cessez de vous tourmenter, dit Dianna. Vous oubliez que lors de notre première rencontre, chez Sonya, vous avez vraiment cru que j'étais Claire Campbell.

Puisant dans ses produits de beauté, elle mit du fond de teint, du fard à joues et une ombre à paupières grise. Toutes ces opérations lui prirent une dizaine de minutes. Elle se passa ensuite un peu de rouge à lèvres couleur pêche, puis se tourna vers Hal.

— Alors, qu'en pensez-vous ?

— C'est bien. C'est même très bien, répondit-il un peu à contrecœur. Vous vous y connaissez en maquillage, Di.

— Je suis une artiste, rappelez-vous. J'utilise les effets d'ombre et de lumière, et le maquillage, c'est uniquement ça.

Hal n'était pas très enthousiasmé par une discussion sur les talents d'artiste de Dianna.

— Vos cheveux n'ont pas du tout la bonne couleur, décréta-t-il. Ils sont beaucoup trop foncés. Claire Campbell était blonde et, vous, vous êtes châtain clair.

Dianna soupira.

— Nous en avons déjà parlé des centaines de fois, Hal. Claire a disparu il y a presque sept ans. Elle avait alors dix-huit ans, et elle en aurait donc vingt-cinq aujourd'hui. Ses cheveux ont très bien pu foncer dans l'intervalle.

— C'est possible mais pas certain.

— Nous ne le saurons jamais, mais sa famille non plus, et c'est là l'essentiel. Cela fait sept ans que personne ne l'a vue.

— Il reste que sa famille se souvient d'elle comme d'une blonde.

Son beau visage crispé par la contrariété, Hal arpenta fiévreusement l'étroite bande de moquette qui s'étendait entre les lits et la commode. La télévision, boulonnée à une table branlante, paraissait observer la scène d'un œil menaçant.

— Pourquoi refusez-vous de vous teindre les cheveux ? Quelques heures dans un salon de coiffure suffiraient pour que la ressemblance soit parfaite !

Dianna secoua la tête, à deux doigts de perdre patience.

— Oui, jusqu'à ce que la teinture commence à partir. Si je parviens à convaincre les Campbell de m'inviter chez eux, je ne veux pas passer mon temps à me tracasser parce que mes cheveux prétendument blonds foncent à la racine.

Hal étudia de nouveau la photo, décidé à trouver un autre motif d'inquiétude.

— Claire avait les cheveux plus raides que vous. Et plus longs.

— Désolée, Hal, dit-elle en haussant les épaules, mais, à moins que vous ne soyez prêt à attendre trois mois, il m'est impossible de changer la longueur de mes cheveux.

Cette désinvolture le mit en fureur. Elle ne saisissait donc pas l'importance de l'enjeu ?

— Vous savez comme moi que nous ne pouvons pas attendre. Tout le problème est là. Andrew a trouvé en Pennsylvanie un juge disposé à coopérer avec lui. Dans trois mois, on déclarera Claire Campbell légalement morte.

— Et tout son bel argent reviendra à Andrew Brentwood Campbell, s'écria Dianna dans un éclat de rire. Vous pâlissez, Hal… Vous ne voulez pas qu'Andrew touche cet argent ? C'est le père de Claire, pourtant.

— Ne plaisantez pas avec ça ! rétorqua-t-il sèchement. Bon Dieu, Di ! Vingt millions de dollars, ce n'est pas une plaisanterie !

Elle le regarda pensivement. Ils travaillaient ensemble depuis bientôt deux mois, mais elle n'était pas encore sûre de bien le comprendre.

— Pourquoi convoitez-vous tellement cet argent, Hal ? Si nous obtenons des Campbell qu'ils nous le donnent, que ferez-vous de votre part ?

— Je la dépenserai, répondit-il sans hésiter. Vous n'avez jamais eu d'argent, et vous ne savez donc pas ce que vous perdez, mais, moi, j'étais un juriste d'entreprise très prospère avant qu'Andrew ne rejette sur moi la responsabilité de ses problèmes juridiques.

Il s'interrompit, promena sur la chambre miteuse un regard dégoûté, puis ajouta :

— Quand je serai riche, jamais plus je ne descendrai dans ce genre de motel minable, vous pouvez me croire !

— Contrairement à ce que vous pensez, Hal, je m'imagine très bien avec de l'argent, affirma Dianna en prenant un peigne et en relevant distraitement sa frange.

— Bon Dieu ! s'exclama-t-il soudain. C'est ça !

— Quoi ?

— Les cheveux… C'était exactement ça !

Les yeux brillants d'excitation, il lui mit la photographie sous le nez et poursuivit :

— Vous voyez ? Là, à l'instant, vous vous êtes coiffée exactement comme Claire.

— Ah bon ? dit Dianna avec un vague coup d'œil au cliché. Rangez cette photo, Hal ! J'en ai assez de la regarder.

— Pourquoi ? Claire était jolie.

— Elle avait l'air idiote.

— Elle était riche et n'avait donc pas besoin d'être intelligente.

— Détrompez-vous. Etant donné que quelqu'un a essayé de la tuer, elle avait, à mon avis, besoin d'être plus intelligente que la moyenne.

— Je me demande ce qui lui est vraiment arrivé, observa Hal. On n'a trouvé aucune trace d'elle à l'intérieur du chalet.

— Dans ce cas, elle a dû se sortir vivante de l'incendie. C'est la conclusion qu'a rendue le juge des successions, et cela me semble logique. D'après vous, ce juge a considéré qu'il n'y avait pas assez de preuves pour la déclarer légalement morte, et elle est donc vivante ; d'un point de vue légal, tout au moins.

Dianna prit le tube de rouge à lèvres pêche et le lança dans son sac à main.

— Vous parlez de son sort avec beaucoup de désinvolture, grommela Hal, mais vous feriez bien de commencer à prier pour que Claire n'ait pas la mauvaise idée de revenir et de réclamer son héritage juste au moment où vous essayez d'embobiner le vieux Campbell.

Une lueur de gaieté cynique s'alluma dans les prunelles bleu-gris de Dianna.

— Je doute, Hal, que Dieu se rende complice d'une escroquerie en exauçant ce genre de prière.

Elle avait déjà noté que Hal n'avait aucun sens de l'humour. Elle le vit peser sa remarque, puis conclure à regret qu'elle avait raison.

— Que Claire ait péri ou non dans cet incendie, elle doit maintenant être morte, affirma Hal, que cette pensée eut l'air de réconforter.

— Et pourquoi donc ?

— C'est évident… Si elle était vivante, elle serait rentrée chez elle. Pourquoi disparaître ainsi ?

Dianna haussa les épaules.

— Peut-être a-t-elle été frappée d'amnésie… Peut-être a-t-elle réfléchi et refusé de courir le risque de mourir brûlée vive… Peut-être n'aimait-elle suffisamment aucun des Campbell pour retourner chez elle.

— Personne ne renonce à vingt millions de dollars, décréta Hal d'un ton convaincu. Elle est morte, j'en suis sûr.

Arrachant la languette d'une canette de Coca-Cola light, il but goulûment avant de marmonner :

— Je regrette de ne pas avoir pu mettre la main sur un film vidéo de la famille Campbell. Comment Claire parlait-elle ? Comment marchait-elle ? Quels étaient ses gestes caractéristiques ? Vous lui ressemblez peut-être, mais vous n'avez certainement pas la même voix.

— Inutile de se tracasser pour ce genre de chose. Nous prétendrons que la fumée m'a abîmé les cordes vocales. Quant au reste, d'après ce que vous m'avez dit, les parents de Claire ne passaient pas beaucoup de temps avec elle. Comment sauraient-ils si je marche ou non comme elle, si j'ai ou non les mêmes gestes qu'elle ?

— Exact. Son père passait cependant beaucoup de temps avec Claire quand elle était petite. C'est du moins ce que tout le monde raconte.

Hal s'assit dans l'unique fauteuil de la chambre et posa les pieds sur le couvre-lit jaune moutarde.

— Ce que nous devons faire, maintenant, reprit-il, c'est récapituler toutes les informations concernant son passé et nous assurer que vous êtes prête à rencontrer les Campbell la semaine prochaine. Nous ne pouvons nous permettre aucune erreur. Une seule bévue, et tout est fichu.

— Vous me ressassez l'histoire de la famille de Claire depuis six semaines, répliqua Dianna en repoussant sa chaise, au point qu'il m'arrive de me lever le matin avec l'impression que je suis vraiment Claire Campbell.

— Excellent ! s'écria Hal, plus soulagé qu'il ne voulait bien l'admettre car il avait parfois l'impression que Dianna Mason considérait son plan si soigneusement préparé comme une sorte de canular. C'est exactement ce qu'il faut. Vous devez vous prendre pour Claire Campbell quand vous pensez, quand vous mangez, quand vous dormez, quand vous respirez...

Il se retourna et demanda brusquement :

— A quelle école êtes-vous allée ?

— Linden Hall, dans le nord-ouest du Connecticut.

— A quelle université ?

— Dartmouth. Je préparais une licence d'histoire de l'art, mais je n'y suis restée que quelques mois. Jusqu'à l'incendie.

Hal hocha la tête en signe d'approbation. Elle ne se trompait jamais sur les détails du passé, mais il lui avait fallu des semaines pour cesser de parler de Claire à la troisième personne.

— Que s'est-il passé le soir de l'incendie ?

— C'est un sujet que je n'aime pas aborder.

— Non, Di ! s'exclama Hal avec un claquement de langue impatient. Je vous l'ai déjà répété cent fois : vous ne devez pas refuser de répondre aux questions concernant l'incendie.

— Pourquoi ? Claire déteste sûrement évoquer le souvenir de cette soirée.

— Peu importe la vérité psychologique ! rétorqua-t-il sèchement. Tout ce que nous voulons, c'est une histoire qui convaincra Andrew Campbell. Ou Ben Maxwell si, par malheur, nous n'obtenons pas qu'Andrew lui-même nous reçoive.

— Ce Ben Maxwell ne travaille chez Campbell Industries que depuis six ans et n'a donc jamais vu Claire de sa vie. Pourquoi avez-vous l'air si soucieux chaque fois que vous prononcez son nom ? Quelle menace peut-il bien représenter pour nous ?

— Attendez seulement de le rencontrer ! observa Hal, le visage sombre. Vous comprendrez alors mon inquiétude. Maintenant, reprenons ! Que s'est-il passé le soir de l'incendie ? Qui était avec vous au chalet ? Pourquoi vous y trouviez-vous ?

— C'était mon anniversaire, déclara-t-elle en soupirant. J'avais invité Jon Kaplan pour le week-end. Nous étions amis et nous adorions tous les deux les randonnées à skis.

— Laissez tomber ce genre de baratin, Di. Ils sont montés au chalet pour baiser, et personne ne croira le contraire.

— Comment le savez-vous ? demanda-t-elle d'une voix douce. Vous y étiez ?

— Ecoutez, Dianna, j'ai soumis pendant cinq ans à des interrogatoires serrés des jeunes femmes qui prétendaient être Claire ; cela faisait partie de mon travail. Je me suis aussi chargé de questionner tous les gens susceptibles de fournir des renseignements sur cette fameuse soirée. Jon Kaplan avait parié plusieurs centaines de dollars qu'il s'enverrait Claire Campbell avant la fin du week-end. Claire était naïve, mais pas au point d'inviter le don Juan du campus dans un chalet isolé et de s'attendre ensuite à discuter des sonnets de Shakespeare au coin du feu !

Dianna haussa les épaules.

— Comme vous voudrez... Disons alors que, Jon et moi, nous sommes montés au chalet pour coucher ensemble, mais que nous n'avons pas pu le faire parce que quelqu'un a arrosé d'essence le soubassement de la maison, puis craqué une allumette.

— Comment êtes-vous sortie du chalet, Claire ?

— Nous avons rabâché cela des centaines de fois, Hal !

— Allez, encore une fois... C'est important.

— J'étais dans la salle de bains, commença-t-elle. J'ai senti une odeur de fumée, j'ai regardé par la fenêtre et je me suis rendu compte que le chalet brûlait. J'ai grimpé sur la baignoire, sauté par la fenêtre et gagné en courant le devant de la maison dans l'espoir de sauver Jon.

— Mais vous ne l'avez pas sauvé ?

— Non, répondit-elle d'un ton neutre. La porte d'entrée flambait, ce qui m'a empêchée de pénétrer à l'intérieur.

— Où a-t-on retrouvé le corps de Jon ?

— Je l'ignore. Je n'ai lu aucun récit de l'incendie.

— Essayez de mettre un peu d'émotion dans cette phrase, suggéra Hal. Là, on a l'impression que vous récitez une liste de courses.

Le visage de Dianna s'assombrit brusquement.

— Je ne supporte pas de lire des reportages sur l'incendie ni de parler de ce qui s'est passé ce soir-là.

Sa voix tremblait, et elle détourna la tête comme pour cacher ses larmes, avant d'ajouter :

— Le souvenir de Jon et l'idée qu'il est mort uniquement parce que quelqu'un voulait me tuer sont trop douloureux.

Elle imitait si bien une personne accablée de chagrin que Hal s'inquiéta.

— Dianna, mon petit, qu'y a-t-il ? Ça ne va pas ? Levant la tête, elle le regarda d'un air moqueur.

— Mais si ! Que pensez-vous de mes talents de comédienne ? C'était mieux, cette fois-ci, non ?

Elle enleva ses chaussures et s'assit en tailleur sur le lit.

— Oui, beaucoup mieux, admit-il, vaguement mal à l'aise devant la facilité avec laquelle Dianna semblait capable de changer d'humeur.

— Bien ! déclara-t-elle en bâillant. Maintenant, si on commandait une pizza ? Je meurs de faim.

— Attendez ! Vous ne pouvez pas vous arrêter là. Il faut que vous expliquiez pourquoi vous vous êtes enfuie, ce que vous avez fait pendant ces sept dernières années.

— Je dirai la vérité à propos de ce que j'ai fait. La vérité, toute la vérité et rien que la vérité. Ainsi, quand Andrew Campbell engagera un bataillon de détectives privés pour vérifier mes affirmations, tout concordera.

La plupart de celles qui avaient prétendu être Claire dans l'espoir de s'approprier ses millions s'étaient trahies en enjolivant inutilement leur histoire. Hal savait qu'il valait mieux s'en tenir autant que possible aux événements réels de la vie de Dianna, et, pourtant, il sentit l'angoisse le gagner à la perspective de l'examen minutieux auquel Andrew Campbell soumettrait ces faits.

— Bon Dieu ! Nous ne réussirons jamais ! grommela-t-il. C'est de la folie ! Ils vont exiger des analyses d'ADN, et...

— Nous pouvons refuser, coupa Dianna.

— Ils demanderont alors au juge des successions de rendre une ordonnance vous obligeant à vous plier à cette requête, et nous finirons tous les deux en prison.

— Peut-être pas. Quand vous travailliez chez Campbell, combien de fausses Claire ont-elles revendiqué les fonds en fidéicommis ?

— Six.

— Et aucune d'elles n'a eu d'analyse de sang, n'est-ce pas ?

Hal secoua la tête.

— Il était tellement évident qu'il s'agissait d'escrocs que nous n'avons pas eu besoin de recourir à des analyses pour les démasquer.

— Tâchez de vous consoler en pensant que, si nous sommes pincés, je passerai beaucoup plus de temps en prison que vous, dit Dianna.

Le visage de Hal pâlit sous l'effet conjugué de la peur et de la colère.

— Vous prenez tout cela bien à la légère ! Il y a vingt millions de dollars en jeu, mais vous vous en moquez bien !

— Détrompez-vous, déclara-t-elle. Je ne m'en moque pas du tout.

Dianna se sentait plus nerveuse qu'elle n'était disposée à l'admettre. Il régnait une chaleur moite malgré l'heure matinale, et la transpiration commençait déjà à mouiller le col de sa veste de lin beige. Jusqu'à sa rencontre avec Hal, lors d'une réception, elle travaillait toute la journée dans son studio de Boston et passait le plus clair de son temps en pantalon ample et en chemisier léger. Mais Hal tenait à ce qu'elle porte un tailleur élégant pour sa première entrevue avec les Campbell et, comme c'était lui qui payait ses vêtements, elle n'avait pas protesté. Sa jupe droite la serrait cependant ; quant au collant et aux chaussures à talons hauts, ils la gênaient encore plus. Si une jeune femme riche se devait de s'habiller ainsi tous les jours, Dianna trouvait que la pauvreté avait beaucoup d'avantages.

— M. Campbell vous attend ?

Le gardien posté à l'entrée s'était exprimé sur un ton poli mais dubitatif. Hal conduisait une Toyota Camry qui avait connu des jours meilleurs, et aucun des visiteurs habituels du domaine de Laurel Manor ne devait arriver dans une voiture plus modeste qu'une petite Mercedes.

— Oui, M. Campbell nous attend, répondit Hal d'une voix ferme. Je suis Hal Doherty, et voici Claire Campbell.

« Claire Campbell »... A la seule mention de ce nom, une peur atroce s'empara de Dianna. Deux mois plus tôt, lorsqu'elle avait fait la connaissance de Hal, cette arnaque paraissait extrêmement facile à réaliser, mais, ce matin, toute son assurance l'avait quittée. Maintenant qu'elle était au pied du mur, elle aurait voulu se trouver à des milliers de kilomètres de Laurel Manor et de tout lieu habité par un membre de la famille Campbell.

— Merci d'avoir patienté, monsieur Doherty, déclara le gardien en sortant de sa maison, un téléphone sans fil à la main. M. Maxwell dit que vous pouvez entrer. Suivez la route jusqu'au terrain de golf, et c'est la deuxième maison après les courts de tennis.

— Je connais le chemin, affirma Hal, dont les doigts tambourinaient impatiemment sur le volant. Andrew Campbell est-il chez lui ?

— Je l'ignore, monsieur. Je n'ai parlé qu'à M. Maxwell.

Le gardien ouvrit la barrière électronique et Hal pénétra dans le parc remarquablement bien entretenu du domaine de Laurel Manor. Dianna regardait droit devant elle, l'affolement lui brouillant la vue au point qu'elle remarqua à peine les hibiscus aux grandes fleurs de couleurs vives et la surface lisse de la voie privée.

— Nous y voilà.

La voiture s'immobilisa. Hal coupa le moteur et tourna la tête pour soumettre sa compagne à un dernier examen.

— Le grand moment est arrivé, Claire.

De nouveau ce nom... Dianna ressentit un brusque pincement au creux de l'estomac. Mon Dieu ! Elle devait être folle, complètement folle, pour avoir cru possible de réussir cette entreprise...

— Je ne peux pas, dit-elle. Désolée, Hal, il faut repartir.

— Il est trop tard pour reculer, décréta-t-il.

Il descendit de la voiture et la contourna pour lui ouvrir la portière. Paniquée, Dianna se mit à courir, mais Hal l'attrapa par le bras et lui fit monter de force les marches du perron.

— Ce sont cinq à quinze ans de prison qui vous attendent si vous échouez, Claire. Alors mieux vaut vous calmer et commencer à vous rappeler tout ce que je vous ai appris.

Il appuya sur la sonnette. Une jeune femme brune et bien en chair ouvrit la porte. Elle parut reconnaître Hal, car elle lui adressa un petit signe de tête.

— Buenos dias, señor.

— Bonjour, Isabella. Nous venons voir M. Campbell.

— M. Campbell, il est occupé, expliqua la femme de chambre avec un fort accent espagnol. Mais M. Maxwell, il vous attend, *señor.* Et vous aussi, *señorita.* Par ici, s'il vous plaît.

Le domaine de Laurel Manor était l'une des réalisations les plus récentes de Campbell Industries, et la maison avait été construite moins de quatre ans auparavant, c'est-à-dire après la disparition de Claire Campbell. Dianna pouvait donc suivre Hal et la femme de chambre sans avoir à feindre de savoir où elle allait. Ses talons hauts claquèrent sur le marbre qui recouvrait le sol, résonnant comme autant de coups de tonnerre dans le silence oppressant de la grande demeure. La femme de chambre s'arrêta devant une porte à deux battants et frappa.

— Vos visiteurs sont là, monsieur, annonça-t-elle en espagnol.

— Faites-les entrer, répondit une voix d'homme dans la même langue.

La femme de chambre poussa la porte, que Hal franchit d'un pas résolu.

— Venez, Claire, que je vous présente Ben Maxwell.

Elle pénétra dans une immense pièce, le cœur battant si fort qu'elle avait du mal à respirer. Un bel homme aux cheveux noirs était assis derrière un bureau en cerisier installé dans un angle, entre deux fenêtres en saillie aux stores baissés. Sans doute à cause de la chaleur, il ne portait ni veste ni cravate, mais sa chemise était éclatante de blancheur et son pantalon bien coupé. Il se leva au moment où Dianna entrait et la considéra en silence.

Cet examen lui donna froid dans le dos. Pendant son enfance, elle avait appris à dissimuler son Q.I. exceptionnel et, une fois adulte, à cacher ses émotions sous un masque de flegme et de cynisme. Elle savait reconnaître cette même aptitude chez les autres et, lorsque Ben Maxwell fixa sur elle ses yeux gris acier, elle comprit donc immédiatement à quel genre d'adversaire elle avait affaire : un adversaire qui n'élèverait jamais la voix, tiendrait toujours des propos mesurés — et n'en serait que plus dangereux.

— Hal ! Comment allez-vous ?

Ben venait de détourner les yeux et saluait à présent son ancien collègue. L'expression de son visage resta amène et son sourire courtois, mais Dianna dut serrer les mâchoires pour empêcher ses lèvres de trembler sous l'effet de la peur.

— Je vais très bien, répondit Hal d'une voix inutilement forte et fanfaronne. Mais je ne suis pas là pour parler de ma santé. Voici Claire Campbell, Ben, comme vous l'avez sans doute déjà deviné, bien que depuis sept ans elle se fasse appeler Dianna Mason.

— Enchanté, mademoiselle Mason.

Le ton neutre sur lequel il avait prononcé ces mots était plus inquiétant qu'une franche incrédulité. Il lui adressa un signe de tête, puis, d'un geste sobre de la main, les invita tous les deux à s'asseoir. Dianna s'installa sur l'extrême rebord d'une chaise, les jambes serrées l'une contre l'autre, les mains crispées sur son sac. Quand elle vit le regard de Ben se poser sur les articulations blanches de ses doigts, elle inspira à fond et, bougeant légèrement, s'obligea à se détendre. Il esquissa une ombre de sourire ; il avait visiblement saisi la raison de cet imperceptible mouvement. Eh bien, qu'il aille au diable ! Elle ne se laisserait pas intimider.

Ayant adroitement inversé les rôles puisque ses visiteurs étaient maintenant assis et lui debout, Ben s'appuya contre son bureau et mit les mains dans les poches de son pantalon. Cette attitude désinvolte n'abusa pas Dianna : elle le sentait hostile, prêt à engager le combat.

— Andrew m'a demandé de recevoir votre... postulante, expliqua-t-il à Hal. Il vous prie de l'excuser de ne pas le faire lui-même.

— Il est malade ?

— Non, il est en pleine forme, mais il en a un peu assez de rencontrer des jeunes femmes qui prétendent être sa fille.

Hal protesta immédiatement.

— Claire ne prétend pas être sa fille. Elle l'est.

— Vraiment, mademoiselle Mason ? questionna Ben d'un ton poli. Ainsi, vous seriez l'enfant prodigue ?

Dianna trouvait ses manières doucereuses étrangement provocantes, sans doute parce que le dédain moqueur qui se dissimulait derrière ne lui échappait pas. L'espace d'un instant, elle fut tentée de lui lancer la vérité à la figure, de planter son regard dans ces yeux gris pleins d'arrogance et de lui déclarer : « Non, Andrew Campbell n'est pas mon père. » Mais, cette phrase, elle ne la prononça évidemment pas.

— Je suis en effet Claire Campbell, affirma-t-elle, et j'espère que, dans quelques heures, je serai parvenue à vous en convaincre.

Sa voix ne tremblait pas, mais, comme toujours, l'émotion lui donnait un timbre bas et guttural. Ben lui jeta un rapide coup d'œil, ses traits perdant alors pour la première fois un peu de leur impassibilité. Exprimaient-ils de la surprise ? De l'intérêt ? Difficile de se prononcer…

Ben se redressa soudain et, se détournant, appuya sur le bouton de l'Interphone.

— Isabella, pouvez-vous accompagner M. Doherty jusqu'à la piscine et lui offrir des rafraîchissements ?

— Oui, *señor*, j'arrive.

Hal se leva d'un bond.

— Dites donc, Ben, il n'est pas question que vous interrogiez Claire sans que je sois présent. Je suis son avocat, son représentant, et vous n'avez pas le droit d'exiger de vous entretenir avec elle en tête à tête.

— Je vous prie de m'excuser, Hal. Je comprends votre point de vue. J'ai dû me méprendre sur vos intentions lors de notre conversation téléphonique. Au revoir. Je suis désolé que nous n'ayons pas la possibilité d'étudier cette affaire plus à fond.

Il lui tendit la main, mais Hal se contenta de le regarder et de demander sur un ton furieux :

— Mais qu'est-ce que vous racontez ?

Ben feignit d'être surpris par cette véhémence.

— N'étant pas avocat, je n'ai pas qualité pour représenter Andrew Campbell si cette entrevue doit avoir un caractère juridique, dit-il. J'ai accepté de vous rencontrer ce matin parce que je vous croyais désireux de régler cette affaire à l'amiable. Mais si vous êtes ici en tant qu'avocat de Mlle Mason et s'il s'agit d'une démarche officielle, je ne peux évidemment pas risquer de nuire aux intérêts d'Andrew en poursuivant cette conversation. Il faut qu'Andrew soit représenté par ses avocats, et dans le cadre d'une action intentée devant le tribunal des successions.

— Vous n'êtes pas raisonnable, protesta Hal. Nous savons tous les deux pourquoi vous souhaitez interroger Claire seul à seule, et la procédure n'a rien à voir là-dedans. Vous voulez l'effrayer dans l'espoir qu'elle dise quelque chose qu'elle ne devrait pas dire.

— Je vous garantis que je n'ai l'intention d'effrayer personne. Et si cette charmante jeune femme est bien la fille d'Andrew, comment pourrais-je lui faire dire des choses qu'elle ne devrait pas dire ?

Ben adressa à son interlocuteur un sourire en apparence cordial, mais son doigt se rapprocha de l'Interphone, prêt à appuyer sur le bouton.

— Vous avez le choix, reprit-il. Ou bien votre amie et vous partez tout de suite, ou bien je lui parle en particulier. A vous de décider, Hal !

— Non, intervint Dianna, c'est à moi de décider.

Les deux hommes la regardèrent comme si elle était un chien savant qui venait de sauter dans le cerceau réservé à un autre animal. L'idée d'avoir décontenancé Ben Maxwell, ne fût-ce qu'un instant, la remplit de satisfaction.

Ben se ressaisit cependant très vite.

— Vous avez tout à fait raison, mademoiselle Mason, et je vous prie de m'excuser. Acceptez-vous de vous entretenir avec moi sans que Hal soit présent ?

— Oui, mais je ne sais pas ce que vous espérez prouver. Je ne vous connaissais pas avant l'incendie. Rien ne vous permet donc de juger le bien-fondé de mes assertions.

— Ce n'est pas votre vie avant l'incendie qui m'intéresse, mademoiselle Mason, mais ce qui vous est arrivé ensuite.

Astucieux, songea Dianna. N'importe quelle personne d'intelligence moyenne pouvait en apprendre assez sur le passé de Claire pour répondre correctement à une série de questions préliminaires. Il était en revanche plus difficile de donner une explication crédible à la disparition de Claire, et plus difficile encore de justifier sa brusque réapparition après sept années de silence. Pourquoi une femme renoncerait-elle à vingt millions de dollars, puis reviendrait-elle, la bouche en cœur, revendiquer sa place dans la famille ?

Hal s'approcha d'elle, lissant sa moustache — comme toujours quand il était inquiet. Il fallait qu'elle pense à le mettre en garde contre ce geste… Le langage du corps pouvait être plus révélateur que des mots.

— Ne lui parlez pas, Claire, déclara-t-il d'un ton presque suppliant. Exigez de rencontrer tout de suite votre père.

— Pourquoi ? Mon père ne prend jamais lui-même ce genre de décision. Il se rangera à l'opinion de Ben.

— Mais enfin, Claire, vous êtes la fille d'Andrew ! Vous avez disparu depuis sept ans. Il a forcément envie de vous voir. Ne laissez pas Ben Maxwell vous priver de vos droits.

L'indignation de Hal paraissait sincère. L'un de ses atouts majeurs, dans cette affaire, était sa capacité à se tromper lui-même. Il devait à présent être pratiquement convaincu qu'elle était vraiment Claire Campbell.

Dianna haussa les épaules, affectant une assurance qu'elle était bien loin de ressentir.

— Ne vous inquiétez pas, Hal. Je n'ai rien à cacher à M. Maxwell.

L'énormité de ce mensonge lui permit de le proférer d'une voix nette et avec une expression innocente. Cela aussi, c'était un truc appris au cours des quelques années précédentes : ne jamais dire de petits mensonges, seulement des gros.

La femme de chambre frappa à la porte.

— Si vous voulez bien me suivre, *señor* Doherty. Je vous ai servi des fruits et du thé glacé au bord de la piscine.

— Nous n'en avons pas pour plus d'une heure, précisa Ben.

Hal ignora complètement cette remarque.

— Vous avez refusé d'écouter mes conseils, Claire, lança-t-il à la jeune femme avant de sortir, mais rappelez-vous que cet homme est un requin. Surveillez vos paroles et ne signez rien, absolument rien.

Ben referma la porte derrière lui, puis demanda :

— Savez-vous que seule la générosité d'Andrew Campbell a épargné à Hal Doherty de passer devant les tribunaux il y a six mois ?

— Hal m'a expliqué qu'Andrew et lui avaient eu un différend à propos d'un trou dans la comptabilité de la société.

— Il a détourné des fonds, indiqua Ben crûment.

Ayant vécu six semaines avec Hal, Dianna n'avait aucun mal à croire cette accusation, mais il n'était pas question de l'admettre devant Ben.

— Ne serait-ce pas une calomnie, monsieur Maxwell ?

— Non, répliqua-t-il d'un ton sec. Je possède tous les documents nécessaires pour prouver la véracité de ce que j'avance.

Il alla s'asseoir derrière son bureau et tendit la main vers une épaisse chemise.

— Où avez-vous rencontré Hal ? s'enquit-il.

— A une soirée, à Boston, il y a environ deux mois.

— Quelle heureuse coïncidence !

— N'est-ce pas ? rétorqua-t-elle en soutenant calmement le regard de Ben. J'estimais alors déjà qu'il était temps pour moi de revenir à la maison. Le soutien de Hal m'a donné le petit coup de pouce dont j'avais besoin.

— Et pourquoi estimiez-vous qu'il était temps pour vous de « revenir à la maison », mademoiselle Mason ?

— A cause de l'argent, bien sûr, répondit-elle avec un sourire moqueur. Vous voyez une autre raison ?

Ben se renversa dans son fauteuil.

— Non, murmura-t-il. Parlez-moi de vous, mademoiselle Mason. Vous êtes une artiste, si j'ai bien compris.

— Oui, je fabrique des verreries. C'est une tradition familiale, comme vous le savez. Mais je vous en prie, monsieur Maxwell, ne soyez pas si cérémonieux. Appelez-moi Claire.

Une lueur ironique brilla dans les yeux de Ben.

— Merci, mais je ne crois pas que nous ayons encore atteint un degré d'intimité suffisant. Vous réussissez dans votre métier, mademoiselle Mason ?

S'agissant de son art, elle n'avait pas l'intention de mentir.

— Je compte parmi les verriers les plus doués du pays, déclara-t-elle donc.

— Et l'un des plus modestes, murmura-t-il.

Elle éclata de rire.

— Désolée ! Je dois vous paraître d'un orgueil démesuré, mais il se trouve que j'ai beaucoup de talent et que j'en ai assez de prétendre le contraire.

Il la fixa un instant avant de se détourner pour regarder par la fenêtre.

— Vous espérez faire accepter vos réalisations par Campbell Crystal, mademoiselle Mason ?

— Je ne l'espère pas, monsieur Maxwell, j'y compte bien. Et rien ne m'en empêche puisque je possède déjà cette société. Une participation majoritaire dans ce secteur de Campbell Industries constitue une part importante de mon héritage.

Sa voix était douce, mais le défi que contenaient ses paroles résonna comme si elle avait crié dans un haut-parleur.

— Claire Campbell détient la majorité des actions de cette société, renchérit Ben à contrecœur.

— Exactement, souligna-t-elle en souriant.

Elle l'avait visiblement mis en fureur, ce qui, paradoxalement, eut pour effet de la détendre. Elle le vit jeter un coup d'œil sur un papier posé sur son bureau, puis il releva la tête et la considéra d'un air glacial.

— Ce genre de joute oratoire ne nous mènera à rien, mademoiselle Mason. Si nous en venions à l'essentiel ? Je vois que, il y a trois ans, vous avez été arrêtée et que vous avez passé plusieurs semaines en prison. Avez-vous des éclaircissements à me fournir sur cette affaire ?

Une soudaine angoisse lui étreignit le cœur bien qu'elle se fût attendue à cette accusation et s'y fût moralement préparée.

— J'ai en effet été arrêtée et, comme je ne pouvais pas payer ma caution, j'ai dû rester en prison jusqu'à ce que l'avocat commis d'office persuade le procureur de la République d'abandonner les poursuites.

— Vous étiez inculpée de trafic de drogue.

— C'était une erreur ! protesta-t-elle avec véhémence. Je n'ai jamais consommé de drogues illégales, même pour essayer, et j'en ai encore moins vendu. J'ignorais totalement qu'il y avait de la cocaïne chez moi ce soir-là.

— Et, pourtant, on en a trouvé vingt-cinq grammes dans un coussin de votre canapé.

— Je me suis rendue coupable de bêtise et de manque de discernement dans le choix de mes amis, observa-t-elle, crispée, mais ce ne sont pas des délits.

— L'escroquerie en est un, en revanche, notamment celle qui consiste à se faire passer pour une morte afin de s'emparer frauduleusement de vingt millions de dollars.

Elle secoua la tête avec impatience.

— J'aimerais vous convaincre du peu d'intérêt que je porte à cet argent.

— C'est facile, mademoiselle Mason, déclara Ben en poussant un papier vers elle. Voici une renonciation légale à toute revendication de l'héritage de Claire Campbell. Signez en bas et je serai convaincu de votre total désintéressement.

— Je ne tiens pas à l'argent, mais je veux Campbell Crystal. Mon arrière-grand-père a fondé cette société, et elle me revient de droit.

Un applaudissement retentit derrière Dianna, qui sursauta.

— Excellent discours, prononcé avec beaucoup de conviction ! Vous avez très bien appris votre rôle, mademoiselle !

La jeune femme se leva vivement et se retourna vers la source de la voix, une voix grave et distinguée. Son regard tomba alors sur un homme de grande taille, aux yeux bleus, aux cheveux gris, au nez fin et aristocratique. Une dizaine d'images différentes lui traversèrent l'esprit, et elle le reconnut immédiatement. Andrew Brentwood Campbell.

Le père de Claire.

— Bonjour, papa !

Elle ne savait pas du tout d'où ces mots lui étaient venus et comment elle avait réussi à les dire avec tant de naturel.

Andrew tendit la main et s'agrippa au dos de la chaise sur laquelle Dianna était assise l'instant d'avant.

— Claire ? balbutia-t-il, le visage soudain livide. Mon Dieu, Claire, c'est bien toi ! Te voilà enfin de retour !

2.

Dianna recula de quelques pas, puis s'obligea à se ressaisir : il ne fallait pas que le choc causé par cette rencontre avec Andrew Campbell la prive de ses moyens.

— Pourquoi sembles-tu si étonné, papa ? demanda-t-elle, appuyant sur ce dernier mot avec une dérision subtile. Tu pensais que je ne reviendrais jamais ?

— J'avais abandonné tout espoir de te retrouver.

Andrew s'approcha d'un pas mal assuré, comme si la surprise avait émoussé ses réflexes au point de rendre difficiles les actes les plus ordinaires. Il s'arrêta à quelques mètres d'elle et épongea son front moite de sueur avec un mouchoir d'un blanc immaculé orné d'un monogramme.

— Je te croyais morte, Claire. Nous te croyions tous morte.

Elle sourit, recouvrant son sang-froid à mesure qu'Andrew perdait le sien.

— Désolée de te décevoir, papa, mais je suis tout ce qu'il y a de plus vivante. Regarde ! Ces doigts ne sont pas ceux d'un fantôme ; ils sont bien réels.

Sur ces mots, elle agita la main dans un simulacre de geste amical et ressentit un frisson de plaisir pervers en voyant Andrew tressaillir.

Elle ne s'attendait pas à réagir de façon aussi intense à sa présence. Pendant les six semaines précédentes, depuis le jour où elle avait finalement accepté de participer à l'escroquerie de Hal, elle s'était forcée à considérer Andrew et le reste de la famille Campbell uniquement comme des obstacles qu'il fallait vaincre pour prendre le contrôle de Campbell Crystal. Il était cependant difficile de continuer à envisager Andrew comme une simple abstraction maintenant qu'il se trouvait devant elle, et troublant de constater qu'elle avait besoin de le railler, de le déstabiliser afin de contenir ses propres émotions.

— Tu as beaucoup changé, observa Andrew, et, pourtant, il y a quelque chose en toi de si familier…

Il tendit la main comme pour lui toucher le visage et elle se raidit, figée dans une immobilité hostile. La main d'Andrew hésita puis retomba. Le soulagement que Dianna en éprouva lui donna du courage.

— Cela fait sept ans que nous ne nous sommes pas vus, déclara-t-elle en rejetant ses cheveux en arrière d'un brusque mouvement de la tête. J'ai forcément changé. J'ai grandi.

— Et tu es devenue une très jolie jeune femme. Oui, tu es belle, Claire, tout le portrait de ta mère.

Le sourire d'Andrew était encore teinté de nervosité, mais la banalité même du compliment qu'il venait de prononcer parut le détendre et, quand il replaça son mouchoir dans sa poche de poitrine, il ressemblait plus à l'homme affable et distingué que représentaient les photos de Hal et moins à l'homme hébété qui l'avait saluée.

« Tu es belle, tout le portrait de ta mère »... Une colère si violente s'empara de Dianna qu'elle n'osa pas parler de peur de dire quelque chose qui la trahisse. Elle garda donc le silence et se contenta de fixer Andrew d'un air glacial. Au bout de quelques secondes, elle se rendit compte qu'aucune autre attitude n'aurait pu le décontenancer davantage. Andrew aimait sûrement dissimuler la vérité sous un flot de paroles superficielles, et le mutisme de son interlocutrice le mettait très mal à l'aise. Il lui sourit pourtant, visiblement désireux que s'établissent entre eux des relations amicales, même si elles étaient factices.

— Tu ne me croiras peut-être pas, ma chérie, mais ton retour me comble de joie. Revoir ma fille...

— Vous devriez peut-être surveiller vos paroles, Andrew, intervint Ben.

Il avait prononcé ces mots d'une voix douce, mais il contourna son bureau et vint se placer entre son patron et Dianna, comme pour faire barrage aux propos imprudents d'Andrew. Il jeta à la jeune femme un coup d'œil dédaigneux avant d'ajouter :

— Rappelez-vous que Mlle Mason n'a apporté aucune preuve à l'appui de ses dires.

Malgré le mépris évident de Ben, Dianna trouva plus facile de l'affronter lui que son prétendu père. Elle releva la tête et planta son regard dans celui de Ben.

— Quelles preuves voudriez-vous que je vous fournisse, monsieur Maxwell ?

— Un ancien permis de conduire, par exemple, ou tout document que vous seriez parvenue à sauver de l'incendie. Une photo de famille, une lettre...

— Hal Doherty en a déjà discuté avec vous et vous a informé que je n'avais aucun document de ce type, répliqua-t-elle d'une voix que la fureur rendait encore plus rauque que d'habitude.

— Comment expliquez-vous cela ?

— Eh bien, figurez-vous que, dans ma hâte de sortir du chalet, j'ai oublié mon sac à main. Coupable étourderie, je le reconnais, mais les adolescents ont des idées bizarres… Ils tiennent à la vie, notamment, et n'ont pas envie de mourir carbonisés. Franchement, quand j'y repense, je me demande où j'avais la tête… Aucun sens des priorités, aucune vision à long terme…

Andrew émit un petit rire sans joie.

— Croyez-moi, Ben, cette jeune femme est bien Claire ! Ma fille a toujours eu la langue acérée.

— Vraiment ? J'en prends bonne note.

Joignant le geste à la parole, Ben griffonna quelques hiéroglyphes sur un carnet avant de se tourner vers Dianna.

— Les sarcasmes ne vous mèneront à rien, mademoiselle Mason. Je sais évidemment que la plupart des papiers personnels de Claire ont brûlé, mais j'espérais qu'elle en gardait certains dans la poche de son jean ou de sa veste. C'est ce que font souvent les adolescents.

— Eh bien, moi, je n'avais rien dans la poche de mon jean et je ne portais pas de veste.

— Il y a plusieurs autres documents qui m'inciteraient à ajouter plus de foi à vos affirmations, mademoiselle Mason.

— Lesquels ? Mon passeport ? Mon acte de naissance ? Ils ne se trouvaient pas dans le chalet. Demandez à mon père où ils sont. Ma chambre de la cité universitaire a dû être vidée par ses soins après… après ma disparition.

Le regard de Ben se durcit.

— Arrêtez de me prendre pour un imbécile et nous nous entendrons beaucoup mieux, mademoiselle Mason. Je n'ignore pas qu'on a trouvé l'acte de naissance de Claire dans cette chambre quand on a déménagé ses affaires.

— N'oubliez pas mon passeport, remarqua doucement Dianna. Il était lui aussi dans ma chambre à l'université. Je devais aller au Mexique pendant les vacances de Noël, et je l'avais emporté après le dernier week-end que j'ai passé avec ma famille à Pittsburgh. C'était au début du mois de novembre.

— Tout à fait exact ! intervint Andrew. Claire nous a rendu une visite surprise à Pittsburgh et nous a annoncé qu'elle irait au Mexique pour Noël. Je me souviens que, Evelyn et moi, nous étions contrariés qu'elle ne soit pas à la maison pour les fêtes de fin d'année.

— Vous auriez dû me le dire, murmura Dianna. Maman et toi avez toujours si bien réussi à me cacher que vous appréciiez ma compagnie… Bête comme je suis, je croyais que vous seriez contents d'être débarrassés de moi et d'échapper ainsi à l'obligation de passer les vacances ensemble.

« Touché ! » pensa Dianna en voyant Andrew rougir. Dans la mesure où les adolescents ne s'entendaient généralement pas avec leurs parents, elle ne risquait pas trop de se tromper en supposant qu'elle ferait mouche avec ce genre d'argument. Andrew s'éclaircit la voix, visiblement mal à l'aise.

— Tout cela, c'est du passé… Pour en revenir à ce que nous disions, Claire nous a informés qu'elle se rendait à Acapulco pour y rencontrer un artiste…

— Fernando Velasquez, précisa-t-elle.

De nombreux articles sur la disparition de Claire mentionnaient ce verrier célèbre dans le monde entier, et Hal en avait parlé plusieurs fois à Dianna.

— Velasquez ? Oui, ça me rappelle quelque chose… C'est ce nom-là que nous a donné Claire, j'en suis sûr.

Andrew était le président-directeur général de Campbell Crystal depuis quinze ans, mais la verrerie ne l'intéressait pas et il ignorait manifestement que Velasquez était considéré comme l'un des grands artistes vivants du Mexique. Il parut cependant enchanté que Dianna cite spontanément son nom et regarda Ben Maxwell avec un regain d'espoir.

— Vous voyez ? Comment connaîtrait-elle ce genre de détail si elle n'était pas Claire ?

— Hal Doherty l'aura renseignée, répliqua Ben.

Une pointe de déception se lut sur le visage d'Andrew, mais ce fut sans grande conviction qu'il admit :

— Vous devez avoir raison. Hal possède certainement beaucoup d'informations sur le passé de Claire.

— Beaucoup, oui, affirma Ben. Il a interrogé de prétendues Claire pendant six ans et en sait probablement autant que vous sur les faits matériels de sa vie avant l'incendie. Il a lu tous les dossiers, étudié tous les rapports des détectives. C'est pourquoi l'évocation de l'enfance et de l'adolescence de Claire ne me passionne guère. Hal a manifestement transmis à Mlle Mason la totalité des renseignements dont il disposait, et elle va nous les réciter comme un perroquet.

— Qu'attendez-vous de moi, alors ? demanda Dianna. C'est vous qui avez abordé le premier le sujet des documents !

— En effet, mais j'aimerais voir des papiers datant des quelques semaines qui ont suivi la disparition de Claire, de l'époque où nous ignorons ce qu'elle faisait exactement.

C'était une tactique habile, songea la jeune femme, un changement intéressant par rapport aux techniques d'interrogatoire habituelles. Pas tout à fait assez habile, cependant, pour un homme de l'intelligence de Ben. On était dans les années 90, à l'aube du XXIe siècle, et la science offrait toute une panoplie de moyens pour résoudre les problèmes, y compris pour lever les doutes sur l'identité d'une héritière longtemps disparue. Pourquoi Ben s'amusait-il donc à poser des questions qui n'aboutiraient jamais à prouver de façon concluante qu'elle était — ou n'était pas — Claire Campbell ? Pourquoi n'exigeait-il pas tout de suite une analyse d'ADN ? Même en matière pénale, les tribunaux admettaient à présent que cette méthode permettait d'établir de façon quasi certaine la filiation paternelle — ou maternelle — dans les rares cas où une telle recherche se révélait nécessaire.

Cela constituait un mystère qui tracassait Dianna depuis des semaines. Hal considérait comme un incroyable coup de chance qu'aucune des autres candidates aux millions de Claire n'ait été envoyée au laboratoire le plus proche pour une analyse de sang, et il espérait que Dianna y échapperait elle aussi. Mais cette dernière avait cessé de croire à la chance à peu près en même temps qu'au Père Noël et à la petite souris. Etant donné que Ben ne semblait pas du tout le genre d'homme à perdre son temps en longs interrogatoires alors qu'un examen médical simple lui fournirait une preuve irréfutable, Dianna se demandait pourquoi il prenait la peine de la questionner et de réclamer des documents. Il devait avoir de bonnes raisons d'agir ainsi, raisons auxquelles la volonté d'Andrew et Evelyn Campbell n'était sûrement pas étrangère.

Les parents de Claire avaient-ils refusé de soumettre les postulantes à une analyse d'ADN ? Dianna avait besoin de le savoir. Absolument besoin.

Pour l'instant, cependant, Ben et Andrew attendaient qu'elle dise quelque chose.

— Je ne possède aucun papier datant de l'époque qui a immédiatement suivi l'incendie, finit-elle par déclarer en haussant les épaules.

Sa désinvolture sonnait faux. Ce problème de documents était l'un des points faibles de son histoire, et elle s'en rendait parfaitement compte.

— Mon Dieu ! Quelle surprise ! s'écria Ben avec un sourire ironique.

Ce sarcasme ne la troubla pas autant qu'il l'aurait fait au début de leur entretien. Ils bluffaient tous les deux, se rappela-t-elle, mais son jeu à lui était peut-être encore plus mauvais que le sien, et elle avait en main des atouts dont il ne soupçonnait pas l'existence.

— Vous ignorez tout de ce qu'il m'est arrivé au moment où j'ai disparu, observa-t-elle en le regardant bien en face. Vous exigez des documents. Et si je vous affirmais, moi, qu'il n'y en a aucun datant des quelques semaines qui ont suivi l'incendie ?

— Vous mentiriez, parce que je sais que Claire Campbell a fermé son compte en banque de New York moins de vingt-quatre heures après que le chalet du Vermont a brûlé. Si vous êtes Claire, montrez-moi donc votre arrêté de compte, ou une copie des formulaires que vous avez signés ce jour-là. Un seul de ces papiers m'intéresserait au plus haut point, mademoiselle Mason.

Dianna s'obligea à ne pas baisser les yeux, à ne pas prendre un air coupable.

— Je n'ai gardé aucun de ces documents. Je fuyais, j'étais terrifiée. Quelqu'un venait d'essayer de me tuer, non ? Je pensais à tout autre chose qu'à constituer un dossier pour être plus tard en mesure de prouver mon identité. Je cherchais désespérément un endroit où me cacher.

— Et pourquoi pas chez vos parents ? Evelyn Campbell possède un appartement en plein centre de Manhattan, à moins de cinq minutes à pied de la banque. Pourquoi n'y êtes-vous pas allée ? N'est-ce pas à cela que servent les parents ? A protéger leurs enfants en cas de coup dur ?

Elle avait le sentiment que la curiosité de Ben était sincère, qu'il percevait comme personne avant lui le caractère étrange de la disparition de Claire. Elle lui répondit donc franchement, tout en ayant conscience que les plus gros mensonges étaient parfois bâtis sur des vérités.

— Je n'ai jamais considéré mes parents comme un refuge, monsieur Maxwell. Connaissez-vous seulement l'appartement dont vous parliez à l'instant ? Il tient à la fois du musée et du décor d'une comédie sophistiquée des années 30. La famille Campbell souffre — souffrait — de ce qu'on pourrait appeler un léger dysfonctionnement.

Andrew se passa nerveusement la main dans les cheveux.

— Ben, intervint-il, changeons de sujet. Maintenant qu'elle est là, inutile de s'attarder sur les rapports qu'elle entretenait autrefois avec nous.

— Comme vous voudrez.

Rien dans l'expression de Ben ne laissa deviner s'il lui en coûtait ou non d'aiguiller son interrogatoire dans une autre direction. Cette impassibilité faisait de lui un adversaire redoutable, songea Dianna, qui ressentit un étrange pincement au creux de l'estomac en le regardant s'appuyer contre le bureau et croiser les bras.

— Bien, mademoiselle Mason, revenons au compte en banque que vous avez clos le lendemain de l'incendie du chalet. Vous étiez terrifiée, nous en sommes convenus et, comme vous l'avez souligné tout à l'heure, les adolescents ne pensent pas à l'avenir. Il y avait cependant près de deux cent cinquante mille dollars sur ce compte, et même une jeune fille terrifiée peut comprendre la nécessité de garder les papiers relatifs à une telle somme, vous ne croyez pas ?

— Cela dépend de la personne, répliqua-t-elle avec un sourire d'une douceur provocante. Dans mon cas et à ce moment-là, deux cent cinquante mille dollars ne représentaient pas beaucoup d'argent. Je suis une héritière, rappelez-vous.

— Pauvre petite fille riche…, murmura Ben.

Il l'examina de la tête aux pieds, lentement, et les joues de Dianna s'empourprèrent. Pourquoi produisait-il cet effet-là sur elle ? C'était ridicule… Cela faisait des années qu'elle n'avait pas rougi.

Ben se pencha alors jusqu'à ce que son visage se trouve à quelques centimètres du sien.

— Et, aujourd'hui, que représentent pour vous deux cent cinquante mille dollars, mademoiselle Mason ?

— De l'argent de poche, répondit-elle en le regardant droit dans les yeux bien que, cette fois, il s'agisse d'un mensonge éhonté.

A sa grande surprise, Ben recula de quelques pas et éclata de rire.

— Vous jouez très bien les aristocrates hautaines, mademoiselle Mason ! Félicitations ! Vous gagnez cette manche.

L'amusement adoucit un instant ses traits, suscitant en elle un bref élan de sympathie. L'idée troublante qu'il devait être agréable d'avoir Ben Maxwell comme ami et non comme adversaire lui traversa l'esprit, mais elle la chassa résolument. L'amitié — et surtout des liens de cette nature avec Ben Maxwell — était un sentiment dangereux si elle voulait s'emparer de Campbell Crystal et détruire Andrew Campbell.

— Je ne suis pas sûre de bien vous comprendre, remarqua-t-elle froidement afin de redonner à leurs rapports un caractère d'antagonisme qui lui convenait mieux. Je me suis contentée d'énoncer un simple fait. Si je vous autorise à mettre des actions de Campbell Crystal sur le marché, cela me rapportera au moins dix millions de dollars. En y ajoutant les vingt millions de dollars des fonds en fidéicommis qui m'attendent, nous arrivons à un total de trente millions de dollars. Voilà ce que j'appelle une somme d'argent conséquente.

Toute trace de gaieté disparut du visage de Ben.

— L'introduction en Bourse de Campbell Crystal rapportera dix millions de dollars à Claire ou à ses héritiers, observa-t-il d'une voix douce.

— C'est exactement ce que je viens de dire ! rétorqua Dianna, le sourire aux lèvres, mais les yeux brillants de défi.

Ben soutint son regard suffisamment longtemps pour lui signifier qu'il relevait ce défi. Il se redressa ensuite et se tourna vers son employeur.

— Je conçois que vous ayez envie de revoir votre fille, Andrew, et j'espère que nous la retrouverons bientôt. Mais vous me payez pour défendre vos intérêts, et il est de mon devoir de vous rappeler qu'il ne faut pas conclure sur la base de simples impressions. La ressemblance entre cette jeune femme et Claire ne prouve pas qu'il s'agit d'une seule et même personne. D'un point de vue juridique, elle ne constitue qu'une curieuse coïncidence.

— Que m'importe le droit ? s'exclama Andrew. Je la reconnais. C'est Claire Campbell, ma fille.

Si Dianna pensait que le soutien d'Andrew lui assurerait la victoire, Ben ne tarda pas à la détromper.

— Souvenez-vous, Andrew, qu'il y a dix-huit mois vous étiez certain d'avoir retrouvé Claire et qu'il s'est finalement révélé que la personne en question avait un casier judiciaire très chargé. C'était une spécialiste de ce genre d'escroquerie, qui exploitait la détresse de parents sans nouvelles de leurs enfants depuis des années.

— C'était différent, marmonna Andrew. Il jeta cependant à Dianna un coup d'œil oblique, et l'incertitude se peignit sur son beau visage.

Ben lui donna une petite tape dans le dos. La jeune femme fut surprise de déceler une compassion et une affection sincères dans ce geste : elle n'aurait pas cru Ben Maxwell capable d'éprouver des sentiments aussi humains.

— Laissez-moi me charger de cette affaire et nous en reparlerons dans deux ou trois jours, proposa Ben. Je veux obtenir de Mlle Mason quelques renseignements supplémentaires avant que vous ne lui remettiez les clés du coffre des Campbell.

— Entendu, dit Andrew, visiblement soulagé d'être ainsi délivré de l'obligation de décider. De toute façon, je pars pour Tallahassee après le déjeuner. Je n'ai pas le temps de m'occuper de ça maintenant.

— Voilà qui ressemble plus au père que j'ai connu, lança Dianna. Un petit problème familial ne doit jamais prendre le pas sur l'essentiel !

— La campagne que je mène pour être élu gouverneur de l'Etat de Floride est d'une importance capitale, rétorqua Andrew. J'ai fait à mes partisans et à mes collaborateurs des promesses que j'entends tenir, parce qu'ils m'ont accordé leur confiance et se sont beaucoup dépensés pour moi.

— Bien sûr, murmura-t-elle. Je comprends tout à fait. J'appellerai ta secrétaire demain. Avec un peu de chance, tu auras un moment à me consacrer avant la fin du XXe siècle…

« Rendez-vous avec Dianna Mason afin de découvrir si elle

est réellement ma fille. » Pourquoi se presser ? Ce n'est pas d'un intérêt capital…

Un rictus de colère tordit la bouche d'Andrew.

— Voilà sept ans que tu as… que Claire a rompu tout lien avec nous. Je considère que tu… que Claire a des explications à nous fournir, et non le contraire. Si tu es vraiment Claire, que t'est-il arrivé ? Pourquoi cette longue absence ? Où te cachais-tu ? Ta mère était folle d'inquiétude et de douleur, et je t'ai fait rechercher dans tout le pays par une armée de détectives.

— Calme-toi, papa ! Je suis de toute façon certaine que tu as payé ces détectives avec mon argent, pas avec le tien.

Andrew en resta sans voix. Si Hal avait été là, songea Dianna, il aurait eu une attaque d'apoplexie. Mais elle n'avait jamais eu l'intention de se montrer humble et douce comme il le lui conseillait. Elle jugeait qu'une attitude un peu hostile était plus vraisemblable de la part d'une fugueuse. Après tout, pourquoi quelqu'un disparaîtrait-il pendant sept ans si un grave conflit ne l'opposait pas à sa famille ? Rien dans les plans conçus au cours des six semaines précédentes ne l'avait cependant préparée à l'envie qui la démangeait d'invectiver Andrew chaque fois qu'il ouvrait la bouche.

Ce dernier réussit finalement à maîtriser sa colère et la regarda en émettant un petit rire sans joie.

— Mon Dieu ! Sept ans ont passé et nous voilà de nouveau en train de nous disputer à propos de ton fichu argent !

— C'est un excellent sujet de discussion, dit-elle, car j'en avais beaucoup avant que tu ne l'investisses massivement dans tes projets immobiliers.

— Tu ne comprends donc rien ? cria Andrew en tapant du poing sur le bureau. Tu n'as pas d'argent, Claire. Mon frère t'a laissé des fonds en fidéicommis, et j'en suis l'administrateur. Je peux les dépenser comme bon me semble — la loi m'y oblige même — à condition que je considère ces dépenses comme servant tes intérêts à long terme. Et tu sais quoi ? Je pense qu'avoir investi une partie de ton capital dans des affaires immobilières sert au mieux tes intérêts, de même qu'avoir engagé des détectives pour découvrir si tu étais morte ou vivante.

— Si bien qu'à présent tu dois mettre Campbell Crystal, la société de mon arrière-grand-père, sur le marché new-yorkais des obligations à haut risque, pour sauver tes opérations immobilières désastreuses.

— Ce n'est pas pour cela que je veux vendre Campbell Crystal, et mes investissements dans l'immobilier ont rapporté un bénéf…

— Vous n'avez pas à justifier vos décisions auprès de Mlle Mason, intervint Ben. Elle n'est que l'une des jeunes femmes qui, au cours de ces dernières années, ont prétendu être votre fille. Tant qu'elle n'aura pas fourni des preuves à l'appui de ses prétentions, vous ne lui devez aucune explication, et surtout pas sur la manière dont vous avez choisi de gérer les biens de votre fille.

— Oui, vous avez raison.

Andrew jeta à Dianna un coup d'œil exaspéré, puis haussa les épaules. Sa bouche esquissa le sourire empreint d'une ironie désabusée qui avait tant contribué à asseoir sa popularité. Quand il l'arborait à la télévision, il apparaissait comme un mélange de Robert Redford et de Ronald Reagan — séduction, cordialité et image rassurante du père réunies en un seul homme.

— Vous admettrez cependant, Ben, reprit-il, que cette jeune femme est différente des précédentes. On ne peut pas vraiment dire qu'elle me flatte pour essayer de rentrer dans mes bonnes grâces !

— Non, elle est bien trop intelligente pour ça, répliqua Ben.

— Ne la laissez pas partir, déclara Andrew avec brusquerie en se tournant vers la porte. Si c'est bien Claire, je ne voudrais pas qu'elle disparaisse dans les marécages de Floride pendant sept autres années. Il faut qu'Evelyn ait la possibilité de la rencontrer et de lui poser quelques questions.

Dianna réprima un frisson de peur et d'excitation mêlées en entendant ces mots. Ainsi, elle était parvenue à manœuvrer Andrew… Rendu nerveux par ses attaques, il souhaitait la garder à proximité afin d'être en mesure de la surveiller, au moins par personne interposée. Elle allait habiter chez lui… Elle approchait du but.

— Vous l'invitez ? demanda Ben, ébahi.

— Et pourquoi pas ? Elle peut loger dans le bungalow. Personne ne l'utilisera dans les prochains jours puisque tous les membres de mon état-major sont à Tallahassee. Avez-vous prévu de réunir ici des gens de Campbell Construction ?

— Non, pas cette semaine.

— Le bungalow sera donc libre.

— Il y a en effet certains avantages à l'avoir à portée de vue, convint Ben en accompagnant Andrew jusqu'à la porte. D'accord, je m'en occuperai.

— Il faut que je vous parle cinq minutes avant mon départ, annonça Andrew. C'est au sujet du projet Dockland. Je me demandais si Roger était prêt à se rendre à Londres pour secouer un peu la société de gestion. Il ronge son frein : il exige plus de responsabilités et moins de travail administratif.

— Très bien, nous en discuterons. Donnez-moi un quart d'heure pour organiser l'installation de Mlle Mason et je vous rejoins sous la véranda.

Andrew s'arrêta sur le seuil et se retourna pour examiner Dianna une dernière fois.

— J'espère que tu... que vous êtes réellement Claire, observa-t-il. Parce que je suis vraiment curieux de connaître la raison de cette longue disparition.

— Je suis Claire, répliqua la jeune femme. Mais es-tu bien sûr de vouloir connaître la raison de ma disparition ? Il y a des secrets dangereux pour un politicien ambitieux. N'oublie pas que les élections se déroulent dans quatre mois.

Ben intervint, la voix douce mais le regard glacial.

— Serait-ce une menace, mademoiselle Mason ? Parce que, dans l'affirmative, je vous conseille de reconsidérer votre stratégie.

— Ce n'est pas une menace, répondit-elle, sachant qu'il lui fallait attendre d'avoir des preuves pour attaquer la réputation d'homme irréprochable dont jouissait Andrew

Campbell. Juste un rappel du fait que je ne suis pas la seule personne ici à ne pas avoir envie de lever le voile sur certains épisodes de sa vie.

— Voilà un aveu intéressant, mademoiselle Mason.

— Simple franchise de ma part, rétorqua-t-elle. J'ai fait des choses dont je ne suis pas très fière. La plupart des gens sont dans ce cas-là, vous ne croyez pas ?

— Pas moi, remarqua Andrew sans manifester le moindre trouble. Je suis garanti cent pour cent intègre. Tous les journalistes avides de scandales de Floride ont minutieusement enquêté sur moi. Ils ont interrogé toutes les femmes à qui j'ai un jour adressé ne serait-ce que trois mots dans l'espoir de prouver que j'étais un mari infidèle. S'ils avaient pensé obtenir des réponses révélant mon immoralité, je parie qu'ils auraient déterré toutes les femmes aujourd'hui mortes que j'ai connues et les auraient interrogées elles aussi. Mais, après un an de recherches, la presse à sensation n'avait absolument rien trouvé et a été obligée d'admettre que mes actes reflétaient exactement mon caractère.

— C'est-à-dire, papa ?

— J'ai passé ces cinq dernières années à étudier l'aménagement du territoire en Floride. De plus, l'expérience que j'ai acquise en tant que promoteur immobilier m'a permis de bien comprendre les problèmes complexes que pose l'équilibre entre la mise en valeur nécessaire de l'Etat et la préservation d'un écosystème fragile. J'ai des solutions concrètes à proposer. Si je suis élu gouverneur, je créerai des emplois sans détruire l'environnement. L'économie se raffermira et nous disposerons alors de l'argent nécessaire pour construire une partie de l'infrastructure sociale dont nous avons tant besoin.

— Excellent discours électoral, papa !

La jeune femme songea avec un amusement teinté d'ironie qu'Andrew avait quelque chose en commun avec Hal : il croyait à sa propre rhétorique. Comme beaucoup d'hommes politiques, il se trompait lui-même autant qu'il trompait ses électeurs, et cela compliquerait d'autant la tâche de Dianna. Il était en effet plus difficile de démasquer ce genre d'imposteur « sincère » que les menteurs cyniques.

— Merci, déclara Andrew. J'ai travaillé dur pour trouver des réponses sensées à quelques-uns des problèmes les plus délicats de notre époque.

Le fait qu'il ait pris son compliment au premier degré n'étonna pas Dianna. Andrew lui lança un autre de ses sourires si télégéniques et poursuivit d'une voix vibrante d'émotion :

— Si on dit aux électeurs ce qu'on a vraiment au fond du cœur, on ne peut jamais être mis en défaut.

Puis, visiblement satisfait de cette dernière réflexion, il salua Dianna de la tête.

— Je te... Je vous verrai à mon retour de Tallahassee, mademoiselle Mason.

— Quand comptes-tu revenir ?

— Dans un jour ou deux. Jeudi au plus tard.

Il ajouta ensuite à l'adresse de Ben :

— N'oubliez pas que je veux vous parler avant que mon avion décolle.

Levant finalement la main dans un geste d'adieu, il sortit de la pièce et s'éloigna en direction de l'arrière de la maison. Le bruit mat de ses mocassins Gucci sur les dalles de marbre se perdit bientôt dans le lointain.

Un lourd silence suivit son départ. Dianna avait le cœur battant, la poitrine oppressée, et elle sentait des gouttes de sueur couler le long de son dos. Posté près de la fenêtre, Ben contemplait le jardin et quand, au bout de plusieurs secondes éprouvantes, il se retourna, la jeune femme eut du mal à soutenir son regard.

— Expliquez-moi pourquoi vous avez choisi ce moment précis pour revenir, mademoiselle Mason.

— « Pour revenir »..., répéta-t-elle d'une voix douce. Voilà un lapsus intéressant, monsieur Maxwell. Ou alors reconnaissez-vous que je suis bien Claire Campbell ?

Il resta muet quelques instants, puis, à la grande surprise de la jeune femme, ébaucha un sourire.

— C'était un lapsus, admit-il. Vous êtes habile, mademoiselle Mason, très habile. Cette hostilité à l'égard d'Andrew est un trait de génie ; aucune de vos devancières n'y avait songé. Maintenant, répondez à ma question. Pourquoi avoir choisi ce moment précis pour présenter vos revendications ? Est-ce Hal qui a décidé de la date de votre arrivée en Floride ? Ou les choses sont-elles plus compliquées que cela ?

Dianna dissimula sa nervosité sous l'air moqueur qui était devenu pour elle une seconde nature.

— Non, c'est très simple, monsieur Maxwell. J'ai choisi ce moment particulier afin d'aider mon père à être élu gouverneur du grand Etat de Floride. J'ai estimé que le retour de sa fille améliorerait beaucoup ses chances. Qu'en pensez-vous ?

— Je pense, mademoiselle Mason, que vous êtes une femme dangereuse. Et je sais que je ne vous laisserai pas saboter la campagne électorale d'Andrew.

— Me proposeriez-vous d'acheter mon silence, monsieur Maxwell ?

— Ne rêvez pas, mademoiselle Mason ! Je voulais seulement dire que des problèmes graves se posent en ce moment à cet Etat et que nous avons besoin d'un gouverneur compétent. Avec son expérience des affaires, Andrew constitue le candidat idéal. La politique en Floride a trop longtemps été dominée par les hommes de loi. Que cela vous plaise ou non, nous allons faire en sorte que le public ne perde pas de vue les vrais problèmes, et Andrew gagnera.

— N'oubliez pas de préciser à mon père ce que sont les « vrais » problèmes ! observa Dianna en riant. Combien de fois par jour devez-vous lui rappeler que la réduction de l'impôt sur la fortune n'intéresse qu'une très faible minorité d'électeurs de Floride ?

Ben ne mordit pas à l'hameçon.

— Je ne m'abaisserai pas à vous répondre, déclara-t-il doucement. D'ailleurs, Andrew a un excellent directeur de campagne. Il n'a pas besoin de mes conseils. Venons-en donc à des questions plus urgentes. Hal Doherty va-t-il loger avec vous au bungalow ?

— Combien de chambres ce bungalow contient-il ? s'enquit Dianna.

Ces mots n'étaient pas plus tôt sortis de sa bouche qu'elle les regretta. De toute évidence, Ben notait déjà mentalement le fait qu'elle ne désirait pas partager la même chambre que Hal Doherty.

— Trois, indiqua-t-il. Et deux salles de bains entièrement équipées.

— Dans ces conditions, je préfère qu'il loge avec moi. N'est-ce pas mon avocat ?

— En effet.

Ben hésita un instant, comme s'il se demandait s'il devait souligner que cet « avocat » était à deux doigts de la radiation du barreau. Mais il décida finalement de ne pas se départir de sa courtoisie et esquissa même un petit sourire.

— Cette matinée a été dure pour tout le monde, observa-t-il. Nous avons pris un mauvais départ, et ce n'était pas dans mes intentions. Dans les vôtres non plus, j'en suis sûr.

— Non, convint Dianna, mais vos paroles signifient-elles que vous souhaitez que nous soyons amis, monsieur Maxwell ?

— Peut-être pas amis, mais au moins pas ennemis. Après tout, nous avons tous les deux intérêt à ce que cette affaire trouve une solution satisfaisante, n'est-ce pas ?

Il usait à présent de son charme de façon un peu plus marquée. Son sourire était plus chaleureux, et Dianna sentit la colère monter en elle. Le fait qu'il estime pouvoir la manipuler aussi facilement était insultant. S'imaginait-il vraiment que quelques sourires suffiraient à l'amadouer ?

— Ecoutez, reprit-il d'un ton mielleux, je ne voudrais pas que vous vous mépreniez sur moi, Dianna. Je n'éprouve pas d'hostilité envers vous en tant que personne. C'est la situation dans laquelle vous mettez la famille Campbell qui m'ennuie. Si vous pouvez me fournir une preuve tangible que vous êtes bien Claire, donnez-la-moi ! Ou montrez-la-moi ! Je suis plus que disposé à me laisser convaincre... Mais que faites-vous ?

— Je vais vous convaincre, répliqua-t-elle d'une voix que ses efforts pour maîtriser sa colère rendaient encore plus rauque que d'habitude.

— En ôtant vos vêtements ?

— Oui.

Elle continua de déboutonner sa veste, et le visage de Ben perdit d'un coup son expression enjôleuse.

— Cela est humiliant pour nous deux, déclara-t-il. Gardez vos habits, mademoiselle Mason. Je ne parlais pas d'un tel moyen de persuasion.

— Ah bon ? Et comment savez-vous ce que j'ai en tête ?

Ses doigts tremblaient lorsqu'elle enleva le dernier bouton. La tentative de Ben pour la séduire l'avait profondément excédée, mais, contre toute logique, la rapidité avec laquelle il reprenait son air glacial et supérieur l'irritait encore plus. Les émotions qui couvaient en elle depuis le matin éclatèrent, puis se fondirent pour former une boule dure au creux de son estomac. Bon Dieu ! Cet entretien ne s'était pas du tout déroulé comme elle l'espérait ! Elle se sentait... désorientée, et voulait que Ben Maxwell le soit aussi.

Dianna se pencha en avant dans une attitude délibérément provocante. Pourquoi avoir choisi cette tactique ? Elle l'ignorait, mais son instinct l'avertissait que c'était la bonne. Elle fit lentement glisser sa veste sur ses épaules et entrouvrit les lèvres. Cela non plus, ce n'était pas prémédité. Elle décida cependant de poursuivre dans la même voie et se passa la langue sur les lèvres en un simulacre de mimique sensuelle.

Elle fut enchantée de constater que Ben se raidissait, comme s'il luttait contre l'envie de s'approcher d'elle, de répondre à son invitation implicite. Quelle que soit la nature des émotions déconcertantes que provoquait leur affrontement, il les éprouvait lui aussi. Elle haussa les sourcils et se croisa les mains sur la poitrine, tenant sa veste du bout des doigts. Elle se rendait parfaitement compte de l'effet produit par sa pose et devinait à l'immobilité de Ben qu'il s'en voulait d'y être sensible. Elle sourit sans chercher à cacher sa satisfaction.

— Que regardez-vous, monsieur Maxwell ?

Les doigts de sa main gauche lâchèrent l'étoffe, et la veste commença à descendre le long de ses bras.

— Non ! Arrêtez !

Ben se précipita pour attraper le vêtement avant qu'il ne tombe par terre, le remonta vivement sur les épaules de la jeune femme et en rapprocha les bords. Dans sa hâte, il effleura le haut des seins de Dianna, exactement comme elle l'avait prévu.

Le contact de cette peau nue stoppa Ben dans son élan. Dianna ferma les yeux, consciente d'avoir volontairement créé cette situation, mais moins certaine à présent d'être prête à en assumer les conséquences.

Un silence oppressant s'installa. Une seconde passa, une autre, puis Ben grommela :

— Mais qu'est-ce que...

Il rouvrit la veste et en écarta les pans de façon à voir ce que ses mains venaient de toucher. Les yeux plissés, les sourcils froncés, il promena son doigt sur l'étroite bande de chair rugueuse et parcheminée près du soutien-gorge de la jeune femme. Celle-ci se mordit la lèvre pour ne pas crier. Cela faisait des années que ces cicatrices n'étaient plus douloureuses, mais elle pouvait être prise de tremblements au seul souvenir des souffrances endurées autrefois.

Ben ne chercha pas à découvrir jusqu'où descendaient les cicatrices : il rabattit brutalement les bords de la veste et recula de quelques pas, le visage sombre.

— Que vous est-il arrivé ? demanda-t-il.

— Vous le savez très bien, répondit-elle en reboutonnant nerveusement sa veste.

— Dites-le-moi quand même.

— J'ai eu la poitrine brûlée.

— Où ? Comment ?

— Dans un chalet du Vermont, lorsque quelqu'un a essayé de m'assassiner.

3.

Hal Doherty entra en trombe dans le bungalow. Dès qu'il aperçut Dianna, il lui lança un sourire radieux.

— Je savais que vous réussiriez ! Vous êtes la meilleure ! Si vous êtes capable de tenir tête à Ben Maxwell et Andrew Campbell réunis, vous pouvez vous tirer de n'importe quelle situation !

Fou de joie, il l'attira contre lui et la serra sur sa poitrine dans une étreinte où n'entrait pas seulement de la camaraderie.

— Salut, Hal !

Dianna se dégagea, et sa froideur le calma mieux que ne l'aurait fait un franc rejet. « Quel glaçon ! » songea Hal, vexé. Deux mois s'étaient écoulés depuis qu'il l'avait remarquée à la soirée de Sonya, à Boston, et pas une fois il n'avait eu l'impression qu'elle le considérait comme un homme. En sa présence, il finissait toujours par se sentir comme un eunuque obéissant. La plupart des femmes le trouvaient très séduisant, alors pourquoi Dianna Mason l'écrasait-elle de son mépris ? Il réprima le sentiment d'injustice qui montait en lui. « Les affaires d'abord », se rappela-t-il. Elle avait bien mené cette entrevue capitale avec Ben et Andrew, c'était déjà ça.

— Que s'est-il passé après mon départ ? demanda-t-il. Une idée affreuse lui traversa l'esprit, et il ajouta :

— J'espère que vous n'avez rien signé !

— Non, rien, déclara-t-elle en lui adressant un de ses sourires distants et polis. On a apporté nos bagages. Vous voulez peut-être ranger vos affaires ?

Tout en parlant, elle fixait le plafond comme si elle essayait d'attirer sur ce dernier l'attention de son interlocuteur. Hal leva la tête et vit un magnifique lustre orné de pendeloques en forme de dauphins et de coquillages. Etait-il censé donner son avis sur l'esthétique de cet objet ? Comme si cela avait une quelconque importance... Il haussa les épaules, mécontent de constater que, neuf fois sur dix, le cerveau de Dianna fonctionnait trop vite pour lui. Se laissant tomber dans un confortable canapé de rotin, il en tapota les coussins recouverts d'un élégant tissu à fleurs pêche.

— Venez vous asseoir un moment. Les bagages attendront. Racontez-moi tout ce qui s'est passé, mot pour mot.

Il sourit afin de lui montrer sa satisfaction. Pour une artiste sans le sou issue d'un milieu ouvrier, elle s'était bien débrouillée. Vraiment très bien. Il n'avait bien sûr jamais douté de son intelligence, ni de sa roublardise ; seul son manque d'enthousiasme le tracassait.

— Vous ont-ils mené la vie dure ? Posé des questions auxquelles vous n'avez pas pu répondre ? Y a-t-il des choses que nous devons mettre au point ?

— Dans la mesure où nous savons tous les deux que je suis la véritable Claire Campbell, je ne comprends pas très bien ce que vous voulez dire, Hal, répliqua-t-elle en lui jetant un coup d'œil où se lisait une exaspération à peine contenue. Cette rencontre avec mon père a été plus éprouvante que je ne m'y attendais, mais, maintenant que je l'ai affronté, lui et mes souvenirs, je me sens mieux.

— Oui, sans doute, balbutia-t-il, surpris. Mais qu'est-ce que ce lustre a de si captivant ?

Cette fois, elle le fusilla carrément du regard, mais ce fut d'une voix toujours douce et posée qu'elle expliqua :

— Je me demandais seulement si c'était une création de Campbell Crystal. Je trouve étonnant que le décorateur ait choisi un lustre aussi élégant pour un bungalow destiné aux invités, pas vous ?

— Des goûts et des couleurs on ne discute pas, observa-t-il sans se donner la peine de lever les yeux.

Il leur restait trois épais dossiers à étudier, sans parler du fait qu'il n'avait jamais vraiment eu l'occasion de vérifier si Dianna connaissait les usages de la bonne société. Il fallait absolument qu'il prenne le temps de l'informer sur les mœurs des gens riches et célèbres. Il frissonna à l'idée de ce qui risquait de se produire si elle rencontrait Evelyn Campbell avant qu'il n'ait pu lui apprendre comment on se tenait à table. Lors de son dernier entretien avec l'impératrice Evelyn, celle-ci l'avait traité avec un tel mépris qu'il s'était demandé si sa braguette n'était pas ouverte. Quant à Bainbridge, le majordome qui régentait la maison d'Evelyn, dix secondes lui suffiraient pour faire perdre à Dianna tous ses moyens.

Hal se pencha en avant et poursuivit en s'efforçant de cacher son irritation :

— Je sais que le verre sous toutes ses formes vous fascine, mon petit, mais nous avons des problèmes plus sérieux à régler. Examinons les deux ou trois choses les plus importantes pour nous dans l'immédiat. Comme la façon dont nous devons…

Un violent coup de pied dans la cheville l'interrompit, et il poussa un hurlement d'indignation et de douleur mêlées.

— Mais enfin, Dianna…

— Excusez-moi, Hal, j'ai trébuché.

Elle l'attrapa par la main et lui montra de la tête la terrasse qui entourait le bungalow et qu'une allée reliait au bâtiment principal.

— La climatisation m'incommode, au bout d'un moment, reprit-elle, d'une voix dont la douceur contrastait étrangement avec ses sourcils froncés. Allons dehors, voulez-vous ? Ce parc paysager est vraiment ravissant, et je me demande où mène ce joli sentier.

— A la piscine et ensuite à la maison, répondit Hal qui massait encore son pied endolori.

Puis, voyant son entêtement à sortir, il s'approcha de la porte coulissante, l'ouvrit et passa sur la terrasse, qu'un toit en surplomb et un berceau de bougainvillées protégeaient des rayons brûlants du soleil. La température n'en avoisinait pas moins les trente-cinq degrés, et le taux d'humidité de l'air donnait l'impression qu'il en faisait au moins quarante. Dianna entraîna Hal vers le centre de la terrasse, à un endroit où il n'y avait pas un pouce d'ombre, et il sentit immédiatement son front se couvrir de sueur. Il tira en soupirant un mouchoir de sa poche et s'écria :

— Qu'avez-vous donc, mon petit ? J'admets que vous ayez besoin d'un peu d'air, mais comment pouvez-vous supporter cette chaleur ?

— Mieux vaut s'en accommoder que de rester à l'intérieur, où notre conversation est peut-être enregistrée, répondit-elle sèchement. Vous n'étiez pas très discret ! L'idée qu'il y avait probablement des micros cachés dans le bungalow ne vous est pas venue à l'esprit ? Moi, je crois que le lustre en contient un.

— Mon Dieu !

Inquiet, Hal tritura sa moustache avec l'énergie d'un enfant de deux ans s'accrochant à sa couverture fétiche. Il s'en rendit brusquement compte et s'arrêta.

— Votre imagination vous joue des tours, affirma-t-il. Cacher des micros n'est pas aussi facile que le suggèrent les films. C'est une opération qui prend du temps, et il n'y a aucune raison pour qu'Andrew espionne tous ses invités. Il est arrogant mais pas paranoïaque.

— Il n'a pas besoin d'être paranoïaque. Il paye Ben Maxwell pour l'être à sa place. Ben a très bien pu installer des micros dans le bungalow dans le but d'écouter nos conversations. Pourquoi, autrement, aurait-il accepté que nous logions chez Andrew ?

— Ben est bien capable de ce genre de chose, admit Hal, mais il ignorait il y a encore deux heures que nous allions habiter ici. D'après ce que je comprends, c'est Andrew qui l'a proposé.

— En effet, concéda-t-elle. Mais je continue à penser que nous devons surveiller ce que nous disons à l'intérieur du bungalow. Nous sommes vulnérables, Hal, très vulnérables.

— Vous êtes vraiment d'une nature méfiante ! s'exclama-t-il en la considérant attentivement, frappé une fois de plus par le contraste qu'offraient l'expression distante, énigmatique de ses traits et ses formes pulpeuses. Vous ne baissez donc jamais votre garde ?

— L'expérience m'a enseigné qu'il ne fallait se fier à personne.

— Vous êtes trop cynique.

Dianna le regarda bien en face, et une lueur moqueuse brilla dans ses yeux.

— Pas cynique, Hal, réaliste.

— Vous vous comportez comme si le monde était peuplé d'escrocs.

— N'est-ce pas le cas ?

— Non, bien sûr que non !

— Songez à l'arnaque que nous sommes en train de monter, Hal… Etes-vous digne de confiance ? Le suis-je ?

Il se détourna afin de ne pas voir le reflet de sa propre malhonnêteté sur le visage de Dianna.

— Les Campbell possèdent plus d'argent qu'ils ne pourront jamais en dépenser, remarqua-t-il. Nous allons juste procéder à une petite redistribution.

— C'est une façon d'envisager les choses, observa-t-elle avec un sourire ironique. Qui l'eût cru ? Nous volons les Campbell par pure philanthropie !

— Que nos intentions soient pures ou non, répliqua-t-il, furieux, ce n'est pas une raison pour nous imaginer que le lustre contient un micro.

— Mes soupçons reposent sur des considérations d'ordre esthétique. Ce gros lustre est si incongru dans un bungalow que je ne vois pas pourquoi on l'aurait placé là sinon pour y dissimuler quelque chose.

— Les Campbell ont peut-être tout simplement engagé un mauvais décorateur. Cessez donc de voir des menaces et des mystères partout !

— J'ai peut-être en effet tendance à dramatiser, déclara-t-elle en riant.

Cet accès de gaieté imprévu adoucit son visage, lui donnant un aspect étonnamment jeune et innocent. Hal frissonna malgré la chaleur. Dans des moments comme celui-là, elle ressemblait tant aux photos de Claire Campbell que cela l'effrayait. Tout le monde avait un sosie, disait-on, mais il était presque inquiétant d'en croiser un qui fût aussi parfait.

— Pourquoi me regardez-vous comme ça ? demanda-t-elle. J'ai une saleté sur le nez ?

— Mais non…

Inutile de lui parler de sa ressemblance avec Claire. Il valait mieux qu'elle ne prenne pas trop d'assurance. Et, d'ailleurs, pourquoi se tracassait-il tant ? Cette similitude de traits servait leurs intérêts… Recouvrant d'un coup sa bonne humeur, il passa son bras autour des épaules de Dianna.

— Maintenant que vous m'avez averti au sujet de ces micros, pouvons-nous rentrer ? Je fonds littéralement, et vous allez attraper un coup de soleil.

— Oui, vous avez raison, mais suivez mes conseils, d'accord ? N'évoquez pas nos petites affaires dans le bungalow tant que nous n'aurons pas vérifié s'il contient ou non des micros.

— Entendu !

Se libérant de l'étreinte de Hal, elle se dirigea vers la porte et il lui emboîta le pas, les yeux fixés sur ses hanches ondulantes. Elle était vraiment bien roulée ! Pour la centième fois au moins, il s'imagina en train de la déshabiller, d'enfouir son visage dans la douceur de ses seins et de la sentir bouger sous lui sur les draps froissés d'un grand lit. Mais, à moins de la violer, cela ne risquait pas d'arriver, et le viol n'était pas du tout son style. Il aimait que les rapports sexuels s'accompagnent d'un minimum de douceur et de tendresse.

Peut-être était-elle lesbienne, pensa-t-il, comme Sonya, sa meilleure amie. Cela expliquerait pourquoi elle ne lui faisait jamais d'avances alors que, à sa place, la plupart des femmes auraient cherché à rentrer dans ses bonnes grâces en lui accordant leurs faveurs. Il fronça les sourcils. Quel gâchis, si elle était vraiment homosexuelle !

Dianna pénétra dans le bungalow et, quand il la rejoignit, l'air frais qui l'accueillit lui arracha un soupir de soulagement. Il tint sa chemise écartée de sa poitrine moite jusqu'à ce que la sueur commence à sécher.

— Je vais mettre une tenue plus légère, annonça la jeune femme en lui adressant un autre de ces sourires froids qui le rendaient fou. Si les invités sont autorisés à utiliser la piscine familiale, je me baignerais volontiers.

— Excellente idée ! Je vous accompagne.

Que Dianna soit lesbienne ou non, Hal se sentait tout émoustillé à l'idée de la voir en maillot. Bien qu'ils ne se fussent pratiquement pas quittés depuis six semaines, il n'avait encore jamais eu l'occasion d'apercevoir la moindre parcelle de son corps entre les genoux et les épaules. L'état lamentable de leurs finances les obligeait à ne prendre qu'une seule chambre dans les motels, mais elle portait toujours pour dormir des pyjamas de coton très couvrants qui semblaient venir tout droit d'un couvent du XIXe siècle. Hal en éprouvait une énorme frustration.

Le fait de désirer une femme qui participait à l'une de ses escroqueries n'était pas nouveau pour lui. Ses ex-épouses ne le croiraient cependant jamais s'il leur disait qu'il avait partagé la chambre d'une splendide créature pendant plus de un mois sans tenter une seule fois de la séduire. Hal lui-même avait du mal à le croire. Qu'est-ce qui n'allait pas chez lui ? Peut-être devrait-il oublier son aversion pour la violence et jeter carrément cette bêcheuse sur un lit… Il lui montrerait alors qui était le maître !

Tout bien considéré, Dianna ne pouvait pas se permettre de le repousser. Il savait trop de choses sur elle.

L'installation téléphonique des Campbell était ultra-moderne, et chacun des trois appareils du bungalow avait presque autant de boutons que le tableau de bord d'un Boeing 747. Un petit avis collé sur le socle demandait aux invités d'utiliser la ligne 2 pour leurs appels extérieurs.

Dianna finit par trouver cette ligne et réussit non sans mal à obtenir la tonalité. Elle composa le numéro de Sonya, puis se renversa dans le fauteuil d'osier, impatiente d'entendre la voix de son amie.

La jeune femme était dans la salle de séjour, exposée aux regards de Hal ou de toute personne qui s'approcherait de la porte du bungalow, mais, en téléphonant de là et non de sa chambre, elle ne risquait pas d'oublier de surveiller ses propos. Car même si elle avait vérifié que le bungalow ne contenait pas de micros et que les téléphones n'étaient pas sur écoute, n'importe quel membre de la maisonnée pouvait surprendre sa conversation depuis l'un des autres postes. Heureusement, Sonya et elle s'étaient préparées à une telle éventualité.

Cinq sonneries avaient déjà retenti. Encore une et le répondeur se déclencherait.

— Allô ? Ne quittez pas, je reviens tout de suite.

Dianna perçut le bruit sourd d'un combiné qu'on posait sans douceur sur une table ou un buffet de cuisine. Elle se détendit, soulagée. L'idée que Sonya devait comme toujours être en train de faire trois choses à la fois l'amusa, mais cette voix à l'accent bostonien un peu précieux provoqua en elle une bouffée de nostalgie inattendue.

— Bon, me revoilà, et le dîner est sauvé… Enfin presque. Qui est à l'appareil ?

— Di. Ravie que ton dîner ne soit pas brûlé. Comment vas-tu ?

— Mal ! Côté amours, c'est le calme plat, mon régime ne marche pas parce que je n'arrête pas de manger des glaces, et mon rédacteur en chef a décidé d'économiser cent mille dollars de frais généraux en m'imposant le travail de trois personnes.

— La routine, quoi ! observa Dianna en riant.

— Merci de ta compassion ! Mais donne-moi plutôt de tes nouvelles. Tu es toujours en Floride avec cette vieille fripouille de Hal ?

Sonya avait bon goût et beaucoup de jugement. Elle fréquentait Hal depuis l'époque du lycée, mais rien ne la convaincrait jamais que c'était quelqu'un de bien.

— Oui, répondit Dianna, je suis toujours en Floride, et Hal aussi.

— A quel motel êtes-vous descendus ? Je vais noter le numéro.

— En fait, nous logeons chez Andrew Campbell.

— Tous les deux ? questionna Sonya d'un ton surpris.

— C'est plus commode comme ça. J'aimerais pourtant bien que Hal arrête de tripoter sa moustache et de bander ses muscles dans l'espoir de me persuader qu'il baise comme un dieu !

— Tu demandes l'impossible !

Sonya marqua une pause imperceptible, trop courte pour être remarquée par quiconque ne connaissait pas sa volubilité habituelle, avant de reprendre :

— Quand vous êtes-vous installés chez les Campbell ?

— Ce matin, il y a une heure ou deux.

— Avez-vous rencontré les autochtones ? Sont-ils amicaux ?

— J'ai déjà eu un entretien avec Andrew Campbell. Je l'ai trouvé… ambivalent. Il est prêt à admettre que je suis sa fille, mais souhaite que je lui en fournisse des preuves concrètes.

Dianna entendit son amie soupirer.

— Tu veux mon avis, Di ?

— Non, mais je suis sûre que tu vas me le donner quand même.

— Exact, et le voilà : reviens ! Aujourd'hui. Maintenant. Sans perdre une seconde.

— Tu sais bien, Sonya, que je ne peux pas.

— Tu manques à Gregory. Je t'en prie, Di, ne fiche pas toute ta vie en l'air juste pour permettre à Hal de gagner de l'argent sans se fatiguer !

— Je suis flattée de manquer à ton chat, répliqua Dianna avec un rire un peu amer, mais la pensée de l'honorable Gregory ne suffit pas à me persuader de rentrer à Boston. Pas encore.

— Ne tarde tout de même pas trop ! Toutes tes plantes sont en train de crever. J'oublie toujours de les arroser.

« Il me faut des renseignements complémentaires, traduisit mentalement Dianna. Les pistes que tu m'avais dit de suivre n'ont mené à rien. »

— Colle un papier sur le réfrigérateur pour t'en souvenir, suggéra-t-elle. Je te préviens, Sonya, je ne t'adresserai plus jamais la parole si tu laisses mourir mes saintpaulias.

Traduction : « Je t'indiquerai très bientôt d'autres pistes. Il faut continuer à chercher des informations susceptibles de briser la carrière politique d'Andrew Campbell. »

— Tu es un véritable tyran, mais je ferai de mon mieux, déclara Sonya d'une voix qui avait recouvré toute sa vivacité. Au fait, j'ai appris que les Campbell ont depuis peu une remarquable cuisinière. Elle s'appelle Sharon Kruger et accompagne Andrew partout où il va.

Avaient-elles finalement réussi à identifier l'une des maîtresses d'Andrew ? se demanda Dianna. Sonya était-elle parvenue à découvrir le scandale qui avait échappé aux autres journalistes ?

— J'en prends bonne note, annonça-t-elle. Des repas gastronomiques me changeront agréablement de mon alimentation habituelle.

— Arrêtons de parler de nourriture ! Je suis au régime, tu te rappelles ? Ici, il pleut depuis trois jours. J'imagine que, vous, vous avez du soleil...

— Et une chaleur étouffante, mais je m'en accommoderai.

— J'aimerais bien savoir ce que tu fabriques là-bas, observa Sonya sur un ton soudain plus grave. Pourquoi as-tu accepté de loger dans la maison des Campbell ? Tu es sûre que ce n'est pas dangereux ?

Dianna fronça les sourcils. Ce genre de remarque n'était pas prévu dans le script. Presque toute leur conversation, d'ailleurs, avait largement dépassé les limites fixées à l'avance.

— Tu sais très bien pourquoi je suis ici, rétorqua-t-elle. Hal et moi avons fait connaissance chez toi. Tu sais ce qui s'est produit entre nous, pourquoi il m'a convaincue de reprendre contact avec ma famille et de revendiquer mon héritage.

Même si quelqu'un écoutait, il n'y avait aucun risque à dire cela. Elle s'était montrée d'une franchise absolue au sujet de sa rencontre avec Hal. Et tout le monde, même Hal, même Sonya, ignorait qu'elle avait manœuvré pendant deux semaines pour arranger cette rencontre « fortuite » à l'une des soirées de Sonya.

— Tu te trompes, indiqua cette dernière, je ne connais pas la véritable raison de ton voyage en Floride, juste la raison que tu m'as donnée et qui ne tient pas debout. Les jours où je suis d'humeur optimiste, j'essaie de croire que ce que tu m'as raconté contient une vague part de vérité.

Dianna se leva, et l'angoisse l'étreignit de nouveau. Ce fut seulement alors qu'elle eut conscience du bien-être éprouvé pendant les courts instants où la peur l'avait quittée.

— Je compte sur toi, Sonya. Il m'est impossible de répondre à toutes tes questions, mais j'ai besoin de ton aide dans les semaines qui viennent.

— Oui, je sais...

Il y eut une autre pause déconcertante.

— Nous sommes amies, reprit finalement Sonya, et tu peux donc compter sur moi.

— Merci. Je serai bientôt en mesure de te fournir plus d'explications.

On frappa à la porte du bungalow, et Dianna se réjouit d'avoir un prétexte pour couper court à cet entretien. L'idée d'être contente de mettre fin à une conversation avec une femme qu'elle considérait comme sa meilleure amie la déprima cependant. Si seulement elle avait trouvé le courage de se confier à Sonya avant de quitter Boston...

— Ecoute, Sonya, quelqu'un arrive. Il faut que je raccroche. Je te rappellerai dans deux ou trois jours.

— Entendu ! Dianna…

— Oui ?

— Fais attention à toi, hein ?

Que voulait-elle dire exactement ?

— Oui, oui ! A bientôt !

Dianna reposa le combiné et se dirigea à grands pas vers la porte. Deux silhouettes masculines se devinaient à travers les panneaux vitrés.

— Qui est là ? demanda-t-elle.

— Ben Maxwell. Pourrions-nous discuter quelques instants ?

Ben… et un autre homme, qu'il souhaitait manifestement la voir identifier, à un moment où Hal n'était pas là pour lui souffler la réponse. La perspective de se mesurer avec Ben Maxwell était étrangement stimulante. Dianna inspira à fond et ouvrit la porte.

Ben pénétra dans la salle de séjour, suivi par un jeune homme d'une vingtaine d'années. Si Ben voulait éprouver sa capacité à identifier des gens que Claire avait connus dans le passé, il n'avait pas choisi un très bon test. Ce jeune homme était grand et large d'épaules, il avait les yeux bleus et d'épais cheveux châtain clair coupés court sur la nuque et formant sur le front une mèche au mouvement étudié. « Superbe exemple de charme naturel rehaussé par les soins d'un grand coiffeur », songea Dianna, amusée. Un nez aquilin lui épargnait d'être seulement beau : il rendait en plus son visage intéressant. Bref, il ressemblait tellement à Andrew Campbell qu'on ne pouvait guère hésiter à reconnaître en lui le fils de la maison, même sans la demi-douzaine de photos que contenaient de lui les dossiers de Hal.

— Bonjour, Roger ! dit-elle chaleureusement. Tu as drôlement grandi !

Il la considéra avec un intérêt non dissimulé, sans manifester ni la sourde hostilité de Ben ni le violent émoi d'Andrew.

— C'est très étrange, observa-t-il après un long moment de silence. Je pensais savoir si vous étiez ou non ma sœur à l'instant même où je vous apercevrais, mais les choses sont apparemment plus compliquées que ça… Vous ressemblez à Claire et, pourtant, vous me paraissez étrangère… Je ne peux pas me prononcer.

Dianna devait être plus tendue qu'elle ne le croyait, ou juste épuisée par une longue suite de nuits pratiquement blanches, car, devant le frère de Claire, un tumulte d'émotions bouillonna en elle, et notamment une inexplicable envie de pleurer. Elle s'éclaircit la voix et enfonça ses mains dans les poches du pantalon de toile qu'elle avait mis après sa baignade.

— Nous avons tous les deux beaucoup changé au cours de ces sept dernières années, remarqua-t-elle, et il est donc normal que tu ne me reconnaisses pas immédiatement. La dernière fois que nous nous sommes vus, tu avais des boutons sur le nez et tu n'étais pas tellement plus grand que moi.

Et en effet, elle devait lever la tête pour arriver à le regarder dans les yeux. Il soutint ce regard, puis ses lèvres s'étirèrent lentement en un sourire amical.

— Vous… Tu es cruelle ! déclara-t-il. Il ne faut jamais rappeler à un garçon de vingt-trois ans qu'il a eu des boutons sur le nez. C'est un souvenir trop proche et encore très traumatisant !

Elle éclata de rire, appréciant son sens de l'humour, et lui montra un fauteuil de la main.

— Tu veux bien bavarder avec moi un moment ? J'en serais vraiment heureuse.

— Mon emploi du temps n'est pas si chargé que je ne puisse consacrer un quart d'heure à une femme qui est peut-être ma sœur.

Il se tourna alors vers son compagnon, et demanda :

— Vous restez, Ben ?

— Oui, répondit celui-ci en fixant Dianna. J'adore observer Mlle Mason à l'œuvre.

Dianna feignit de ne pas l'avoir entendu, mais un frisson d'excitation la parcourut lorsque ses yeux rencontrèrent ceux de Ben. Affectant de concentrer toute son attention sur Roger, elle s'enquit :

— Alors, petit frère, qu'as-tu fait au cours de ces dernières années ?

— Quand j'aurai quatre-vingt-dix ans et toi quatre-vingt-douze, tu m'appelleras encore « petit frère » ? questionna-t-il avec un gros soupir.

— Sans doute, répliqua-t-elle malicieusement. Je te signale d'ailleurs que, quand tu auras quatre-vingt-dix ans, j'en aurai quatre-vingt-douze et demi. Je te prie de traiter tes aînés avec tout le respect qui convient, petit frère !

Il la considéra pensivement ; une lueur grave assombrissait soudain l'éclat de ses iris bleu azur.

— Quand tu parles comme ça, on dirait vraiment Claire… Elle me taquinait toujours parce que je ne serais jamais aussi âgé qu'elle, même si nous vivions cent ans.

— J'aimerais pouvoir considérer cette remarque comme la preuve que je suis bien Claire Campbell, s'écria Dianna en riant, mais l'honnêteté m'oblige à admettre que toutes les grandes sœurs du monde taquinent probablement leurs petits frères à ce sujet.

— Bien joué, mademoiselle Mason ! intervint Ben d'un ton sarcastique. Vous avez pensé à cette objection environ deux secondes avant moi.

— Oh ! je suis une maligne, déclara Dianna sans le regarder. Et j'ai plus d'un tour dans mon sac.

Roger fronça les sourcils et l'examina avec un détachement presque scientifique.

— C'est bizarre, vraiment bizarre… Tu ressembles à Claire, tu as les mêmes attitudes — si ma mémoire ne me trompe pas, du moins —, mais ta voix est complètement différente. Elle est un peu… éraillée. Et tu as un drôle d'accent.

Elle ignora cette dernière observation et secoua la tête, simulant l'indignation.

— Eraillée ! Quelqu'un de poli qualifierait ma voix de « rauque ».

— Peu importe ! répliqua-t-il avec un sourire. Claire avait une voix douce et aiguë. La tienne est grave et ér… grave et rauque.

Dianna sentit une boule se former au fond de sa gorge et contempla ses mains. Cette rencontre avec Roger se révélait encore plus éprouvante que son entretien avec Andrew Campbell, et elle n'était pas aussi bien armée qu'elle le croyait.

— L'incendie m'a abîmé les cordes vocales, expliqua-t-elle finalement. Je suis même restée complètement aphone après… enfin, pendant près de quinze jours.

Roger se pencha en avant, le visage tendu.

— Que t'est-il arrivé ce soir-là ? Où es-tu allée après avoir quitté le chalet ? Et, d'ailleurs, comment es-tu sortie ? J'ai vu la maison quelques jours plus tard et… et il semblait impossible que quiconque ait pu s'en échapper. J'ai toujours douté que Claire ait survécu.

Tout détachement avait à présent disparu de son attitude ; il paraissait au contraire bouleversé. Dianna garda le silence, trop émue pour parler et, quand elle recouvra enfin son sang-froid, ce fut d'une voix monocorde qu'elle récita la leçon si souvent répétée avec Hal.

— J'étais dans la salle de bains quand l'incendie s'est déclaré. J'ai sauté par la fenêtre et je me suis rendue au chalet des Kerensky, mais il n'y avait personne. Je suis entrée par la buanderie. Je commençais à savoir m'y prendre pour passer par une fenêtre…

Cette piètre tentative pour considérer les choses avec humour ne marcha pas et Dianna s'interrompit, prenant soin de ne regarder aucun des deux hommes jusqu'à ce qu'elle eût maîtrisé son trouble.

— Qu'as-tu fait chez les Kerensky ? demanda Roger d'un ton encourageant.

— Je me suis changée. Mes habits étaient calcinés, mouillés et imprégnés d'une horrible odeur de fumée. Quand j'ai enlevé mon pull-over, je me suis aperçue que j'avais des brûlures sur la poitrine, mais je me suis contentée de mettre un antiseptique dessus et d'avaler la moitié d'un tube d'aspirine afin de ne pas avoir trop mal. A vrai dire, j'étais dans un tel état d'hébétude que je souffrais à peine. J'ai enfilé des vêtements chauds et une paire de bottes fourrées trouvée dans le placard de Jane Kerensky, puis je suis partie. J'étais à ce point incapable de penser de façon rationnelle que je n'ai pas utilisé la porte d'entrée pour sortir, mais la fenêtre de la buanderie, tout en me tracassant à l'idée de déchirer le fuseau de Jane.

— Et ensuite ? questionna Roger.

— J'ai regagné la grande route. Un chauffeur de camion m'a prise en stop. Il allait à New York, et c'est donc là que je suis allée moi aussi. Il a sûrement cru que j'étais une fugueuse. Je devais avoir une drôle d'allure. Je me rappelle que j'avais des particules de cendre dans les cheveux et qu'elles n'arrêtaient pas de me tomber dans les yeux. Ma figure était certainement couverte de traînées noires.

Heureusement — ou malheureusement —, Dianna avait toujours eu beaucoup d'imagination. Le regard perdu dans le vague, elle sentait presque l'impression de chaleur et de sécurité que donnait la cabine d'un camion roulant dans la nuit ; elle voyait presque les lumières scintiller sur la neige et la chaussée humide, cette neige se changer peu à peu en boue grisâtre et la pureté de l'air nocturne céder la place au brouillard malsain des matins d'hiver new-yorkais. Les cicatrices de ses anciennes brûlures l'élancèrent soudain — réminiscence des souffrances passées plus que douleur réelle —, et elle porta la main à sa poitrine dans un geste qui n'avait rien de calculé.

— On dirait que ce voyage t'a laissé un mauvais souvenir, observa Roger. Le conducteur du camion t'a importunée ?

— Pardon ? Oh ! non, c'était un très brave homme. Il a tenté de me persuader d'aller dans un foyer pour enfants battus. Il m'a offert du café et des croissants parce que je n'avais pas d'argent sur moi. Et puis, je me suis rappelé que je possédais un compte en banque à New York et, quand nous sommes arrivés à Brooklyn, je lui ai demandé de me prêter quelques dollars pour que je puisse prendre un taxi jusqu'à Manhattan. Il a accepté et je lui ai juré de le rembourser, mais j'ai perdu le papier sur lequel il avait noté son nom et son adresse, et je n'ai donc pas tenu ma promesse. J'ai des remords chaque fois que j'y repense. J'aimerais pouvoir lui dire que tout s'est bien terminé, qu'il m'a sauvé la vie.

Elle avait prononcé ces derniers mots dans un murmure, mais Ben la tira de sa rêverie en déclarant d'une voix dure :

— Voilà des sentiments qui vous honorent, mademoiselle Mason, mais vous vous êtes tout de même souvenue du nom de votre banque et de votre numéro de compte. C'est vraiment une chance que votre « état d'hébétude » ne vous ait pas fait perdre de vue ce qui était vraiment important : l'argent.

— Oui, j'y ai souvent songé, remarqua Dianna, qui se leva brusquement pour aller se servir au bar un verre d'eau de Seltz additionnée de glace. Mais pourquoi êtes-vous en colère contre moi, monsieur Maxwell ? Parce que j'ai gardé suffisamment de présence d'ésprit pour retirer de l'argent qui m'appartenait, ou bien parce que, selon vous, je ne suis pas Claire Campbell ? Il faut choisir…

— Pas forcément. En ce moment, je me sens d'assez méchante humeur pour oublier la logique.

— Laissez-la tranquille, Ben ! intervint Roger. Qu'avez-vous ? Nous devons découvrir la vérité.

Puis, se tournant vers Dianna, il demanda :

— Tu as été gravement brûlée ? On ne voit aucune cicatrice.

— J'en ai, mais elles ne sont pas très étendues. Ça ne me pose pas de problème, à condition d'éviter les Bikini et les robes très décolletées.

— Tu pourrais essayer la chirurgie esthétique.

Les mains de Dianna se crispèrent sur son verre. Elle n'arrivait pas à s'imaginer suffisamment affranchie de son passé pour vouloir faire disparaître ces cicatrices. Elle leva cependant les yeux et parvint à sourire.

— Oui, j'essaierai sans doute un jour. En réalité, je n'y attache pas beaucoup d'importance.

Ben s'était réfugié dans un silence hostile, mais Roger paraissait ajouter foi à son récit.

— Ce qui m'étonne le plus, observa-t-il, c'est que tu aies réussi à tenir le coup pendant tout ce temps avant d'aller à l'hôpital. New York est à plusieurs centaines de kilomètres du Vermont. Le voyage a dû durer des heures.

— Il est amplement prouvé, expliqua-t-elle en haussant les épaules, que l'instinct de survie donne une énergie dont on ne se serait pas cru capable. Quand je suis montée dans le camion, je n'avais aucun plan, sinon quitter le Vermont. C'est seulement quand le conducteur m'a questionnée sur l'état de mes finances que je me suis rendu compte que je n'avais aucun argent sur moi. A partir de ce moment-là, l'idée de me rendre à Manhattan et de clore mon compte à la National City Bank avant que quelqu'un ne songe à le bloquer m'a obsédée. Et, une fois cet argent récupéré, je me suis effondrée. J'avais fui le lieu du crime et je disposais des moyens nécessaires pour vivre… La poussée d'adrénaline qui m'avait permis d'agir est retombée d'un coup. Je me suis littéralement traînée jusqu'à la banque voisine, j'ai déposé le chèque de caisse sur un nouveau compte et je me suis évanouie.

— Que s'est-il passé ensuite ? questionna Roger d'une voix inquiète.

— Le personnel de la banque a dû appeler une ambulance. Quand je me suis réveillée, je me trouvais au service des urgences du Manhattan General Hospital, une infirmière penchée sur moi et assez d'aiguilles plantées dans les bras pour fournir en accessoires tout un épisode de *MASH*.

Roger resta silencieux, mais il tendit la main et serra celle de Dianna. A sa grande horreur, celle-ci s'aperçut alors qu'elle pleurait. Voilà qui n'était pas prévu dans le scénario ! pensa-t-elle avec colère. Elle avait projeté de jouer son numéro habituel de femme cynique et blasée, pas de raconter ces fameux malheurs sur le mode pathétique.

— Prenez ! dit Ben Maxwell en lui tendant un paquet de mouchoirs en papier.

— Merci.

Elle se moucha, sécha ses larmes et évita soigneusement le regard de ses interlocuteurs.

— C'est la première fois que je parle de ce qui m'est arrivé après l'incendie, reprit-elle. Excusez-moi. Je ne suis généralement pas du genre à m'apitoyer sur mon sort.

— Dianna… Enfin, Claire…, commença Roger. Et zut ! Je ne sais pas quel prénom utiliser.

— Ben sera très mécontent si tu m'appelles Claire et, en sept ans, je me suis habituée à « Dianna ».

— Allons-y pour Dianna, alors ! déclara Roger en lui adressant un sourire timide. Ce que je ne comprends pas, c'est pourquoi tu n'es pas revenue à la maison. Je sais que nous ne formions pas exactement la famille idéale, mais il n'y avait pas plus de problèmes chez nous que dans n'importe quel autre foyer. A mon avis, du moins. Nous… Toi et moi… Enfin, si tu es vraiment Claire, j'ai toujours pensé que nous nous entendions bien.

Une pointe de douleur perçait dans sa voix, et Dianna éprouva malgré elle un élan de pitié.

— Nous nous entendions bien, Roger, et ce n'est pas à cause de toi que je me suis enfuie. Comment peux-tu croire cela ? Je me suis enfuie parce que je me sentais en danger. N'oublie pas que quelqu'un venait de mettre le feu au chalet dans lequel je me trouvais et que le jeune homme qui m'accompagnait est mort.

— Bien sûr, mais, une fois passé le premier mouvement de panique, tu t'es forcément rendu compte que tu devais rentrer ? Tu n'avais que dix-huit ans, et il te fallait te débrouiller seule dans une ville comme New York !

— Je m'estimais plus en sécurité à Manhattan qu'à la maison. Quelqu'un avait tenté de m'assassiner. La personne qui a mis le feu au chalet savait que j'étais dedans. Comment aurais-je été sûre qu'elle n'essaierait pas de nouveau de me tuer ?

Ben et Roger échangèrent un coup d'œil.

— L'incendiaire a été arrêté quelques jours plus tard, et il est en prison depuis, indiqua Ben d'une voix qui avait un peu perdu de son agressivité.

— L'incendiaire présumé, rétorqua Dianna, si nerveuse que ses ongles s'enfoncèrent dans ses paumes.

— L'incendiaire présumé ? répéta Ben, visiblement surpris. Que voulez-vous dire ? Sa culpabilité ne fait aucun doute.

— Je n'ai jamais été convaincue que la police avait pris le vrai meurtrier.

Ce fut au tour de Roger de la regarder avec étonnement.

— Mais que racontes-tu, Dianna ? La police a obtenu de Ted Jenkins des aveux complets. Elle a découvert de l'essence dans sa caravane. Ses vêtements étaient couverts de cendres, et les analyses ont prouvé que ces cendres provenaient de notre chalet.

— Je suis prête à admettre que Ted Jenkins s'est trouvé sur le lieu de l'incendie à un moment ou à un autre, mais cela ne signifie pas qu'il ait mis le feu.

— Pourquoi se serait-il accusé d'un crime qu'il n'avait pas commis ? demanda Ben.

— Les médias parlaient beaucoup de cette affaire, et la police avait envie de la résoudre rapidement. Peut-être a-t-elle obtenu ces aveux sous la contrainte.

— Non, répliqua Ben en secouant la tête. Je ne prétends pas que la police n'exerce jamais de pressions, mais, dans ce cas précis, elle a effectué un travail d'enquête remarquable. Je suis sûr que Hal vous a montré tous les rapports, et vous savez donc que Ted Jenkins était un instable et un alcoolique à qui l'on a infligé sa première condamnation pour incendie volontaire à l'âge de douze ans. C'est un récidiviste, un homme assez fruste dont le comportement frise l'asocialité. Dès qu'il sort de prison, il choisit un nouveau théâtre d'opérations et y allume des incendies jusqu'à ce qu'il soit arrêté et renvoyé derrière les barreaux. Il a avoué avoir mis le feu non seulement à votre chalet, mais à cinq autres situés dans la même région du Vermont.

Le cœur de Dianna battait si fort qu'il semblait devoir exploser d'un moment à l'autre.

— Oui, j'ai lu les comptes rendus de son procès, dit-elle. Je reconnais qu'il fait un excellent coupable, mais son histoire comporte des incohérences. D'après lui, il ignorait qu'il y avait des gens dans le chalet quand il a allumé l'incendie. Il ment. Personne n'a pu mettre le feu à cette maison sans s'apercevoir qu'il y avait des gens à l'intérieur.

Ses mains tremblaient, et elle les cacha en les glissant sous ses jambes avant d'ajouter :

— Je suis bien placée pour le savoir. J'y étais.

— Essaie d'envisager les choses du point de vue de Ted, suggéra doucement Roger, manifestement sceptique mais soucieux de ne pas la blesser. Souviens-toi d'abord qu'il n'est pas très intelligent. Ensuite, j'imagine que toutes les lampes du chalet étaient éteintes et que tu avais rangé ta voiture au garage.

— Oui, mais nous avions installé des bougies sur la table et Jon avait allumé un grand feu dans la salle de séjour. Les nuits sont très noires, en montagne, et il n'y a ni voisins ni réverbères à des kilomètres à la ronde. La lueur du feu de bois et des bougies se voyait certainement de loin. Et si, par un hasard extraordinaire, Ted ne l'a pas vue, il a dû sentir l'odeur de la fumée qui sortait de la cheminée.

— Tes arguments paraissent logiques, mais ils ne le sont pas, objecta Roger. La police a recueilli une douzaine de témoignages prouvant que Ted avait passé les deux jours précédant l'incendie à boire du whisky dans différents bars du village voisin. Tout le monde s'accorde à dire que Ted, quand il est soûl, pourrait tomber sur une armée en marche et ne rien remarquer de spécial.

Ou bien elle se rangeait à l'opinion de ses interlocuteurs et mettait fin à la discussion, songea Dianna, ou bien elle leur signalait la faille que présentait leur raisonnement. La première solution était la plus sage, d'autant qu'elle avait peur, affreusement peur, mais elle n'avait pas fait tout ce chemin pour reculer au dernier moment.

— Si Ted était aussi ivre et stupide qu'on le prétend, comment être sûr qu'il se rappelle vraiment avoir allumé l'incendie ? demanda-t-elle donc.

— Il a avoué, indiqua Roger sans saisir le véritable sens de cette question.

Ben, lui, comprit tout de suite ce que Dianna insinuait.

— Vous pensez qu'une autre personne a mis le feu au chalet ce soir-là, puis utilisé Ted — qui a tout oublié de ses actes pendant sa période d'ivresse — comme bouc émissaire ?

Elle le regarda droit dans les yeux et, pour la première fois de la journée, lui répondit avec une totale franchise.

— C'est en effet ce que je pense.

Roger les considéra tour à tour, bouche bée.

— Comment quelqu'un pourrait-il oublier qu'il a incendié une maison ?

Ignorant le jeune homme, dont le cerveau fonctionnait décidément beaucoup moins vite que le sien, Ben s'adressa à Dianna.

— Si Ted a été victime d'un coup monté, cela signifie qu'on a essayé de tuer Claire de façon volontaire et préméditée.

— Oui, c'est la conclusion qui s'impose.

— Pourquoi quelqu'un aurait-il cherché à vous… à la tuer ? questionna Ben d'une voix dure. Vous n'aviez que dix-huit ans ! Qui pouvait vous en vouloir au point de souhaiter votre mort ?

Elle rit, amusée par la naïveté de Ben et ravie d'avoir réussi à tromper sa vigilance. « Vous n'aviez que dix-huit ans… » Un instant, il avait cru qu'elle était Claire. Les yeux brillants de malice, elle fixa Ben et, toute son assurance recouvrée, observa :

— Je m'étonne que vous me posiez une question aussi bête, monsieur Maxwell. Pourquoi a-t-on essayé de tuer la pauvre petite Claire Campbell ? A cause de l'argent, évidemment ! A cause des vingt millions de dollars de mon héritage.

4.

Dianna passa une soirée très agréable avec Roger au Summer Garden, l'un des restaurants les plus chic de West Palm Beach. D'un commun accord, ils évitèrent le sujet délicat du passé de Claire et parlèrent de choses banales : de films et de livres, de nourriture et de préférences en matière de vins, du récent voyage de Roger en Alaska. De choses neutres et anodines qui ne risquaient pas de compromettre le caractère amical de ce dîner et, le temps qu'ils en arrivent au dessert — une tarte à la framboise nappée de chocolat —, Roger s'était suffisamment détendu pour fournir spontanément quelques informations sur son travail au sein de la société de son père.

Dianna connaissait bien sûr l'histoire de la réussite des Campbell dans les affaires. Cela faisait partie de la légende familiale, et Hal lui en avait mille fois répété les détails. Les Campbell devaient leur fortune à deux frères, Hector et Jaime Campbell, respectivement charpentier et souffleur de verre de leur état. Ils avaient quitté Edimbourg en 1890 et émigré aux Etats-Unis avec plusieurs de leurs cousins. Ces derniers n'allèrent pas plus loin que le Lower East Side de Manhattan, mais Jaime et Hector se rendirent à Pittsburgh, où ils espéraient que le développement rapide des industries de transformation leur permettrait de gagner leur vie.

Cet optimisme était justifié. Libérés des contraintes d'une société britannique imprégnée de préjugés de classe, ils découvrirent qu'à Pittsburgh il suffisait de travailler dur pour réussir. Grâce à leur compétence, à leur honnêteté et à des journées de dix-neuf heures, ils ne tardèrent pas à acquérir une solide réputation. Avec une prudence tout écossaise, ils épousèrent des femmes pourvues de dots confortables et, à la fin de la Première Guerre mondiale, ils étaient à la tête de deux sociétés qui employaient de nombreuses personnes et réalisaient des bénéfices substantiels.

Hector, le charpentier, fonda Campbell Construction, « le spécialiste des belles demeures pour les honnêtes citoyens », et Jaime créa Campbell Crystal, firme de verrerie aux activités diversifiées : une énorme usine installée au nord-ouest de Pittsburgh fabriquait du verre à vitres, tandis que dans un établissement plus petit situé de l'autre côté de la ville travaillaient des souffleurs de verre qui se vantaient de produire de la cristallerie dans la tradition des plus grands verriers de l'Ancien Monde. Jaime recrutait des artisans venant de tous les pays d'Europe et leur faisait réaliser des modèles exclusifs de lustres et des abat-jour en vitrail que de nombreux connaisseurs jugeaient plus beaux que ceux de Louis Tiffany. Dès 1925, peu de jeunes mariées de la bonne société — ou aspirant à y accéder — estimaient leur maison convenablement équipée sans un lustre de chez Campbell Crystal suspendu dans l'entrée et un service de verres en cristal du même fabricant sur la table de la salle à manger.

Les frères Campbell étaient désormais des hommes qui comptaient à Pittsburgh. Ils avaient cependant leurs problèmes. Hector, qui avait quatre filles mais pas de fils, cherchait désespérément une personne capable de lui succéder à la tête de sa société. En confier la direction commune à quatre gendres ne pouvait que mener à la catastrophe, et nommer président l'un des quatre en écartant les trois autres serait source de dissensions familiales.

Alors qu'il n'était pas encore sorti de ce dilemme, Hector eut la jambe droite fracturée en plusieurs endroits lors d'une collision entre sa Daimler neuve et une carriole de laitier. Anéanti par la douleur et la perspective de rester boiteux toute sa vie, il comprit qu'il ne pourrait plus jamais surveiller les travaux sur les chantiers de construction. Il fallait absolument trouver quelqu'un pour le remplacer, et tout de suite.

Le problème fut résolu de façon satisfaisante quand Jaime, heureux père d'un fils, proposa à Hector de lui racheter son entreprise pour un million de dollars. C'était un prix modeste, mais Hector, profondément soulagé, accepta. Stuart, le fils de Jaime, était le candidat idéal au poste de président-directeur général des deux sociétés Campbell.

Libéré de tout souci professionnel, Hector se retira sur des terres d'une superficie de dix hectares situées à l'ouest de Pittsburgh. Il se bâtit là une splendide demeure à la façade toute de granit importé d'Ecosse, et dont chaque pièce s'ornait d'un énorme lustre de chez Campbell Crystal.

Stuart n'avait hérité ni des talents de verrier de son père ni des aptitudes de charpentier de son oncle, mais il avait le sens des affaires et beaucoup de flair en matière de finances. En 1927 — il avait alors trente-deux ans —, il refusa d'écouter ses conseillers, retira de la Bourse tous les capitaux du groupe et, sentant venir la crise, acheta des terrains et encore des terrains. Il acheta également de l'or, des diamants, des tableaux de maîtres et à peu près tous les types de biens matériels que ses concitoyens, pris d'une véritable frénésie d'investissements boursiers, voulaient vendre.

Le 24 octobre 1929, quand les cours de Wall Street perdirent soixante points en quelques heures, Stuart comprit qu'il était devenu l'un des hommes les plus riches d'Amérique.

Avec Stuart à la barre, Campbell Industries demeura une entreprise privée, et traversa sans dommage la dépression des années 30 ainsi que la tourmente de la Seconde Guerre mondiale, avant de profiter de la croissance foudroyante des années 50. Véritable bourreau de travail jusqu'à la fin, Stuart mourut à son bureau ; il était en train de téléphoner et une secrétaire attendait à côté de lui qu'il lui dicte du courrier. En 1972, la lourde responsabilité de gérer les affaires et la fortune familiales retomba donc sur les épaules d'Andrew, son seul fils survivant.

Andrew ne s'intéressait pas à Campbell Crystal, entreprise qui fabriquait désormais tout un méli-mélo de produits et souffrait d'un manque d'organisation apparemment irrémédiable. Il consacra toute son énergie à développer dans le groupe le secteur du bâtiment, et, d'entreprise régionale prospère, Campbell Construction se transforma grâce à lui en une compagnie qui jouait un rôle majeur dans le monde fascinant de la promotion immobilière internationale.

Il négligea donc complètement Campbell Crystal qui, malgré cela, continua à fonctionner cahin-caha. Cette société possédait deux atouts, sa réputation et la loyauté de ses employés, si bien que même l'indifférence marquée de son P.-D.G. ne pouvait faire complètement disparaître ses ventes et sa rentabilité. Une décennie et plus de mauvaise gestion finit cependant par la conduire au bord de la faillite, et la première grande initiative de Ben en tant que directeur général de Campbell Industries fut de séparer Campbell Crystal du reste du groupe et d'en préparer la vente.

Ce fut précisément de ce projet de vente que Roger et Dianna discutèrent en mangeant leur dessert.

— Que penses-tu de la décision qu'a prise Ben de mettre en vente une part aussi importante du patrimoine des Campbell ? demanda Dianna.

— C'est la bonne, répondit Roger en haussant les épaules. Il existe de nombreuses raisons de garder Campbell Crystal, mais elles sont toutes d'ordre sentimental ou personnel, et il n'y a pas de place pour les sentiments dans le monde des affaires, aujourd'hui.

Dianna ne voulait pas se disputer avec Roger, mais elle eut du mal à résister à l'envie de lui exposer toutes les raisons pour lesquelles la vente de Campbell Crystal n'était pas une bonne idée. De toute évidence, Roger éprouvait pour cette société la même indifférence que son père. Il devait posséder de très vagues notions dans le domaine de la fabrication des lustres et des lampes, et ne pas s'intéresser du tout au monde encore plus fermé de la verrerie décorative de luxe. Il ignorait probablement ce qui différenciait le verre soufflé, le verre taillé et le verre gravé, et Dianna doutait qu'il se fût jamais approché d'un four à verre ou qu'il eût jamais vu un souffleur de verre à l'œuvre. Bien qu'elle brûlât de connaître Campbell Crystal de l'intérieur, il était inutile de demander des détails à quelqu'un qui n'en avait pas à donner.

Elle résista à la tentation de poser des questions en changeant de sujet.

— Ça te plaît de travailler avec Ben Maxwell ?

— Il est exigeant mais raisonnable, et il a l'esprit ouvert. Cela ne signifie pas, bien sûr, qu'il tienne compte de mon opinion… Je suis peut-être le fils du patron, mais, pour Ben, je me situe dans la hiérarchie juste en dessous du garçon de course.

— Cela t'ennuie ?

— Pas vraiment. Quand Ben est entré dans la société, il y a six ans, elle était complètement désorganisée. Mon père avait lancé des projets dans le monde entier, mais il avait attrapé le virus de la politique et, pour dire les choses franchement, il ne consacrait pas assez de temps à la gestion du groupe. Ben nous a sauvé la mise, et nous lui devons beaucoup. Je peux en apprendre énormément rien qu'en l'écoutant et en le regardant travailler.

Malgré ces compliments, Dianna sentait chez Roger une certaine réserve. Eprouvait-il de la réticence à se confier à une femme qui pouvait être un escroc, ou bien nourrissait-il vraiment des doutes sur les capacités de Ben ?

Roger ne lui laissa pas le temps d'essayer de tirer cette question au clair. Avec une aisance étonnante pour un jeune homme qui venait de fêter ses vingt-trois ans, il ramena la discussion vers des sujets plus légers. Il paraissait aussi désireux que sa compagne de détourner la conversation chaque fois que celle-ci s'engageait sur un terrain glissant. Et les pièges ne manquaient pas, songea Dianna avec une ironie désabusée tandis qu'elle attendait sous la marquise que Roger ait sorti du parking son coupé BMW décapotable. Ils avaient pourtant réussi à passer une soirée agréable, et même à ébaucher des liens d'amitié, ce dont elle se réjouissait beaucoup.

— La température commence enfin à baisser, observa Roger sur le chemin du retour. Tu veux que j'ouvre le toit, ou tu préfères la climatisation ?

— J'adorerais rouler avec le toit ouvert.

Roger s'arrêta sur le bas-côté de la route, appuya sur un bouton, et la capote se replia avec un léger chuintement.

— Il doit y avoir un foulard dans la boîte à gants, dit-il en élevant la voix afin de couvrir les bruits de la rue.

— Ce n'est pas la peine. Ma coiffure ne craint rien.

Quand la voiture repartit, le souffle frais de la brise nocturne fouetta le visage de Dianna et lui envoya les cheveux dans la figure. Elle se sentit gagnée par la nostalgie imprévue d'une lointaine jeunesse qui appartenait à une autre femme. Le parfum des frangipaniers, mêlé aux gaz d'échappement et à l'odeur de bitume encore tiède après une chaude journée, lui monta aux narines. Elle rit, tout à la joie de redécouvrir un ancien plaisir.

— Qu'y a-t-il ? demanda Roger. Pourquoi ris-tu ?

— Parce que je suis heureuse ! Je n'avais pas fait cela depuis la seconde, quand Josh Taylor a « emprunté » la Chrysler décapotable de son père et m'a emmenée à…

Elle s'arrêta juste à temps.

— … m'a emmenée en ville, corrigea-t-elle. Nous ne sommes allés nulle part, nous avons juste roulé au hasard, persuadés d'avoir enfin accédé au monde des adultes. Il était 2 heures du matin quand nous sommes rentrés.

— Je parie que tu n'étais pas très fière, à ton retour ! Les parents ont la fâcheuse habitude de rappeler leur âge aux adolescents.

Cette remarque ramena à la mémoire de Dianna des réalités moins plaisantes.

— Je n'ai pas eu d'ennuis, déclara-t-elle. Personne ne s'est aperçu de mon absence.

— Andrew et Evelyn n'étaient pas vraiment du genre à couver leurs enfants, hein ? observa Roger en lui jetant un rapide coup d'œil.

— Ils étaient plutôt du genre absents, répliqua-t-elle sur un ton faussement léger.

— Personnellement, je leur en ai toujours été reconnaissant.

— Moi aussi, je crois.

Sa voix grave et rauque avait au moins un avantage, songea Dianna : elle lui permettait de dissimuler une grande partie de ses véritables sentiments.

Et Roger prit en effet sa dernière réflexion au pied de la lettre. Il fixa de nouveau son attention sur la route et dépassa une voiture conduite par un homme d'un certain âge qui ne roulait pas à plus de cinquante kilomètres/heure.

— Il faudrait interdire les routes nationales à tous ces vieux chnoques, marmonna-t-il en se renversant dans son siège et en accélérant jusqu'à atteindre les cent dix. Et qu'est-il arrivé à ton ami Josh ? Il a eu des problèmes, lui ?

— Plutôt ! Ses parents l'ont privé de sortie pendant un mois ! Ils étaient vieux jeu, contrairement aux nôtres.

— Le pauvre !

— En fait, je l'ai toujours envié, affirma Dianna tout en se demandant d'où venait ce brusque aveu. Je ne pouvais pas m'imaginer vivant dans une famille où mon père et ma mère auraient su si j'étais ou non à la maison, mais j'avais dans l'idée que ce devait être merveilleux.

— En théorie, mais pas en pratique.

— Oui, tu as sans doute raison. Aucun enfant n'a vraiment envie d'avoir constamment ses parents sur le dos.

Dianna coupa court à cette évocation de souvenirs avant que cela ne devienne dangereux. Elle ne pensait pas qu'il lui serait si difficile de se rappeler son rôle, de se rappeler ce qu'elle pouvait dire sans risque et à qui. Elle se tourna légèrement afin de mieux voir Roger ; il ne fallait pas qu'elle laisse son esprit vagabonder.

— A toi de me raconter ta folle jeunesse ! Tu n'avais même pas encore de petite amie quand je suis partie à l'université.

— Que tu crois…

— Ah, ah ! La vérité émerge enfin ! Tout le monde te considérait comme un enfant sage et innocent, mais, en réalité, tu étais déjà un vrai don Juan…

— Disons plutôt un garçon intelligent doté d'un goût précoce pour les bonnes choses de la vie, rétorqua Roger avec un grand sourire. Et les femmes en font partie.

— Je suis d'accord ! s'écria-t-elle en lui rendant son sourire. Parle-moi de ta petite amie actuelle.

— Comment sais-tu que j'en ai une ?

— C'est forcé ! Tu es beau, brillant, amusant…

Elle s'interrompit, puis poursuivit gaiement :

— Mais qu'est-ce qui me prend d'adresser tous ces compliments à un morveux comme toi ?

— Si je te montre mon costume trois-pièces et mon attaché-case, tu arrêteras de me traiter de morveux ?

— Je ne te promets rien, mais j'essaierai.

— Merci. Et j'ai en effet une petite amie. Il y a maintenant environ deux mois que nous sortons ensemble.

— C'est sérieux ? Oh ! pardon, je suis très indiscrète… Mets cela sur le compte d'une curiosité fraternelle exacerbée par sept années de séparation.

— Ça n'a pas d'importance… Et pour répondre à ta question : non, ce n'est pas sérieux, mais j'apprécie sa compagnie. Elle est presque aussi impressionnée par ma décapotable que tu l'étais par celle de Josh.

— Impossible ! s'exclama Dianna. Nous n'avions que seize ans, Josh et moi, à l'époque de cette grande aventure dans la voiture de son père.

Un soupir lui échappa.

— Pourquoi ce gros soupir ? demanda Roger.

— J'étais en train de songer qu'il est beaucoup plus amusant de tomber amoureux quand on est trop jeune et trop bête pour comprendre ce qu'on fait.

— Hum… A t'entendre, on a le sentiment que tu t'es brûlée… Oh, pardon !

— Ne t'excuse pas ! Je ne suis pas fragile au point de m'effondrer chaque fois que quelqu'un prononce un mot évoquant le feu.

— Je voulais seulement dire que tu donnais l'impression d'avoir vécu une histoire d'amour qui s'est mal terminée.

— Rien d'aussi dramatique, affirma-t-elle, tandis qu'elle se renversait dans son siège, mais, après avoir vu plusieurs de mes amies se rendre malades de chagrin, j'ai jugé qu'il était moins traumatisant, en amour, de se laisser guider par son instinct et ses hormones que d'essayer de trouver une explication rationnelle à son comportement.

— Je n'en crois pas mes oreilles ! s'écria Roger en fronçant les sourcils d'un air faussement horrifié. Insinuerais-tu par hasard que la société se porterait mieux si nous laissions nos hormones nous gouverner, et tant pis pour les conséquences ?

Elle éclata de rire.

— Non, je n'irais pas jusque-là, mais je persiste à penser qu'il est plus facile de tomber amoureux quand on est trop naïf pour percevoir les dangers de liens très étroits. Aucune personne sensée n'a envie de mettre son âme à nu devant quelqu'un d'autre. Mon âme à moi, par exemple, est bien trop noire pour que je l'expose aux regards.

— Ce genre de propos te vaudra d'être expulsée du club des adultes ! Première règle à retenir : ne jamais reconnaître, quel que soit le cas, que les enfants et les adolescents font mieux que leurs aînés.

— Je ne me sens pas très adulte, ce soir… Je veux juste jouir de l'instant présent, du vent qui me fouette le visage, de ta compagnie… Nous avons été trop longtemps séparés, Roger.

Il tourna la tête et lui lança un rapide coup d'œil.

— Je considère cette remarque comme un très beau compliment.

Afin de dissimuler son émotion, Dianna feignit la contrariété et déclara avec une grimace ironique :

— Mon amour-propre risque de souffrir si nous avons trop de conversations comme celle-ci. Tu as l'air tellement sérieux et raisonnable pour un jeune homme de deux ans mon cadet !

— Je suis un dingue de l'organisation, répliqua-t-il. Tu ne t'en souviens pas ? S'il ne régnait pas un ordre parfait dans ma vie, je tomberais raide mort.

— Maintenant que tu en parles, ça me rappelle en effet quelque chose. Notre gouvernante de Pittsburgh me harcelait pour que je range ma chambre aussi bien que toi.

— Mme Thompson… Un sacré personnage, hein ?

— Comment le saurais-je ? demanda Dianna d'un ton neutre. La femme à laquelle je pensais s'appelait Maureen Bailey. Cette Mme Thompson a dû arriver après mon départ de la maison.

— Oui, tu as raison. Mais nous avons eu tellement de gouvernantes qu'il est difficile de ne pas se tromper dans la chronologie de leurs séjours.

Roger marqua une petite pause, puis, sans doute désireux de dissiper le malaise causé par son petit test, revint au sujet qui les occupait juste avant.

— Ça m'étonne que tu n'aies pas détesté ce frère obsédé par l'ordre... Quand j'étais à l'université, je rendais fou mon camarade de chambre.

— Pourquoi ? questionna-t-elle, disposée à faire comme si Roger avait, peu avant, commis une simple erreur de date. Il n'appréciait pas ton sens de l'organisation ?

— Tu veux rire ? Tom a failli me tuer plusieurs fois ! Je savais toujours où se trouvaient mes livres, je remettais toujours mes devoirs dans les délais et j'avais toujours une réserve de sous-vêtements propres. Dès la fin du premier semestre, il menaçait d'exiger mon renvoi de notre confrérie d'étudiants si je ne me calmais pas. Il affirmait que mon comportement frisait l'antiaméricanisme.

— Il avait peut-être raison, souligna-t-elle en souriant. As-tu provisoirement changé ta façon de vivre pour rester son ami ?

— Non, j'ai loué un appartement en ville. Je laissais traîner en permanence des livres et des canettes de Coca-Cola dans la salle de séjour pour que mes copains se sentent à l'aise, et j'étudiais dans ma chambre.

— Qui était sûrement assez bien tenue pour satisfaire un sergent instructeur du Marine Corps...

— Au moins !

Dianna éclata de rire.

— Merci de m'avoir prévenue ! Il faudra que je me souvienne de ne jamais t'inviter dans mon atelier. Tu aurais probablement besoin d'un massage cardiaque au bout de cinq minutes. C'est salissant, le soufflage, et, quand je travaille, j'ai tendance à oublier ce qui m'entoure.

— Claire a toujours été désordonnée, observa-t-il.

La façon dont il avait prononcé ce prénom la fit se redresser brusquement. C'était la deuxième fois en l'espace de quelques minutes que Roger lui rappelait qu'il ne prenait pas toutes ses histoires pour argent comptant. Ce fut cependant d'un ton égal qu'elle dit :

— Il y a des défauts dont on ne se corrige jamais. Je suis encore désordonnée. Pourtant, j'ai appris, sinon à ranger, du moins à nettoyer.

— Il y a du progrès, alors !

L'expression de Roger devint pensive et, pour la première fois de la soirée, ils se turent tous les deux. Le jeune homme s'engagea dans l'allée qui menait au domaine de Laurel Manor et attendit que le gardien ouvre la barrière électronique.

— Il faut que j'aille à Londres ce week-end, déclara-t-il. Je regrette que nous ne puissions pas passer plus de temps ensemble.

— Moi aussi. Est-ce un voyage d'affaires ?

— Oui. Ben veut que je jette un coup d'œil à un immeuble que nous possédons sur Canary Wharf et que je lui donne mon avis sur ce que nous devons en faire.

Il parlait vite, comme s'il souhaitait éviter tout nouveau silence.

— Je suis impressionnée ! s'écria Dianna avec une admiration sincère. Ben te place apparemment bien au-dessus d'un garçon de course.

— Il a ses bons côtés… Papa a racheté un immeuble de bureaux à un groupe de promoteurs canadiens qui a bu la tasse, et Ben n'est pas satisfait de la société de gestion qui s'en occupe actuellement. Il n'est pas facile de trouver des gens pour louer des bureaux sur Canary Wharf, et cette société ne semble pas du tout à la hauteur.

— Canary Wharf ? Où est-ce ? Ce nom me dit quelque chose.

— C'est une zone de docks située dans les quartiers est de Londres. Le gouvernement britannique s'est associé avec des entreprises privées pour la réhabiliter, mais, jusqu'ici, ce projet n'a posé que des problèmes à presque tous les intéressés.

— Pourquoi avoir décidé d'aménager un endroit aussi peu attirant ? Ou est-ce encore l'un de ces programmes de construction lancés par le gouvernement à des fins électorales ?

— Non, cela partait d'un désir sincère de désengorger le centre de Londres. Ces terrains représentent potentiellement d'excellents investissements immobiliers. C'est pour cela que mon père a sauté sur l'occasion. Malheureusement, le métro ne dessert pas ce quartier, et le réseau routier est inadéquat, si bien que la plupart des bureaux restent vides. Du coup, personne n'ouvre de restaurant, de teinturerie ni de pub, et ce manque de commerces dissuade encore plus les sociétés de s'installer là.

— Quel gâchis !

Roger chassa un papillon de nuit qui voltigeait autour de sa tête.

— Pas forcément, répliqua-t-il. J'essaie de convaincre Ben de créer là un petit centre commercial, juste pour voir si nous pouvons sortir de ce cercle vicieux. Pour l'instant, nous perdons beaucoup d'argent.

— Est-ce pour cela que Ben et Andrew tiennent tant à vendre Campbell Crystal ? Ont-ils besoin d'argent frais pour couvrir ces pertes ?

— Non, pas du tout. L'échec de Canary Wharf a mis notre filiale britannique dans une situation financière difficile, mais la société mère n'a aucun problème de trésorerie.

Roger parut soudain regretter de s'être laissé aller aux confidences, et ce fut avec un soulagement évident qu'il montra de la main les colonnes impressionnantes du porche des Campbell qui se dressaient au fond de l'impasse.

— Nous voilà arrivés.

Comprenant qu'elle n'obtiendrait ce soir aucune autre information sur Campbell Crystal, Dianna sortit de la voiture.

— Merci pour cette agréable soirée, Roger. J'ai été ravie d'avoir l'occasion de refaire connaissance avec toi.

— Refaire... ou faire ? demanda-t-il d'une voix douce.

— Refaire, répéta-t-elle.

Par une sorte d'accord tacite, ils ne passèrent pas par la cour goudronnée qui s'étendait devant le garage : ils contournèrent la maison et s'arrêtèrent devant la tonnelle construite près de la piscine. Le regard de Dianna croisa alors celui de Roger et, plus que jamais, elle fut frappée par la ressemblance du jeune homme avec son père.

— Enfants, nous ne nous connaissions pas très bien, observa-t-elle, mais nous nous connaissions tout de même. Je suis Claire et tu es mon frère. Je me revois assise en bas de l'escalier, à guetter ton arrivée, le jour où maman est rentrée avec toi de la maternité.

— Comment savoir si tu dis la vérité ? répliqua-t-il en tirant nerveusement sur la tige d'une plante grimpante. En réalité, je ne perçois pas le lien qui nous unissait, Claire et moi, lorsque nous étions petits. Comment cela s'explique-t-il, si tu es vraiment ma sœur ?

— En sept ans, ce lien s'est relâché.

— Et la voix du sang, alors ? N'aurais-je pas dû voir au premier regard si tu étais ou non ma sœur ?

Les nerfs de Dianna se tendirent de nouveau. Elle sentait ce moment venir depuis qu'ils avaient quitté le restaurant. Malgré la prudence dont ils avaient fait preuve pendant la première partie de la soirée, ils ne parviendraient finalement pas à éviter les sujets délicats... Mais, au fond, ne valait-il pas mieux discuter franchement de ces problèmes qui risquaient autrement d'empoisonner leurs relations ?

— Nous ne sommes pas allés dans les mêmes écoles, déclara-t-elle donc. Nous avons souvent vécu dans des maisons différentes. Tu as passé plus de temps que moi avec Andrew. Et n'oublie pas que je suis de deux ans et demi ton aînée. A l'adolescence, quelques années représentent un écart important.

— Mais nous ne sommes plus des adolescents, et il n'y a aucune raison pour que la différence d'âge nous empêche de nous reconnaître. Pas aujourd'hui, pas maintenant que nous avons grandi.

Dianna hésita quelques secondes, puis répliqua :

— Nous sommes un frère et une sœur normaux qui ont été longtemps séparés, pas des jumeaux siamois. Pourquoi es-tu si convaincu qu'une affinité intuitive doit nous unir l'un à l'autre ?

— Je l'ignore, mais c'est comme ça.

Il donna un coup de pied dans un caillou et se passa la main dans les cheveux. Il paraissait si jeune et si vulnérable que le cœur de Dianna se serra. Il tapa ensuite du poing sur la tonnelle, qui trembla.

— Bon sang ! Il devrait pourtant y avoir quelque chose de spécial entre nous ! Une sorte d'élan instinctif qui nous pousserait l'un vers l'autre…

— Ce n'est apparemment pas le cas, observa-t-elle d'une voix emplie de regret. En ce qui te concerne, du moins.

— Comment cela ?

— Tu ne me reconnais peut-être pas, mais, moi, je t'ai immédiatement reconnu.

— Hal a des tas de photographies.

Les traits de Roger s'étaient durcis. Sa remarque fit à Dianna l'effet d'une gifle, mais elle réussit à y répondre d'une voix calme.

— En effet, et notamment quelques très bons clichés de toi pris l'an dernier aux Bahamas. Si j'étais un escroc, il ne m'aurait pas été difficile d'apprendre à t'identifier d'après ces photos.

— Tu sais que tu es très maligne ? Tu expliques la façon dont Hal et toi auriez pu monter cette arnaque tout en te débrouillant pour donner l'impression que ce n'est pas une arnaque.

— Ce n'en est pas une.

— Dis-moi, Dianna… Accepterais-tu de subir une analyse de sang ?

Une brusque angoisse étreignit le cœur de la jeune femme. Elle porta la main à sa bouche, puis la laissa retomber. Pourquoi parlait-il d'une analyse de sang ? Que savait-il exactement ?

— Quel genre d'analyse de sang ? questionna-t-elle comme si elle n'avait pas bien compris.

— Un examen comparatif d'ADN. Entre mon père et toi. Il paraît que cette méthode permet d'obtenir une quasi-certitude en matière de filiation paternelle.

Elle tremblait comme une feuille. Heureusement, Roger ne l'observait pas, si bien qu'il ne se rendait peut-être pas compte de son trouble. Elle s'éclaircit la voix, puis déclara :

— Tu veux que je me soumette à un examen qui prouvera si je suis ou non la fille d'Andrew Campbell ?

— Je pense que cela nous fournirait des renseignements intéressants. Pas toi ?

Il la fixait intensément, à présent, et Dianna se redressa afin de pouvoir soutenir son regard. Elle se sentait comme un papillon épinglé sur un tissu noir, dont un collectionneur passionné s'apprêtait à enduire les ailes de fixatif. Ce qu'elle allait dire maintenant serait lourd de conséquences… Comme le papillon, elle avait très peu de marge de manœuvre.

— Je ne crois pas avoir intérêt à accepter une analyse d'ADN, finit-elle par répondre sur un ton parfaitement neutre.

Roger garda le silence. Peut-être n'avait-il pas plus envie qu'elle de se lancer dans une épreuve de force. Peut-être savait-il ce que cette analyse révélerait. Après lui avoir jeté un dernier coup d'œil, il pivota sur ses talons et s'éloigna en direction du garage.

Immobile mais transpirant dans la chaleur moite de la nuit, Dianna entendit la porte du garage se refermer sur la voiture de Roger et sentit alors son courage revenir — à moins qu'il ne s'agît d'une bouffée de colère. Toujours est-il qu'elle contourna la tonnelle et lança :

— Vous pouvez sortir, à présent, monsieur Maxwell ! Il n'y a plus rien à entendre.

Son sixième sens ne l'avait pas trompée. Ben était bien sur la terrasse, caché par l'angle du mur de la maison. Il se leva et, d'un pas élastique, la rejoignit au bord de la piscine. Ses cheveux mouillés luisaient sous les rayons de la lune et ses jambes bronzées dépassaient du peignoir de bain court qu'il portait. L'expression de ses yeux gris acier, glaciale pendant l'entrevue du matin, était à présent impénétrable.

— Vous êtes rentrée avec Roger juste au moment où je sortais de la piscine, annonça-t-il avant de s'interrompre brusquement, comme s'il se refusait à lui donner de plus amples explications.

Dianna prit le temps de se demander pourquoi il ne s'était pas glissé dans la maison dès qu'elle avait eu fini de discuter avec Roger. Il aurait pu profiter du bruit qu'avait fait la porte du garage en s'ouvrant et en se refermant pour battre en retraite, et elle n'aurait jamais eu la confirmation de son intuition.

Décidée à ne pas se laisser intimider — après tout, c'était lui qui avait été surpris en flagrant délit d'indiscrétion —, la jeune femme rejeta la tête en arrière et planta ses yeux dans les siens avec plus d'assurance qu'elle n'en ressentait vraiment.

— Avez-vous entendu ce que vous espériez, monsieur Maxwell ?

— On n'entend jamais ce qu'on espère en écoutant les conversations des autres.

— Désolée ! La prochaine fois, je penserai à dire à Roger que je suis un escroc. C'est cela que vous souhaitiez entendre, j'imagine.

— Etes-vous un escroc ?

— Non, je suis Claire Campbell. La seule, l'unique Claire Campbell.

— Cette déclaration sonne juste, observa-t-il avec un petit sourire triste, et vous avez un regard si franc qu'il est difficile de ne pas vous croire. Avez-vous remarqué que les menteurs ont toujours l'air sincère ?

— Bien sûr ! C'est pour cela qu'on ajoute foi à leurs mensonges.

Au lieu de répondre, il leva la main et repoussa les cheveux de Dianna en arrière dans un geste qui ressemblait presque à une caresse.

— Ne me touchez pas ! cria-t-elle en s'écartant vivement.

C'était une réaction très excessive, et la jeune femme s'en voulut de s'être ainsi trahie. Les yeux de Ben se plissèrent et se posèrent sur la bouche de Dianna. Elle entrouvrit involontairement les lèvres, puis se dépêcha de les refermer et, se détournant, feignit de contempler les rides que la brise formait à la surface de l'eau.

— Ça ne m'enchante pas plus que vous, déclara Ben derrière elle.

Sa voix était rauque, mal assurée. Il n'essaya pas de la toucher de nouveau, mais il voyait sans doute qu'elle tremblait. Dianna se croisa les bras sur la poitrine et jura intérieurement.

— Ça complique les choses, hein ? reprit-il. Ce serait beaucoup plus facile si nous n'éprouvions qu'indifférence l'un pour l'autre.

Inutile de prétendre qu'elle ne comprenait pas de quoi il parlait… Sa respiration précipitée suffirait à prouver qu'elle mentait.

— Ne vous inquiétez pas, monsieur Maxwell ! Je suis tout à fait capable d'empêcher une attirance physique d'influencer mon comportement dans le domaine des affaires.

— Bravo ! s'exclama-t-il, une pointe d'ironie amère dans la voix. Il semble malheureusement que ce ne soit pas mon cas.

— Imaginez que vous êtes une femme, lança-t-elle sèchement. Ainsi, vous pourrez dissocier votre cerveau de vos hormones.

Bien que Dianna lui tournât le dos, elle sentit qu'il souriait.

— En ce moment précis, je ne souhaite absolument pas être une femme ! observa-t-il.

L'espace d'un instant, une envie folle la prit de le regarder, de voir son sourire. Mais la vie lui avait enseigné qu'on payait très cher la satisfaction de ses désirs les plus vifs, si bien qu'elle inspira à fond et, les yeux fixés droit devant elle, déclara :

— J'aimerais beaucoup visiter l'atelier de création de Campbell Crystal. Il se trouve encore dans l'usine de Pittsburgh, si mes renseignements sont exacts. Vous serait-il possible d'organiser cette visite, monsieur Maxwell ?

— Sans doute.

Au ton froid de Ben, Dianna comprit qu'elle ne courait plus aucun risque à le regarder, et elle lui fit face.

— Vous vous en occuperez, alors ?

— Oui, dès que vous m'aurez annoncé que vous quittez la Floride.

Il était redevenu l'homme d'affaires dur et arrogant du matin, mais la jeune femme s'interdit de regretter l'autre Ben Maxwell, celui qu'il serait bien trop dangereux pour elle de connaître.

— Ce sera donc un cadeau d'adieu ? dit-elle. Je ne manquerai pas de vous informer de la date de mon départ. J'ai bien peur qu'elle soit assez éloignée, mais je vous remercie de votre amabilité. Bonsoir, monsieur Maxwell.

— Bonsoir.

Elle se dirigeait déjà vers le bungalow lorsqu'il la rappela.

— Dianna !

— Oui ? demanda-t-elle en s'arrêtant, mais sans se retourner.

— J'ai une nouvelle qui devrait vous intéresser... Evelyn Campbell sera à Miami demain. Son avion arrive en début d'après-midi.

La jeune femme se sentit blêmir et pivota sur ses talons.

— Ma mère, ici ? Mais elle déteste la Floride, même l'hiver, et ne vient jamais ici l'été !

Ben la considéra pensivement, puis remarqua sur le ton sarcastique employé le matin :

— Ne sous-estimez pas la curiosité que vous avez réussi à susciter, mademoiselle Mason ! Evelyn est apparemment prête à tous les sacrifices pour rencontrer la fille dont elle est sans nouvelles depuis si longtemps, même à surmonter l'aversion que lui inspire Palm Beach en juillet.

Lors de leur première entrevue, Dianna avait trouvé le persiflage de Ben extrêmement inquiétant, mais elle savait à présent que cet homme pouvait éveiller en elle des émotions beaucoup plus dangereuses. Rassurée de se retrouver sur un terrain finalement plus sûr, elle leva la tête et planta son regard dans celui de Ben.

— Il faut donc que je veille à ne pas la décevoir, n'est-ce pas, monsieur Maxwell ?

— Je suis sûr qu'avec vous on en a toujours pour son argent, répondit-il, le visage sévère.

Puis il rentra dans la maison avant qu'elle ait eu le temps de répliquer.

5.

Hal était couché — dans son propre lit, Dieu merci ! — et ronflait paisiblement, preuve qu'il n'était pas nécessaire d'être innocent pour avoir la conscience tranquille. La conscience de Dianna était malheureusement plus pointilleuse, et la jeune femme se mit à arpenter sa chambre, trop nerveuse pour songer à dormir.

Tout allait trop vite, pensa-t-elle en s'arrêtant finalement de marcher et en ouvrant sa valise pour y chercher, parmi tous ses dossiers, celui que Hal avait constitué sur Evelyn Campbell. Elle le porta jusqu'à la fenêtre, s'installa confortablement dans un fauteuil d'osier et ouvrit la mince chemise cartonnée.

Son regard tomba d'abord sur une photographie d'Evelyn Campbell qui, sur un fond de riche tenture de velours vert sombre, fixait l'objectif d'un air impénétrable. Aucune ride ne marquait son front bien qu'elle approchât de la cinquantaine. Son collier de perles luisait doucement, ses cheveux blonds étaient ramenés sur la nuque en un chignon impeccable. Elle était aussi belle qu'élégante, et son ossature fine lui donnait une grâce naturelle qu'elle garderait même lorsque sa peau commencerait à subir les atteintes du temps. Dianna avait vu cette photo une demi-douzaine de fois au moins, mais l'expression froide et hautaine des grands yeux bleus avait encore le pouvoir de la troubler. Evelyn donnait l'impression d'être une femme qui aurait pu faire de grandes choses si quelqu'un était parvenu à la convaincre de descendre de son piédestal et d'affronter les dures réalités de la vie.

Les notes qui accompagnaient le cliché, rédigées par Hal et soigneusement tapées à la machine, contenaient des informations très utiles. Si Hal consacrait à des activités honnêtes le dixième du temps et de l'énergie que lui demandaient ses combines, se disait souvent Dianna, il serait milliardaire depuis longtemps.

Mettant de côté la photo d'Evelyn, la jeune femme se renversa dans les coussins du fauteuil et parcourut la première page du dossier, dont elle connaissait pourtant le contenu par cœur.

« Evelyn Campbell. Nom de jeune fille : Evelyn Henderson Duplessy. Née en 1945 dans une grande famille de Philadelphie. A rencontré Andrew Brentwood Campbell à son premier bal et l'a épousé en 1968, juste après avoir obtenu son diplôme à Bryn Mawr. On raconte que les deux jeunes gens ont été attirés l'un par l'autre en raison d'une aversion commune pour les mœurs très libres de beaucoup de leurs contemporains. Contrairement à la plupart des personnes de leur génération, ils ont tous les deux soutenu l'intervention militaire américaine au Viêt-nam, mais, bien qu'engagé dans la marine, Andrew n'a pas participé aux combats. Il n'a à son actif qu'un tour de service de six mois aux Philippines, en 1969, pendant lequel il a effectué des missions de reconnaissance au-dessus de la mer de Chine méridionale. Le mariage d'Andrew et d'Evelyn n'est qu'une façade depuis au moins vingt ans. Ils n'ont jamais sérieusement envisagé de divorcer, essentiellement parce que leurs intérêts respectifs dans Campbell Industries Inc. sont trop difficiles à débrouiller. (Il faut noter que Stuart Campbell, le père d'Andrew, aimait beaucoup Evelyn et lui a donné cinq pour cent des parts de la société comme cadeau de mariage. On estime à 5,2 millions de dollars la valeur actuelle des actions détenues par Evelyn Campbell.)

» Le couple vit séparé. Evelyn habite presque toute l'année à New York. Elle siège au conseil d'administration du musée Guggenheim, de l'orchestre symphonique de New York et de la bibliothèque municipale. Les rares fois où Evelyn et Andrew passent un peu de temps ensemble, ils se retrouvent à Pittsburgh, où Helen Campbell, la mère d'Andrew, dirigeait autrefois d'une main de fer la maison familiale, Les Lauriers.

» Ce simulacre de mariage paraît parfaitement convenir aux deux intéressés. Evelyn approuve les ambitions politiques d'Andrew, et on l'a vue à plusieurs réunions électorales, l'air de vouer à son mari toute l'admiration et/ou l'adoration qui conviennent. Il semble qu'il n'y ait entre eux ni disputes ni comportement ouvertement hostile quand ils sont ensemble. Presque tous leurs amis et connaissances pensent qu'Evelyn est frigide et qu'Andrew a de nombreuses maîtresses. »

Ces « amis et connaissances » pouvaient bien penser ce qu'ils voulaient, songea Dianna, personne jusqu'ici n'avait découvert la moindre preuve de l'infidélité d'Andrew. Bien qu'il eût travaillé près de cinq ans avec lui, Hal était incapable de citer le nom d'une seule femme susceptible d'avoir été sa maîtresse. Et Sonya, sans doute la meilleure journaliste d'investigation de toute la Nouvelle-Angleterre, avait passé six semaines à fouiller dans la vie privée d'Andrew et n'avait absolument rien trouvé. Ou bien Andrew était un citoyen modèle, ou bien il agissait avec une remarquable discrétion.

Dianna savait laquelle de ces deux hypothèses elle préférait ; il restait à la démontrer. L'allusion de Sonya, lors de leur conversation téléphonique, au fait que Sharon Kruger pouvait bien jouer pour Andrew le double rôle de cuisinière et de maîtresse constituait la première possibilité de fissure dans la réputation de probité absolue dont jouissait Andrew. Il fallait qu'elle aille faire un tour dans les cuisines dès le lendemain matin, se dit la jeune femme, afin de bavarder un peu avec cette Sharon Kruger. C'était une piste à ne pas négliger.

Elle bâilla, physiquement épuisée, mais l'esprit toujours en ébullition. Elle se leva, s'étira, puis remit le dossier sur Evelyn Campbell dans sa valise. Ses doigts rencontrèrent alors l'écrin de cuir qui contenait le médaillon de sa grand-mère. Lentement, presque à contrecœur, elle sortit la boîte et la tint serrée dans le creux de sa main. Au bout de quelques instants, incapable de résister à la tentation, elle appuya sur le poussoir. Le couvercle s'ouvrit, et elle souleva le lourd bijou en or gravé.

Il brillait doucement à la lumière de la lampe, et Dianna en caressa la surface douce, admirant le travail de l'orfèvre qui l'avait fabriqué. Ce gros médaillon vieux de plus d'un siècle n'était plus au goût du jour, d'autant que son créateur, fidèle à la mode de l'époque, en avait couvert chaque millimètre de feuilles, de fleurs, de tiges et de motifs abstraits. Comparée au style sobre et dépouillé des créations de Dianna, cette décoration paraissait beaucoup trop chargée, et, pourtant, la jeune femme aimait l'inventivité de cet artiste victorien inconnu. Avant d'accepter de participer à l'escroquerie de Hal, elle portait toujours ce bijou autour du cou, et la sensation rassurante que lui donnait son poids lui manquait.

Elle passa le doigt sur la ligne presque invisible qui séparait les deux moitiés du médaillon, puis pressa le mécanisme d'ouverture. Deux vieilles photographies en noir et blanc apparurent, celle d'une femme, à gauche, et celle d'un homme, à droite. Dianna poussa un petit soupir involontaire. Ses parents. Sa vraie mère et son vrai père.

La jeune femme contempla les clichés en silence. Ils éveillaient en elle le mélange habituel de regret et de trouble, auquel s'ajoutait une sourde colère. Le psychologue avait passé plusieurs mois à tenter de la convaincre que cette colère était une réaction normale, et même saine, aux événements qui avaient marqué sa vie. D'un point de vue strictement intellectuel, Dianna en convenait, mais, affectivement, elle avait encore du mal à ne pas se juger responsable des péchés de ses parents.

Irritée par cet accès de sentimentalisme, elle replaça le médaillon dans l'écrin et glissa le tout au fond de sa valise, qu'elle ferma à clé avant de la ranger dans le grand placard de la chambre. Il lui avait fallu tant d'années pour se réconcilier avec son passé qu'elle avait décidé, en se lançant dans cette escroquerie, de ne plus jamais s'abandonner à la nostalgie.

« Assez perdu de temps, marmonna-t-elle. Andrew est à Tallahassee. Tu as intrigué pendant trois mois pour te faire inviter ici. Tu as supporté pendant six semaines la compagnie de Hal afin de pouvoir pénétrer dans cette maison sans que personne sache qui tu es. Pourquoi ne pas profiter de l'absence d'Andrew pour fouiller sa chambre ? »

Une fois la question posée, la réponse allait de soi. Pareille occasion ne se représenterait peut-être jamais. Et, comme cette demeure était la résidence principale d'Andrew depuis près de quatre ans, elle avait de bonnes chances de trouver des documents intéressants cachés au milieu de ses papiers personnels. Le dessein qu'elle avait formé de saboter sa campagne électorale était encore à l'état d'ébauche : il fallait en mettre au point tous les détails. Il lui semblait parfois que ce projet se résumait à une volonté inébranlable de révéler à toute la Floride qu'Andrew était un criminel, et le moment était venu de partir à la recherche de preuves susceptibles d'étayer cette accusation.

Sans se laisser le temps de réfléchir à la moralité de son plan, Dianna mit dans sa poche la clé du bungalow et traversa à pas de loup la salle de séjour. Les ronflements de Hal s'arrêtèrent un court instant, puis reprirent de plus belle. Il serait furieux s'il apprenait qu'il ronflait de façon aussi sonore… Cela ne cadrait pas avec l'image de grand séducteur et d'homme du monde qu'il avait de lui-même !

La jeune femme tourna la poignée de la porte, un bouton de porcelaine peint de coquillages et d'étoiles de mer. Le décorateur du bungalow avait vraiment forcé sur les motifs marins ! Elle regrettait parfois d'avoir un œil si perçant et une mémoire visuelle si précise. Tant de choses du passé lui revenaient avec une douloureuse netteté…

La porte s'ouvrit silencieusement. L'allée pavée qui menait du bungalow au bâtiment principal était éclairée par des lampes surgissant de la végétation, qui répandaient une lumière trop faible pour empêcher les gens de dormir, mais suffisamment forte pour montrer le chemin. Tout était fait pour faciliter la tâche aux invités indélicats, pensa Dianna, sardonique, afin d'étouffer ses remords.

Mais, après tout, elle n'avait aucune raison de se sentir coupable ! Andrew méritait tout ce qui allait lui arriver.

Elle approchait de la porte coulissante qui donnait accès au vestibule lorsqu'une idée lui traversa l'esprit : pourquoi se poser des questions sur la moralité de son plan, puisque de toute façon elle ne pourrait pas pénétrer à l'intérieur de la maison, et encore moins dans les appartements d'Andrew ? A cette heure de la nuit, tout était verrouillé, et il devait y avoir en outre un système d'alarme relié au service de sécurité de l'entrée, voire au commissariat de police le plus proche. Le bungalow ne permettait pas seulement aux invités de s'isoler ; il les empêchait aussi de se promener librement dans le bâtiment principal.

« Génial ! » grommela Dianna, furieuse. Sa première tentative de cambriolage échouait avant même d'avoir commencé. Pourquoi n'avait-elle pas songé à inspecter le système d'alarme, ou à se renseigner sur le code numérique qui permettait de le déconnecter ? Maudissant sa bêtise, la jeune femme revint sur ses pas. A quelle heure coupait-on le système d'alarme le matin ? se demanda-t-elle. Et pouvait-elle prendre le risque de réaliser son projet en plein jour ? D'un autre côté, il lui serait peut-être plus facile de trouver les appartements d'Andrew et de s'y glisser pendant la journée, lorsqu'une grande animation régnait dans la maison.

Plongée dans ses réflexions, Dianna arriva devant le bungalow et introduisit la clé dans la serrure de la porte, mais celle-ci ne s'ouvrit pas. Elle insista et fut alors envahie par l'étrange sentiment que quelqu'un l'observait. Un frisson la parcourut. Elle tenta de se ressaisir, mais il lui semblait que les yeux inconnus lui transperçaient la nuque, et elle se retourna vivement, les nerfs tendus à craquer.

— Qui est là ?

La frayeur rendait sa voix encore plus rauque que d'habitude. Elle se racla la gorge et répéta :

— Qui est là ? Que voulez-vous ?

Seule la stridulation des cigales lui répondit. Une brise légère agita le feuillage, apportant avec elle le parfum des fleurs d'oranger et une bouffée de chaleur tropicale. Une rainette coassa, mais aucun autre bruit ne troubla le silence. Dianna scruta l'obscurité, sans parvenir à se convaincre qu'elle était seule. Quelque chose de froid et d'humide se posa sur son bras et elle sursauta en poussant un cri étouffé. Baissant les yeux, elle aperçut un lézard à la peau vert vif, presque phosphorescente, dont la gorge se gonflait et palpitait sous l'effet de la peur. Au bout de quelques secondes, l'animal affolé sauta à terre et disparut dans un buisson.

Le cœur battant, Dianna s'appuya contre la porte du bungalow et se força à sourire. « Terrifiée par un lézard ! se reprocha-t-elle intérieurement. Ça ne va vraiment pas fort, ma pauvre vieille ! »

Elle se redressa et remit la clé dans la serrure, refusant de prêter attention aux picotements qui lui agaçaient toujours la nuque. Le parc devait grouiller de lézards et de grenouilles, sans parler d'autres bêtes auxquelles elle préférait ne pas penser. Des serpents, par exemple. Des yeux l'observaient, d'accord, mais pas des yeux humains.

La jeune femme poussa la porte, qui, cette fois, s'ouvrit sans résistance. Les ronflements de Hal l'accueillirent, et elle gagna sa chambre, où elle s'enferma à clé. L'agitation des quelques minutes précédentes — depuis sa tentative de cambriolage jusqu'à sa rencontre avec le lézard — avait eu au moins un résultat positif : elle tombait à présent de sommeil.

Malgré son envie de dormir, Dianna prit le temps de se laver les dents et de se brosser les cheveux. Elle n'avait décidément pas l'étoffe d'une criminelle, songea-t-elle. Ses mains tremblaient encore. Elle adressa une grimace à son reflet dans la glace, puis enfila un T-shirt trop grand, dont la couleur, turquoise à l'origine, était peu à peu passée à un bleu délavé. Il était grand temps de donner à son imagination débordante un peu de repos.

Elle se glissa dans son lit avec volupté. Les oreillers étaient garnis de duvet moelleux et les draps en percale ornés d'une broderie anglaise à motif de coquillages. Le bourdonnement du climatiseur couvrait le bruit irritant des ronflements de Hal, et Dianna ne tarda pas à sombrer dans une douce somnolence. Si bien qu'au moment où un bruissement se fit entendre, elle l'intégra au rêve qui commençait à se former dans son cerveau. Ses parents venaient de rentrer d'une soirée ; son père ouvrait la porte du bungalow et s'approchait silencieusement pour l'embrasser…

Cette agréable torpeur prit fin avec une soudaineté terrifiante, et la jeune femme se trouva plongée dans l'un de ses pires cauchemars. Elle sentait une odeur de fumée, entendait un crépitement de bois attaqué par le feu et voyait en esprit des flammes dévorer les murs du bungalow.

Elle tenta de s'arracher à ce rêve, refusant d'accepter son retour. Plus jamais, s'était-elle juré après deux années de séances chez un psychiatre. Plus jamais elle ne laisserait ces horribles souvenirs hanter son sommeil.

Dianna avait la tête lourde et ses paupières ne voulaient pas s'ouvrir, mais le psychologue lui avait appris à se réveiller. Elle s'obligea à s'asseoir, puis sortit de son lit et, encore tourmentée par l'atmosphère angoissante de son cauchemar, se dirigea d'un pas chancelant vers la salle de bains.

Evitant d'instinct les meubles, car elle avait toujours les yeux fermés, elle atteignit le lavabo, en ouvrit les deux robinets et s'aspergea le visage d'eau tiède.

— Réveille-toi ! murmura-t-elle d'une voix pâteuse. Tu dois te réveiller !

L'eau glissa sur ses joues, sur son menton, pour aller ensuite se perdre dans l'encolure de son T-shirt. L'odeur de fumée, maintenant plus forte, lui donnait des haut-le-cœur. Pourquoi le rêve ne se dissipait-il pas ? Elle se pinça la joue et regarda dans le miroir la marque rouge s'estomper peu à peu. Bon ! Elle était donc réveillée, à présent... Enfin, plus ou moins... Mais pourquoi avait-elle la nausée et les paupières lourdes ?

Elle rejeta brusquement la tête en arrière et écarquilla les yeux. Son cœur battait si vite que l'air sortait de ses poumons avec un sifflement aigu. Son reflet dans la glace lui apparaissait à travers un léger brouillard, et alors elle se rendit compte qu'elle ne rêvait pas : ce brouillard était de la fumée, et elle entendait bien le chuintement et le crépitement de pièces de bois en train de brûler.

Ces bruits menaçants venaient de la salle de séjour ; et la jeune femme s'y précipita. Un écran de fumée cachait la porte du bungalow, et des langues de feu léchaient déjà la moquette du côté de l'entrée. Paralysée par la terreur, la jeune femme fixa les flammes. Les émanations de produits chimiques produites par la combustion du tapis lui montèrent aux narines, mêlées à une puissante odeur d'essence, et lui rappelèrent un autre soir, une autre maison, un autre incendie. Par un effort de volonté si violent que tout son corps se couvrit de sueur, elle pivota sur ses talons et courut jusqu'à la chambre de Hal. Chose incroyable, il ronflait toujours, les lèvres retroussées en un sourire béat. Même quand il dormait, son visage exprimait une fatuité exaspérante.

L'irritation que Dianna ressentit devant ce spectacle lui rendit un peu de sang-froid. C'était une émotion si normale, si familière, qu'elle ramena la jeune femme à la réalité. « Calme-toi ! se dit-elle. C'est juste un petit incendie dans un bungalow de Floride, rien de plus. »

Elle secoua violemment l'avocat.

— Réveillez-vous, Hal !

Il grogna et se tourna de l'autre côté. Cette fois, elle le gifla carrément.

— Mais réveillez-vous, bon sang ! Nous devons sortir d'ici !

— Que… qu'y a-t-il ? demanda-t-il en entrouvrant les paupières. Vous avez un problème ? Vous voulez que Hal s'occupe de vous ?

— Le bungalow brûle !

Le soulagement que Dianna avait éprouvé à le voir conscient se transforma rapidement en colère devant sa lenteur d'esprit. Elle tira violemment sur le drap et lui lança un peignoir.

— Levez-vous, espèce d'idiot ! Il faut sortir d'ici !

— Le bungalow brûle ? Mon Dieu !

Hal sortit précipitamment de son lit, se prit les pieds dans le peignoir, attrapa son portefeuille sur la table de nuit et se rua vers la porte.

— Pas par là ! cria Dianna en l'empoignant par le bras. La fumée est trop épaisse. Passons par ma chambre, elle a une porte coulissante qui donne sur la terrasse.

— Nous n'avons pas le temps ! Il faut sortir tout de suite ou nous allons brûler vifs !

Hal avait déjà écarté les rideaux et tentait désespérément d'ouvrir la fenêtre.

— Elle est coincée ! hurla-t-il, le visage blême. Nous sommes prisonniers !

— Mais non, nous pouvons sortir par ma chambre, déclara-t-elle en lui serrant la main pour essayer de le calmer.

Sa voix était posée, comme si elle assistait à la scène en simple spectatrice. Ses jambes, en revanche, tremblaient si fort qu'elle dut s'appuyer un instant au mur.

— Venez avec moi, Hal !

Elle le tira par le bras, et il la suivit, trop affolé pour discuter. L'incendie gagnait du terrain, remarqua Dianna au moment où ils longeaient la salle de séjour, mais il n'y avait pas de danger dans l'immédiat. Toussant et crachant, elle remorqua Hal à travers sa chambre jusqu'à la terrasse.

Une fois dehors, l'avocat s'affaissa contre le treillage.

— On l'a échappé belle ! s'exclama-t-il.

Il resta un moment à regarder les volutes de fumée monter dans le ciel, puis se redressa. Maintenant que sa vie n'était plus menacée, son machisme revenait.

— Allez au bord de la piscine, mon petit. Moi, je vais chercher de l'aide.

Hurlant « Au feu ! », il courut vers la maison et se mit à tambouriner contre chaque porte et chaque fenêtre tandis que Dianna, ignorant l'ordre qu'il lui avait donné de s'éloigner, se tenait immobile au centre de la terrasse. Elle se rendit soudain compte, un peu tardivement, qu'elle portait pour seuls vêtements un T-shirt qui lui arrivait à mi-cuisses et une culotte de coton. Mais elle avait le temps de récupérer ses habits : la porte de communication entre sa chambre et la terrasse était ouverte et il n'y avait de flammes que dans la salle de séjour. Elle fit trois pas en direction du bâtiment, puis s'arrêta net, le corps secoué de frissons. Ses jambes refusaient d'avancer. Alors, en silence et les yeux secs, elle se croisa les bras sur la poitrine et regarda l'incendie.

Bizarrement, le bungalow paraissait presque normal de l'extérieur, si l'on exceptait la lueur orangée qui dansait aux fenêtres de la salle de séjour. La jeune femme fixa cette lueur, hypnotisée, incapable de détourner les yeux ou même de cligner des paupières.

Les cris de Hal avaient fini par alerter la maisonnée : des lumières s'allumaient un peu partout et des gens en tenue plus ou moins légère commençaient à sortir sur la terrasse qui entourait la piscine. Dianna aperçut vaguement des petits groupes de domestiques qui discutaient en espagnol, l'air terrifié. Elle entendit Hal hurler à quelqu'un de téléphoner aux pompiers, et la voix grave de Ben répondre qu'il les avait déjà appelés. Puis elle entendit Roger demander sur un ton furieux pourquoi l'avertisseur d'incendie n'avait pas fonctionné.

« Bonne question ! » songea la jeune femme, toujours immobile. Toutes les pièces du bungalow étaient équipées de détecteurs de fumée. Elle les avait vus en inspectant les lieux à la recherche de micros cachés. Alors pourquoi aucun d'eux n'avait-il sonné ? A quoi servait un système d'alarme électronique ultraperfectionné si un incendie ne le déclenchait pas ?

Dianna avait l'esprit trop brumeux pour trouver la réponse. Des gens s'agitaient autour du bungalow, à présent, mais nul ne semblait remarquer sa présence. Tant mieux… Peut-être réussirait-elle à garder son sang-froid si personne ne lui adressait la parole.

— Où sont les pompiers ? Pourquoi mettent-ils tant de temps à venir ? Ils doivent théoriquement arriver dans les cinq minutes… A quelle heure les avez-vous appelés, Ben ?

La voix d'Andrew… Andrew ? Ce nom résonna dans la tête de Dianna, faisant courir une onde de peur dans son corps tout entier. Andrew n'était pas censé être là mais à Tallahassee… Rassemblant son courage, la jeune femme se retourna.

Elle ne s'était pas trompée — mais comment ne pas reconnaître la voix mélodieuse et distinguée d'Andrew ? Le père de Claire se tenait au centre de la terrasse, criant des ordres aux membres de la maisonnée qui, alignés, se passaient de main en main des seaux d'eau remplis dans la piscine et les jetaient sur les murs du bungalow. Il travaillait aussi dur que les autres. Quel type formidable ! Il faudrait absolument que les médias sachent qu'il s'était comporté ce soir en héros.

Dianna frissonna. Il faisait très froid. Bizarre, pour une nuit d'été en Floride… Elle frotta ses pieds glacés l'un contre l'autre avant de se tourner de nouveau vers le bungalow. Malgré Andrew et ses seaux d'eau, l'incendie prenait de l'ampleur. Elle percevait le craquement du bois dévoré par le feu, le bruit sec du plastique explosant sous l'effet de la chaleur. Tous ces sons finissaient par composer une musique envoûtante qu'elle écoutait, fascinée, les yeux fixés sur les flammes dansantes.

— Il ne faut pas rester là. Des étincelles pourraient jaillir et vous brûler.

La voix de Ben venait de s'élever juste derrière la jeune femme. Elle l'entendit, comprit qu'il avait raison, mais ses membres refusèrent de lui obéir.

— Dianna..., dit-il d'un ton insistant.

Elle continua à regarder droit devant elle, craignant de s'écrouler au moindre mouvement. Le bras de Ben lui entoura les épaules, et elle trouva ce contact étrangement rassurant, mais elle n'osa tout de même pas bouger.

— Il ne faut pas rester près du bungalow, répéta-t-il.

— J'ai froid, parvint-elle à articuler.

Il lui jeta un coup d'œil incrédule avant de lui prendre les mains et de les frictionner doucement.

— Vous êtes effectivement gelée... Venez vous asseoir au bord de la piscine. Comme cela, nous ne gênerons pas les pompiers quand ils seront là.

La chaleur du bras que Ben avait maintenant passé autour de sa taille diminua un peu la sensation de froid, et les frissons qui la secouaient finirent par s'arrêter. Peut-être n'était-elle pas aussi fragile qu'elle l'avait craint, songea Dianna. Elle s'humecta les lèvres et se rendit compte qu'elle pouvait prononcer une phrase entière à condition de parler lentement.

— Pourquoi les pompiers tardent-ils tant ?

— Je sais que cela nous paraît long, mais il n'y a pas plus de cinq minutes que je les ai appelés. Tenez... Les voilà !

Un bruit de moteur et un hurlement de sirène se rapprochaient en effet rapidement. La jeune femme éprouva un profond sentiment de soulagement. Les secours arrivaient. Personne n'allait mourir. Pas ce soir. Pas de nouveau. Heureusement qu'elle s'était réveillée à temps pour avertir Hal… Même Hal ne méritait pas de mourir dans un incendie.

— Depuis quand Andrew est-il là ?

Il n'était pas dans les intentions de Dianna de poser cette question, mais sa vigilance s'était relâchée, et elle l'avait laissée échapper.

— Il devait rester plusieurs jours à Tallahassee, ajouta-t-elle pour tenter d'expliquer son intérêt.

— Ses réunions se sont terminées plus tôt que prévu et, comme son avion était prêt à décoller, il est revenu. Il est rentré ici quelques minutes avant Roger et vous.

Ben la poussa doucement dans l'une des chaises longues installées au bord de la piscine et s'assit à côté d'elle.

— Ne vous inquiétez pas, Dianna, murmura-t-il en lui prenant la main. Les pompiers vont éteindre l'incendie en un rien de temps. Grâce à Hal et à vous, nous avons pu intervenir très vite.

— Oui, ils vont l'éteindre…

Elle claquait des dents. La réaction, sans doute, maintenant qu'il n'y avait plus de danger. Elle serra les mâchoires pour que ce tremblement ne trahisse pas sa peur. Il fallait dire quelque chose afin que personne ne voie à quel point elle était effrayée. Elle ne voulait pas que… les gens s'aperçoivent de sa frayeur.

— Les détecteurs de fumée n'ont pas fonctionné, observa-t-elle, formulant la première idée qui lui passait par la tête. Il y en a quatre dans le bungalow, et aucun ne s'est déclenché.

Ben ne resta silencieux qu'un quart de seconde, mais elle perçut tout de même son hésitation.

— Vous avez raison. C'est un mystère que nous devrons éclaircir.

— Bonne nouvelle, mes amis ! Les pompiers sont là.

La voix d'Andrew retentit sur la terrasse, calme et autoritaire. Dianna leva les yeux. Des hommes vêtus de grandes bottes, de grosses vestes et de casques étaient en effet en train de se rassembler près de la tonnelle. Ils avaient l'air robustes et compétents, et, pourtant, leur arrivée provoqua chez la jeune femme une nouvelle crise de frissons.

— Il y a quelqu'un dans le bungalow ? Des personnes ont été blessées ? cria un infirmier.

— Non, pas de blessés, répondit Roger qui, croisant le regard de Dianna, lui adressa un petit sourire rassurant avant de se tourner vers son père.

— Tant mieux ! s'exclama le capitaine des pompiers, qui poussa tout le monde vers le bâtiment principal. Vous avez fait du bon boulot, mes amis, mais, maintenant, je vous demanderai d'aller à l'intérieur afin que nous puissions mettre notre matériel en batterie. Si vous évacuez la terrasse, nous aurons maîtrisé l'incendie dans quelques minutes. Rentrez dans la maison, s'il vous plaît !

Pendant qu'il parlait, ses hommes avaient déjà déroulé des mètres et des mètres de tuyaux, et ils pointaient à présent leurs lances sur le bungalow en feu.

— Il faut obéir au capitaine, dit Ben en passant son bras autour de la taille de Dianna et en la forçant à se lever.

— Je veux rester ici pour les voir travailler, répliqua-t-elle, les mâchoires serrées.

— Pas de problème ! déclara-t-il comme si ce désir n'avait rien d'anormal. Ma chambre donne sur le bungalow. Nous pourrons tout observer de là sans provoquer la colère du capitaine. Regardez, il n'y a déjà presque plus de flammes…

Il se dirigea vers la maison, mais Dianna ne le suivit pas : elle garda les yeux fixés sur les volutes de fumée noire qui s'échappaient du bungalow. Avec un petit grognement d'impatience, Ben revint sur ses pas, posa les mains sur les épaules de la jeune femme et l'obligea à lui faire face. Furieuse, elle tenta de se libérer, mais il était beaucoup plus fort qu'elle. Il la serra contre sa poitrine et, lui saisissant le menton, lui immobilisa la tête pour l'empêcher de se retourner.

— Les pompiers ont la situation bien en main… Dianna ? Vous m'entendez ?

Elle ne répondit pas, et il reprit dans un murmure :

— Ecoutez-moi, Dianna ! Tout le monde est sain et sauf. Tout va bien. Le feu sera éteint dans quelques minutes. Il n'y aura même pas de traces de fumée sur le bâtiment principal. Maintenant, quittons la terrasse avant que les pompiers ne se fâchent.

La voix de Ben perça enfin le brouillard qui lui obscurcissait l'esprit. Elle leva les yeux vers lui, clignant des paupières, encore un peu hébétée.

— Voilà qui est mieux, constata-t-il d'un ton approbateur. Vous commencez à redescendre sur terre, hein ?

— Oui, ça va, maintenant, affirma-t-elle.

— C'est bien ! Vous pouvez marcher, ou faut-il que je vous porte ?

— Je peux marcher.

Joignant le geste à la parole, elle traversa la terrasse. Elle avait cependant les jambes raides et en voulait un peu à Ben de l'avoir tirée de sa torpeur. Dans certaines occasions, cet engourdissement de la pensée était la meilleure des défenses.

Ben la fit entrer dans la maison par une porte latérale, ce qui leur permit d'éviter la foule rassemblée dans le vestibule.

— Vous êtes bien sûre de vouloir regarder les pompiers travailler ? demanda-t-il doucement. Si oui, c'est de ma chambre que vous serez le mieux.

— Je veux les regarder.

Une fois dans la chambre, il plaça un fauteuil devant la fenêtre, ouvrit les rideaux, puis montra le siège de la main.

— Je vous en prie !

Depuis la fenêtre de Ben, on ne voyait qu'une petite partie de la piscine et de la terrasse, mais, comme il l'avait dit, sa chambre donnait en plein sur le bungalow. Silencieuse et concentrée, Dianna observa les pompiers et se détendit peu à peu en constatant qu'ils maîtrisaient rapidement l'incendie. Il n'y avait presque pas de vent pour attiser les flammes, juste une brise légère qui chassait la fumée. Au bout de quelques minutes, il devint évident que le bungalow ne brûlerait pas entièrement : il serait noirci et abîmé, mais les murs et les fondations étaient intacts.

Dianna ne se rendit compte que Ben se tenait près d'elle qu'au moment où les pompiers commencèrent à ranger leurs tuyaux et le reste de leur matériel. Andrew sortit alors sur la terrasse et serra la main du capitaine. Ecœurée, la jeune femme se détourna.

— Les pompiers ont vraiment fait du bon boulot, remarqua Ben.

— Oui.

Il lui toucha la joue dans un geste à la fois apaisant et impersonnel.

— C'est fini, Dianna. Il n'y a plus aucune raison de s'inquiéter.

— Je sais.

— Dianna… Ça va ?

Elle aurait voulu rire, ou pleurer, mais elle avait la gorge tellement sèche, tellement serrée qu'il n'en sortit qu'une sorte de gloussement rauque.

— Ça va, parvint-elle finalement à articuler. Vu les circonstances.

— Vu les circonstances ? Qu'entendez-vous par là ?

— Que je vais bien si l'on considère que quelqu'un vient d'essayer de me tuer.

Une fois les pompiers partis, chacun était retourné se coucher pour essayer de dormir encore un peu avant le matin. Le bungalow se dressait dans la pénombre, avec ses murs trempés et noircis ; il faudrait des semaines pour le remettre à neuf. Sa chambre était malheureusement située du côté sud de la maison, et il voyait mal les résultats de son travail. Il devait se tordre le cou et, même ainsi, seul lui apparaissait un coin de la salle de séjour du bungalow, dont les rideaux mouillés s'agitaient mollement dans la brise.

Il lui restait cependant des événements dramatiques de la nuit un sentiment de satisfaction et d'excitation. Il avait agi sous l'effet d'une impulsion soudaine, mais il savait improviser et avait réussi sans trop de peine à régler les détails pratiques. Son emploi du temps était connu de tous et ne lui laissait pas beaucoup de loisir pour s'occuper de ses affaires personnelles, mais, l'arrivée de Dianna Mason ayant un peu perturbé la maisonnée, il avait eu moins de mal que prévu à trouver vingt minutes pour se glisser dans le bungalow et débrancher les détecteurs de fumée. Le fait d'avoir lui-même supervisé l'installation des avertisseurs d'incendie et du système de sécurité intérieur lui avait facilité la tâche. Pour un pyromane expérimenté, le travail de ce soir avait été un jeu d'enfant.

Il avait observé la réaction de Dianna devant l'incendie aussi attentivement que possible sans se faire remarquer et s'était délecté à voir son visage pâle et tendu, les frissons de peur qui la secouaient. Bien qu'il dût faire semblant de combattre les flammes avec les autres, il avait constaté qu'elle était absolument terrorisée. Il n'avait malheureusement pas pu s'approcher et jouir de la peur presque palpable qui devait émaner d'elle.

C'était la faute de Ben Maxwell. Pourquoi Ben avait-il décidé de s'ériger en protecteur de Dianna Mason ? Il s'était pratiquement collé à elle, là-bas sur la terrasse, empêchant quiconque de l'aborder sans soulever des commentaires. Ce Ben semblait avoir le don de se mêler de ce qui ne le regardait pas... Il avait certes sauvé la fortune de la famille, mais il était peut-être temps de s'en débarrasser. Il n'avait jamais vraiment aimé Ben. Tous ces gens intègres et dévoués qui l'entouraient depuis sa naissance l'ennuyaient.

Il arpenta sa chambre, partagé entre l'irritation et l'exaltation provoquée par l'incendie. Il n'avait pas le moindre doute sur l'identité de Dianna Mason. Il l'avait immédiatement reconnue. Pourquoi avait-elle choisi ce moment précis pour réapparaître ? Plusieurs réponses possibles lui venaient à l'esprit, et aucune ne lui disait rien qui vaille. C'était l'une des raisons qui l'avaient poussé à mettre le feu au bungalow. Cet incendie constituait une sorte d'avertissement, un rappel de ce qui arrivait aux gêneurs de tout poil. « Fiche le camp ! N'essaie pas de t'insinuer dans la famille, ou tu le regretteras. » Telle était la teneur du message.

Voir les flammes dévorer le bungalow l'avait amusé, mais il lui fallait admettre que cela ne résolvait pas ses problèmes. Il se vantait d'être lucide et se rendait compte qu'il avait cédé ce soir à une sorte de caprice. Les chances pour que Dianna Mason meure dans l'incendie étaient pratiquement nulles.

Mais, au moins, il l'avait prévenue, et, maintenant, la balle était dans son camp. Si elle négligeait cet avertissement, il devrait la tuer, et Hal Doherty aussi. Cette perspective ne le troublait pas. Dianna n'avait pas le droit de réclamer la fortune des Campbell et Hal était un homme d'une malhonnêteté insupportable pour quiconque possédait une once de sens moral.

Il lui faudrait cependant se fabriquer un alibi parfait s'il se révélait nécessaire de les tuer tous les deux. Plus d'incendie, décida-t-il à regret, ou les gens commenceraient à se poser des questions devant une telle accumulation de coïncidences.

Pour l'instant, il ne courait aucun risque. Personne ne le soupçonnait. Personne ne l'avait vu, pas même Dianna, dont l'instinct de survie le stupéfiait pourtant. Il était tellement sûr qu'elle dormait, quand il s'était glissé dans sa chambre ! Comment avait-elle fait pour se réveiller à temps, sortir de son lit et sauver Hal Doherty ? Il fronça les sourcils, agacé à l'idée que ni Dianna ni Hal n'avaient été intoxiqués, même légèrement, par la fumée. L'incendie l'avait amusé, mais le spectacle d'une ambulance transportant d'urgence des blessés à l'hôpital aurait doublé son plaisir.

Tout bien considéré, il n'était pas fâché que Dianna ait décidé de revendiquer son héritage. Son existence lui semblait bien morne, depuis quelque temps, malgré ses efforts pour sortir de la routine. La campagne électorale elle-même ne lui apportait pas l'exaltation qu'il en espérait. L'arrivée de Dianna mettrait donc un peu de piment dans sa vie : le danger avait quelque chose de grisant. Il aimait se mesurer à un adversaire digne de lui, et Dianna Mason paraissait l'adversaire le plus redoutable qu'il puisse jamais trouver.

Il s'éloigna de la fenêtre, encore tout excité par les événements de la nuit. Bon Dieu ! Il avait presque oublié la sensation enivrante que donnait la vision d'un incendie, quand on l'avait soi-même allumé. Il bandait depuis l'instant où il avait approché son briquet jetable de la serviette imbibée d'essence préalablement posée devant la porte d'entrée du bungalow. Il se caressa pensivement. Allait-il laisser la tension monter encore ? Ou bien jouir tout de suite ?

Quelqu'un frappa discrètement à la porte, l'interrompant dans ses pensées. Il resserra la ceinture de son peignoir bleu marine afin de dissimuler son érection et traversa la pièce, émoustillé par la perspective d'être sans doute obligé de ruser et de mentir. Rien ne le stimulait autant que le sentiment de tromper les autres.

— Oui ? demanda-t-il. Qui est là ?

— C'est moi, Sharon.

Elle avait parlé lentement, avec hésitation, exactement comme il aimait. Il lui avait expliqué que les femmes ne devaient jamais prendre l'initiative, dans la vie comme en matière sexuelle, et elle avait tout de suite compris.

L'espace d'une seconde, il regretta qu'il ne s'agisse pas de Dianna ou de Ben. En cet instant précis, il aurait mieux aimé affronter un de ces deux-là que faire l'amour. Sharon se présentait cependant à point nommé pour satisfaire ses besoins physiques. Etait-ce un heureux présage ? Le signe que les dieux lui étaient favorables et qu'il recevrait sa juste récompense ?

Il ouvrit la porte.

— Bonsoir, Sharon ! C'est gentil de me rendre visite. Que puis-je pour toi ?

Elle leva les yeux vers lui, connaissant parfaitement les règles du jeu.

— J'ai si peur ! dit-elle en ouvrant les pans de sa robe de chambre afin qu'il voie le bout de ses seins pointer sous la chemise de nuit moulante. L'incendie m'a tellement effrayée que je n'arrive pas à dormir.

— Comme c'est ennuyeux ! susurra-t-il.

Il tendit la main et suivit du doigt l'encolure de la chemise de nuit. Sharon se tortilla, l'air extasié, et il sourit d'aise. Il se considérait comme un très bon amant, mais il voulait que ses partenaires lui témoignent toute la gratitude qui convenait.

— Et en quoi puis-je t'aider ?

— Laissez-moi dormir dans votre lit, murmura-t-elle. Je serai très, très gentille.

— Je veillerai à ce que tu le sois ! s'écria-t-il en riant.

D'un geste souple, il se débarrassa de son peignoir, puis il attira Sharon contre lui et referma la porte du pied.

— Ne t'inquiète pas, Sharon ! Je te protégerai.

— Je sais, déclara-t-elle. Avec vous, je n'ai plus peur.

6.

L'incendie avait appris au moins une chose à Ben sur Dianna Mason : elle avait dans le passé été cernée et brûlée par les flammes. Car personne, pas même la plus grande comédienne du monde, n'aurait pu simuler l'épouvante avec une telle vérité, là-bas, sur la terrasse. Il était facile d'écarquiller les yeux et de feindre la frayeur, mais cet état quasi cataleptique qui l'avait rendue insensible à tout, sauf au feu et aux hommes qui le combattaient, trahissait une peur si profondément enracinée que Ben en avait eu le cœur déchiré.

Il se demandait si l'incroyable déclaration de Dianna était vraie, elle aussi : « Quelqu'un vient d'essayer de me tuer… » Avait-elle raison ? Et, dans l'affirmative, qui souhaitait sa mort ?

La jeune femme était manifestement convaincue d'avoir été l'objet d'une tentative de meurtre. Ben voyait bien que, malgré ses efforts pour paraître calme, elle était au bord de la crise de nerfs. Son visage pâle, ses yeux cernés, ses traits tirés révélaient une terrible tension. A un moment ou à un autre, elle avait dû chasser une mèche de son front, car une traînée de suie partait de sa pommette droite, traversait l'arête du nez et allait ensuite se perdre dans le sourcil gauche. Ben trouvait cela étrangement émouvant.

Il réprima le désir qui l'envahit soudain de la serrer dans ses bras en lui promettant de la protéger aussi longtemps qu'il vivrait. En tant que directeur général de Campbell Industries, il ne pouvait se permettre de céder à ce genre d'élan. C'était de la dureté qu'il fallait lui témoigner, pas de la tendresse ou de la compassion. Contrôlant sa voix de façon à n'exprimer qu'une froide curiosité, il la regarda droit dans les yeux et demanda :

— Pourquoi pensez-vous qu'on a essayé de vous tuer ? Il se produit tout le temps des accidents, vous savez. Ce n'est pas parce que le bungalow a pris feu que quelqu'un en veut à votre vie.

Il avait déjà remarqué que les affrontements la stimulaient. Bien que ce trait de son caractère n'arrangeât pas ses affaires, il ne pouvait s'empêcher de l'admirer malgré lui. Et en effet, devant cette attaque, elle réussit à recouvrer son sang-froid : se redressant, elle le considéra de cet air de défi sarcastique qui lui donnait envie de la jeter sur un lit et de l'obliger à se soumettre à lui.

Elle se recula, se laissa tomber dans le fauteuil le plus proche et déclara d'un ton irrité :

— Bon sang, Ben ! Vous ne croyez pas que cela fait beaucoup de coïncidences ? Claire a disparu après l'incendie du chalet des Campbell. Je suis ici depuis à peine douze heures, affirmant être Claire, et la maison où je loge brûle… Il semble que ma présence effraie quelqu'un, vous en conviendrez.

— J'ai une autre hypothèse : si cet incendie a été volontairement allumé, Hal et vous êtes les premiers suspects. Vous aviez le mobile, les moyens et l'occasion. Ce qui, je vous le signale, est à peu près tout ce dont la police a besoin pour engager des poursuites.

— Quoi ?

Oubliant sa fatigue, Dianna se leva d'un bond, les yeux étincelant de colère. Toute son attitude trahissait l'indignation. Elle traversa la pièce comme un ouragan — Ben s'efforça de ne pas fixer les longues jambes nues sous le T-shirt, mais n'y parvint pas — et vint se planter devant lui, les mains sur les hanches. Ce mouvement fit encore remonter de quelques centimètres le bas de son T-shirt, et Ben se mit à transpirer.

— Je ne pensais pas que quiconque, même vous, s'abaisserait à me dire cela ! s'exclama-t-elle. Nous avons failli mourir, Hal et moi, et vous nous accusez d'être les incendiaires ? Pourquoi aurions-nous agi de façon aussi stupide ?

Ben avait du mal à se rappeler de quoi ils parlaient.

— Je n'ai porté aucune accusation, protesta-t-il en tentant de rassembler ses esprits. J'ai seulement souligné que Hal et vous étiez les premiers suspects dans cette affaire.

— Pourquoi ? questionna-t-elle d'un ton où perçait une perplexité sincère. Quel intérêt aurions-nous eu à commettre cet acte ?

Il s'obligea à détourner les yeux des jambes de la jeune femme, mais son regard tomba alors sur sa bouche et il resta comme hypnotisé. Non… Il devait absolument concentrer son attention sur leur discussion, oublier que les lèvres de Dianna étaient les plus sensuelles qu'il ait jamais vues... S'éclaircissant la voix, il répéta :

— Quel intérêt ? La réponse est simple : demain matin, Hal me demande rendez-vous et m'annonce d'un air navré que son attaché-case contenait des documents prouvant de façon irréfutable que vous êtes bien Claire Campbell. Malheureusement, ces documents ont brûlé.

Dianna rougit, puis pâlit. De toute évidence, elle reconnaissait que cette hypothèse tenait debout.

— Hal est tout à fait capable de cela, admit-elle, mais il ne ferait alors que tirer parti des circonstances. C'est un opportuniste, pas un incendiaire.

— Vos prétentions à l'héritage de Claire Campbell lui donnaient cependant un excellent motif pour mettre le feu au bungalow. A lui ou à vous. Nous savons tous les deux que Hal n'a jamais eu aucun papier démontrant le bien-fondé de vos allégations, mais, à cause de l'incendie de cette nuit, je ne peux plus le prouver.

— Hal est innocent, affirma-t-elle avec une véhémence qui rendait toujours sa voix plus rauque qu'à l'ordinaire. Il ronflait comme un sonneur quand le feu s'est déclaré. Il a fallu que je le secoue et que je lui crie dans les oreilles pour qu'il se réveille. Il n'est pour rien dans ce qui s'est passé ce soir, je vous le jure !

Il n'était pas difficile de ronfler fort et de feindre de dormir profondément, songea Ben, mais il n'exprima pas sa pensée. Peut-être, demain, lui dirait-il de se méfier de Hal. Pour l'instant, elle avait déjà suffisamment de soucis sans se demander en plus si son complice ne la doublait pas.

— Y a-t-il quelqu'un pour confirmer que Hal dormait ? s'enquit-il, quelqu'un qui vous a vue essayer de le réveiller ?

— Mon seul témoin, c'est l'incendiaire. Je parie qu'il se cachait derrière les buissons, à se délecter de notre affolement. Le spectacle de l'angoisse de leurs victimes procure une jouissance intense aux pyromanes.

— Il paraît.

Ben prit sur sa table de nuit un pichet de jus d'orange, remplit deux verres et en tendit un à Dianna. Il se rendit alors compte que la main de la jeune femme tremblait, et ce fut d'une voix douce qu'il déclara :

— Tenez, buvez ça. Vous devez avoir la gorge sèche.

— Merci.

Elle avala le liquide à petites gorgées, puis ajouta :

— C'est bon !

— Les détecteurs de fumée n'ayant pas fonctionné, vous avez eu de la chance de vous réveiller si vite. Qu'est-ce qui vous a alertée ? Vous vous en souvenez ?

— Pas très bien, mais je sais que je n'étais pas complètement endormie. Juste avant de me lever, j'ai eu l'impression désagréable qu'il y avait quelqu'un dans ma chambre et que cette personne me regardait dormir… sauf que je ne dormais pas vraiment… Oh ! inutile de revenir là-dessus, puisque je ne peux pas prouver ce que j'avance.

— Pour le moment, précisa Ben, mais l'enquête n'a pas encore commencé. Peut-être les experts découvriront-ils quelque chose ?

— J'en doute. En réalité, c'est vous qui avez raison. Tout nous accuse, Hal et moi. Les enquêteurs ne croiront pas ma version des faits. Je n'y croirais pas moi-même, à leur place… Bon sang ! Il se débrouille toujours pour avoir une longueur d'avance !

— Qui ? Hal ?

Dianna souleva un livre qui se trouvait sur la table de nuit, puis le reposa sans même en regarder le titre.

— Excusez-moi, dit-elle avec un sourire triste. Je divague… Vous entendez ce bruit ?

— Non. Quel bruit ?

— Ecoutez bien, monsieur Maxwell, et vous l'entendrez distinctement… C'est la porte de la prison qui claque tandis qu'elle se referme derrière moi.

Elle avait le chic pour paraître innocente tout en admettant que les apparences étaient contre elle, Ben l'avait déjà noté, mais il était résolu à ne pas succomber au charme de cette voix rauque et de ces grands yeux bleus.

— Ne comptez pas sur moi pour vous défendre, observa-t-il. De graves présomptions pèsent sur Hal et vous. Pour commencer, nous pouvons pratiquement exclure la possibilité d'un acte commis par une personne de l'extérieur. La maison est protégée par une barrière électronique. En plus, un mur de brique haut de deux mètres cinquante entoure le terrain de golf, et un service de sécurité garde les deux entrées vingt-quatre heures sur vingt-quatre. On n'a signalé aucun cas de violation de ce domaine depuis sa construction.

— Vous prêchez une convertie, répliqua-t-elle d'un ton las. Nous savons tous les deux qu'il s'agit d'un acte commis par quelqu'un de la maison.

Ce refus de plaider sa propre cause irrita Ben.

— Vous avouez avoir allumé cet incendie avec Hal ?

— Bien sûr que non ! Je refuse seulement de discuter avec vous, puisque votre opinion est déjà faite.

Il inspira à fond et compta jusqu'à dix.

— Je ne suis qu'un homme d'affaires borné, rappelez-vous…, déclara-t-il ensuite. Alors expliquez-moi comment quelqu'un s'est débrouillé pour traverser soixante mètres de terrasse, ouvrir une porte fermée à clé, déconnecter les fils reliant le bungalow au système de sécurité intérieur et débrancher quatre détecteurs de fumée sans que ni Hal ni vous ne vous rendiez compte de rien.

— Ce n'est pas impossible, décréta-t-elle en se frictionnant les bras comme si elle avait froid. Ce n'est même pas difficile. Le bungalow n'est pas fermé à clé pendant la journée, et je suis sûre que des dizaines de personnes, y compris tous les gens qui travaillent ici à temps partiel, pourraient se procurer une clé s'ils le voulaient vraiment.

— Admettons, mais cela ne résout qu'une petite partie de l'énigme. Une fois à l'intérieur, comment votre incendiaire parvient-il à passer inaperçu ?

— Hal et moi sommes rentrés tard, et l'incendiaire a donc eu tout le loisir de préparer son coup pendant notre absence. Si vous aperceviez un domestique sortant du bungalow, vous trouveriez ça bizarre ? Bien sûr que non ! Et si vous le voyiez debout sur une chaise en train de tripoter quelque chose au plafond ? Vous ne vous arrêteriez même pas. Même chose pour Roger et Andrew. Le fait que cet endroit soit si bien protégé donne à tout le monde un sentiment de sécurité très trompeur. J'ai remarqué cet après-midi qu'aucune des portes de la maison donnant sur la terrasse n'était verrouillée, et, pourtant, des gens sont venus nettoyer la piscine, désherber les parterres et réparer les stores.

— A vous entendre, on croirait que des criminels en puissance rôdent en permanence autour de cette maison !

— Peut-être pas, mais vous n'êtes certainement pas aussi protégés que vous l'imaginez tous. La seule façon pour les riches de se donner l'illusion d'avoir une vie privée, c'est de faire comme si les domestiques et le personnel d'entretien n'avaient pas d'yeux, pas d'oreilles et pas de cervelle.

— Vous avez raison.

— Pardon ? s'écria-t-elle, si surprise qu'elle se cogna à une chaise.

— Vous avez raison, répéta-t-il en souriant. Je suis d'accord avec vous. Plus d'une dizaine de personnes pouvaient débrancher les détecteurs de fumée du bungalow.

La jeune femme rougit légèrement. Cela lui allait à ravir.

— Vous m'étonnez beaucoup, monsieur Maxwell ! Vous aurais-je convaincu ?

— Pas entièrement. J'estime qu'il y a encore une chance sur deux pour que Hal ait allumé cet incendie. Je suis cependant disposé à vous accorder le bénéfice du doute.

En réalité, il était certain que, dans l'hypothèse où Hal avait mis le feu au bungalow, Dianna n'était pas sa complice. Le triomphe de l'espoir et des hormones sur le bon sens ? se demanda Ben. Car, si Dianna était un escroc, pourquoi ne serait-elle pas aussi une incendiaire ?

Comme s'il ne voulait pas pousser son raisonnement jusqu'à sa conclusion logique, il changea de sujet.

— Inutile de perdre notre temps à anticiper sur les résultats de l'enquête. Qui sait ? Bien que nous soyons persuadés du contraire, peut-être découvrira-t-on des preuves que cet incendie est l'œuvre d'un pyromane qui s'est introduit dans le domaine et a choisi le bungalow au hasard.

— Cela arrangerait tout le monde, hein ? murmura-t-elle. Comme la dernière fois, dans le Vermont. On pourrait mettre ce tragique accident sur le dos d'un bouc émissaire… Après quoi on tirerait le rideau sur tout cela : Ben Maxwell continuerait à faire prospérer la société et Andrew à mener sa campagne électorale.

Cette obstination à parler de l'incendie du Vermont comme d'une affaire non résolue irrita Ben.

— Vous liez les uns aux autres des événements qui n'ont absolument aucun rapport entre eux. La campagne d'Andrew n'a rien à voir avec l'incendie du bungalow. Quant à celui du chalet, rien n'indique que les aveux de Ted Jenkins aient été obtenus sous la contrainte.

— Bien sûr que non ! Toute l'astuce est là !

Ben se considérait normalement comme le plus posé et le plus rationnel des hommes, mais, avec Dianna, il passait de la bienveillance à la colère avec une surprenante rapidité.

S'efforçant de ne pas perdre patience, il déclara :

— Tenons-nous-en au problème de l'incendie de ce soir, vous voulez bien ? Jusqu'ici nous avons émis des hypothèses qui ne reposent sur aucune preuve. Mieux vaut attendre le rapport de l'enquête officielle.

La jeune femme resta un instant silencieuse, puis elle eut un petit rire exaspéré et, s'approchant de la fenêtre, appuya son front contre la vitre et contempla les murs noircis du bungalow.

— C'est étrange..., finit-elle par observer d'une voix sourde. En venant ici, je pensais...

— Que pensiez-vous ?

— Rien, répondit-elle en tambourinant contre le carreau. Rien d'important. Les choses ne se déroulent pas comme je l'avais prévu, c'est tout.

— Il y a toujours des impondérables, quand on monte une escroquerie.

Si seulement elle pouvait se retourner et lui jurer qu'elle n'était pas la complice de Hal ! songea Ben. Mais elle ne le fit évidemment pas. Il la connaissait déjà assez pour savoir qu'elle ne défendait jamais son honneur, mais semblait au contraire prendre plaisir à amener les gens à douter qu'elle fût bien Claire Campbell.

Le fond noir de la vitre renvoyait de leurs deux corps une image un peu floue et, quand la jeune femme parla finalement, ce fut au reflet de Ben qu'elle s'adressa.

— Pourquoi êtes-vous si certain que je ne suis pas de bonne foi, Ben ?

Il ouvrait déjà la bouche pour lui donner quelques-unes des nombreuses raisons qui justifiaient sa conviction, mais s'entendit déclarer à la place :

— Je n'en suis pas certain.

— Ce n'est pas cela que vous vouliez dire, hein ? demanda-t-elle avec un sourire désabusé.

— Non, convint-il.

Leurs regards se croisèrent dans la vitre. L'image fantomatique de Dianna paraissait maintenant lui sourire d'un air songeur, presque tendre. Ce devait être une illusion… Ben cligna des yeux pour essayer de la chasser, mais elle resta imprimée sur sa rétine. Depuis quand commençait-il à admettre la possibilité que Dianna Mason soit bel et bien Claire Campbell ? La réponse vint immédiatement : depuis le moment où l'attirance physique qu'il éprouvait pour elle l'avait submergé au point de lui enlever tout son bon sens. Il pivota sur ses talons et alla se verser un autre verre de jus d'orange afin d'avoir un prétexte pour détourner les yeux et s'occuper les mains.

— Réfléchissez un peu, suggéra Dianna. Si Claire est vivante et désire réintégrer sa famille, comment peut-elle prouver son identité de façon convaincante ?

Il remarqua qu'elle parlait de Claire à la troisième personne. Etait-ce un lapsus ? Ou bien une tentative pour placer la conversation sur un plan abstrait et impersonnel ? Ben n'arrivait pas à trancher, et cela l'irritait.

— Elle possède des documents…

— Non, le coupa-t-elle en secouant la tête avec impatience. Vous savez que c'est faux. Claire n'a pas de documents. Soit ils ont brûlé, soit elle ne les avait pas sur elle au moment de l'incendie. Nous en avons déjà discuté.

— Alors il faut recourir à une analyse de sang.

— Et si Claire refuse ?

Cette fois, l'envie de la regarder fut trop forte : il lui fit face.

— Je ne vois pas pourquoi la véritable Claire Campbell s'opposerait à un examen qui constitue la meilleure façon de prouver son identité.

— Votre problème, Ben, c'est que vous manquez d'imagination. Vous avez de la nature humaine la vision d'un bourgeois de banlieue.

Que diable voulait-elle dire ? songea-t-il, les yeux fixés sur Dianna qui soufflait à présent sur le carreau, puis dessinait quelque chose au milieu de la surface embuée de la vitre. C. C. Les initiales de Claire.

D'un geste brusque, elle effaça les lettres et se tourna vers lui.

— Que je sois ou non Claire Campbell, vous êtes-vous jamais demandé ce qui lui était arrivé ? Pourquoi elle avait disparu ce soir-là pour ne plus revenir ? Sept ans ont passé depuis l'incendie du chalet. Qu'a-t-elle fait pendant tout ce temps ?

— A mon avis, elle se trouve dans un hôpital psychiatrique, atteinte d'amnésie ou d'un autre trouble semblable.

— Et si ce n'est pas le cas ? Vous avez vu l'incendie, cette nuit… Au fond de vous-même, vous savez qu'il me visait. Et si Claire avait peur ? Si elle s'était cachée, pendant toutes ces années, parce qu'elle pensait qu'un membre de sa famille essayait de l'assassiner ?

Ben eut soudain l'impression bizarre que le sol bougeait, et ce mouvement lui brouillait la vue au point que les traits de Dianna devinrent flous. La jeune femme lui apparaissait comme à travers une série de miroirs déformants : il avait le sentiment étrange de ne pas avoir devant lui Dianna Mason revendiquant l'identité de Claire Campbell, mais

Claire Campbell elle-même, qui prétendait, pour des raisons connues d'elle seule, être Dianna Mason revendiquant l'identité de Claire Campbell. Il s'avança et tendit la main, poussé par un besoin instinctif de la toucher afin de redonner de la netteté aux images confuses qui dansaient devant ses yeux.

S'il espérait que ce contact le ramènerait à la réalité, il se trompait lourdement : dès que sa main effleura la joue de Dianna, celle-ci s'immobilisa et, quand il lui souleva le menton pour mieux la voir, un même élan poussa leurs deux corps l'un vers l'autre. Ils se retrouvèrent épaule contre épaule, presque bouche contre bouche.

« Non ! pensa Ben, atterré. Il ne faut pas… »

Elle se passa la langue sur les lèvres, et il pencha immédiatement la tête. Il se redressa cependant très vite, tentant désespérément de reprendre ses esprits.

— Pourquoi restez-vous muet ? demanda alors Dianna de cette voix à la fois douce et rauque qui le troublait tant. Ma question vous déroute-t-elle à ce point ?

Quelle question ?

— Oui. Enfin, non…

Il ne se rappelait pas du tout de quoi ils parlaient l'instant d'avant, et s'en moquait. Seuls importaient la douceur de la peau de Dianna et le fait qu'elle ne portait pas de soutien-gorge sous son T-shirt… ce maudit T-shirt qui l'avait rendu fou toute la nuit. Soit parce qu'il ne lui couvrait pas assez les jambes, soit parce qu'il les couvrait trop, il ne savait pas très bien, n'étant plus sûr que d'une chose : il brûlait de le lui enlever.

Ben inspira à fond. Il se dit que faire l'amour avec Dianna Mason était une très mauvaise idée, l'une des plus mauvaises qu'il ait jamais eues. En dehors de l'uppercut qu'elle lui enverrait sûrement s'il se montrait trop entreprenant, il y avait au moins une douzaine d'excellentes raisons de conserver à leurs relations un caractère strictement platonique. Si seulement son cerveau voulait bien se remettre à fonctionner, il serait même capable d'énumérer toutes ces raisons.

Mais son cerveau refusa de lui obéir et, sans qu'il puisse la retenir, sa main quitta le visage de Dianna, descendit le long de son épaule et s'arrêta finalement sur la courbe d'un sein. Il en sentit le bout se durcir et entendit la jeune femme pousser un petit soupir. Le corps tout entier de Ben palpitait de désir. Il pencha de nouveau la tête et, juste à ce moment-là, Dianna leva le menton. Alors, sans réfléchir, il posa ses lèvres sur les siennes.

Ce fut d'abord comme une décharge électrique, puis une exaltation de tous ses sens. Jamais encore un baiser ne lui avait donné de telles sensations. Une fièvre le possédait, qui lui enflammait le cœur et faisait bouillonner son sang.

— Ouvre la bouche !

Sur cet ordre, il resserra son étreinte et introduisit sans grande délicatesse son genou entre les jambes de la jeune femme. Celle-ci ne parut pas s'offusquer d'une telle brutalité : elle lui passa au contraire les bras autour du cou et écarta les lèvres. Pendant quelques minutes, Ben savoura le contact du corps souple de Dianna contre le sien, la douceur de cette bouche tiède, mais, bientôt, ces préliminaires ne suffirent plus à satisfaire le désir qui montait en lui, plus ardent au fur et à mesure que leur baiser se prolongeait.

Ben aimait à se considérer comme un amant attentionné, un homme des années 90 qui tenait compte des besoins de sa partenaire et n'oubliait jamais que les rapports sexuels exigent du tact, une estime réciproque et beaucoup de tendresse. En cet instant précis, cependant, il était absolument incapable de songer aux besoins de Dianna. Des images se succédaient dans son cerveau embrumé par la force de sa passion. Dianna nue sur un lit. Dianna refermant les jambes sur lui tandis qu'il la pénétrait. Dianna secouée par l'explosion de la jouissance. Il pouvait presque l'imaginer à ce moment-là, les joues rouges, les paupières closes, submergée par l'intensité du plaisir qu'il lui avait donné.

Ces images l'amenèrent lui-même au bord de l'orgasme, et il se détacha d'elle juste le temps de la soulever dans ses bras. Elle murmurait son nom, fébrilement, le corps frémissant de désir. Oui, il était sûr qu'il s'agissait de désir.

— Lâchez-moi, Ben ! Nous sommes déjà allés trop loin.

Il l'entendit parler, perçut même le léger tremblement de sa voix, mais il ne comprit pas ce qu'elle disait. Comme les flammes qui avaient dévoré le bungalow, la violence de son désir le brûlait, annihilant sa raison. Il était tellement obsédé par l'idée de la posséder que les paroles de la jeune femme glissèrent sur lui comme un murmure, sans qu'il n'y perçût ni menace ni avertissement. Rien ne devait l'interrompre dans l'élan qui le poussait vers le lit, ou bien ils se retrouveraient à faire l'amour par terre. Et Dianna méritait mieux que cela. Douce Dianna… Elle répondait avec tant de passion à ses caresses… Il la serra contre lui. Elle était si belle !

La jeune femme lui martela la poitrine de coups de poing, puis elle répéta d'une voix rauque, un peu haletante mais parfaitement calme :

— Lâchez-moi, Ben, et écoutez-moi !

— Oui, je t'écoute, ma chérie.

Ce terme d'affection s'était échappé de ses lèvres sans même qu'il y prenne garde.

— Claire Campbell est morte à l'hôpital de Trenton il y a cinq ans. J'ai une copie de son acte de décès dans ma valise.

Ben s'arrêta net près du lit. Il avait conscience d'avoir entendu quelque chose de stupéfiant — et de très déplaisant —, mais il ne savait pas trop quoi. De saisissement, il relâcha son étreinte, et Dianna tomba sur le lit. Il la regarda alors, fou de frustration.

— Que dites-vous ?

Elle se mit debout et, attrapant le dessus-de-lit, s'éloigna de Ben avant de déclarer :

— Je dis que Claire Campbell est morte il y a cinq ans. Elle a eu un accident de voiture sur une autoroute du New Jersey. J'ai une copie de son acte de décès dans ma valise.

Ben fixait à présent la bouche de Dianna comme s'il était sourd et devait lire sur ses lèvres les paroles qu'elle prononçait.

Puis le sens de ces phrases proférées d'un ton égal, sans un soupçon de remords dans la voix, commença à lui apparaître. Claire était morte dans un accident de voiture… Ce qui signifiait que Dianna Mason était un escroc. Comme tout le monde s'en doutait, Hal Doherty et elle avaient monté une arnaque.

Dans un effort désespéré pour rassembler ses esprits, Ben inspira à fond, mais, quand il parla, ce fut avec moins d'assurance qu'il ne l'aurait souhaité.

— Est-ce un aveu officiel selon lequel vous vous êtes fait passer pour une morte dans l'espoir de vous emparer de son héritage, mademoiselle Mason ?

Quelle façon pompeuse de s'exprimer pour quelqu'un qui transpirait encore sous l'effet d'une pulsion sexuelle inassouvie ! Il vit Dianna esquisser un sourire.

— Je ne suis pas sûre qu'on puisse appeler cela un « aveu officiel », monsieur Maxwell.

Ben faillit lui rendre son sourire. Elle était en train de s'envelopper dans le couvre-lit et, juste avant qu'elle n'en referme les pans sur elle, il aperçut une longue jambe nue qui réveilla son désir. L'espace d'un instant, il se demanda s'il n'allait pas lui offrir l'impunité en échange d'une nuit avec lui, mais il se ressaisit vite et détourna les yeux, horrifié à l'idée qu'il avait manqué violer son propre code de l'honneur. Il méprisait profondément les gens qui profitaient de leur pouvoir pour obtenir les faveurs d'une femme, par l'argent ou le chantage, et, pourtant, il avait été bien près de commettre cet acte impardonnable… Pourquoi Dianna lui embrouillait-elle l'esprit au point qu'il soit tenté de laisser ses sens l'emporter sur ses principes ?

— Si ce n'est pas un aveu officiel, mademoiselle Mason, parvint-il à articuler d'une voix presque calme, alors qu'est-ce que c'est ?

— Je ne sais pas trop, répliqua-t-elle, mais, si vous rapportez notre conversation à la police, je nierai tout, bien entendu.

— Bien entendu…

Le cynisme de la jeune femme rendit à Ben toute sa lucidité. Il ne prit cependant pas le risque de la regarder pour lui demander :

— Vous attendez de moi que je me fasse complice d'une escroquerie, mademoiselle Mason ?

— Je n'attends rien de vous. Vous ne serez complice de rien du tout, monsieur Maxwell, parce que j'abandonne la partie. Je veux quitter cette maison dès que possible. Je ne prétends plus être Claire Campbell. Je renonce à revendiquer son héritage. Si vous avez l'obligeance de m'appeler un taxi, je serai prête au moment où il arrivera. Au fait, Hal ignore que la véritable Claire est morte dans un accident de voiture, et il n'y a donc aucune raison de l'inquiéter.

— Vous admettez avoir également trompé Hal Doherty ?

— Oui. Il ne connaît pas la vérité sur moi.

Elle prononça ces derniers mots d'une voix légèrement entrecoupée, preuve que son flegme n'était qu'apparent.

— Puis-je m'en aller, maintenant ? ajouta-t-elle.

— Une minute, mademoiselle Mason ! Vous oubliez une ou deux choses.

— Je ne crois pas.

— Vous avez prémédité une arnaque, dit-il sèchement en se tournant vers elle. Vous avez redonné espoir à Andrew et Evelyn Campbell, et profité de votre ressemblance avec Claire pour persuader Andrew que vous étiez sa fille. Vous êtes parvenue à convaincre à moitié Roger qu'il avait retrouvé sa sœur. Et vous vous imaginez que je vais appeler un taxi et vous laisser partir comme ça ?

— Oui.

Non seulement elle n'avait pas l'air de se sentir coupable, mais en plus elle le défiait ! Ben était furieux. Il aurait pourtant dû s'attendre à ce genre d'attitude de la part d'une criminelle… Dégoûté, il se dirigea vers le téléphone.

— J'appelle la police.

— Non ! Ne l'appelez pas !

Dianna posa la main sur la sienne pour l'empêcher de décrocher le combiné. Ben tressaillit à ce contact, et elle s'écarta vivement de lui, le visage empourpré.

— Ma conduite n'est pas aussi condamnable qu'il y paraît, reprit-elle plus doucement. J'avais mes raisons. J'ai connu Claire après l'incendie. Il y avait des mystères qu'elle voulait éclaircir. Nous parlions beaucoup ensemble, et je lui ai fait certaines promesses avant sa mort. Ne me jugez pas trop sévèrement.

Ben se sentit gagné par un fol espoir, par un besoin irrésistible de croire que la tentative d'escroquerie de Hal et Dianna se justifiait d'une manière ou d'une autre. Il chassa cependant cette idée avant qu'elle ne s'enracine en lui. Dianna Mason troublait son jugement depuis le début. Inutile d'ajouter la crédulité au désir qu'elle lui inspirait encore et aux regrets qui le tourmentaient déjà.

— Vous méritez la prison, déclara-t-il donc d'un ton froid. Non seulement pour avoir tenté de vous emparer d'un argent qui ne vous appartient pas, mais aussi pour avoir joué avec les sentiments les plus profonds de la famille Campbell. Même si vous avez connu Claire — et je n'en suis pas persuadé —, cela ne vous donne pas le droit de spéculer sur le chagrin et les espoirs de gens qui ont passé sept ans à rechercher leur fille. Ce que vous avez fait est impardonnable. Ce que vous tentiez de faire est encore bien pire.

— J'ignore comment Andrew réagira en apprenant que je l'ai trompé, mais, de toute façon, il ne tardera pas à vous rappeler que sa campagne électorale passe avant tout le reste. Mon arrestation représenterait pour lui une mauvaise publicité, il sera le premier à vous le dire. Lui, ou son directeur de campagne.

— Pourquoi la carrière politique d'Andrew souffrirait-elle d'une escroquerie dont il est la victime et non l'auteur ?

— L'opinion publique est parfois étrange... Les gens veulent que leurs élus soient des surhommes, pas des dupes.

Dianna poussa un grand soupir avant d'ajouter d'une voix soudain lasse :

— Laissez-moi partir, Ben, je vous en prie ! C'est fini. Terminé. Je paie déjà très cher la faute que j'ai commise. Plus cher que vous ne le pensez.

En réalité, Ben savait depuis plusieurs minutes qu'il la laisserait partir. Alors, pourquoi continuer à prétendre le contraire ? Il se traita intérieurement d'imbécile, mais décrocha le combiné en disant :

— D'accord. Je téléphone à un taxi.

— Merci.

Il lui sembla que Dianna avait des larmes dans la voix, mais elle se dirigeait déjà vers la porte et il ne la rappela pas. Ç'aurait été de la folie, et il n'était pas fou. Pas complètement.

Un pan du couvre-lit tomba sur le sol avec un bruissement tandis que la jeune femme traversait la pièce. Elle ferma doucement la porte derrière elle, visiblement sûre qu'il téléphonerait à un taxi et non à la police. Mais il n'allait tout de même pas se laisser attendrir par cette preuve de confiance ! se dit Ben. Heureusement, elle partait avant d'avoir pu faire trop de mal.

Il l'accompagnerait jusqu'au taxi et, ensuite, plus jamais il ne la reverrait.

7.

L'honorable Gregory atterrit sur la table basse avec un bruit mat. Quand Sonya l'avait sorti du refuge pour animaux où il croupissait, trois ans plus tôt, c'était un chat étique, au pelage gris et brun un peu miteux, qui avait peur de son ombre. Son pelage était toujours un peu miteux, mais Gregory avait engraissé et acquis la confiance que confère la certitude d'être le centre de l'univers. Sonya attribuait ces heureux changements à deux facteurs : l'huile de foie de morue, administrée régulièrement, et la castration — régime qui, selon elle, aurait des effets tout aussi bénéfiques sur la plupart des hommes qu'elle connaissait.

A demi cachée par le nuage de fumée produit par sa Chesterfield sans filtre, Sonya chassa le chat d'une tape sur le dos et récupéra la feuille noircie de notes, sur laquelle l'animal avait sauté. Gregory battit en retraite avec un air de dignité offensée et alla se percher sur le dossier du canapé, près de la tête de Dianna, comme pour lui signifier qu'il la considérait comme un être humain fréquentable, contrairement à Sonya.

Celle-ci parcourut la feuille des yeux, puis, visiblement irritée, tira une bouffée de sa cigarette.

— Ecoute, Di, nous nous escrimons à découvrir des faits compromettants dans la vie d'Andrew Campbell, et, en réalité, il n'y a rien à trouver. Cela m'ennuie de te le dire, mais tu devrais te résigner à admettre que ce type est aussi irréprochable que l'affirment ses tracts électoraux.

— Tu es folle ! s'exclama Dianna en écartant de son front la queue de Gregory. Andrew a des ambitions politiques, c'est un milliardaire et un promoteur immobilier. Trois excellentes raisons de penser qu'il a un passé rempli de secrets honteux.

— Normalement, je serais d'accord avec toi, mais je cherche depuis près de deux mois, et, si secrets honteux il y a, ils sont enfouis à une telle profondeur qu'il faudrait un régiment du génie pour les déterrer. J'ai étudié le problème sous tous les angles, suivi toutes les pistes possibles et imaginables. Je suis allée jusqu'à vérifier ses bulletins scolaires et son dossier universitaire au cas où il aurait triché à ses examens ! Rien. Pour moi, ce type est un modèle d'intégrité.

Dianna secoua la tête.

— Il y a forcément quelque chose qui nous a échappé.

— Pourquoi en es-tu si sûre ? demanda Sonya en tendant à Gregory des chips qu'il croqua d'un air condescendant. En ce qui concerne son frère Douglas, c'est une autre histoire… Celui-là n'avait même pas trente ans quand il est mort, mais il a bien profité de sa courte vie !

Sa voix exprimait presque de l'admiration, sentiment qu'elle éprouvait rarement pour un homme. La gorge de Dianna se serra brusquement.

— Qu'a donc fait Douglas de si spécial, interrogea-t-elle, à part léguer tout son argent à Claire ?

— Comment sais-tu cela ? s'écria Sonya, les sourcils froncés. Ah ! oui, bien sûr… Les dossiers de Hal Doherty… Douglas a en effet laissé à Claire des millions et des millions de dollars, et c'est pour cela qu'elle possède des fonds en fidéicommis, et pas Roger.

— Il n'y a rien de bizarre là-dedans. Roger est né plus de un an après le décès de son oncle, qui ne pouvait donc pas le coucher sur son testament. Ce n'était pas une question de préférence.

— Exact ! observa Sonya en se renversant dans le canapé. Et ce bon vieux Roger n'est pas franchement à plaindre : entre mamie Helen, maman Evelyn et papa Andrew, il sera un jour à la tête d'une fortune de trente ou quarante millions de dollars.

— Au moins. Sauf si Andrew engloutit toute la fortune familiale dans ses campagnes électorales.

— La vie est vraiment dure pour certaines personnes !

— En tout cas, Roger ne se conduit pas en enfant gâté. Je l'ai trouvé plutôt sympathique, pour le peu que je l'ai vu.

Dianna prit Gregory sur ses genoux. L'animal la regarda de ses yeux verts, l'air de se demander s'il allait lui accorder la faveur insigne de se laisser caresser.

— Dis-moi ce que tu sais de Douglas, ajouta-t-elle. Nous n'avons jamais parlé de lui.

— Non, parce qu'il n'a aucun rapport avec notre enquête sur Andrew, rétorqua Sonya, qui écrasa d'un geste sec sa cigarette dans un cendrier déjà débordant de mégots.

— S'il te plaît…

Sonya soupira, mais obéit.

— Douglas avait deux ans de moins qu'Andrew. Malgré leur ressemblance physique, les deux frères avaient des personnalités complètement opposées. Douglas était insouciant et téméraire, Andrew calme et vertueux.

Ce dernier qualificatif arracha un grognement de mépris à Dianna, mais Sonya continua sans sourciller :

— Andrew a toujours été un bon élève, alors que Douglas était recalé tous les ans à la moitié de ses examens et a abandonné ses études en deuxième année d'université. Il s'était alors déjà rompu les os plusieurs fois, car il adorait les sports dangereux. Andrew joue assez bien au tennis, mais Douglas, lui, pratiquait l'escalade à un niveau international, et puis la voile — il a traversé l'Atlantique en solitaire. Les sélectionneurs de l'équipe olympique américaine de ski se sont par ailleurs beaucoup intéressés à lui, à l'époque.

— Il n'a jamais participé aux Jeux ?

— Non, il était sûrement trop occupé à draguer les minettes pour s'entraîner sérieusement.

— Tu ne peux pas approuver ce genre de conduite, toi qui traites toujours les hommes de prédateurs, d'animaux perpétuellement en rut, d'exploiteurs des femmes…

— On est obligé d'admirer quelqu'un qui aimait autant la vie, répliqua Sonya en haussant les épaules. En outre, Douglas avait des principes et du talent. Il a fait de la prison pour avoir protesté contre la guerre du Viêt-nam et, quand il est mort, une grande galerie d'art avait déjà exposé ses verreries.

Elle tendit la main pour prendre une autre cigarette, s'aperçut que le paquet était vide et l'écrasa avec irritation entre ses doigts.

— Cela au moins devrait te le rendre sympathique, poursuivit-elle. Pour toi, un verrier n'est-il pas automatiquement quelqu'un de bien ?

— Tout dépend de la qualité de ses œuvres, déclara Dianna, qui tentait au même moment de mettre un peu d'ordre dans les papiers étalés sur la table basse. Douglas est mort d'une leucémie en 1971, alors qu'il avait vingt-huit ans et Andrew trente. Tu sais si les deux frères s'entendaient bien ?

— Ils étaient très intimes, malgré leurs caractères dissemblables. Mais quelle importance ? Il n'y a rien dans leurs rapports que tu puisses utiliser contre Andrew, alors au diable Douglas !

« Oui, au diable Douglas ! » songea tristement Dianna. L'honorable Gregory condescendit à se coucher sur le dos et à offrir son ventre aux caresses. Elle s'exécuta, réconfortée au contact du doux pelage de l'animal.

— Et Sharon Kruger ? demanda-t-elle. Tu en as appris plus à son sujet ?

— La cuisinière d'Andrew ? C'est une femme de trente-trois ans, divorcée, formée dans l'un des plus grands restaurants de Chicago. Elle suit Andrew partout, mais, comme il reçoit beaucoup, il est normal qu'il ne s'en sépare pas. Elle est jolie. Tu l'as vue…

— Non, jamais. Elle se trouvait sûrement sur la terrasse, le soir de l'incendie, mais il y avait là des dizaines de personnes, et je ne l'ai pas identifiée.

Dianna cala les feuilles sous un presse-papiers qu'elle avait fait pour Sonya avant de souligner :

— Je suis restée moins de vingt-quatre heures chez les Campbell.

— C'est vrai, convint Sonya avec un soupir de regret. Enfin... Tu as eu raison de partir, même si cela t'a empêchée d'effectuer quelques recherches utiles, dans les papiers personnels d'Andrew notamment. L'idée que tu étais là-bas avec Hal pour seul protecteur me mettait mal à l'aise. Il n'est pas plus efficace en la matière qu'un bâton dans l'antre d'un lion.

— Tu ne dirais pas cela si tu avais entendu le coup de téléphone qu'il m'a donné hier soir ! s'exclama Dianna en riant. C'était lui le lion, en l'occurrence, un lion affamé échappé de sa cage et poursuivant sa proie ! Il m'a menacée de m'intenter un procès pour rupture de contrat, puis il est devenu hystérique quand je lui ai signalé qu'il aurait du mal à convaincre un tribunal de lui accorder des dommages-intérêts parce que j'avais refusé de l'aider à voler vingt millions de dollars aux Campbell.

— A ta place, je ne rirais pas, observa Sonya avec un froncement de sourcils. Hal n'a plus ni argent ni perspectives d'avenir, et c'est le genre de situation qui le rend méchant. Je le connais bien... C'était déjà un filou et un radin à l'époque du lycée.

Dianna se sentit rougir, et Sonya lui lança un coup d'œil incrédule.

— Attends… Je n'ose deviner… Tu as envoyé un chèque à cette crapule, c'est ça ? Tu l'« indemnises » avec de l'argent que tu as gagné à la sueur de ton front ?

— Je ne lui en ai pas envoyé beaucoup. Et après tout, c'est lui qui a réglé toutes les dépenses pendant notre séjour en Floride.

— Quelques nuits dans un hôtel minable… Ça n'a pas dû lui coûter bien cher !

— Il m'a aussi acheté des vêtements. Et, puis tu peux parler… Pourquoi le fréquentes-tu encore, si c'est une telle fripouille ?

— Tu le sais parfaitement. Nous avons fait toute notre scolarité ensemble.

— Ne mens pas, Sonya, déclara Dianna en souriant. Sous tes airs de dure à cuire, tu es une tendre. Je parie que tous ses autres camarades de classe l'ont laissé tomber depuis longtemps.

— Ça n'a rien à voir, marmonna Sonya. Hal et moi… Bon Dieu ! Si tu avais grandi dans le Wyoming, tu comprendrais ! Nous n'étions que quatorze en terminale, et tous les deux nous avons été les seuls à poursuivre nos études.

Elle se leva brusquement, alla dans la cuisine et en revint avec une cartouche de cigarettes et deux paquets de crackers ; elle en lança un à Dianna, qui l'attrapa, résignée. Tantôt Sonya ne se nourrissait que de chips et de glaces, tantôt elle confectionnait des plats gastronomiques qui rivalisaient avec ceux des plus grands restaurants. En ce moment, elle était manifestement dans une période où la cuisine l'ennuyait, et où les crackers représentaient le dîner.

Avec un peu de chance, il y avait dans son réfrigérateur des œufs et du beurre, ce qui permettrait à Dianna de préparer une omelette avant de partir. Sonya consentirait peut-être à la partager avec elle. Mais ce n'était même pas sûr.

En réalité, Dianna avait remarqué que son amie était un peu bizarre, aujourd'hui. Elle la vit se diriger vers la fenêtre — une bouffée d'air chaud et humide s'engouffra immédiatement dans la pièce —, puis allumer une cigarette et souffler la fumée dehors.

— Il faut que nous parlions, Di.

— N'est-ce pas ce que nous faisons depuis le début de l'après-midi ?

— Si, mais, maintenant, je veux que nous discutions de ton idée fixe.

— Laquelle ? demanda Dianna bien qu'elle le sût très bien. D'après toi, j'en ai tellement !

— Andrew Campbell, répliqua sèchement Sonya. Pour l'instant, il l'emporte de beaucoup sur tes autres névroses. Tu dois regarder les choses en face, Di. L'intérêt que tu lui portes n'est pas très sain, et cela me met dans une situation intenable. Je ne peux plus continuer. Mon rédacteur en chef adore les scandales politiques et reconnaît que j'ai du flair dans ce domaine. Il m'a donc donné carte blanche à condition que cela ne m'empêche pas d'assumer mes autres tâches, mais, maintenant, sa patience est à bout. Il ne supporte plus que je prenne sur mes heures de travail et que je gaspille de l'argent pour des recherches qui ne mèneront à rien.

Sonya se retourna. Son visage rond était grave et ses cheveux noirs ressortaient de façon saisissante sur le rideau de lin blanc agité par le vent.

— Il a raison, Di, reprit-elle. A moins que tu ne me fournisses une bonne raison de poursuivre mon enquête sur Andrew Campbell, il faut que j'arrête et que je passe à autre chose. Ce que je fais en ce moment n'est plus du journalisme d'investigation ; c'est carrément de la persécution. Tu me demandes de t'aider à ternir la réputation d'un homme politique respectable, et cela, je ne peux m'y résoudre, même pour toi.

Dianna sentait venir cette conversation depuis son retour de Floride, une semaine auparavant. Elle savait que Sonya avait raison — de son point de vue de journaliste, tout du moins —, mais cela ne la consolait pas. Elle serra les poings, envahie par un mélange de déception et de rage. Il fallait pourtant se résigner, et, elle se força à sourire pour déclarer :

— Bien sûr, je comprends. Merci pour ta collaboration. Je t'en suis très reconnaissante. Tu as consacré beaucoup de temps à ces recherches, et je te revaudrai ça, d'une manière ou d'une autre.

— Pourquoi te comportes-tu ainsi, Di ? questionna Sonya d'une voix irritée.

— Que veux-tu dire ?

— Que tu t'enfermes dans une attitude de politesse hautaine qui glace les gens. Je préférerais que tu te mettes carrément en colère contre moi ! C'est important pour toi de ruiner la carrière politique d'Andrew, et ça ne t'est donc certainement pas égal que je renonce à mon enquête.

— Bien sûr que non !

— Alors essaie de me convaincre de la continuer ! s'écria Sonya en écrasant violemment sa cigarette dans le cendrier. Ou alors explique-moi ce que tu as contre Andrew Campbell. Pourquoi ne pas être honnête avec moi, pour changer ? Est-ce que je ne mérite pas de connaître la vérité ? Pourquoi ai-je le sentiment que, au bout de quatre ans, tu te méfies encore de moi ? Tu penses que, parce que je suis lesbienne, tu ne peux pas me faire entièrement confiance ?

— Mais qu'est-ce que tu racontes ? protesta Dianna, consternée. Tout cela n'a rien à voir avec l'homosexualité ou l'hétérosexualité ! Tu es ma meilleure amie…

— Mais tu n'as pas confiance en moi.

— Pas en toi seulement ! En personne !

Dianna contint l'envie de hurler qui la submergeait. Les sentiments trop violents l'effrayaient, car, en y cédant, on perdait tout contrôle de soi. Et elle avait décidé, en quittant l'hôpital et en s'inscrivant aux beaux-arts, qu'elle maîtriserait désormais toujours ses émotions.

La seule façon de dominer sa colère, c'était de bouger. Elle se leva brusquement, et Gregory tomba par terre avec un miaulement indigné.

— Tu ne comprends pas, Sonya…

— Ah ça, non ! Mais tu peux essayer d'éclairer ma lanterne… Parle bien lentement, utilise des mots simples, et je te parie que je suis capable de comprendre beaucoup plus de choses que tu ne le penses.

Jamais Dianna n'avait vu son amie dans une telle fureur. C'était le moment de vérité… Si elle ne se montrait pas franche avec Sonya, cette discussion risquait de dégénérer en dispute, et peut-être même de détruire leur amitié. Elle inspira profondément, une fois, deux fois... L'idée de se confier à quelqu'un provoquait en elle une douleur presque physique. Il y avait si longtemps que cela ne lui était pas arrivé...

— J'en veux à Andrew Campbell parce qu'il a tenté de tuer Claire, annonça-t-elle d'une voix calme et nette. Il a tenté d'assassiner sa propre fille, et c'est pour cela que je le juge indigne de remplir des fonctions officielles.

La seule réaction de Sonya à cette révélation fut un léger plissement d'yeux.

— Comment le sais-tu ? Tu as des preuves ?

— Non, je n'ai ni document, ni photo, ni rien de ce genre. Ce n'en est pas moins vrai.

— Comment peux-tu en être sûre ?

Dianna souleva le presse-papiers et contempla la mosaïque de couleurs réfractées.

— Parce que Claire me l'a dit, répondit-elle.

Sonya tressaillit, mais, bizarrement, au lieu de trahir la stupeur, ses traits gardèrent leur expression de colère.

— Comment as-tu fait la connaissance de Claire Campbell ? demanda-t-elle. Tu es originaire de Californie — c'est du moins ce que tu m'as raconté — et tu n'habites la côte Est que depuis quelques années. Où l'as-tu rencontrée ?

— Dans un hôpital psychiatrique du New Jersey.

Dianna ayant déjà informé son amie qu'elle avait séjourné dans un hôpital à la suite d'une grave dépression, cette information ne suscita aucun étonnement chez Sonya, qui se contenta d'observer :

— Si tu as rencontré Claire dans cette sorte d'établissement, c'est qu'elle souffrait de troubles psychiques. Alors pourquoi l'avoir crue ? Il est complètement extravagant d'accuser un homme aussi éminent qu'Andrew Campbell d'avoir voulu assassiner sa fille. D'un autre côté, c'est exactement le type de chose qu'une jeune femme perturbée peut imaginer.

L'attitude de son amie paraissait étrange à Dianna, mais de façon vague et indéfinissable. Pourquoi Sonya n'avait-elle manifesté aucune surprise en apprenant que Dianna avait connu Claire Campbell ? Et pourquoi semblait-elle soudain résolue à défendre la réputation d'Andrew ? Dianna tourna et retourna le presse-papiers. C'était l'un des premiers objets qu'elle avait fabriqués après sa sortie de l'école des beaux-arts, et elle aimait toujours les mystérieuses spirales formées par les baguettes de différentes couleurs incrustées dans le verre limpide. Il était si facile de créer de belles verreries, songea-t-elle, mélancolique. Si seulement la vie était aussi simple… Elle reposa le millefiori sur la table, essayant de trouver le courage de tout dire à Sonya. Enfin presque tout…

— J'ai rencontré Claire Campbell après m'être enfuie de chez moi, finit-elle par déclarer. Nous avons passé trois mois ensemble à l'hôpital et nous sommes devenues très amies. Quand on est enfermé dans une institution psychiatrique, soit on sympathise avec les autres malades, soit on les déteste. Il n'y a pas de milieu. Et, moi, j'aimais beaucoup Claire.

— On peut aimer une jeune femme déséquilibrée sans pour autant ajouter foi à ses affabulations.

Dianna fronça les sourcils. Elle avait le sentiment que Sonya se tenait sur la défensive. Etait-ce vrai, ou bien se faisait-elle des idées ?

— Il faut que tu me croies sur parole, remarqua-t-elle calmement. Claire était déprimée, suicidaire, mais pas mythomane. Je suis sûre qu'elle n'a pas menti au sujet de son père. Elle affirmait que c'était lui qui avait incendié le chalet du Vermont, en sachant parfaitement qu'elle était à l'intérieur.

— Et pourquoi s'est-elle confiée à toi ? demanda Sonya, l'air toujours incrédule. Tu es la seule personne à qui elle ait raconté cela, non ?

— Je le pense. A moins qu'elle n'en ait parlé à son psychiatre.

— Pourquoi t'avoir choisie comme confidente ?

— Nous logions dans la même chambre, à l'hôpital, et, après notre sortie, nous avons partagé un appartement. Bien sûr, quand Claire a été hospitalisée, notre ressemblance a frappé tout le monde. Est-ce pour cela qu'on nous a mises l'une avec l'autre ? Je l'ignore, mais, du coup, nous passions beaucoup de temps ensemble. Nous discutions jusqu'à une heure tardive de la nuit, et nous suivions les mêmes séances de thérapie de groupe. Nous avons fini par devenir des amies très intimes. Nous venions de milieux différents — elle était très riche et moi très pauvre —, mais nous nous sommes découvert beaucoup de points communs. C'est Claire qui m'a permis de prendre conscience de ma vocation : elle a vu le plaisir que je tirais des projets artistiques réalisés dans le cadre du programme d'ergothérapie, et elle m'a informée sur les différents aspects du travail du verre.

— Et où se trouve-t-elle en ce moment ? Pourquoi ne dénonce-t-elle pas elle-même son père ? Un simple coup de téléphone aux médias lui vaudrait plus d'interviews dans la presse et à la télévision qu'elle ne pourrait en donner. Sans compter qu'elle récupérerait au passage quelque vingt millions de dollars d'argent de poche.

Les semaines précédentes avaient été si éprouvantes pour Dianna, elles avaient déjà remué tant de douloureux souvenirs que, cette fois, elle fut incapable de dominer son émotion : des larmes lui montèrent aux yeux et coulèrent sur ses joues. Elle se détourna pour les essuyer avant de répondre à Sonya :

— Claire est morte. Elle a eu un accident de voiture dans le New Jersey. J'espère du moins qu'il s'agissait bien d'un accident et non d'une autre tentative d'Andrew pour... Mais elle souffrait d'une grave dépression et ne s'en est pas remise aussi bien que moi. Elle était obsédée par ce que son père avait essayé de faire. Peut-être ne conduisait-elle pas avec assez d'attention, ce jour-là. Il y a toujours beaucoup de circulation sur les autoroutes du New Jersey.

Quand Dianna se retourna, Sonya allumait une nouvelle cigarette.

— Tu veux mon avis, Di ? C'est un récit touchant, raconté avec beaucoup de conviction, mais je n'en crois pas un mot. Tu oublies que je suis une journaliste d'investigation — une excellente journaliste d'investigation, même — et que j'ai eu affaire aux plus grands menteurs professionnels du pays. Eh bien, tout ton discours trahit ton statut d'amateur.

Elle ne savait pas mentir, elle ? Dianna aurait ri si elle n'avait eu autant envie de pleurer.

— Je ne peux pas te forcer à me croire, ni à admettre que les affirmations de Claire à propos de son père sont exactes. Si tu préfères ajouter foi à la propagande électorale d'Andrew plutôt qu'à mon histoire, c'est ton droit.

Dianna s'obligea à regarder son amie — son ex-amie ? — bien en face et ajouta :

— Tu devrais me croire, pourtant. Tout ce que je t'ai dit est vrai.

« Presque, précisa-t-elle intérieurement. Presque vrai. »

Leur dispute s'arrêta là, mais laissa des traces : au bout d'une demi-heure tendue où elles échangèrent des propos banals et polis, Dianna n'y tint plus et partit. Il ne lui restait plus qu'à espérer que la gentillesse naturelle de Sonya reprendrait le dessus et qu'elles se réconcilieraient. Elle avait trop peu d'amis, bien trop peu, pour perdre l'affection de quelqu'un d'aussi chaleureux et généreux que Sonya.

Une fois dans sa voiture, Dianna quitta Beacon Hill, où habitait Sonya, et se dirigea vers le pont qui traversait la rivière et lui permettrait de rejoindre la route de Cambridge. Plongée dans ses réflexions, elle conduisait distraitement. Pourquoi n'avait-elle pas eu le courage de révéler à Sonya toute la vérité sur son passé ? Elle le regrettait amèrement, à présent, mais la seule idée de revenir à l'appartement de son amie pour le faire lui donnait des sueurs froides. S'il était là, son psychiatre lui dirait que se réfugier ainsi dans le silence était la pire des stratégies, mais ce système de défense lui réussissait depuis si longtemps qu'elle craignait d'en changer.

Dianna s'arrêta à un feu rouge et se mit à tambouriner sur le volant, non par impatience mais faute d'un meilleur exutoire pour se libérer de sa tension nerveuse. Un coup d'avertisseur retentit juste derrière elle, et la jeune femme, regardant dans son rétroviseur, vit une Ford Mustang rouge, dont le conducteur avait klaxonné pour attirer l'attention d'un piéton. Le feu passa au vert, mais, avant de redémarrer, Dianna eut le temps d'apercevoir, derrière la Mustang, la silhouette familière de la vieille Toyota de Hal Doherty.

« Oh ! non, pas Hal…, pensa-t-elle. Je ne supporterai pas une autre altercation avec lui ! » Elle songea à faire demi-tour et à essayer de semer l'avocat au milieu de la circulation plus dense du centre-ville, mais elle savait qu'il la poursuivrait jusqu'à ce qu'il ait la possibilité de déverser sa colère. La jeune femme quitta donc Massachusetts Avenue et prit la direction de son appartement en songeant qu'elle n'avait sans doute que ce qu'elle méritait.

Par miracle, Hal ne la suivait plus lorsqu'elle s'engagea dans l'allée qui bordait son immeuble. Son ancien complice avait cependant son adresse et, tel qu'elle le connaissait, il ne tarderait pas à reparaître. Dianna appuya sur le bouton qui commandait la porte du garage. Bien que le taux de criminalité fût assez bas dans ce quartier de Cambridge, elle considérait le système d'ouverture électronique comme une mesure de sécurité utile. Elle entra sa voiture, referma la porte et coupa le moteur avec un soupir de soulagement. La journée avait été dure, mais au moins, quand Hal se présenterait, elle l'affronterait sur son propre terrain.

La jeune femme déverrouilla la portière de la voiture et descendit, tenant à la main son sac et une liasse de papiers représentant le travail de recherche de Sonya. Un homme surgit alors de l'obscurité.

Le cri qui échappa à Dianna s'arrêta net quand elle identifia son visiteur.

— Bonsoir, dit Ben. Je vous attendais.

8.

Après sa dispute avec Sonya, Dianna ne se sentait pas le courage de reprendre les hostilités avec Ben, et elle passa devant lui sans même le regarder.

— Allez-vous-en ! lança-t-elle d'un ton maussade. Je ne veux pas vous parler.

— Dommage… Nous avons beaucoup de choses à nous dire.

— Je ne vois pas quoi.

La jeune femme avait conscience de se conduire comme une enfant boudeuse, mais Ben lui mettait les nerfs à vif. En quittant Sonya, elle était fatiguée, malheureuse, et n'avait qu'une idée en tête : regagner son appartement et ruminer son chagrin. L'émotion qu'elle éprouvait à présent était d'une tout autre nature : son cœur battait la chamade et elle avait du mal à respirer. Elle comprit alors que, aussi bizarre que cela parût, la perspective de se mesurer à Ben commençait à l'exciter.

Dianna n'était ni naïve ni aveugle. Elle se savait physiquement attirée par Ben. Le seul problème, c'était d'admettre qu'elle désirait un homme qui constituait une si grave menace pour sa sécurité.

Et, comme elle ne pouvait de toute façon s'accorder la dangereuse satisfaction d'une liaison avec lui, elle traversa le garage à grandes enjambées, résolue à l'ignorer.

Juste au moment de pénétrer dans son appartement, cependant, une idée lui vint à l'esprit, et elle se retourna vivement.

— Comment êtes-vous entré ?

— Par la porte, derrière votre voiture. J'étais dehors, à guetter votre arrivée.

Aucun sentiment de culpabilité ne perçait dans sa voix, et il ne semblait pas du tout disposé à partir. Dianna fronça les sourcils, agacée par cette assurance et furieuse de constater qu'elle le trouvait incroyablement séduisant, avec sa chemise noire à col ouvert et son élégante veste de lin. Le moment était mal choisi pour s'intéresser aux hommes séduisants, et surtout à ceux dont le charme se doublait d'une grande intelligence et d'une non moins grande ambition.

— Vous perdez votre temps, déclara-t-elle en le fusillant du regard. Nous n'avons rien à nous dire. Rentrez chez vous, Ben. Je suis sûre que vous avez beaucoup d'autres commissions à faire pour Andrew.

Ben était trop avisé pour répondre à cette insulte. S'adossant au capot de la voiture, il croisa les bras et sourit poliment.

— Ce n'est pas Andrew qui m'a envoyé. Il ne sait même pas que je suis ici. Vous devriez me laisser entrer.

— Je ne vois pas pourquoi.

— J'ai lu le rapport d'autopsie de Claire Campbell, qui a tragiquement quitté ce monde le 22 avril 1989.

Un frisson d'angoisse parcourut la jeune femme. Elle s'appuya contre la porte, les jambes molles, et répliqua d'un ton faussement indifférent :

— C'est sûrement très intéressant à lire.

— Passionnant, bien que la description des blessures de cette pauvre Claire soit assez impressionnante. Elle a eu de très nombreuses fractures, son visage et ses mains ont été brûlés.

— Je suis au courant. On m'a demandé d'identifier le corps. Nous partagions un appartement depuis près de un an.

— Le rapport d'autopsie le signale en effet. Dianna Mason, colocataire, y est indiquée comme la personne ayant identifié le cadavre. C'est vous, j'imagine ?

— Oui, murmura-t-elle, bouleversée par ces douloureux souvenirs et redoutant de découvrir ce que Ben savait d'autre. Ecoutez, j'ai du travail. Contrairement à la plupart des gens que vous connaissez, je dois gagner ma vie. Est-il nécessaire de poursuivre cette conversation ?

— Certainement ! Je suis venu de Floride exprès pour parler avec vous.

— Mon Dieu !... Et, si ce n'est pas Andrew qui vous envoie, vous n'avez pas pu utiliser son jet privé... Il vous a fallu prendre un avion de ligne, comme le commun des mortels, et tout cela pour rien.

— Non, pas pour rien. Pour vous informer que, d'après le rapport d'autopsie, Claire Campbell mesurait un mètre soixante-cinq.

La voix de Ben était douce, son expression débonnaire, mais Dianna aurait voulu se trouver à des milliers de kilomètres de là. Elle se demanda s'il se rendait compte du mal qu'elle avait à conserver son sang-froid.

— Un mètre soixante-cinq ? rétorqua-t-elle, feignant l'indifférence. Et alors ? C'est une taille moyenne pour une femme. Je ne vois pas ce que cela a d'extraordinaire.

— L'examen médical que Claire Campbell a subi juste avant son entrée à l'université atteste qu'elle mesurait un mètre soixante-douze. Elle faisait la même taille le jour où elle est allée avec sa mère chez une couturière qui a pris ses mesures pour lui confectionner un manteau, une semaine avant sa disparition. Et pourtant, au moment de sa mort, trois ans plus tard, elle ne mesurait plus que un mètre soixante-cinq. N'est-ce pas étrange ? Où sont passés les sept centimètres manquants ? Je suis curieux d'entendre votre réponse, mademoiselle Mason.

— A mon avis, le médecin légiste s'est trompé, déclara Dianna en se tournant pour ouvrir la porte dans l'espoir que ce mouvement empêcherait Ben de voir son trouble. Ce sont sûrement des choses qui arrivent.

— Possible... Sauf que l'autopsie a été effectuée par un interne et qu'un légiste a vérifié toutes les mesures. Vous pensez qu'ils se sont trompés tous les deux, mademoiselle Mason ?

— Je n'en ai aucune idée, et je ne comprends pas du tout pourquoi vous me racontez tout cela. Peut-être l'erreur n'a-t-elle pas été commise par le légiste, mais par la secrétaire qui a tapé le rapport.

— Peut-être. Ce qui me frappe, cependant, mademoiselle Mason, c'est que vous mesurez apparemment dans les un mètre soixante-douze. Exactement comme Claire.

Elle s'apprêtait à introduire la clé dans la serrure, mais Ben lui saisit la main.

— Lâchez-moi, monsieur Maxwell ! Vous portez des accusations absolument gratuites. C'est ridicule ! Vous avez perdu la tête !

Dianna ne se souciait plus à présent de l'impression qu'elle produisait : seule comptait l'envie irrésistible de courir se réfugier dans son appartement.

— Je n'ai porté aucune accusation, susurra Ben. Quelle interprétation avez-vous donc donnée à mes paroles, mademoiselle Mason ?

— Pour l'amour du ciel, arrêtez de m'appeler « mademoiselle Mason » sur ce ton sarcastique ! hurla Dianna.

Pendant toute sa dispute avec Sonya, pas une fois elle n'avait élevé la voix, et voilà qu'elle criait à tue-tête… Elle tremblait, aussi. De colère, se dit-elle. Rien ne justifiait cette ingérence de Ben dans sa vie privée alors qu'elle avait renoncé à revendiquer l'héritage de Claire Campbell. Pourquoi ne la laissait-il pas tranquille ?

Enfonçant son coude dans les côtes de Ben, Dianna libéra sa main et tourna la clé dans la serrure. Elle pénétra à l'intérieur de l'appartement et se prépara à claquer la porte derrière elle. Avec un peu de chance, Ben se trouverait suffisamment près pour la recevoir sur le nez. Cela nuirait à la perfection de son profil… Cette pensée était si agréable qu'elle calma presque les nerfs de la jeune femme.

Comme toujours quand elle entrait dans son atelier — qui communiquait directement avec le garage —, le regard de Dianna se posa d'abord sur son établi ; c'était instinctif. Ce qu'elle vit alors la stoppa dans son élan et lui fit oublier jusqu'à la présence de Ben. Un cri d'horreur s'échappa de ses lèvres. Pétrifiée, elle contempla l'affreux spectacle qui s'offrait à ses yeux : au lieu des quatre coupes en cristal et d'une série de presse-papiers à facettes qu'elle avait laissés en partant, des milliers de minuscules morceaux de verre s'alignaient en petits tas bien nets au centre de l'établi.

— Qu'y a-t-il ? demanda Ben en se précipitant dans la pièce.

Il lui passa un bras rassurant autour de la taille et elle ne le repoussa pas, ce qui en disait long sur son état d'anéantissement.

— Mon travail ! bredouilla-t-elle. Il a détruit tout mon travail !

— Qui ? questionna Ben d'un ton grave.

— Hal.

La réponse était venue avant qu'elle n'ait eu le temps de réfléchir. En temps normal, elle aurait tu la vérité, mais cette journée difficile, qui succédait à des semaines éprouvantes, avait émoussé sa vigilance.

— Pourquoi aurait-il fait cela, Dianna ?

— Vous le savez très bien.

La jeune femme avait conscience de parler imprudemment, mais elle était trop bouleversée, trop lasse pour se retenir.

— Il est furieux à cause de ce qui s'est produit en Floride, continua-t-elle. A cause de ce que je vous ai révélé sur Claire, le soir de l'incendie. C'est sa façon à lui de se venger.

— Je n'ai pas spécialement envie de défendre cette crapule, mais comment pouvez-vous être certaine que c'est lui ? Vous a-t-il menacée ?

— Pas vraiment.

En réalité, Hal avait menacé de la tuer. Elle ne s'en était évidemment pas inquiétée. Peut-être aurait-elle dû… Avec une étonnante perspicacité, l'avocat avait compris que, en détruisant son travail, il lui infligeait une punition presque aussi cruelle que la mort.

— Il me suivait tout à l'heure quand je rentrais de chez Sonya, expliqua la jeune femme. Il voulait que je le voie, j'en suis sûre.

Oui, c'était pour cela qu'il n'avait pas cherché à laisser entre eux cinq ou six voitures, songea-t-elle tristement. Il voulait qu'elle repère sa vieille Toyota.

— Et vous pensez que, en agissant de la sorte, il se désignait à vous comme l'auteur de ce forfait ? C'est la seule raison qui motive vos soupçons ?

— C'est lui tout craché, répondit-elle en se mordillant la lèvre. Ainsi, je sais qu'il est coupable, mais on me prendrait pour une paranoïaque si je le dénonçais à la police.

— Asseyez-vous là. Il faut que j'inspecte le reste de l'appartement.

Ben la poussa dans un fauteuil, sous la fenêtre illuminée par les rayons du soleil couchant. Elle s'y effondra et attendit, anéantie, que Ben ait terminé ses recherches.

— Il semble qu'il ne se soit attaqué qu'à votre travail, annonça-t-il en revenant près d'elle, et peut-être aussi à votre matériel.

Elle jeta un coup d'œil vers le mur du fond, contre lequel s'alignaient ses cannes d'acier, puis vers le four, froid pour l'instant, mais qui, allumé, pouvait faire monter la température de la pièce jusqu'à près de quarante degrés. Ses yeux se posèrent ensuite sur le marbre, plaque de fonte sur laquelle on roulait le verre fondu jusqu'à ce qu'une croûte se forme à la surface, puis sur l'établi qui portait ses roues à graver. Même de loin, elle voyait que la roue en cuivre était tordue et qu'au moins deux de ses cannes avaient été abîmées.

— Il a en effet endommagé du matériel, dit-elle d'un ton indifférent. Je le remplacerai. Ce n'est qu'une question d'argent, et je me débrouillerai d'une façon ou d'une autre pour en trouver.

Ces mots n'étaient pas plus tôt sortis de sa bouche qu'elle les regretta : ils allaient certainement lui attirer les sarcasmes de Ben. Celui-ci resta cependant silencieux. Il s'approcha de l'établi et contempla pensivement les petits tas de verre.

— Vous pouvez les refondre et les réutiliser, ou bien devrez-vous les jeter ? finit-il par demander.

— Chaque type de verrerie exige une association d'éléments différents. Il a cassé le cristal et l'a mélangé avec le verre coloré. Je suis obligée de tout jeter.

Ben pinça les lèvres, mais ne fit aucun commentaire. Il changea au contraire de sujet.

— Vous avez une pelle et une balayette ? J'aurais aussi besoin d'une poubelle pour ces débris de verre. Un sac en plastique se déchirerait.

— Je vais chercher tout ça.

Il était inutile de rester là à s'apitoyer sur son sort, songea la jeune femme. Hal avait réduit à néant un mois de travail et brisé son élan créateur, et alors ? On lui avait déjà causé des préjudices bien plus graves, et elle n'en était pas morte… Il fallait réagir. Dianna se leva donc et se dirigea vers la cuisine, aménagée dans un coin de l'atelier et délimitée par des placards bas recouverts d'une plaque de granit bleu marine. Elle s'arrêta devant l'évier, mais elle était encore si profondément bouleversée qu'elle ne se souvenait plus de l'endroit où elle avait rangé la pelle et la balayette.

Dianna lança un coup d'œil autour d'elle, puis son regard se posa sur le placard d'angle, et un peu d'énergie lui revint. Peut-être Hal n'avait-il pas tout détruit… Ils n'avaient jamais parlé ensemble de ses habitudes de travail — qui n'intéressaient pas du tout l'avocat —, et il ne pouvait donc pas se douter que, une fois ses verreries achevées, elle les entreposait dans ce placard.

Pleine d'espoir, la jeune femme ouvrit la porte, et la joie lui inonda le cœur.

— Elles sont là ! s'exclama-t-elle, radieuse, en se tournant vers Ben. Dieu soit loué, il n'a pas trouvé celles-là !

Elle montra l'étagère sur laquelle s'alignaient une demi-douzaine de vases et de coupes. Le soulagement de les voir intacts était si grand qu'elle rit, oubliant un instant la perte qu'elle venait de subir.

Ben traversa la pièce pour la rejoindre, l'air presque aussi heureux qu'elle.

— Voilà une excellente nouvelle, dit-il. Je suis vraiment content pour vous.

Il s'arrêta devant le placard, et une expression grave se répandit sur ses traits avec une telle soudaineté que Dianna s'inquiéta.

— Qu'y a-t-il, Ben ? Ça ne va pas ?

— Si, répondit-il d'une voix rauque sans quitter l'étagère des yeux. Montrez-moi celui de ces objets que vous préférez.

Dianna n'hésita pas une seconde : elle souleva l'œuvre qui était sa fierté, une coupe de cristal gravé de vingt centimètres de diamètre. Elle en avait décoré toute la surface d'un paysage hivernal stylisé, fondé sur des souvenirs qui remontaient à sa plus tendre enfance : des sapins couverts de neige, un torrent aux eaux tumultueuses qui serpentait à travers les rochers et les arbres, un ciel parsemé de minuscules étoiles où brillait une lune toute ronde.

La jeune femme avait réussi à produire un effet de profondeur grâce à des zones opaques et à des lignes d'une extrême finesse. C'était un objet techniquement parfait, mais elle l'aimait pour d'autres raisons : il lui semblait que, avec cette coupe, elle avait réalisé le rêve de tout artiste. Elle était parvenue à créer quelque chose qui n'évoquait pas seulement les forêts enneigées du Vermont, mais l'âme même d'une nuit d'hiver en montagne, quand le ciel paraît s'étendre à l'infini et que le monde entier retient son souffle, guettant l'aube annonciatrice d'une belle journée ensoleillée. Cette scène représentait un univers uniquement minéral et végétal, et, pourtant, on y sentait la présence des écureuils, des cerfs et des lapins qui, tapis au cœur de la forêt, attendaient le lever du jour pour quitter leurs tanières.

Dianna n'avait encore montré cette coupe à personne, pas même à Sonya. Sans trop savoir pourquoi, elle était contente que Ben fût le premier à la contempler. Elle la posa sur la plaque de granit et se recula, un peu nerveuse. Elle avait la conviction que c'était un très bel objet, mais souhaitait ardemment que Ben ne se contente pas d'exprimer une admiration polie. Elle voulait qu'il réagisse avec son cœur, qu'il perçoive la pureté de l'air glacé de la nuit et la promesse implicite du printemps, qu'il éprouve une émotion semblable à celle que lui avait donnée la création de cette œuvre.

Il resta longtemps silencieux, puis il tendit la main et ses doigts caressèrent lentement les lignes rugueuses qui figuraient les eaux bouillonnantes du torrent, pour s'arrêter finalement au pied d'un grand sapin.

— Il y a un terrier derrière ce rocher, observa-t-il, et, dedans, un lapin qui attend le matin pour aller folâtrer au soleil.

Le soulagement que la jeune femme ressentit en constatant qu'il avait deviné la vie derrière le vide apparent de ce paysage l'étourdit, et elle se détourna pour qu'il ne voie pas l'importance qu'elle accordait à son jugement.

— Je suis désolé, Dianna, reprit-il d'un ton embarrassé. Je ne voulais pas vous vexer. Cette coupe est magnifique, mais j'ai réagi de façon purement instinctive, car je suis très ignorant en matière d'art. Je n'ai jamais eu l'occasion de me cultiver dans ce domaine. Si j'ai commis un impair, je m'en excuse.

— Mais non, au contraire.

Elle avait beaucoup de mal à retenir ses larmes. Entre sa dispute avec Sonya, les dégâts causés par Hal et la visite inopinée de Ben, elle avait l'impression d'avoir passé les quelques heures précédentes sur une corde raide tendue au-dessus d'un nid de vipères. Un tumulte d'émotions l'agitait, et elle avait peur de parler, car, chaque fois qu'elle s'adressait à Ben, elle semblait oublier toute prudence.

Les mains de Ben se posèrent soudain sur ses épaules. Elle perçut leur chaleur à travers la mousseline de son chemisier, et une onde tiède courut lentement le long de ses veines pour atteindre enfin le recoin glacé de son cœur où se tapissaient ses douloureux souvenirs. Un sentiment de chagrin et de culpabilité l'étreignit, puis disparut, comme si la caresse des doigts de Ben sur sa peau était un baume qui calmait ses souffrances. Elle laissa échapper un gémissement — de plaisir, de désespoir ou de désir ? Elle l'ignorait ; peut-être était-ce les trois à la fois.

— Qu'y a-t-il ? demanda-t-il doucement. Je vous ai fait mal ?

La réalité de cette voix dissipa l'illusion d'apaisement créée par les mains de Ben. Dianna tressaillit comme s'il avait effleuré le nerf à vif d'une dent malade.

— Je ne veux pas que vous me touchiez, murmura-t-elle. Vous et moi, ça ne marchera jamais.

C'était un mensonge, bien sûr… Une fois qu'on avait réveillé une douleur, on ne pouvait plus s'empêcher de tâter l'endroit sensible. Dianna souhaitait continuer à sonder l'étendue de sa blessure et la capacité de Ben à la guérir.

— Si, ça marchera, je vous le promets, affirma-t-il en enfouissant son visage dans le cou de la jeune femme. D'ailleurs, de mon côté, ça marche déjà très bien.

L'humour désabusé qui perçait dans ces mots détendit Dianna, et Ben l'attira contre lui. Elle lui tournait toujours le dos, mais sentit à travers leurs vêtements le contact de son sexe dressé. Chose bizarre, si elle songeait aux expériences qu'elle avait déjà connues, le fait qu'il la désire l'excita. Un frisson de volupté la parcourut et, quand il l'enlaça et referma les mains sur ses seins, elle n'aurait su dire si c'était lui ou elle qui tremblait.

« Il y a si longtemps..., songea-t-elle. Ce doit être pour cela que j'ai tellement envie de lui. »

Mais pourquoi réfléchir, pourquoi essayer de trouver une explication logique à des sensations si nouvelles, si enivrantes ? Elle voulait soudain échapper aux contraintes de sa vie quotidienne et se perdre dans l'univers chaud et parfumé du plaisir physique. Pendant sept longues années, elle avait pesé chacun de ses actes, chacun de ses mots. Il lui semblait parfois surveiller ses pensées elles-mêmes. Cela ne lui donnait-il pas le droit, pour une fois, de commettre une folie ?

« Oui ! cria-t-elle intérieurement, le corps palpitant sous les doigts de Ben. Oui, oui, oui... » Ce soir, elle s'accorderait la permission de laisser ses sens l'emporter sur sa raison.

Ben se taisait. Sans doute était-il assez intelligent pour comprendre que la moindre parole romprait le charme et que même la magie de ses mains ne suffirait pas à la conquérir une deuxième fois. Il paraissait si bien deviner ses réactions, si bien connaître les faiblesses qu'elle parvenait à cacher à tous les autres, que cette capacité intuitive à deviner qu'en cet instant le silence était sa meilleure arme de séduction surprit à peine Dianna.

Les frontières du monde se rétrécirent et le temps ralentit sa course. Envoûtée, frémissante, elle se tint immobile dans les bras de Ben. Il caressa un instant le bout de ses seins, qui se durcit aussitôt, puis baissa la fermeture Eclair du jean de la jeune femme et posa les paumes sur la peau nue de son ventre. Un brusque élan de désir sortit Dianna de sa léthargie : elle se retourna vivement et, obligeant Ben à se pencher, s'empara de sa bouche. Une onde de plaisir l'inonda au contact de ces lèvres brûlantes, qui bientôt descendirent le long de son cou et de ses épaules.

Ben rompit finalement le silence, mais cela n'avait plus d'importance, car le corps de la jeune femme brûlait à présent d'un feu inextinguible. Il murmura son nom, lui dit qu'elle était belle et à quel point il la désirait. Son chemisier avait atterri dans l'évier et son jean gisait en tas sur le sol, mais cela lui était égal. Elle avait l'impression que chacune des caresses de Ben donnait à son corps une nouvelle forme, le remodelait pour faire d'elle une autre femme, une création dont il était le seul auteur.

Une petite voix s'éleva en elle, prononçant un dernier avertissement, mais Dianna ne l'écouta pas. Ben l'entraîna dans la chambre, l'allongea sur le lit et se coucha sur elle. Il était dominateur, viril, exigeant, et elle douce, féminine et soumise. Elle s'était toujours demandé si un jour elle éprouverait une passion qui serait suffisamment intense pour prendre le pas sur sa raison. Maintenant, elle connaissait la réponse. C'était oui.

Ben lui écarta les jambes et contempla un instant son corps offert avant de la pénétrer. Elle sentit le spasme d'un orgasme imminent la secouer de la tête aux pieds, et Ben ralentit ses mouvements, l'amenant à un degré de plaisir et d'attente presque insupportable.

Puis, juste au moment où l'extase semblait toute proche, il se souleva sur les mains et la regarda, le visage énigmatique. Oubliant sa fierté, elle s'accrocha à lui.

— Ne t'arrête pas ! supplia-t-elle. Je t'en prie, ne t'arrête pas !

Il sourit, murmura encore son nom et s'enfonça au plus profond d'elle. Le corps de Dianna se cambra, électrisé par l'éblouissante explosion de la jouissance. Ben gémit, puis s'affaissa sur elle, la poitrine haletante.

Pendant quelques minutes, la jeune femme flotta dans un état de semi-inconscience, savourant avec volupté la satisfaction du désir assouvi. Lorsqu'elle eut repris assez d'énergie pour bouger, elle écarta Ben sans douceur et s'assit.

— Reviens, ma chérie, chuchota-t-il, les paupières closes. Ne t'en va pas. Nous avons toute la nuit.

Dianna serra le poing et frappa Ben en pleine mâchoire.

— Espèce de salaud ! Espèce d'infâme salaud !

Cette fois-ci, il ouvrit les yeux. Il les écarquilla, même, et se redressa en se frottant la mâchoire.

— Qu'y a-t-il ? Qu'as-tu ?

— Comment m'avez-vous appelée, tout à l'heure ?

Il comprit immédiatement et la regarda d'un air faussement innocent.

— Je t'ai appelée par ton nom.

— Vous m'avez appelée Claire ! Deux fois !

La chevelure de Ben était en désordre et son front couvert de sueur, mais il avait à présent recouvré ses esprits.

— Et pourquoi pas ? demanda-t-il d'une voix froide. Vous êtes Claire Campbell, non ?

— Je vous ai dit qu'elle était morte !

Dianna tenta de lui lancer un autre coup de poing, mais il s'y attendait et lui saisit le poignet. Elle essaya en vain de se libérer, furieuse de la facilité avec laquelle il l'immobilisait.

— C'est en effet ce que vous m'avez dit, répliqua-t-il.

— Je suis Dianna Mason ! hurla-t-elle, rouge de colère. Dianna Mason, vous entendez ?

— J'entends et je comprends, déclara-t-il en la considérant avec compassion. Vous voulez bien me raconter comment cela s'est produit ?

Hal n'était pas de bonne humeur quand il regagna l'appartement miteux qu'il habitait depuis quelques mois. A cause de cette garce de Dianna Mason et de son affolement devant un petit incendie de rien du tout, il allait encore devoir rester des mois dans cet endroit qu'il détestait ; depuis la moquette bon marché jusqu'aux murs vert olive de la cuisine et aux carreaux mal posés de la salle de bains, tout y offensait la vue et le bon goût.

Il traversa lourdement la salle de séjour et alluma la télévision. Il n'y avait bien sûr que du base-ball. Karl

Marx s'était trompé, songea-t-il en passant d'une chaîne à l'autre et en regardant, les sourcils froncés, des crétins en maillot rayé courir après une balle. Ce n'était pas la religion l'opium du peuple, mais les émissions de sport à la télévision. Dégoûté, il éteignit le poste.

Les espoirs qu'il avait placés dans cette journée s'étaient tous envolés. Il avait formé le projet de rendre visite à Sonya, sa vieille amie. Si elle était dans une de ses périodes gastronomiques, avait-il pensé, il pourrait se faire offrir un bon repas. Avec un peu de chance, il parviendrait en plus à la taper de cinquante dollars. Et puis, juste au moment où il arrivait à son appartement, il avait aperçu la voiture de Dianna qui s'éloignait. Cédant à une impulsion soudaine, il l'avait suivie, mais, à mi-parcours, il s'était rendu compte qu'il n'avait absolument rien à lui dire. En outre, dans l'état d'esprit où il se trouvait, il risquait de perdre son sang-froid et de la frapper. Les scrupules n'étouffaient pas Hal, mais il avait encore quelques principes, dont celui de ne jamais battre une femme — même une garce comme Dianna, qui le méritait presque. Alors, tout en se traitant intérieurement d'idiot, il avait abandonné la poursuite et repris le chemin de l'appartement de Sonya.

L'invitation à dîner sur laquelle il comptait ne s'était pas concrétisée. Sonya était au téléphone avec un membre de l'une de ces fichues associations qui s'occupaient des gouines et des pédés, et elle l'avait envoyé promener. Elle paraissait très en colère, ce qui ne lui ressemblait pas, car c'était une chic fille. Bien sûr, elle était homosexuelle, mais comme elle était grosse et que Hal n'aimait pas les grosses, il ne se sentait pas physiquement attiré par elle et jugeait donc ses amours avec une certaine indulgence.

Mais pas aujourd'hui. Aujourd'hui, il avait besoin de compagnie et d'un bon repas. Et, au lieu de ça, Sonya pleurnichait sur ses amies lesbiennes, et il était obligé de rester dans cet appartement sordide sans rien à faire d'autre que de regarder une rediffusion de *Star Trek*. Quelle situation humiliante ! Caressant sa moustache, Hal se demanda comment un homme aussi beau et aussi intelligent que lui avait pu tomber si bas.

Il fut presque content d'entendre la sonnette. Même s'il s'agissait de membres d'une secte religieuse en quête d'adeptes, il aurait au moins la satisfaction de leur claquer la porte au nez.

La sonnette retentit une deuxième fois.

— Oui, oui, j'arrive ! cria-t-il en butant contre une pile de vieux *Playboy* qui encombrait le passage.

Quand il colla son œil au judas, il eut un mouvement de surprise, immédiatement suivi par un frisson de peur. Mon Dieu ! Allait-on le dénoncer à la police, finalement ?

— Que voulez-vous ? lança-t-il sans ouvrir la porte.

Par le judas, il vit son visiteur sourire et lever une bouteille de whisky.

— Salut, Hal ! Je viens juste parler un moment avec vous.

Parler ? Il ne fallait tout de même pas le prendre pour un imbécile…

— De quoi ? Nous n'avons rien à nous dire.

— Mais si… J'ai quelques questions à vous poser au sujet de Dianna Mason.

— Pourquoi ?

— Je ne peux pas vous l'expliquer depuis le couloir. Si on buvait un verre ensemble, et, ensuite, on commanderait à dîner ? Je connais un petit restaurant français, pas loin, qui livre à domicile.

Un repas, du whisky et un moyen d'échapper à *Star Trek*... C'était trop tentant ! Hal tira le verrou et ouvrit la porte toute grande.

— Entrez ! Excusez le désordre... La femme de ménage n'est pas venue aujourd'hui.

— Aucune importance, déclara son visiteur, toujours avec le sourire.

Ce type souriait décidément beaucoup..., pensa Hal en le regardant pousser des assiettes sales et mettre la bouteille de whisky sur la table de la cuisine.

— Où sont les verres ?

— Là-bas, répondit Hal — et il se dirigea vers le vaisselier poussiéreux de la salle de séjour.

La balle l'atteignit dans le dos, traversa la colonne vertébrale et perfora le ventricule gauche. Il rendit l'âme sans savoir ce qui l'avait frappé.

Une balle dans le dos était une bonne façon de mourir, songea l'assassin de Hal en considérant le corps allongé sur le sol. La victime n'avait pas le temps de souffrir, ni même d'avoir peur. Oui, c'était une mort douce, surtout pour un homme qui se mêlait beaucoup trop des affaires des autres.

Les cheveux de l'avocat étaient retombés sur le côté, révélant une calvitie naissante au sommet de la tête. Une grimace de dégoût tordit la bouche du tueur ; il ne supportait pas les imperfections physiques.

Il parcourut l'appartement et ouvrit quelques tiroirs, dont il vida le contenu par terre. Impossible de faire passer le meurtre de Hal pour l'acte d'un cambrioleur : il ne pouvait pas emporter le gros matériel, comme la télévision ou la chaîne hi-fi. Il fallait donc lancer la police sur une autre piste… Il sortit de la poche intérieure de son veston un sachet en plastique contenant de la cocaïne — deux cent cinquante grammes seulement, mais c'était suffisant pour qu'on soupçonne Hal de trafic de stupéfiants — et le plaça dans le réservoir d'eau des toilettes. Au cinéma, c'était toujours là que les enquêteurs regardaient en premier.

De retour dans la salle de séjour, il veilla à ne rien toucher, et même à n'effleurer aucun meuble. Cette prudence ne provenait pas de la crainte de laisser des empreintes digitales ou des fibres textiles, mais de la peur d'attraper des microbes. Cet appartement sentait horriblement mauvais et semblait ne pas avoir été nettoyé depuis des mois.

Il jeta un dernier coup d'œil autour de lui. Toute l'opération s'était déroulée comme prévu et lui avait pris moins de sept minutes. Maintenant, il fallait filer à l'aéroport. Il devait être à New York ce soir, et il y serait. A l'heure convenue.

Sharon l'attendait. Il sourit. Elle n'allait pas s'ennuyer, cette nuit ! Tuer un homme d'une balle dans le dos n'était pas aussi excitant qu'allumer un incendie, mais il se sentait quand même dans d'excellentes dispositions. Mais, de toute façon, rien n'égalerait jamais l'exaltation qu'il éprouverait le jour où il réussirait enfin à supprimer Claire.

Dianna. Claire. Maintenant qu'il avait éliminé Hal, il était temps de passer aux choses sérieuses.

Il monta dans sa voiture et démarra. « Profite bien de la vie, Claire, pendant que tu le peux encore ! Je vais m'occuper de toi. Très bientôt. »

9.

Dianna était folle de rage. Contre Ben et contre elle-même. L'idée que Ben avait couché avec elle dans le seul but de découvrir ses secrets les plus intimes était déjà déplaisante, mais ce qui la blessait le plus, c'était qu'il la juge fragile affectivement et moralement au point de lui témoigner de la pitié. Depuis son séjour dans un hôpital psychiatrique, elle avait absolument horreur qu'on la plaigne.

Tremblante de colère, la jeune femme bondit hors du lit et, attrapant le drap, s'enveloppa dedans comme dans une toge. Cela devenait une habitude lorsqu'elle passait plus de dix minutes en tête à tête avec Ben, songea-t-elle, désabusée.

Malgré sa fureur, le souvenir du plaisir qu'il lui avait donné l'habitait encore. Mais ce devait être une simple question de technique de la part de Ben… Elle n'allait tout de même pas considérer ces ébats comme le début d'une belle histoire d'amour !

L'expression de Ben demeurait d'une insupportable douceur.

— Revenez près de moi, murmura-t-il.

— Non !

D'un geste faussement désinvolte, Dianna jeta le bout du drap par-dessus son épaule, puis elle se dirigea vers la salle de bains en ajoutant :

— Mais ne vous inquiétez pas, Ben ! Vous faites très bien l'amour... Le jour où vous aurez besoin d'une lettre de recommandation, téléphonez-moi !

Il sortit brusquement du lit, mais, contrairement à elle, ne prit pas la peine de se couvrir.

— Je ne mérite pas cela, dit-il, la voix entrecoupée.

— Ne soyez pas si modeste ! répliqua Dianna, qui feignait d'avoir mal compris. Vous avez été formidable.

Il grommela un juron et alla se planter devant elle pour l'empêcher de quitter la pièce. Le cœur de la jeune femme se mit à battre la chamade, mais pas sous l'effet de la peur.

— Poussez-vous ! Je veux me doucher.

— Tout à l'heure.

Lui saisissant le poignet, il la força à s'éloigner de la porte. Il la maintenait si près de lui que, à moins de fermer les yeux, elle ne pouvait éviter de le regarder.

— Il me semble, déclara-t-il ensuite d'une voix encore haletante, que nous venons de vivre un moment important pour nous deux. Il l'a été pour moi, en tout cas.

— Je n'en doute pas. Vous meniez une enquête capitale... Arrêtez de jouer la comédie, Ben ! Je sais que vous avez couché avec moi dans le seul but de m'appeler Claire au moment où ma vigilance se relâcherait. Vous souhaitiez voir ma réaction.

— C'est ridicule ! s'écria-t-il, blême de colère. Je ne couche pas avec une femme pour vérifier son identité pendant qu'elle jouit !

— Alors, pourquoi m'avez-vous appelée Claire ?

— Parce que ma vigilance à moi s'était relâchée, bon sang, et que, pour moi, c'est votre nom ! C'est ainsi que vous vous êtes présentée lors de notre première rencontre.

Il se passa la main dans les cheveux, les laissant hérissés de mèches folles. Dianna songea que, en cet instant, il ne ressemblait plus du tout à l'élégant homme d'affaires qui l'avait accueillie en Floride une semaine auparavant. Il ressemblait plutôt à un amoureux dépité. Mais ce n'était évidemment qu'une apparence…

— Dites-moi, Ben… Pourquoi avez-vous couché avec moi si ce n'était pas pour vérifier mon identité ?

Il hésita une seconde de trop.

— Parce que je vous aime bien. Parce que je pense que, au fond, vous m'aimez bien aussi. Parce que je vous trouve belle et désirable. Parce que j'espérais que nous nous donnerions mutuellement du plaisir.

Refusant de céder à l'envie de croire cette explication séduisante, Dianna sourit d'un air sarcastique. Après tout, il ne l'avait pas appelée Claire une fois, mais deux. Avec le poste élevé qu'il occupait dans le groupe Campbell Industries, il devait en outre rencontrer beaucoup de très jolies femmes, et il était donc peu probable que ses modestes appas lui aient fait perdre la tête.

— Voilà un beau discours, Ben, prononcé avec émotion et conviction. Il sort sûrement du manuel de l'homme des années 90… Chapitre 4 : « Comment être un amant attentionné et délicat. »

Les yeux de Ben étincelèrent de fureur, puis reprirent leur expression de froideur habituelle.

— Ça ne sert à rien de discuter avec vous, observa-t-il. La moitié du temps, vous n'écoutez pas, et, l'autre moitié, vous avez trop peur pour saisir la véritable signification de mes paroles.

Il lâcha le poignet de la jeune femme et s'écarta.

— Vous vouliez vous doucher, il me semble. Eh bien, allez-y !

Elle aurait dû lui obéir. Cette discussion ne les mènerait visiblement à rien. Elle fut cependant incapable de résister à la tentation d'essayer une dernière fois de le convaincre.

— Vous vous trompez, Ben. Je ne suis pas Claire Campbell, mais Dianna Mason, l'ancienne amie de Claire.

— D'accord, déclara-t-il en se détournant et en commençant à se rhabiller. Je vous crois. Andrew m'a toujours dit que sa fille était une jeune femme courageuse, et on ne peut pas dire cela de vous.

Cette fois, Dianna fut assez prudente pour ne pas lui demander de s'expliquer. Elle entra dignement dans la salle de bains, dont elle claqua et verrouilla la porte derrière elle. Ah ! les hommes… Dans des moments comme celui-ci, elle comprenait que Sonya préconise de tous les castrer. Et, en cet instant précis, elle se sentait prête à manier elle-même le scalpel…

*
* *

Ayant fini par trouver la pelle et la balayette, Dianna nettoyait son établi quand Ben sortit de la douche. Elle guettait son apparition et pourtant, lorsqu'elle entendit le bruit de ses pas sur le sol en ciment de l'atelier, elle sursauta, fit un faux mouvement et s'enfonça un éclat de verre dans l'index droit.

— Aïe ! cria-t-elle.

L'entaille était petite mais profonde, et du sang en coula tout de suite à grosses gouttes. Elle retira le bout de verre, se mit le doigt dans la bouche et chercha un mouchoir en papier des yeux. Bien entendu, il n'y en avait aucun à proximité.

— Tenez !

Avec son efficacité habituelle, Ben s'avança, une boîte entière de Kleenex à la main.

— Merci.

Elle prit gauchement deux ou trois mouchoirs. Plus que sa blessure, c'était la situation qui la rendait maladroite. Comment deux personnes pouvaient-elles partager la plus grande des intimités et, moins de vingt minutes plus tard, ne pas oser se regarder en face ?

Le sang ne tarda pas à imprégner le pansement improvisé et, s'approchant, Ben ordonna :

— Montrez-moi. Ça saigne beaucoup pour une si petite coupure. Il reste peut-être un éclat dedans.

Dianna enleva les mouchoirs et jeta un coup d'œil à la blessure, qui lui causait de violents élancements. Il était en effet possible que tout le verre ne soit pas parti. A contrecœur, elle tendit la main, et un frisson la parcourut au contact des doigts de Ben ; son corps se rappelait encore les sensations éprouvées tout à l'heure sous les caresses passionnées de ces mêmes doigts…

Ben, lui, demeura de marbre. Aucun souvenir troublant ne paraissait lui agiter l'esprit. Il examina l'entaille avec une impassibilité de médecin et en écarta doucement les bords.

— Je ne vois rien, déclara-t-il. Mettez votre doigt sous l'eau froide pendant que je vais chercher du désinfectant et un morceau de sparadrap. Vous avez une trousse à pharmacie ?

— Oui, dans le petit placard d'angle de la salle de bains.

Ben quitta la pièce, et Dianna se dirigea vers l'évier de la cuisine. Il valait mieux que la soirée se termine ainsi, songea-t-elle en ouvrant le robinet. Des rapports froids et polis avec Ben étaient préférables à un comportement d'amants déçus. Elle aurait bien sûr aimé passer le reste de la nuit dans ses bras, à parler de choses et d'autres, à boire du vin, à refaire l'amour, et se réveiller au matin pour prendre le petit déjeuner avec lui. Mais à quoi bon y penser ? Ben était le directeur général de Campbell Industries et l'ami d'Andrew. Serait-elle un jour capable de nouer avec un homme le type de lien dont elle rêvait ? Ce n'était pas sûr et, s'agissant de Ben, c'était carrément impossible. Finalement, elle souffrirait moins en admettant dès maintenant que leur relation n'avait aucun avenir. Il était donc plus raisonnable d'y mettre fin avant que…

Sa phrase resta en suspens. Avant que quoi ? se demanda-t-elle, regardant sans vraiment la voir l'eau qui coulait du robinet. Et, à bien y réfléchir, y avait-il dans sa conduite récente un seul acte qu'on pût qualifier de raisonnable ?

Ben revint avec la trousse à pharmacie. Dianna ferma le robinet et présenta son doigt, d'où suintait encore un peu de sang mêlé d'eau. Des années d'expérience dans la verrerie lui avaient appris que même de minuscules éclats risquaient de provoquer des blessures très longues à guérir. Imperturbable, Ben essuya l'entaille avec un Kleenex, la recouvrit d'une pommade désinfectante, puis entoura le tout d'un grand morceau de sparadrap.

— Et voilà ! s'écria-t-il sur un ton désinvolte. Puis-je faire autre chose pour vous avant de m'en aller ? Enlever le reste de ces morceaux de verre, par exemple ?

— Non, merci. J'avais presque terminé.

Avec un sourire contraint, elle lui tendit la main, mais la retira avant qu'il ne l'eût touchée.

— Au revoir, Ben. Je ne veux pas vous retarder.

— Mon intuition me dit que vous souhaitez me voir partir, répliqua-t-il d'une voix où perçait une ironie désabusée.

— Je crois que cela vaudrait mieux.

Et, pourtant, elle avait envie de le voir au contraire se pencher, l'embrasser et l'entraîner de nouveau dans la chambre. Ce serait de la folie, bien sûr : elle passerait des moments merveilleux, mais après ?

Ben posa la trousse à pharmacie sur la table de la cuisine.

— J'ai trouvé ceci par terre à côté du lit, annonça-t-il en sortant de la poche de son veston le médaillon en or de la grand-mère de Dianna. Je crains que le fermoir de la chaîne ne soit cassé. Il a dû se prendre dans quelque chose.

La jeune femme lui arracha pratiquement le bijou des mains. Seigneur ! Comment avait-elle pu oublier qu'elle le portait lorsque Ben l'avait allongée sur le lit ? Elle effleura du doigt le mécanisme caché qui permettait d'en séparer les deux moitiés. Ben l'avait-il actionné ? Avait-il découvert les photos de ses parents ? Elle se rendit compte qu'il la regardait avec attention et sentit ses joues s'empourprer.

— Ce médaillon appartenait à Claire, expliqua-t-elle d'une voix mal assurée. Elle me l'a offert pour mon anniversaire.

Pourquoi avait-elle tant de mal, soudain, à dire le genre de mensonge qu'elle débitait pourtant depuis des années ? Ben se contenta de hocher la tête et d'observer :

— Le fermoir ne devrait pas être difficile à réparer, mais il faudrait peut-être acheter une chaîne plus solide.

— Oui, elle est un peu fine pour un bijou de ce poids. Je la changerai. Cela m'ennuierait beaucoup de perdre le dernier cadeau que m'a fait Claire.

Voilà qui était mieux, songea-t-elle, soulagée. Plus convaincant et prononcé sur un ton plus posé. L'expression de Ben ne laissa cependant pas deviner s'il était convaincu ou non. Sans se donner la peine de relever la dernière remarque qu'elle venait de faire, il sortit un petit étui d'argent de la poche intérieure de son veston et en tira une carte professionnelle.

— Tenez, déclara-t-il, tandis qu'il griffonnait des chiffres au dos. C'est le numéro de ma permanence téléphonique, qui fonctionne vingt-quatre heures sur vingt-quatre.

La jeune femme prit la carte en veillant à ne pas toucher les doigts de Ben.

— Merci, mais je ne pense pas que j'en aurai besoin.

La satisfaction de voir enfin se terminer cette épouvantable journée lui rendit un peu d'assurance, si bien qu'elle réussit à adresser à Ben un vrai sourire avant de glisser la carte dans la poche de son chemisier.

— Nous n'avons aucune raison de rester en relation, n'est-ce pas ?

— Je l'ignore, répliqua-t-il en se dirigeant vers la porte. J'attends que vous me le disiez.

Dianna garda le silence. Une fois Ben parti, elle referma le lourd battant d'un geste décidé et poussa le verrou. Puis elle s'adossa au mur, envahie par un agréable sentiment de sécurité et décidée à ne pas réfléchir à la signification de la dernière phrase de Ben. Avec un mois de travail perdu, elle avait déjà suffisamment de problèmes à résoudre sans se préoccuper en plus de Ben. Trois des coupes brisées étaient des commandes pour lesquelles on lui avait versé des acomptes. Il fallait tout recommencer, et elle avait devant elle de longues journées de labeur si elle voulait respecter les délais fixés. L'une des coupes était destinée à décorer la salle à manger d'un hôtel, et l'argent de la vente représentait un mois de loyer.

La jeune femme mit un CD, des ouvertures de Wagner, et régla le volume très haut afin de s'empêcher de penser. Elle s'apprêtait en fredonnant à verser dans la poubelle la dernière pelletée de morceaux de verre lorsque, entre deux accords retentissants, le mot « Kleenex » remonta de son subconscient.

Bon sang ! Les mouchoirs en papier tachés de sang dont elle s'était servie pour s'envelopper le doigt… La gorge sèche, le cœur battant, elle posa la pelle et se précipita vers son établi. Maintenant qu'il était nettoyé, il ne fallut pas plus d'une seconde à la jeune femme pour constater que les Kleenex ensanglantés ne s'y trouvaient plus.

« Dans la poubelle, se dit-elle. Je les ai jetés machinalement dans la poubelle de la cuisine. »

Elle alla vérifier, mais ne vit pas les Kleenex, qui auraient pourtant dû ressortir au milieu du marc de café et des pots de yaourt vides. S'efforçant de garder son calme, elle déplia un journal par terre, puis étala dessus les déchets de la journée. Elle trouva deux serviettes en papier froissées, mais pas un seul Kleenex, pas même celui qu'avait utilisé Ben pour essuyer l'entaille avant de passer la pommade désinfectante.

Dianna s'interdit de céder à la panique qui commençait à l'envahir. Après avoir remis les détritus dans la boîte à ordures, elle enfila des gants de travail épais et, munie d'un seau, se dirigea vers le coin de l'atelier où elle avait laissé la grosse poubelle contenant tous les débris de verre. Avec précaution, elle les transvasa par petites quantités dans le seau, mais, au bout de dix minutes d'examen minutieux, ses craintes se confirmèrent : les Kleenex imprégnés de sang n'étaient pas là. Ni dans aucune autre pièce de l'appartement. Ce qui ne pouvait signifier qu'une chose : Ben les avait emportés.

A l'ouverture de *Lohengrin* succédait à présent *La Chevauchée des Walkyries*. Les tambours roulaient et les cymbales résonnaient, mais Dianna ne les entendait pas.

Son esprit était tout entier occupé par la pensée que Ben Maxwell possédait maintenant une quantité appréciable de son sang.

Et que, selon toute probabilité, il allait demander à un laboratoire d'en effectuer l'analyse génétique.

Exceptionnellement, la navette Boston-New York était presque vide. Ben ne s'en sentait pas moins tendu et nerveux. La mauvaise conscience, songea-t-il, ne faisait pas une compagne de voyage agréable.

Une fois arrivé, il héla un taxi et se cala aussi confortablement que possible sur la banquette arrière, en prévision du trajet de quarante minutes jusqu'à Manhattan. Il était tombé sur le chauffeur de taxi new-yorkais type, un immigré originaire d'une contrée au nom sans doute imprononçable, qui conduisait comme un fou et semblait considérer les autres automobilistes comme des ennemis personnels. Le climatiseur soufflait par intermittence une bouffée d'air glacé, et les diffuseurs de parfum collés à différents endroits de l'habitacle ne parvenaient pas à masquer l'odeur entêtante de la marijuana. Habitué à se déplacer en taxi à New York, Ben poussa un soupir de résignation en espérant, contre toute logique, que le chauffeur n'était pas en ce moment sous l'effet de la drogue.

Le conducteur d'un énorme camion klaxonna et changea en même temps de file, leur coupant le chemin. Les injures volèrent, puis le chauffeur de taxi donna un brusque coup de volant et se rabattit sur la file de droite en faisant une queue-de-poisson à une somptueuse Cadillac. Un grincement de pneus retentit derrière eux, et le chauffeur de taxi jeta un coup d'œil satisfait dans son rétroviseur avant de se mettre à siffloter gaiement.

Jugeant qu'il aurait moins peur s'il ne regardait pas la route, Ben ouvrit son attaché-case et en sortit deux petits sachets en plastique transparent. L'un contenait les Kleenex, déjà secs, dont Dianna s'était entouré le doigt, l'autre le mouchoir en papier imprégné d'un mélange d'eau et de sang. Ben ne savait pas lequel des deux conviendrait le mieux pour une analyse génétique, ni quelle quantité de sang exigeait cet examen, mais, si on pouvait identifier un violeur grâce à une dose infinitésimale de sperme, il y avait sûrement là assez de sang pour permettre au laboratoire d'obtenir des résultats probants.

Ben fixa les Kleenex jusqu'à ce que les taches rouges deviennent floues. Il remit alors les sachets dans sa mallette et chercha un endroit plus confortable sur la banquette défoncée. La gêne qu'il éprouvait provenait cependant moins des ressorts cassés du siège que de sa conscience, et ce changement de position ne servit donc à rien. Il essaya de se convaincre qu'il n'avait aucune raison de se sentir coupable. Après tout, ce n'était pas comme s'il avait volontairement entaillé le doigt de Dianna. Il n'avait fait que tirer parti d'un événement fortuit. Dianna serait furieuse quand elle découvrirait la disparition des mouchoirs, mais tant pis ! Ben avait absolument besoin de connaître la vérité sur elle, et il était prêt à subir les reproches qu'elle ne manquerait pas de lui adresser.

Même sans cette analyse, il était presque certain que Dianna Mason était en réalité Claire Campbell. Il savait cependant que, en l'absence de preuves, peu de gens se rangeraient à son point de vue. Mais, si Dianna était Claire, pourquoi diable se donnait-elle tant de mal pour persuader tout le monde du contraire ?

Etant pragmatique par nature et par obligation professionnelle, Ben avait compris le soir de l'incendie du bungalow qu'il allait devoir cesser d'obéir à son instinct et commencer à rassembler des faits. La première énigme à résoudre, c'était la véritable identité de Dianna Mason. Ensuite il pourrait tenter de percer le mystère de son comportement bizarre. Et, après, peut-être serait-il en mesure de répondre à une dernière question : pourquoi était-il tombé amoureux d'elle ?

Ce coup de foudre constituait le côté le plus étrange de l'affaire, surtout si l'on considérait ce qu'avait été jusqu'ici sa vie sentimentale. Après un mariage trop vite contracté avec une camarade d'université et un divorce sans histoire, il s'était entièrement consacré à sa carrière. Il avait eu plusieurs aventures, mais des semaines de travail de soixante-dix heures ne laissaient pas beaucoup de temps pour rencontrer des femmes intéressantes, et pas de temps du tout pour nouer des relations profondes. Il n'était donc absolument pas préparé à éprouver de la passion pour quelqu'un qui, en toute logique, n'aurait même pas dû lui inspirer de la sympathie.

Lors de sa première rencontre avec Dianna, en Floride, il avait réagi de manière violente, viscérale. Il avait immédiatement eu envie d'elle, et rien de ce qui s'était produit ensuite n'avait changé ce sentiment : dès qu'il la voyait, il la désirait. Pire encore, lorsqu'elle n'était pas là, il pensait constamment à elle. Il était même jaloux de Hal Doherty !

Ben détestait les émotions qu'il ne pouvait maîtriser. Il détestait encore plus que des pulsions irrationnelles lui dictent sa conduite. S'il connaissait la vérité sur le passé de Dianna, il devrait être capable de mieux la comprendre, et donc de reprendre le contrôle de ses sentiments. Avec un peu de chance, il découvrirait même pourquoi l'envie de lui faire l'amour le submergeait chaque fois qu'ils se trouvaient dans la même pièce. Ce genre d'obsession, normal pour un adolescent, était franchement ridicule chez un homme de trente-cinq ans !

La visite qu'il allait rendre à Evelyn Campbell représentait la première étape de son enquête sur Dianna Mason. Par miracle, non seulement Evelyn était chez elle quand il l'avait appelée depuis l'aéroport de Boston, mais elle avait accepté de le rencontrer dès son arrivée à New York. S'il sortait vivant de ce taxi, il comptait demander à Evelyn un échantillon de son sang, qu'il confierait ensuite à un laboratoire. Mais accepterait-elle ?

Ben commença à chercher des arguments susceptibles de convaincre Evelyn qu'un test génétique était la meilleure méthode pour résoudre l'énigme du passé de Dianna Mason. Parmi toutes les précédentes candidates à l'héritage de Claire, une seule avait réussi à jeter le doute dans l'esprit de Ben. Il avait alors jugé inutile d'engager un détective privé pour vérifier les détails de son récit : pourquoi perdre du temps en longues investigations alors qu'une simple analyse de sang pouvait fournir une réponse sûre ?

Au grand étonnement de Ben, ni Evelyn ni Andrew n'avaient paru enthousiasmés par cette idée. Il s'était efforcé de les persuader qu'un examen comparatif de leur ADN et de celui de la jeune femme était la seule méthode d'identification fiable, mais ils n'avaient accepté d'envisager une telle solution qu'en dernier ressort.

Cette résistance de la part des Campbell n'aurait pas empêché Ben d'insister si Roger, en une heure d'interrogatoire, n'avait confondu sa prétendue sœur, puis tenu à la livrer à la police. Les dossiers d'empreintes digitales du FBI avaient ensuite révélé que cette personne — qui avait en fait vingt-huit ans et s'appelait Doreen Palek — était une habituée de ce type d'escroquerie. Un test génétique n'était donc plus nécessaire, mais Ben n'avait jamais su pourquoi Andrew et Evelyn s'y étaient montrés violemment hostiles.

— 68e Est et Madison.

Le chauffeur de taxi s'arrêta sans douceur devant l'entrée de l'immeuble dont Evelyn Campbell occupait l'appartement-terrasse. Ben paya la course et descendit du véhicule, qui repartit dans un grand crissement de pneus.

Le portier reconnut Ben et le salua poliment.

— Bonsoir, monsieur Maxwell. Mme Campbell vous attend.

— Pouvez-vous l'avertir de mon arrivée ? demanda Ben en glissant un billet de banque au portier.

— Tout de suite, monsieur Maxwell.

Ben entra dans l'ascenseur, muni de parois de verre fumé et d'une moquette bleu roi sur laquelle était brodée en beige l'inscription « dimanche ». Le changement quotidien de cette moquette était-il destiné à signaler aux visiteurs que l'immeuble possédait sept tapis d'ascenseur, ou bien à rappeler le jour de la semaine aux résidants trop occupés à gérer leur fortune pour se souvenir de ce genre de détail ? Ben se posait toujours la question, mais il avait dans l'idée que la deuxième proposition était la bonne.

Un homme d'un certain âge vêtu d'une veste noire, d'un gilet gris et d'un pantalon à fines rayures se tenait déjà dans le couloir privé d'Evelyn Campbell lorsque l'ascenseur s'arrêta au huitième et dernier étage. Cela faisait vingt-cinq ans que Bainbridge travaillait chez les Campbell, et Ben le connaissait depuis six ans, c'est-à-dire depuis son entrée dans le groupe Campbell Industries.

Lors de son premier face-à-face avec Bainbridge, Ben — qui n'avait encore jamais vu de majordome en chair et en os — l'avait trouvé à peine moins intimidant que ne pourrait l'être Dieu le Père. Aujourd'hui, après quelques années et une dizaine de rencontres, Ben avait acquis beaucoup d'assurance, et Bainbridge ne l'impressionnait pas plus que le pape et un collège entier de cardinaux.

En sortant de l'ascenseur, il s'éclaircit la voix et résista à l'envie de tirer sur son col.

— Bonsoir, Bainbridge.

Peut-être, dans une décennie, aurait-il le courage de lui demander son prénom et, dans un siècle, celui de l'utiliser.

— Bonsoir, monsieur Maxwell.

— Belle soirée, n'est-ce pas ? La température est douce pour la saison.

Avec Bainbridge, avait constaté Ben, il était plus simple et plus rapide de respecter les conventions. Toute tentative pour aller droit au but avait pour conséquence de retarder encore les choses.

Bainbridge inclina légèrement la tête en signe d'approbation.

— En effet, monsieur. Nous avons eu un temps agréable, ce mois-ci. Puis-je vous débarrasser de votre mallette, ou bien préférez-vous la garder ?

— Je la garderai, merci. Elle contient des papiers dont j'aurai sans doute besoin. Mme Campbell est-elle prête à me recevoir ?

— Oui, monsieur. Mme Campbell a demandé qu'on serve un dîner léger dans la salle de séjour. Si vous voulez bien vous y rendre, monsieur, je vais m'en occuper tout de suite. Je crois que la cuisinière a préparé du saumon poché et un sorbet de fruits frais.

— J'en ai l'eau à la bouche ! Merci beaucoup, Bainbridge.

Ben était conscient de l'honneur qu'on lui faisait en l'autorisant à pénétrer dans la salle de séjour sans être accompagné. Il adressa au majordome un petit salut et s'éloigna. Pas de pourboire pour celui-là, bien sûr. Ben savait qu'un tel affront lui ferait définitivement perdre l'estime de Bainbridge.

Les pas de Ben résonnèrent sur les dalles de marbre du vestibule. Evelyn Campbell dut les entendre, car elle sortit de la salle de séjour pour l'accueillir. Vêtue d'une élégante robe de soie bleu marine et précédée par une discrète bouffée de parfum, elle lui tendit une main blanche et délicate.

— Vous êtes en avance de quelques minutes sur mes prévisions, Ben. Votre avion était à l'heure, apparemment.

— Oui, et il n'y avait pas trop de circulation entre La Guardia et Manhattan.

Le contraste entre la beauté froide d'Evelyn et le charme capiteux de Dianna était saisissant, pensa Ben. Se pouvait-il vraiment que ce fût la mère et la fille ? En cet instant, cela paraissait presque impossible. Evelyn lui proposa de sortir sur la terrasse, et il franchit derrière elle la porte-fenêtre qui y menait.

— Le panorama qu'on découvre d'ici m'émerveille toujours, observa-t-il en respirant les effluves des géraniums et des œillets alignés dans de grands pots contre le mur du balcon.

— Manhattan par une nuit d'été possède une magie très particulière. Il a plu juste assez pour que Central Park reste vert, et je suis sûre que cela améliore la qualité de l'air dans cette partie de la ville. Ah ! voilà Consuela avec le dîner. Il vaut mieux manger à l'intérieur, sinon nous serons dévorés par les moucherons et les moustiques.

En silence, la femme de chambre posa plusieurs plats recouverts de cloches d'argent sur une table, près de la fenêtre, où le couvert était déjà dressé pour deux personnes. Au moment où elle quittait la pièce, Bainbridge y entra, avec un seau à glace contenant une bouteille de dom pérignon, seule boisson — à l'exception du thé de Ceylan — que Ben avait jamais vu Evelyn consommer. Bainbridge mit le seau à côté de la table, versa du champagne dans deux flûtes, puis vint s'incliner devant Evelyn.

— Désirez-vous autre chose, madame ?

— Non, c'est parfait. Merci.

Le majordome s'inclina de nouveau et se retira. Evelyn fit signe à Ben de rentrer dans la salle de séjour. Ensuite, quand ils furent assis, elle passa cinq bonnes minutes à lui présenter, avec force cérémonies, du saumon froid, des asperges nappées de sauce mousseline et de fines tranches de pain beurré. Ben avait faim, mais manger de bon appétit devant Evelyn lui semblait inconvenant, si bien qu'il se servit de minuscules portions et commença à grignoter quelques asperges en se promettant d'aller commander une énorme pizza dès qu'il serait dehors.

En outre, il constata que tous ces plats avaient l'air bien meilleurs qu'ils ne l'étaient en réalité. Six mois plus tôt, Bainbridge, sortant de son impassibilité pour la première fois en vingt-cinq ans, avait refusé de rester dans la même maison que Sharon Kruger et, si Ben en croyait le repas de ce soir préparé par la nouvelle cuisinière, Evelyn avait payé très cher le privilège de garder son majordome. Il ne comprenait pas pourquoi Bainbridge s'était pris d'une aversion aussi immédiate pour Sharon, qui semblait plutôt gentille et facile à vivre, et qui était sans conteste une admirable cuisinière. Le majordome avait donné pour seule explication les coups de téléphone que Sharon recevait de ses amis masculins à toute heure du jour et de la nuit, et qui dérangeaient la maisonnée.

Ben trouvait que ce problème était de ceux qu'on résolvait facilement, en faisant par exemple installer une ligne téléphonique particulière pour Sharon. Mais, comme Evelyn ne paraissait pas femme à se pâmer devant un gâteau au chocolat, elle ne remarquait probablement pas la différence.

C'était la première fois que Ben prenait un repas en tête à tête avec Evelyn, encore qu'ils eussent souvent dîné ensemble à des fêtes de charité ou lors des réunions politiques d'Andrew. Il connaissait tellement bien son patron qu'il s'étonnait parfois de comprendre si mal les relations du couple. Tandis qu'Evelyn mangeait son saumon du bout des dents tout en évoquant la dernière exposition d'art religieux médiéval au Metropolitan Museum, Ben se surprit à la considérer non plus uniquement comme l'épouse d'Andrew, mais comme une femme à part entière. A son grand étonnement, il s'aperçut alors que, après six ans et de nombreuses rencontres, il ne savait rien d'elle, hormis les données factuelles de sa vie.

Promenant son regard sur la pièce encombrée de meubles, Ben se demanda pourquoi une personne née à la fin de la Seconde Guerre mondiale et habitant dans un appartement new-yorkais se comportait en châtelaine du début du siècle. Même sans tenir compte du majordome anglais et de la froide solennité du décor, Evelyn elle-même affichait invariablement une expression polie et distante qui interdisait toute discussion franche, toute spontanéité. Il était difficile de concevoir qu'elle fût la mère de Dianna Mason — ou la mère de quiconque, d'ailleurs. Il avait fallu du courage à Andrew pour l'épouser et la féconder… Ben n'arrivait pas à imaginer cette femme hautaine et glaciale dans un lit avec un homme.

Comme si elle lisait dans ses pensées, Evelyn lui lança un coup d'œil amusé, et une lueur moqueuse dansa un instant dans son regard, lui donnant pour la première fois de la soirée un peu de vivacité. Ben tressaillit : pendant un quart de seconde, Evelyn avait ressemblé à Dianna de façon hallucinante.

Evelyn posa sa fourchette sur le bord de son assiette.

— Comme nous avons apparemment épuisé le sujet de la médiocrité de l'art moderne, passons à autre chose. Quel est l'objet de votre visite, Ben ? Vous aviez l'air pressé de me rencontrer, tout à l'heure, au téléphone.

— C'est à propos de Dianna Mason. Je suis allé la voir aujourd'hui à Boston.

— Mais Mlle Mason n'a-t-elle pas reconnu être une usurpatrice ? observa Evelyn en se tamponnant délicatement le coin de la bouche avec une serviette éclatante de blancheur.

— En effet, mais je ne suis pas sûr qu'elle dise la vérité.

Sous ses airs compassés, Evelyn avait l'esprit vif, car elle riposta immédiatement :

— Si Dianna Mason est vraiment ma fille, pourquoi hésiterait-elle à revendiquer son héritage ?

— Je crois qu'elle a peur.

Avec un soin méticuleux, Evelyn rectifia l'alignement de ses couverts avant de demander :

— Peur de quoi ?

— Elle pense que quelqu'un essaie de la tuer.

Jusqu'à ce qu'il réponde à cette question, Ben ne s'était pas rendu compte qu'il comprenait en fait parfaitement le comportement de Dianna.

— Est-ce le cas ? Quelqu'un essaie-t-il de la tuer ?

— C'est possible.

Ben trouvait qu'Evelyn menait son interrogatoire avec un manque d'émotion étonnant. Il repoussa son fauteuil — il se sentait à l'étroit dans ce siège aux fins pieds dorés et aux accoudoirs recouverts de velours rouge —, puis ajouta :

— Elle est convaincue que l'incendie du Vermont n'a pas été allumé par Ted Jenkins.

— La police paraissait pourtant certaine d'avoir arrêté le coupable.

Ben jeta sa serviette sur la table d'un geste où perçait l'irritation qui commençait à le gagner.

— Je le sais, répondit-il, mais, le feu qui s'est déclaré quand Dianna séjournait en Floride, qui l'a allumé ?

— J'ai parlé au capitaine des pompiers. Il estime que c'est soit Hal, soit Dianna elle-même.

— Je suis prêt à parier n'importe quoi que Dianna n'a pas mis le feu au bungalow.

Evelyn eut un petit mouvement qui ressemblait presque à un haussement d'épaules.

— D'après ce que m'a raconté Andrew sur Hal Doherty, il est parfaitement capable d'avoir mis le feu sans l'aide de personne.

— C'est aussi mon opinion. En théorie.

Depuis un moment, Ben avait la nuque douloureuse, et il la massa doucement avant de se pencher vers Evelyn pour la regarder droit dans les yeux. L'espace d'un instant, avant qu'elle n'eût eu le temps de dissimuler ses sentiments, il y lut de la souffrance, une souffrance si apparente et si profonde qu'il se recula.

— Qu'y a-t-il ? demanda-t-il, oubliant les bonnes manières. Que savez-vous, Evelyn ? Vous me cachez quelque chose, n'est-ce pas ?

— Bien sûr que non !

Evelyn avait recouvré son sang-froid, mais Ben n'était plus dupe, et il bouillait à présent de colère. Qu'avaient donc les Campbell ? Pourquoi fallait-il tant insister pour obtenir d'eux la moindre information ?

— Vous voulez mon avis ? lança-t-il. Je crois que Dianna Mason est Claire Campbell, votre fille, et que vous devriez sortir de votre tour d'ivoire pour aller la voir.

Evelyn se leva et s'approcha de la porte-fenêtre. Le fait qu'elle ne se fût pas excusée de quitter la table aussi brusquement donnait la mesure de son trouble.

— Si c'est bien Claire, où était-elle et pourquoi a-t-elle choisi ce moment précis pour revenir ?

— Je ne suis pas sûr de pouvoir répondre avec exactitude à aucune de ces deux questions, mais j'ai une hypothèse. Souhaitez-vous l'entendre ?

— Oui, dit Evelyn sans se retourner.

— Je pense que Claire Campbell et une jeune femme du nom de Dianna Mason se sont rencontrées dans un hôpital psychiatrique peu après l'incendie du chalet et la disparition de Claire. Je pense qu'elles se ressemblaient physiquement. Elles sont devenues amies pendant leur séjour dans cet hôpital et, une fois sorties, elles ont décidé de louer un appartement ensemble.

Ben s'interrompit, et Evelyn pivota lentement sur ses talons.

— Continuez ! Que s'est-il passé ensuite ?

— L'une des deux est morte dans un accident de voiture.

— Laquelle ?

— Là est tout le problème ! rétorqua Ben, les yeux fixés sur son interlocutrice. Moi, je crois qu'il s'agissait de Dianna Mason, bien que l'acte de décès porte le nom de Claire Campbell.

— Pourquoi ? Comment cette erreur s'est-elle produite ?

— La survivante, qui que ce soit, a identifié le corps de la victime. Elles se ressemblaient, elles avaient toutes les deux rompu tout lien avec leur famille, le visage et les mains de la morte étaient brûlés... Il n'y avait aucune raison de soupçonner une supercherie.

— Et les papiers ? Les papiers qui se trouvaient dans l'auto accidentée ?

La voix d'Evelyn était calme, mais Ben s'aperçut soudain qu'elle parlait par phrases courtes et sèches faute de pouvoir en construire de plus longues. Et, en la regardant plus attentivement, il se rendit compte des efforts qu'elle faisait pour garder son sang-froid. Son maquillage ne parvenait pas à masquer sa pâleur, et elle paraissait avoir du mal à tenir sur ses jambes. Médusé, Ben comprit alors qu'Evelyn Campbell, cette mondaine froide et arrogante, n'était pas une femme insensible, mais une femme qui maîtrisait coûte que coûte ses émotions.

— Si cette conversation est trop pénible pour vous, Evelyn..., commença-t-il.

— Les papiers..., répéta-t-elle entre ses dents. Il devait y avoir des documents au nom de Dianna Mason dans l'auto accidentée. Comment Claire a-t-elle justifié leur présence ?

— Je l'ignore, mais elles vivaient ensemble, et Claire est très intelligente. Ou peut-être Dianna Mason s'est-elle trompée de sac en quittant l'appartement. Ce sont des choses qui arrivent.

— Vous parvenez à expliquer chaque détail de cette affaire, mais l'ensemble ne tient pas debout. Pourquoi Claire aurait-elle décidé de devenir Dianna Mason ? Nous nous heurtons toujours au même problème.

La réponse vint à Ben avec toute la force de l'évidence.

— C'est très simple ! s'exclama-t-il. Claire craignait que cet accident de voiture ne soit une tentative de meurtre qui la visait, elle, et elle a donc fourni à l'assassin la victime qu'il voulait. Elle a prétendu que le cadavre était celui de Claire et pris l'identité de Dianna Mason.

Evelyn resta silencieuse pendant un très long moment.

— Il faut que je rencontre cette jeune femme, finit-elle par déclarer.

— Vous la rencontrerez, s'écria Ben avec un sourire triomphant. Très bientôt. Mais nous devons d'abord être absolument certains que j'ai raison et que celle qui se fait passer pour Dianna Mason est bien Claire.

— Ne vaut-il pas mieux au contraire attendre que je l'aie vue ? C'est la seule façon de savoir qui elle est.

— Pas vraiment, car, même si vous la reconnaissez comme étant votre fille, cela ne constitue pas une preuve. Je doute qu'un tribunal accorde plus de poids à votre parole qu'à un acte de décès portant le nom de Claire Campbell. En outre, vous n'avez aucune raison de vous imposer une telle épreuve. Il existe un moyen bien plus sûr de vérifier l'identité de Dianna Mason.

Il s'interrompit pour ouvrir son attaché-case, dont il sortit les sachets en plastique contenant les Kleenex.

— J'ai là du sang de Dianna Mason, reprit-il, parlant vite de peur qu'Evelyn ne le laisse pas continuer. Si vous acceptiez de me donner un peu du vôtre, j'apporterais le tout à un laboratoire, qui lèverait définitivement nos doutes au sujet de Dianna Mason. Une analyse génétique permet d'établir la filiation parents-enfants avec une marge d'erreur de moins de un pour cent.

Il espérait qu'elle accepterait tout en se préparant à un refus, mais il ne s'attendait pas du tout à la question que lui posa alors Evelyn.

— Est-ce que cette jeune femme… Dianna… Enfin, vous a-t-elle spontanément fourni un échantillon de son sang ?

Une seconde, Ben hésita à mentir, puis son honnêteté foncière l'emporta, et il dit, au risque de ruiner ses projets :

— Non. Elle s'est coupé le doigt avec un morceau de verre, et j'ai emporté ces mouchoirs à son insu. Elle sera même furieuse en découvrant leur disparition.

— C'est curieux..., observa pensivement Evelyn. Claire était la personne que j'aimais le plus au monde, elle était pour moi le centre de l'univers, et c'est sans doute le seul membre de la famille qui ne s'en soit jamais rendu compte.

Quel rapport y avait-il entre cet aveu et la demande qu'il avait formulée ? songea Ben. Mais il se tut. Evelyn s'était détournée et contemplait les lumières de Manhattan. Elle ne bougeait pas, semblait à peine respirer. Pendant presque une minute, Ben fixa cette silhouette figée comme une statue. Et, soudain, Evelyn lui fit face en le regardant droit dans les yeux.

— J'accepte à une condition.

— Laquelle ?

— Ne dites rien à Andrew.

Cette requête étonna Ben, mais l'expression autoritaire de son interlocutrice le dissuada de demander des explications.

— Entendu, répondit-il.

Evelyn esquissa un sourire.

— Venez avec moi dans la salle de bains. Je devrais bien arriver à trouver une lame de rasoir neuve.

10.

Le four étant éteint depuis près de deux heures, il ne faisait plus que trente degrés environ dans l'atelier. Dianna se versa un grand verre de thé glacé et retourna à son établi. Elle était sale, fatiguée, affamée, et pourtant plus heureuse qu'elle ne l'avait été depuis bien longtemps. Quatre coupes de cristal s'alignaient sur l'établi, étincelantes sous les rayons du soleil couchant. Il y avait une bulle dans l'une d'elles, deux autres souffraient d'une légère dissymétrie, mais la plus grande, d'un diamètre de quarante centimètres, était absolument parfaite. La jeune femme souriait chaque fois qu'elle la regardait.

Elle comptait la décorer d'un motif en volute de colibris et de fleurs des champs. Toutes les photographies nécessaires étaient déjà prises, si bien que, dès le lendemain, elle commencerait à exécuter le dessin sur le verre avec des crayons spéciaux. Le cristal était une matière relativement tendre et, quand sa roue en cuivre serait réparée, elle pourrait passer à l'opération de gravure. Eric, un ferronnier du voisinage, lui avait promis que la roue serait prête aujourd'hui. Il allait sans doute la lui apporter ce soir. Sinon, elle irait la chercher demain matin et, avec un peu de chance, cette commande destinée à une banque serait terminée à la fin de la semaine. Dianna caressa le rebord lisse de la coupe et sourit. Rien ne valait le merveilleux sentiment de bien-être que lui procurait une journée fructueuse dans son atelier.

Rien, sauf une heure dans les bras de Ben Maxwell.

Le sourire de Dianna s'effaça immédiatement, et elle appuya le verre contre son front brûlant. Elle avait décidé de chasser Ben de son esprit et s'en voulait d'avoir dérogé à cette règle. Son euphorie s'envola, remplacée par une sourde angoisse. C'était très bien de se donner une impression de sécurité en s'enfermant dans son atelier et en travaillant avec acharnement, mais la menace du monde réel continuait de planer. Son passé n'allait pas tarder à la rattraper, provoquant une crise qui bouleverserait la vie de nombreuses personnes. Dianna se demandait souvent si elle survivrait à cette crise. Il lui semblait parfois qu'elle était sur le fil du rasoir depuis des années et que la chance commençait à l'abandonner.

En abordant Hal Doherty, deux mois plus tôt, la jeune femme croyait avoir calculé tous les risques. Elle comprenait maintenant que, malgré les efforts qu'elle avait déployés pour se montrer à la fois habile et prudente, le seul fait de se présenter chez Andrew Campbell avait déclenché une suite d'événements qu'elle ne maîtrisait pas vraiment. Ben était manifestement décidé à confier à un laboratoire les Kleenex qu'il lui avait volés. Pour un examen comparatif d'ADN, il lui faudrait un échantillon du sang d'Evelyn ou d'Andrew ; le problème était de savoir à qui des deux il s'adresserait et si l'un ou l'autre accepterait de le lui fournir.

Avant de se rendre en Floride, elle s'était dit que, si les choses tournaient mal, il lui suffirait de démasquer publiquement Andrew. A présent, elle s'étonnait de sa propre naïveté : Andrew avait déjà prouvé que, comme un animal acculé et blessé, il n'hésitait pas à frapper quand le danger se rapprochait. En admettant qu'elle se décide à le dénoncer, elle devrait donc agir vite et discrètement, et, même ainsi, sa vie serait sans doute en péril. Il lui restait toujours la possibilité de renoncer à sa vengeance, d'oublier sa famille et de reprendre le cours normal de son existence. Sauf qu'elle ne pourrait peut-être pas trouver de refuge suffisamment sûr pour s'y cacher. Maintenant, quand quelqu'un frappait à sa porte, elle sursautait et son pouls s'accélérait.

Dianna alla jeter le fond de son verre dans l'évier et regarda distraitement les glaçons à demi fondus disparaître dans le tuyau de vidange. Pour compliquer encore les choses, elle n'était plus certaine de vouloir qu'Andrew passe en jugement pour meurtre. A dix-huit ans, on est très entier, mais, aujourd'hui, elle avait du monde une vision moins nette et tranchée. L'arrestation et la condamnation d'Andrew causeraient du tort à beaucoup de gens, dont Evelyn et Roger, qui n'avaient commis aucun crime. D'un autre côté, les habitants de la Floride avaient le droit de savoir que l'un des candidats au poste de gouverneur de leur Etat était un assassin. Elle avait espéré qu'Andrew serait battu aux primaires, mais il avait gagné haut la main. Et tous les sondages indiquaient qu'il remporterait une victoire écrasante aux élections de novembre.

N'était-elle pas moralement obligée de le montrer sous son vrai jour ?

La sonnette retentit juste au moment où Dianna traversait le couloir pour se rendre dans sa chambre. Ce devait être Eric qui apportait la roue à graver, songea-t-elle, et cette idée lui remonta un peu le moral. Elle se dirigea vers la porte d'entrée, colla son œil au judas… et vit Andrew Campbell.

A force de penser à lui, elle l'avait fait apparaître ! se dit tristement la jeune femme. Elle aurait aimé pouvoir lui vouer une haine absolue, mais, dans le domaine des sentiments, les choses n'étaient pas si simples… Le cœur serré par l'angoisse, elle le regarda arpenter nerveusement la petite cour qui séparait la maison de la rue. Il était vêtu d'un élégant costume de mohair et arborait une cravate ornée d'un logo commémorant le vingt-cinquième anniversaire de son tour de service à bord du porte-avions *Spirit of Freedom*.

Dianna eut une moue méprisante. Andrew adorait rappeler aux gens qu'il s'était engagé dans la marine en pleine guerre du Viêt-nam, alors que la plupart de ses contemporains fuyaient au Canada ou se trouvaient des affectations sans danger dans la National Guard. En Floride, Etat où résidaient de nombreux militaires à la retraite, cela lui valait une grande popularité. Cela obligeait également son adversaire à se lancer dans des discours embarrassés où il tentait d'expliquer pourquoi il terminait tranquillement ses études de droit pendant qu'Andrew, stationné aux Philippines, effectuait des patrouilles côtières au-dessus du Viêt-nam et assurait la sécurité des bons et loyaux Américains en mer de Chine méridionale. Evelyn avait donné naissance à Claire au cours de cette période de service actif. L'une des photos qu'utilisait le plus le service de relations publiques d'Andrew montrait Evelyn, le visage éclairé par un sourire timide, présentant une petite Claire de trois mois au soldat qui revenait de la guerre.

Andrew appuya de nouveau sur la sonnette et, cette fois, Dianna ouvrit la porte, mais sans enlever la chaîne de sûreté.

— Que veux-tu ? lança-t-elle.

— Juste parler, répondit-il d'un air presque implorant. Je t'en prie, Claire, il faut absolument que nous discutions.

Affronter Andrew en présence d'autres personnes ne comportait pas beaucoup de risques, mais pouvait-elle le laisser entrer dans son appartement, où ils seraient seuls ? Si Dianna avait commis des imprudences, ces derniers temps, elle n'était tout de même pas totalement dénuée de bon sens, et la visite d'Andrew l'inquiétait. Elle commença à fermer la porte.

— Nous n'avons rien à nous dire. Absolument rien. Il coinça son pied entre le vantail et le chambranle.

— Claire, je t'en prie ! Nous devons avoir une explication franche, tous les deux.

Vu son ascendance écossaise et son statut social, il n'était certainement ni dans les goûts ni dans les habitudes d'Andrew de supplier.

— Je t'aimais… Je t'aime, Claire, continua-t-il, rouge et manifestement gêné par cet aveu. Que s'est-il passé ?

Pourquoi t'es-tu enfuie ? Même si tu n'as pas d'affection pour moi... pense à ta mère... Elle a beaucoup souffert. Ta disparition lui a porté un coup terrible.

Dianna bouillait de colère devant tant d'hypocrisie.

— Comment oses-tu me demander cela ? Comment oses-tu prétendre que c'est moi qui ai fait souffrir Evelyn ? Tu m'écœures, parce que je sais quel genre d'homme se dissimule sous ton masque de vertu.

— C'est donc de cela qu'il s'agit ? déclara Andrew en pâlissant. J'admets que je ne suis pas parfait et que je n'ai pas été le meilleur des maris, mais as-tu vraiment le droit de me le reprocher ? Nous avons conclu un accord, Evelyn et moi...

— Enlève ton pied de la porte ! ordonna-t-elle. Et ne t'approche plus jamais de moi, sinon j'appellerai la police. Ce ne sera pas du meilleur effet... J'imagine déjà les titres des journaux : « Andrew Campbell arrêté pour avoir harcelé une jeune artiste. » Et, pourtant, je peux en trouver plusieurs autres qui te seraient encore plus préjudiciables. Et qui seraient tous vrais.

— Claire...

Une voiture s'arrêta devant la grille dans un hurlement de freins. Andrew se figea.

— Tu as de la visite.

Dianna regarda dehors.

— Sonya ! s'écria-t-elle, soulagée.

Elle vit son amie se diriger vers la maison et, enlevant la chaîne, écarta largement le battant. Avec Sonya comme témoin, elle n'avait plus aucune raison de craindre Andrew.

— Que t'arrive-t-il, Sonya ? Tu conduisais comme si tu avais le diable aux trousses.

Sonya ôta sa cigarette de sa bouche d'une main qui tremblait fort. Elle jeta un coup d'œil à Andrew, mais l'ignora, et rien dans son attitude n'indiqua qu'elle reconnaissait en lui l'homme dont elle avait fouillé le passé pendant plusieurs semaines.

— C'est Hal Doherty, expliqua-t-elle d'une voix rauque. Il est mort.

— Mort ? répéta Dianna comme si elle entendait ce mot pour la première fois. Comment peut-il être mort ? Je l'ai aperçu hier après-midi, et il allait très bien.

— Oui, mais c'était avant qu'il n'ouvre sa porte à un type qui lui a ensuite tiré une balle dans le dos.

Tout se mit à tourner autour de Dianna. Une autre victime venait-elle s'ajouter à celles qui lui pesaient déjà sur la conscience ? Elle battit des paupières pour lutter contre son étourdissement.

— Qui l'a tué ? cria-t-elle. Que s'est-il passé ?

Sonya aspira une grande bouffée de sa cigarette.

— Les policiers pensent qu'il s'agit d'une affaire de drogue. Je leur ai pourtant signalé que Hal ne fréquentait pas ce milieu. Il s'en tient à l'alcool et aux femmes. Et, en parlant d'alcool, j'aurais bien besoin d'un remontant. Tu m'offres un verre, Di ?

— Oui, bien sûr !

Au moment où elle faisait signe à son amie d'entrer, Dianna se rendit compte qu'Andrew Campbell était toujours sur le pas de la porte, bien qu'il se fût un peu écarté. Elle ne se sentait pas le courage d'affronter maintenant cet homme dur et sans scrupule. Une idée affreuse lui traversa alors l'esprit : et s'il était venu lui annoncer la mort de Hal pour jouir de sa réaction ? Elle frissonna, ne sachant trop quelle attitude adopter. Si elle l'accusait sans preuves, elle se retrouverait enfermée dans un hôpital psychiatrique où de gentilles infirmières lui apporteraient des médicaments toutes les deux heures. La jeune femme n'ignorait pas que sa précédente hospitalisation pour troubles psychiques jouerait contre elle si jamais sa crédibilité et celle d'Andrew étaient mises en balance.

— Sonya, déclara-t-elle d'une voix mal assurée, je te présente Andrew Campbell. Il allait partir. Andrew, voici Sonya Harvey, journaliste politique au *Globe* de Boston.

Sonya, qui venait de pénétrer dans l'appartement, se tourna à demi et tendit la main à Andrew en posant sur lui un regard étrangement insistant.

— Ravie de vous connaître, monsieur Campbell. J'ai suivi votre campagne avec intérêt.

— J'aurais préféré vous rencontrer dans d'autres circonstances, observa Andrew, l'air grave. Hal Doherty a travaillé dans ma société pendant plus de cinq ans, et la nouvelle de sa mort me consterne. La violence qui règne aujourd'hui dans nos villes est révoltante, et les autorités ne contrôlent plus du tout le problème de la drogue.

Pensait-il vraiment pouvoir s'en tirer avec ce genre de banalité ? Furieuse, Dianna intervint.

— Epargnez-nous vos discours électoraux, monsieur Campbell, et dites-nous plutôt où vous étiez hier soir. A Boston, peut-être, du côté de l'appartement de Hal ?

— A Boston ? répéta-t-il avec toutes les apparences de la stupeur. Insinueriez-vous que… que je suis mêlé à l'assassinat de Hal ?

« Sale hypocrite ! » songea Dianna, qui se sentait, sans trop savoir pourquoi, au bord des larmes.

— Vous aviez beaucoup de raisons de lui en vouloir, remarqua-t-elle. Beaucoup plus que ne l'imaginent la plupart des gens.

— Calme-toi, Di ! murmura Sonya d'un ton réprobateur.

Le meurtre de son ami l'avait sûrement chamboulée, se dit Dianna avec colère, car normalement Sonya se serait acharnée contre Andrew Campbell. Pas parce qu'elle le soupçonnait forcément de meurtre, mais par principe, parce que, pour elle, tous les hommes politiques cachaient des choses qu'un journaliste digne de ce nom se devait de découvrir.

— Cela n'a pas d'importance, assura Andrew, qui avait tout de même pâli sous son hâle. Je vois bien que… Mlle Mason est bouleversée. Je ne trouvais certes pas Hal Doherty très sympathique, mais je ne tue pas les gens sous prétexte que je ne les aime pas, sinon j'aurais plus d'un mort sur la conscience.

— C'est peut-être le cas, observa Dianna, à qui la présence de Sonya donnait du courage.

— Eh bien, pour une fois, je me félicite d'avoir un emploi du temps aussi chargé, répliqua Andrew en la regardant pensivement. J'ai consacré toute la journée d'hier à ma campagne. Quelle que soit l'heure où l'on a tué ce pauvre Hal, j'ai donc un alibi en béton. J'étais en

Floride jusqu'à la fin de l'après-midi, puis je me suis rendu en avion à New York pour dîner avec le maire. Si j'ai été seul pendant dix minutes, c'est bien le maximum.

Il n'était pas stupide, et mentir à propos d'une chose aussi facile à vérifier que son emploi du temps aurait été stupide. Dianna éprouva un étrange soulagement à l'idée qu'Andrew n'était sans doute pas l'assassin de Hal. Ainsi, elle n'avait pas à se sentir coupable de la mort de l'avocat. D'ailleurs, elle devrait cesser de tout ramener à elle et attendre avant de conclure qu'on avait tué Hal à cause de ses relations avec elle… Peut-être, comme le pensait la police, était-ce un meurtre lié à la drogue. Ce pouvait être aussi l'acte d'un cambrioleur. Et les ex-femmes de Hal ? Dieu sait s'il en avait, et toutes avec d'excellentes raisons de le détester… Dianna s'autorisa à espérer.

Andrew se retourna pour partir, et Sonya lui dit au revoir.

— J'ai été ravie de vous rencontrer, monsieur Campbell. Bonne chance pour votre campagne.

— Merci, répondit-il en lui souriant de son air le plus aimable. Je ne suis pas habitué à entendre les journalistes m'adresser des vœux de réussite aussi sincères.

— J'ai lu votre programme, et je trouve que vos idées sont bonnes, en particulier lorsque vous parlez de la nécessité de protéger l'environnement sans supprimer des emplois.

— Je suis promoteur immobilier depuis vingt-cinq ans, et l'expérience m'a appris qu'il y avait généralement moyen de réaliser des projets de construction rentables sans pour autant abattre tous les arbres et assécher tous les marécages des environs. Je veux persuader les différents protagonistes de ne plus se quereller et de s'écouter les uns les autres. Le ton monte parfois tellement que la voix de la raison est complètement étouffée, en particulier quand on aborde les problèmes délicats.

— Comme celui des homosexuels dans l'armée ? demanda Sonya. Voilà une question autour de laquelle on fait beaucoup de bruit sans qu'il en sorte grand-chose.

— En effet, admit Andrew, toujours souriant. Mais c'est un problème auquel je n'ai pas consacré beaucoup de temps, je l'avoue. Nous, les hommes politiques, nous devons défendre un nombre limité de causes, sinon nous finissons par survoler une douzaine de dossiers et par n'en connaître aucun à fond. Pour ma part, je me considère surtout compétent dans le domaine de la promotion immobilière et de l'environnement, parce que j'ai passé un quart de siècle à m'occuper de cela.

Sonya tira sur sa cigarette, puis rétorqua :

— Comme vous avez servi dans la marine, je pensais que vous aviez des idées bien arrêtées sur la question des homosexuels dans l'armée.

— Non, pas du tout. A mon avis, il faut laisser aux autorités militaires — et bien sûr au président, qui est commandant en chef des armées — le soin de décider en matière de politique militaire. Au revoir, mademoiselle Harvey. J'ai pris beaucoup de plaisir à parler avec vous, mais je dois regagner mon hôtel avant que mon directeur de campagne n'envoie des hommes à ma recherche.

Andrew poussa la grille qui donnait sur la rue. Une Cadillac aux vitres teintées sortit de l'allée et s'arrêta devant la voiture de Sonya. Andrew s'installa à côté du chauffeur, et la limousine partit. Sonya la regarda s'éloigner, soupira, puis rentra dans l'appartement.

— Alors, et ce verre ? lança-t-elle. Si tu ne m'offres pas tout de suite à boire, je m'en vais !

Dianna ouvrit son placard.

— Je n'ai que de la vodka, et une bouteille de cognac qui est là depuis Noël dernier.

— La vodka m'ira très bien. Avec des glaçons et un zeste de citron.

— C'est affreux, pour Hal, déclara Dianna en tendant un verre à Sonya et en se versant un gin généreusement additionné de tonic. Personne ne mérite de finir avec une balle dans le dos. Je ne sais pas quoi te dire, Sonya... Tu connaissais Hal depuis très longtemps, et tu es sûrement bouleversée.

— Oui, cette semaine m'a vraiment réservé de drôles de surprises... Hal était une fripouille, mais je l'aimais bien quand même. Pendant notre première année d'université, nous nous sommes soutenus mutuellement. Il y avait beaucoup à apprendre pour deux gamins du Wyoming. C'est à l'université que j'ai pris conscience de mon homosexualité, et cela m'a causé un choc terrible. Hal a passé beaucoup de temps à me tenir la main... Et merde ! Pourquoi a-t-il ouvert sa porte ?

Il n'était pas dans les habitudes de Sonya de disserter sur ses mœurs. De toute évidence, la mort de Hal l'affectait profondément. Déjà, pendant sa discussion avec Andrew Campbell, elle avait eu une attitude étrange. Dianna s'attendait à ce qu'elle l'attaque sur le sujet de l'occupation des sols, parce que la politique agressive de sa société le rendait potentiellement vulnérable dans ce domaine. Au lieu de cela, elle lui avait posé une question très vague sur les homosexuels dans l'armée, question qu'Andrew avait éludée. Et elle n'avait même pas insisté.

Sonya buvait sa vodka à petites gorgées tout en arpentant la pièce. Elle finit par s'arrêter devant les quatre nouvelles coupes de Dianna et caressa la plus grande d'un air admiratif.

— Pourquoi Andrew Campbell t'a-t-il rendu visite ? interrogea-t-elle soudain. Au fait, cette coupe est magnifique !

— Merci.

Il sembla à Dianna que le moment était mal choisi pour annoncer à Sonya qu'elle soupçonnait Hal de s'être introduit dans son atelier le jour même de sa mort et de lui avoir détruit l'équivalent d'un mois de travail. Elle se contenta donc d'ajouter :

— J'ignore pourquoi Andrew est venu me voir. Il a prétendu vouloir me parler.

— Tu penses vraiment qu'il est impliqué dans l'assassinat de Hal, ou bien lui as-tu jeté cette accusation à la tête uniquement parce que tu le détestes ? demanda Sonya, les yeux fixés sur l'établi comme si elle avait peur de croiser le regard de son amie.

— J'étais en colère, admit Dianna, mais je le crois parfaitement capable de s'être débarrassé de Hal si celui-ci le gênait. Il n'est pas à un meurtre près.

Elle remua nerveusement son gin tonic avec son doigt, consciente que cette conversation les menait tout droit au sujet qui avait provoqué leur récente dispute.

Et, en effet, Sonya reprit la discussion là où elles l'avaient laissée la veille.

— Tu le crois capable de meurtre uniquement parce que tu ajoutes foi à l'histoire que Claire Campbell t'a racontée et selon laquelle Andrew aurait mis le feu au chalet du Vermont en sachant qu'elle se trouvait à l'intérieur ?

— Oui, je suis persuadée qu'il a tenté d'assassiner Claire.

— Quel aurait été son mobile ? Elle te l'a dit ?

— L'argent, répondit Dianna. L'argent que le frère d'Andrew a légué à Claire. Le testament de Douglas stipule que tous les fonds en fidéicommis reviendraient à Andrew si Claire mourait.

— Andrew n'a pas besoin de cet argent. Il est déjà riche.

— On n'est jamais trop riche quand on veut devenir président des Etats-Unis, répliqua Dianna. Vingt millions de dollars seraient les bienvenus pour financer la campagne d'Andrew.

— Il faut être fou pour tenter d'assassiner sa propre fille.

— Fou ou très ambitieux.

Sonya avala d'un coup le reste de sa vodka, puis s'écria :

— J'en prendrais bien une autre…

— Sers-toi ! Sonya… Je te dois des excuses pour hier. Je t'ai caché certaines choses, j'avais mes raisons. Mais je ne t'ai pas menti à propos d'Andrew. Je sais qu'il a essayé de tuer Claire. En outre, je ne pense pas qu'il se soit amendé. Je le soupçonne d'avoir incendié le bungalow de Floride, parce qu'il craignait que Claire — c'est-à-dire moi — ne soit revenue pour se venger. C'est pour cela que j'ai abandonné la partie. J'avais peur qu'Andrew me tue.

— Je comprends... Et tu ne peux rien révéler à la presse, parce que personne ne te croirait...

— Si toi, qui me connais depuis des années, tu considères que ma haine pour Andrew fausse mon jugement, pourquoi d'autres journalistes se laisseraient-ils convaincre par mon histoire ? J'ai séjourné six mois dans un hôpital psychiatrique, et, maintenant, tu voudrais qu'on me croie quand j'accuse l'un des hommes politiques les plus populaires du pays de deux tentatives de meurtre ?

La deuxième vodka de Sonya disparaissait rapidement. La jeune femme se remit à marcher de long en large et finit par déclarer :

— Ecoute, ce qui est arrivé hier n'est pas entièrement ta faute. En fait, c'est à moi-même que j'en avais, et j'ai passé ma colère sur toi. Tu ne m'as pas dit toute la vérité, mais moi non plus.

— Ah bon ? Ce n'était pourtant pas de toi que nous discutions.

— Si, annonça Sonya avec un sourire triste, mais tu ne pouvais pas le deviner.

Elle posa son verre vide sur l'établi et regarda les photos de colibris qu'avait prises Dianna. Lorsqu'elle leva la tête, celle-ci eut la surprise de voir des larmes briller dans ses yeux.

— Tu te rappelles, l'été dernier ? reprit Sonya. Ma mère était en train de mourir d'un cancer du sein, et je suis retournée dans le Wyoming.

— Bien sûr que je me rappelle !

— Je suis restée deux semaines dans ma famille, continua Sonya en allumant une cigarette. Deux semaines qui ont été les plus horribles de toute mon existence.

— Perdre sa mère est une terrible épreuve, remarqua Dianna, pleine de compassion.

— Oui, et une épreuve plus terrible encore pour certains que pour d'autres... Maman était si contente de ma visite ! Elle avait du mal à parler et s'est donc concentrée sur l'essentiel. Elle m'a demandé quand j'allais me marier et lui donner des petits-enfants. Je lui ai répondu que mon frère lui en avait déjà donné trois, mais elle m'a répliqué que, pour une mère, les enfants de sa fille sont plus importants.

— Ma pauvre Sonya ! Ça a dû être dur à entendre !

Sonya émit un petit rire sans joie.

— Tu sais ce qui s'est produit ? Je me suis dit qu'il valait peut-être mieux, pour elle comme pour moi, que je lui apprenne la vérité. Je lui ai donc expliqué que j'aimerais beaucoup avoir un bébé, mais que cela ne m'arriverait sans doute jamais parce que j'étais homosexuelle et que je n'approuvais pas les lesbiennes qui élevaient un enfant seules. Et c'est vrai que je ne me vois pas annoncer à mon gamin que son père est un donneur de sperme anonyme et que sa mère s'est évanouie comme une jouvencelle de l'époque victorienne, l'unique fois où elle a essayé de faire l'amour avec un homme.

Dianna sentait son amie sur le point d'éclater en sanglots.

— Et comment ta mère a-t-elle réagi ? questionna-t-elle doucement.

— Mal ! indiqua Sonya.

Elle plissa les yeux, mais cela n'empêcha pas quelques larmes de rouler sur ses joues. Elle les essuya d'un geste impatient avant d'ajouter :

— Il semble que j'aie le vin triste !

— Ta mère était d'une autre génération et avait toujours vécu dans une petite ville aux idées conservatrices. S'il a été difficile pour toi de lui révéler ton homosexualité, il a sûrement été aussi difficile pour elle de l'accepter.

— Elle n'a rien accepté du tout… A la fin de mon petit discours, maman a juste fermé les yeux et s'est tournée vers le mur. Ensuite, elle ne m'a plus adressé la parole, bien qu'elle ait trouvé la force de dire au personnel de l'hôpital de ne plus m'autoriser à entrer dans sa chambre. Et elle est décédée peu de temps après. Le jour de son enterrement, papa m'a traitée comme une pestiférée, et mon frère m'a accusée pendant vingt minutes de ne pas avoir laissé ma mère mourir en paix. Là-dessus, ma belle-sœur a déclaré que je rendrais un grand service à ma famille et à l'Etat du Wyoming en ne revenant jamais. Je n'ai plus aucune nouvelle d'eux depuis.

Dianna enlaça son amie et la serra contre elle.

— Ma pauvre Sonya ! Pourquoi ne m'en as-tu pas parlé avant ? Je savais que la mort de ta mère t'avait beaucoup affectée, mais j'ignorais ce par quoi tu étais passée.

— Il y a des choses qui font trop mal pour qu'on en parle, observa Sonya en prenant un Kleenex et en se mouchant. Et puis zut ! Sur qui je pleure ? Sur toi, sur moi, sur maman ? Ou sur Hal, cette vieille crapule ?

— Sur ton frère et sur ton père, peut-être ? Songe à ce qu'ils ont perdu en te rejetant.

— Je doute qu'ils voient les choses de cette façon, mais merci, Di. Tu es une vraie sœur pour moi. Si je prends une autre vodka, me permettras-tu de cuver mon vin dans ton canapé cette nuit ?

— Bien sûr ! Attends, je vais te servir.

Dianna alla remplir le verre de Sonya et le lui rapporta.

— Savoure-le bien, parce qu'il n'y en a plus. Remarque que nous pouvons continuer au cognac…

— Trois verres devraient suffire… A la tienne !

Sonya s'assit sur le canapé, sirota sa vodka pendant quelques minutes, puis poussa un long soupir.

— Tu es trop discrète, Di. Tu es censée me demander pourquoi j'ai soudain éprouvé le besoin de te raconter cette histoire mélodramatique.

— D'accord… Pourquoi ?

— Parce que cette histoire a un rapport direct avec ta volonté de démolir Andrew Campbell.

Cette réponse prit Dianna complètement au dépourvu. Elle secoua la tête, perplexe.

— Désolée, mais je ne te suis plus… Qu'est-ce qu'Andrew vient faire là-dedans ?

— Si mon expérience avec ma mère m'a enseigné une chose, déclara Sonya en contemplant son verre, c'est qu'il faut permettre aux gens de garder leurs secrets. Puisque la société refuse d'accepter l'homosexualité, les homosexuels devraient pouvoir la cacher s'ils le désirent. La vérité n'est pas toujours bonne à dire, tu es bien placée pour le savoir.

— Oui et non… Quand un secret recouvre quelque chose d'illégal ou de dangereux, ne vaut-il pas mieux le dévoiler ?

— Tous les secrets sont dangereux, tu ne l'as pas encore compris ? Si tu vas raconter dans un *reality show*, devant soixante millions de téléspectateurs, que tu as eu des relations sexuelles avec un gorille, personne ne s'en offusquera. Mais si, en sixième, tu as triché à une dictée sans jamais l'avouer parce que tu avais honte, tout le monde te condamnera quand ça se saura.

— Tu as sans doute raison, mais qu'est-ce que cela a à voir avec Andrew Campbell ?

Sonya posa son verre si brutalement qu'un peu de vodka tomba sur la table.

— Consulte son dossier militaire, suggéra-t-elle d'une voix dure.

— Son dossier militaire ? A quoi bon ? Andrew a été décoré et renvoyé dans ses foyers avec un certificat de bonne conduite… Il n'y a rien d'utile pour moi là-dedans. Un million de journalistes ont dû examiner ce dossier avant nous.

— Etudie-le de nouveau et compare-le au compte rendu des audiences du tribunal militaire qui a jugé le lieutenant de vaisseau Jordan Edgar III. Essaie de lire entre les lignes et informe-moi de ce que tu auras découvert.

Le cœur de Dianna bondit dans sa poitrine. Sous l'effet de la peur ou de l'excitation ? Elle n'aurait su le dire.

— Y a-t-il quelque chose, dans ce compte rendu de procès, qui serait susceptible de ruiner la carrière politique d'Andrew ?

— Oui, j'en suis certaine, affirma Sonya. En fait, je peux même te le garantir.

11.

Au terme d'une journée chargée, Ben venait de s'installer à son bureau et de débrancher son téléphone afin de mettre un peu d'ordre dans ses papiers, lorsque la porte s'ouvrit. Roger apparut sur le seuil.

— Vous pouvez m'accorder cinq minutes ? demanda-t-il. Il faut que nous parlions de mon voyage à Londres.

— Oui, bien sûr, entrez ! J'essaie depuis ce matin de trouver un moment pour vous voir, mais j'ai dû faire face à une urgence après l'autre.

Soupirant intérieurement, Ben se tourna vers l'écran de son ordinateur et appela le dossier Canary Wharf.

— Alors, comment s'est passé ce voyage ? questionna-t-il.

Roger sourit et, tirant une chaise avec son pied, la rapprocha du bureau.

— J'imagine que vous ne tenez pas à ce que je vous raconte mes exploits avec les danseuses que j'ai ramenées dans ma chambre d'hôtel, ni ma nuit dans l'une des maisons de jeu les plus sélectes de Londres — où j'ai perdu cent mille dollars en un seul coup de dé ?

— Désolé, dit Ben en lui rendant son sourire, mais nous n'avons pas le temps de discuter des choses vraiment intéressantes. Passons donc directement au sujet fastidieux de l'immeuble de Canary Wharf et de l'argent qu'il nous coûte.

Redevenu sérieux, Roger se pencha en avant.

— J'ai atterri à Heathrow lundi matin tôt et je me suis immédiatement rendu à nos bureaux londoniens. J'y ai travaillé toute la journée avec les membres de la direction afin d'essayer de comprendre les problèmes de leur point de vue. Le lendemain, je suis allé visiter notre immeuble. Au fait, Canary Wharf est encore plus difficile d'accès par les transports en commun que nous ne le pensions... J'ai passé les trois matinées suivantes à étudier diverses solutions avec Gerald Hughes, le directeur de l'agence de location, et trois après-midi en compagnie de la personne qui s'occupe de la gestion courante de l'immeuble. C'est une femme, Maggie Doherty.

Ben consulta l'écran de son ordinateur.

— Nous utilisons les services de Beavis & May, l'une des plus grandes sociétés d'administration de biens d'Europe, et je vois là que Gerald Hughes a vingt ans d'expérience dans le domaine de l'immobilier commercial.

— Peut-être, mais mon opinion à moi est que Gerald Hughes et ses employés ne sont pas à la hauteur. Du moins pour ce que nous voulons faire.

— Pouvez-vous être plus précis ? demanda Ben en haussant les sourcils.

— Certainement.

En quelques phrases brèves, Roger énuméra une demi-douzaine de points qui prouvaient l'inefficacité de la société de gestion.

— Il y a cependant une autre raison, plus déterminante, qui m'amène à penser qu'il faut confier nos intérêts à une autre compagnie, conclut-il.

— Laquelle ?

— Celle-ci manque d'audace. Chaque fois que j'émettais une suggestion ou que je proposais un changement, Gerald ou Maggie me regardait avec commisération et me disait : « Désolé, monsieur Campbell, mais c'est impossible. Vous ne connaissez pas le marché de l'immobilier londonien. Ici, nous n'utilisons pas les mêmes méthodes qu'en Amérique. »

Roger secoua la tête d'un air dégoûté, puis reprit :

— Ils sont tous tellement arrogants ! Si encore ils obtenaient de bons résultats, je comprendrais qu'ils s'offusquent qu'un gamin comme moi prétende leur apprendre leur métier… Mais, dans la mesure où ils n'arrivent même pas à maintenir notre immeuble à un taux d'occupation de trente pour cent, ils devraient apprécier qu'on leur donne des conseils utiles.

— En effet, convint Ben. Nous ne pouvons pas travailler avec des gens qui rejettent nos idées uniquement parce qu'elles sont nouvelles. Avez-vous vérifié les termes du contrat qui nous lie à eux ?

Il appuya sur une touche de son clavier avant d'ajouter :

— Je n'ai pas ce contrat dans mon ordinateur, mais j'imagine qu'il contient des clauses résolutoires ?

— Oui, nos avocats y ont veillé. Il n'y a aucun problème pour le résilier. Je mets la procédure en branle ?

Roger ne faisait aucun effort pour cacher sa hâte de se débarrasser de Beavis & May, et Ben imaginait sans mal la façon dont les réunions s'étaient déroulées à Londres. Il voyait très bien ces Britanniques vieux jeu et condescendants tenter de rabattre le caquet au jeune Américain effronté que devait leur paraître Roger. Mais, même si ce dernier désirait surtout se venger de la blessure infligée à son amour-propre, Ben était convaincu de la nécessité de changer de gestionnaire. Il savait depuis le début qu'il résilierait le contrat si Gerald Hughes ne présentait pas à Roger un plan novateur susceptible d'enrayer le déficit actuel. En réalité, ce voyage à Londres était moins destiné à fournir à Ben des informations capitales qu'à donner à Roger l'occasion d'évaluer vite une situation complexe. Ben n'avait cependant pas l'intention de révéler à Roger que sa mission à Londres était une sorte de stage de formation : le jeune homme en aurait été profondément vexé.

— Avant de rompre avec Beavis & May, voyons qui peut les remplacer, dit-il en se détournant de l'ordinateur. Vous avez des suggestions ?

— Je suis en train d'étudier la question. J'ai eu un entretien avec l'un des responsables d'une société qui s'appelle Harrington Associates, et il m'a fait bonne impression. C'est une compagnie de création récente, dont les associés sont jeunes et paraissent audacieux. Eux, au moins, ne pensent pas que les méthodes des années 50 permettent de résoudre les problèmes des années 90.

— Il faudrait peut-être que j'aille avec vous à Londres pour les rencontrer. C'est bien beau, la jeunesse et l'enthousiasme, mais la gestion d'immeubles exige autant de compétence dans l'administration et la logistique que dans l'esprit d'entreprise.

— Oui, je le sais bien, répliqua Roger d'un ton froid. Je me suis naturellement renseigné sur Harrington Associates, et je ne prendrai aucune décision avant d'avoir vérifié cet aspect des choses. Il est inutile que vous entrepreniez ce voyage alors que vous êtes déjà si occupé, Ben. Tout à fait inutile.

« En d'autres termes, ne marchez pas sur mes plates-bandes ! » songea Ben, amusé. Il admirait le dynamisme de Roger, mais estimait qu'il était encore trop novice pour porter des jugements décisifs sur un dossier aussi complexe — et potentiellement coûteux — que celui de Canary Wharf. Il était cependant difficile de convaincre un jeune ambitieux de vingt-trois ans qu'il n'avait pas assez d'expérience pour traiter seul une affaire. Ben considéra et repoussa rapidement plusieurs solutions. Bien qu'Andrew ne demandât pas de traitement de faveur pour son fils, Ben n'oubliait jamais que Roger devait hériter un jour de la société familiale et donc apprendre à mener une négociation internationale.

— Jusqu'ici vous avez fait de l'excellent travail, finit-il par déclarer. Je suis content que vous ne soyez pas revenu avec un vague rapport où les problèmes auraient été éludés et qui ne nous aurait menés à rien. Vos initiatives révèlent un sens de la décision et une volonté de bien s'informer — deux qualités que j'apprécie.

— Merci. Cela signifie-t-il que vous m'autorisez à conclure moi-même ce contrat ?

— Vous pouvez le négocier, mais je veux être là en tant qu'observateur. Si vous vous y prenez correctement, je vous laisserai vous débrouiller seul.

Ben lut de la déception sur le visage de Roger, mais c'était lui le patron, et il fallait que le jeune homme l'accepte.

— D'accord, annonça Roger. Je vais voir votre secrétaire pour trouver avec elle plusieurs dates possibles, et vous choisirez ensuite celle qui vous convient le mieux.

— Parfait ! Dites à ma secrétaire qu'il s'agit d'un dossier prioritaire. La courbe de rentabilité de l'immeuble de Canary Wharf ressemble à la trajectoire d'un chasseur en piqué.

— Ce n'est pas étonnant !

Roger se leva et se dirigea vers la porte, mais, au moment de l'atteindre, il sembla hésiter, puis se retourna.

— J'ai appris que vous étiez allé à Boston le week-end dernier pour rendre visite à Dianna Mason.

Sans vraiment savoir pourquoi, Ben aurait préféré que cette nouvelle ne s'ébruite pas.

— Qui vous a renseigné ?

— J'ai appelé ma mère depuis l'aéroport quand j'ai atterri à New York, dimanche soir. Que se passe-t-il donc ? Maman a été très sibylline. Elle m'a juste indiqué que vous enquêtiez toujours sur Dianna Mason. Je croyais cette question résolue. Quand j'ai quitté la Floride, elle venait d'avouer son escroquerie et partait se réfugier à Boston avant qu'on ne l'arrête.

Ben se demanda comment respecter à la fois la vie privée d'Evelyn et le droit qu'avait Roger de connaître l'évolution d'une affaire qui le touchait de près. Sachant que la vérité serait forcément divulguée à un moment ou à un autre, Ben décida de mettre Roger au courant des derniers événements.

— Je pense que Dianna mentait, expliqua-t-il en s'efforçant de ne trahir aucune émotion, et qu'elle est Claire Campbell, votre sœur.

Roger resta un long moment silencieux, puis il fronça le nez et déclara :

— Vous voulez mon sentiment ? Cela me donne froid dans le dos.

— Pourquoi ?

— Je ne sais pas trop, mais c'est comme ça que je le ressens.

Il haussa les épaules, s'appuya contre un classeur et écarta les bras dans un geste qui exprimait un mélange d'impuissance et de supplication.

— Si Dianna est bien Claire, reprit-il, pourquoi se conduit-elle ainsi ? Je ne la comprends pas du tout. Et comment est-il possible que ma propre sœur me soit aussi... aussi étrangère ? Vous êtes sûr qu'elle ne vous roule pas, Ben ?

— Oui, bien que je n'aie aucune preuve matérielle pour étayer ma conviction.

Roger enfonça les mains dans ses poches, et son visage s'assombrit.

— Qu'allons-nous faire, Ben ? Nous ne pouvons pas continuer comme ça ; il faut découvrir la vérité. Ma mère vous paraît sans doute la femme la plus sereine du monde, mais elle est beaucoup plus fragile qu'elle n'en a l'air, et la disparition de Claire l'a profondément perturbée. Elle se remet à espérer chaque fois que l'une de ces maudites filles se présente en prétendant être sa fille.

— C'est bien là le problème. Je ne crois pas que Dianna soit un escroc.

— Alors à quoi joue-t-elle ? C'est horrible de penser qu'elle est peut-être Claire et que personne n'en est vraiment sûr.

Roger semblait si jeune et si désorienté que Ben éprouva un brusque élan de compassion.

— C'est une situation pénible pour vous, Roger…

— Pénible ? Insupportable, vous voulez dire ! Aidez-nous, Ben ! Nous devons acquérir une certitude, et vite, sinon je crains pour l'équilibre mental de ma mère.

— J'ai déjà pris des mesures. J'ai envoyé des échantillons de sang à un laboratoire. Il les recevra demain et m'a promis de me fournir les résultats au début de la semaine prochaine.

— Mon père a accepté de vous donner un échantillon de son sang ? s'écria Roger, ébahi.

— Et pourquoi pas ?

— Oh ! je ne sais pas… Jusqu'ici il a toujours refusé, c'est tout.

Cette soudaine désinvolture aurait trompé la plupart des gens, mais Ben s'était entraîné à déchiffrer le langage du corps chez ses collaborateurs, et Roger travaillait avec lui depuis plus de un an. Pourquoi l'idée que son père ait consenti à un examen comparatif d'ADN l'avait-elle frappé de stupeur ? se demanda Ben. Et fallait-il lui révéler que c'était le sang de sa mère qui servirait à l'analyse, alors qu'Evelyn avait visiblement décidé de lui cacher cette information ? Non. L'histoire du test génétique l'avait déjà obligé à commettre une grave entorse à ses principes, et, si Evelyn voulait garder le silence jusqu'à ce que les résultats de l'analyse soient rendus, il respecterait sa volonté.

— Dianna Mason est une candidate plus convaincante qu'aucune des précédentes, observa-t-il pour éluder le problème. Nous aurons sans doute la réponse lundi, si bien que nous ne resterons pas longtemps dans l'expectative.

— Bon sang ! Si elle est positive, cela va faire du bruit... Quelles seront, selon vous, les retombées de l'affaire pour la campagne électorale de papa ?

— Elles ne peuvent être qu'excellentes. Les gens aiment que les histoires d'enfants disparus finissent bien.

— C'est ce que je souhaite aussi, dit Roger, l'air ému. Tenez-moi au courant, Ben. Tout cela me semble encore un peu irréel. Claire est partie depuis si longtemps... Nous ne nous voyions pas très souvent, mais c'était une grande sœur formidable... Je serai si heureux, le jour où elle reviendra !

— Ne vous réjouissez pas trop vite, conseilla Ben en posant la main sur l'épaule du jeune homme et en le raccompagnant jusqu'à la porte. Après tout, il se peut que nous nous soyons donné du mal pour rien.

— C'est votre avis ?

— Non. Très franchement, je crois que nous aurons lundi la preuve que Dianna Mason et votre sœur sont une seule et même personne.

— Bizarre..., murmura Roger en secouant la tête. Vraiment bizarre...

*
* *

Dianna vida un cendrier débordant de mégots et empila des papiers afin de faire de la place sur le bureau de Sonya. Son amie s'approcha alors, deux minces chemises à la main.

— Voilà ! annonça-t-elle en les posant sans douceur devant Dianna. Celle qui a une étiquette rouge contient les photocopies des documents que j'ai réunis sur le lieutenant de vaisseau Jordan Edgar III. Dans l'autre, celle avec l'étiquette verte, il y a les données concernant la vie d'Andrew Campbell pour la période correspondante.

Plus angoissée qu'excitée, Dianna contempla les dossiers, et une sorte de crainte superstitieuse s'empara d'elle : il lui semblait qu'en les ouvrant elle risquait de changer irrévocablement l'existence de nombreuses personnes. Mais n'était-ce pas cela même qu'elle souhaitait ? Changer les choses, dénoncer des crimes, obtenir justice ? Des buts très nobles en soi... Alors pourquoi sa propre conduite lui inspirait-elle un tel dégoût ?

— Si tu ne veux pas les lire, je peux les remporter..., observa Sonya.

— Non, je veux les lire.

Dianna inspira à fond et lissa la couverture de la chemise étiquetée « Lieutenant de vaisseau Jordan Edgar III ».

— Si j'ai des questions, où seras-tu ? s'enquit-elle.

— Dans la cuisine, dit sèchement Sonya. A boire du café, à me bourrer d'aspirine et à me demander si j'ai eu raison de te confier ces dossiers. J'espère que oui, Di... J'espère qu'Andrew Campbell est vraiment un meurtrier car, autrement, rien ne justifie l'acte que je t'aide à commettre.

— Ne t'inquiète pas ! répliqua Dianna, qui venait de recouvrer toute sa détermination. Il en est un.

— Si cette accusation ne venait pas de toi, j'aurais des doutes, déclara Sonya en se dirigeant vers la porte. Bonne lecture ! Oh... ! J'hésite à vomir maintenant ; peut-être dois-je attendre pour le faire que tu aies remis ces documents aux médias.

— A ta place, j'attendrais. Au cas où je ne découvrirais rien d'utilisable là-dedans.

Sonya ne se donna pas la peine de répondre, et Dianna ouvrit le dossier du lieutenant de vaisseau Edgar d'une main qui, à sa grande satisfaction, ne tremblait pas. Jordan Edgar III, né en 1941. Après des études secondaires au lycée privé de Groton et une licence de sciences politiques brillamment obtenue à l'université de Princeton en 1962, il avait suivi la tradition familiale en s'engageant dans la marine. Son père, le vice-amiral Jordan Edgar II, avait commandé un sous-marin pendant la crise de Cuba et s'était distingué à ce poste.

Le lieutenant de vaisseau Edgar n'avait apparemment pas hérité de la passion de son père pour la marine. Après trois ans de service, il n'était toujours qu'enseigne de première classe, et il avait quitté l'armée pour entrer à la faculté de droit de Harvard. C'était à l'automne 1965 ; il avait alors vingt-quatre ans.

Dianna tourna la page, plus intéressée que les faits bruts ne l'auraient laissé prévoir. Andrew Campbell était lui aussi allé au lycée de Groton et à l'université de Princeton, d'où il était sorti avec une licence de sciences politiques en 1962, la même année que Jordan Edgar. Il avait ensuite travaillé pendant près de trois ans dans l'entreprise familiale avant de s'inscrire à la faculté de droit de Harvard, à l'automne 1965. Dianna n'avait encore jamais entendu parler de Jordan Edgar, mais il était impossible que les deux hommes ne se connussent pas alors qu'ils avaient eu des parcours si semblables.

Pendant les années 60, décennie agitée s'il en fut, Jordan Edgar se trouva pris dans la tourmente de l'Histoire. Avec l'escalade au Viêt-nam et l'augmentation rapide des pertes américaines, les mouvements de protestation s'intensifièrent sur les campus des Etats-Unis. Le vice-amiral Edgar, diplômé de Harvard, se rendit dans son ancienne université au printemps 1968 et tenta de justifier la politique militaire du gouvernement. Il n'aurait pu choisir plus mal son moment. La récente offensive du Têt menée par les Nord-Vietnamiens venait de révéler des faiblesses nombreuses du commandement américain, et le vice-amiral Edgar fut conspué par des jeunes gens en colère qui refusaient d'aller mourir dans les rizières d'Asie du Sud-Est pour une cause à laquelle presque personne ne croyait.

Sous de bruyantes acclamations, le chef des Black Panthers (les manifestations pacifistes et la campagne pour les droits civiques formaient parfois un joyeux mélange) remplaça Jordan sur l'estrade et, dans un geste hautement symbolique, brûla un drapeau américain.

D'après le *Crimson*, journal des élèves de Harvard, Andrew Campbell fut le seul étudiant qui essaya de défendre le vice-amiral. Quand il fit remarquer à ses condisciples que la Constitution américaine garantissait la liberté d'expression même à ceux qui tenaient des discours absurdes ou impopulaires, il fut chassé de la tribune par une pluie de projectiles divers. Le ton de l'article indiquait que le *Crimson* approuvait entièrement cette forme de censure estudiantine.

La photo qui illustrait l'article montrait des jeunes gens chevelus, vêtus de chemises bigarrées, couverts de fleurs, qui poussaient des cris de joie en regardant le drapeau brûler. Dans le coin gauche de la photo on voyait un petit groupe de jeunes filles bien habillées et bien coiffées qui brandissaient une banderole portant une inscription aux caractères trop petits pour être déchiffrables. Sonya avait entouré d'un cercle le visage de l'une de ces jeunes filles.

« Evelyn Campbell, née Duplessy, avait-elle noté dans la marge. A épousé Andrew Campbell deux mois après cette mini-émeute, en juillet 1968. »

Pendant ce même été, alors qu'Andrew et Evelyn passaient leur lune de miel en Europe, Jordan Edgar III décida de reprendre du service et fut envoyé au mois d'octobre à bord du porte-avions *Spirit of Freedom*, basé aux Philippines.

Dianna s'arrêta de lire et fixa les feuilles posées devant elle. Andrew Campbell — comme elle le savait sans avoir besoin de consulter l'autre dossier — s'était engagé dans la marine à l'automne 1968, juste après son voyage de noces. Au bout de quelques semaines d'instruction de base en

Virginie, on l'avait nommé officier à titre temporaire et envoyé lui aussi sur le *Spirit of Freedom.* Il avait quitté les Etats-Unis le 15 février 1969 et n'était revenu qu'un an plus tard, alors que sa fille Claire était âgée de trois mois. Il lui restait encore presque un an de service actif à accomplir, mais il n'était pas reparti outre-mer. Affecté dans un bureau en Virginie et disposant d'une généreuse allocation versée par sa famille, il avait terminé son temps dans un confort relatif, près de sa femme et de sa fille qui habitaient avec lui la grande maison qu'il avait louée.

Lorsque Andrew s'était porté candidat aux fonctions de gouverneur, Evelyn Campbell avait exceptionnellement accordé une interview à la NBC-Miami. Quand le journaliste lui avait demandé ce qu'elle avait éprouvé en donnant ainsi naissance à son premier enfant alors que son mari se trouvait à des milliers de kilomètres, Evelyn avait répondu qu'elle avait été « soulagée » de voir Andrew s'engager dans la marine. Soulagée, avait-elle expliqué, parce qu'il avait accompli son devoir sans se soucier des risques que cela entraînait, et malgré l'opposition de sa famille et de la plupart de ses camarades d'université. Avec un sourire serein, Evelyn avait dit que, si les électeurs de Floride choisissaient Andrew comme gouverneur, il accomplirait toujours son devoir, contre vents et marées. Cette interview avait fait monter Andrew de trois points dans les sondages, et Evelyn, qui, depuis des années, passait rarement plus de un jour ou deux par mois avec son mari, était ensuite apparue à son côté dans toutes les réunions électorales importantes.

Dianna s'aperçut soudain qu'elle tremblait. Elle but une gorgée de thé glacé, puis se replongea dans le dossier de Jordan Edgar. Soit parce que les officiers mouraient à un rythme accéléré (comme toutes les guerres, celle du Viêt-nam permettait une promotion rapide), soit en récompense des services précédemment rendus à sa patrie, l'enseigne de première classe Edgar fut nommé lieutenant de vaisseau peu après son arrivée aux Philippines.

Ce grade, il ne le conserva cependant même pas six mois. A la fin du printemps 1969, alors que plus de un demi-million de soldats américains se battaient et risquaient leur vie au Viêt-nam, la marine trouva le temps de relever le lieutenant de vaisseau Edgar de ses fonctions. On l'accusa d'avoir eu des relations homosexuelles avec une personne non identifiée. Comme il refusait de révéler le nom de son amant, les autorités militaires conduisirent des recherches qui leur fournirent toutes les preuves dont elles avaient besoin — et même plus. Et, au mois d'août 1969, un tribunal militaire se réunit pour le juger.

Jordan plaida non coupable, mais l'accusation produisit des photographies où on le voyait clairement se livrer à ce que l'un des juges appela pudiquement des « actes contre nature ». Le sort de Jordan Edgar semblait réglé d'avance, mais les juges voulaient absolument connaître le nom de son compagnon de débauche. C'était manifestement un camarade de bord, et presque certainement un officier, car les photos avaient été prises en mer, dans la cabine de Jordan. Le procès se transforma donc vite en une enquête sur l'identité de son partenaire.

C'était le lieutenant de vaisseau Bruce Trenton qui, le premier, avait soupçonné Jordan — dont il partageait la cabine — d'être homosexuel. Originaire de Caroline du Sud, sorti de l'école navale d'Annapolis, Bruce croyait en trois choses : la marine américaine, Dieu et sa patrie — dans cet ordre. Avec une indignation non feinte, il déclara au tribunal que, à son avis, l'homosexualité dans l'armée menaçait plus gravement la sécurité des Etats-Unis que l'armée nord-vietnamienne. Questionné sur l'identité de l'amant de Jordan, il répondit que, malheureusement, il l'ignorait. Les rendez-vous avaient bien sûr lieu quand Bruce était de quart. Jordan et son partenaire avaient évidemment pris mille précautions pour cacher leur liaison.

Résolu à extirper le vice avant qu'il ne s'étendît au navire tout entier, Bruce s'était mis à l'affût, armé d'un appareil photo et accompagné par son chef de corps. Les deux apprentis détectives étaient cependant de piètres photographes, et l'objectif, pointé à l'aveuglette à travers une fente dans le volet d'un hublot, n'avait jamais donné une image reconnaissable du mystérieux amant.

Les juges ne cessèrent de dire à Jordan qu'ils se montreraient indulgents s'il dévoilait le nom de son partenaire. Il refusa, comme il refusa d'admettre sa culpabilité. On lui infligea donc la peine maximale : il fut dégradé et envoyé pour dix ans dans une prison militaire située sur l'île de Guam, les contribuables américains ayant la satisfaction de payer les frais de son incarcération.

Cette condamnation fut un coup terrible pour le vice-amiral Jordan Edgar II. S'estimant déshonoré par la conduite de son fils, il prétexta des problèmes de santé, prit sa retraite et se tua peu après dans un accident de voiture.

Lorsqu'il apprit la nouvelle de la mort de son père, Jordan Edgar III s'ouvrit les veines avec un couteau qu'il avait aiguisé sur le cadre métallique du lit de sa cellule. Agissant en la circonstance avec plus d'efficacité que dans ses précédentes entreprises, il se vida de son sang avant qu'on ne le découvrît, s'épargnant ainsi neuf années d'enfer et faisant économiser à l'Etat le coût de son internement.

L'adjudant chargé de la surveillance des détenus reçut un blâme pour ne pas avoir trouvé le couteau, mais les pertes américaines au Viêt-nam venaient d'atteindre les cent mille, et la mort d'un ex-officier emprisonné passa inaperçue. La marine ferma officiellement le dossier de l'ancien lieutenant de vaisseau Jordan Edgar III ; son corps fut remis à sa famille et enterré discrètement, sa mère et ses deux sœurs composant toute l'assemblée.

En bas de la page, une note griffonnée par Sonya indiquait que Bruce Trenton avait été promu capitaine de frégate au mois de juillet 1970 et envoyé à Hawaii — affectation plutôt agréable. Il avait ensuite rapidement gravi les échelons, pour partir finalement à la retraite, en 1986, avec le grade de vice-amiral. Il travaillait à présent à Washington comme consultant dans un prestigieux comité d'experts gouvernemental.

Dianna repoussa sa chaise et s'étira. Elle tendit ensuite la main vers la chemise à l'étiquette verte, puis l'écarta sans l'ouvrir. Depuis trois mois, elle espérait que Sonya déterrerait une information susceptible de ruiner les ambitions politiques d'Andrew, mais, maintenant qu'elle l'avait, elle éprouvait une étrange répugnance à l'utiliser. Pas à cause d'un reste d'affection pour Andrew, se dit-elle, mais à cause de la famille Edgar, qui avait déjà suffisamment souffert en raison des préjugés et des stéréotypes d'une société pharisienne. La mère de Jordan vivait-elle encore ? Il fallait le savoir avant de prendre une décision.

Dianna ne voulait pas risquer de raviver une douleur et des souvenirs que le temps avait dû commencer d'estomper.

La première chose à vérifier, cependant, c'était si Sonya pouvait démontrer qu'Andrew Campbell était bien l'homme que Jordan Edgar avait protégé au prix de sa vie. Elle s'obligea à ouvrir le second dossier et à le lire, ligne par ligne.

Les renseignements qu'il contenait constituaient des preuves indirectes mais accablantes. Sonya avait découvert une douzaine de liens jusque-là passés inaperçus entre Andrew et Jordan. Au lycée, ils occupaient le même dortoir et faisaient tous les deux partie de l'équipe de tennis et du club de débats. Lors de la première période de service de Jordan dans la marine, Andrew paraissait le rejoindre à chacune de ses permissions. Il était même allé en vacances à Hawaii quand Jordan y avait été envoyé pour deux mois.

Il y avait cependant un document encore plus accusateur, une photo découpée dans la rubrique mondaine d'un journal de Pittsburgh et qui montrait Andrew Campbell le soir de ses fiançailles avec Evelyn. Dianna se rappelait vaguement avoir eu cette photo sous les yeux. Evelyn, très élégante dans une robe de satin bleu roi, tenait le bras d'Andrew et posait gracieusement devant l'objectif. A première vue, Andrew s'était tourné vers elle pour lui sourire, mais, en observant plus attentivement le cliché, Dianna se rendit compte qu'Andrew ne regardait pas Evelyn. Il fixait en réalité un homme qui se tenait un peu à l'écart de la foule des invités. Jordan Edgar III, en grand uniforme d'officier de marine.

Avant même d'avoir fini de parcourir le dossier, Dianna avait acquis la certitude qu'Andrew Campbell était l'amant de Jordan et que tout lecteur impartial arriverait à la même conclusion. Sonya n'avait fait aucune découverte sensationnelle : de nombreux journalistes connaissaient la plupart des informations qu'elle avait rassemblées. Son grand mérite avait été de les confronter avec les événements de la triste existence de Jordan Edgar.

La seule chose qu'ignorait jusqu'ici Dianna, c'était qu'Andrew Campbell avait souffert de psychose traumatique après deux mois de patrouilles au-dessus des côtes du Viêt-nam. Le 25 octobre 1969, deux semaines après le suicide de Jordan Edgar III dans sa cellule — le temps nécessaire pour que la nouvelle de sa mort circule à bord du navire ? —, les nerfs d'Andrew avaient lâché. Un officier supérieur compatissant avait organisé son transfert dans un hôpital militaire d'Okinawa, où Andrew était resté un mois avant de retourner sur son bâtiment.

Andrew s'était montré très malin, songea Dianna. Au lieu de glisser sur les détails de ses états de service, il parlait constamment de l'année passée sur le *Spirit of Freedom*. Les journalistes croyaient qu'il cherchait uniquement à gagner les voix des militaires à la retraite, et ils écoutaient en bâillant ses discours sur les joies et les vicissitudes de la vie d'un pilote de l'aéronavale. Et ils s'étaient laissé berner. Aucun d'eux n'avait jugé utile d'entreprendre Andrew sur sa carrière militaire ou de vérifier si l'évocation fastidieuse de ces souvenirs ne cachait rien de suspect. Au lieu de cela, tous les journalistes d'investigation avaient sillonné la Floride à la recherche des mystérieuses maîtresses d'Andrew.

Peut-être même était-ce Andrew en personne qui alimentait toutes ces rumeurs à propos de ses aventures extraconjugales. Peut-être emmenait-il Sharon Kruger partout afin d'inciter les gens à se demander si sa charmante cuisinière ne partageait pas son lit.

Considérant qu'elle en avait assez appris, Dianna referma les deux chemises et se rendit dans la cuisine. Sonya était juchée sur un tabouret, près du plan de travail, et remuait distraitement avec une paille ramollie la glace qui fondait dans son verre. Dianna eut l'impression que son amie avait passé la demi-heure précédente assise là, à contempler ce verre sans le boire.

— J'ai lu les dossiers, annonça-t-elle calmement.

— Ah oui ? répliqua Sonya sans la regarder. Alors, maintenant, tu connais le honteux secret d'Andrew Campbell…

— Son triste secret, corrigea Dianna. C'est affreux, ce qui est arrivé à Jordan Edgar. Quand je pense qu'Andrew est resté sans rien dire, sans rien faire, pendant qu'on jetait son amant en prison…

Sonya leva les yeux et grimaça un sourire.

— Alors, que décides-tu ? Si tu révèles aux médias le contenu de ces dossiers, tu sais ce qui va se produire.

Dianna ne le savait malheureusement que trop bien. Le problème des homosexuels dans l'armée agitait depuis quelque temps l'opinion sans qu'aucune réponse ait encore été trouvée. L'histoire tragique de Jordan Edgar aurait un grand retentissement et provoquerait des débats passionnés mais stériles.

— La seule chose dont je sois sûre, déclara-t-elle en fronçant les sourcils, c'est que les ligues de vertu vont s'en donner à cœur joie.

— Certes, mais, d'un autre côté, tu auras atteint ton objectif. La carrière politique d'Andrew Campbell sera finie le jour où cette affaire sera divulguée.

— En effet. Je préférerais pourtant utiliser un autre moyen. Je ne veux pas qu'Andrew devienne gouverneur de Floride car il n'est pas digne d'exercer un mandat représentatif, mais cela tient au fait que c'est un assassin, pas aux relations homosexuelles qu'il a eues autrefois avec Jordan Edgar.

Sonya se remit à remuer les glaçons dans son verre.

— Tu n'as qu'à te dire que la fin justifie les moyens... Puisqu'il est coupable de quelque chose, peu importe qu'on le condamne pour autre chose.

— Oui et non.

Bizarrement, Dianna regretta soudain que Sonya lui eût fourni les armes nécessaires pour ruiner la réputation d'Andrew. Elle avait la conviction intime que tirer parti des préjugés des gens ne pouvait mener à rien de bon, même si c'était au nom d'une noble cause. Tant de personnes allaient souffrir… Et Evelyn ? songea-t-elle soudain. Mon Dieu ! Que ferait Evelyn le jour où le scandale éclaterait ?

— Mme Edgar vit-elle encore ? demanda-t-elle.

— Mme Edgar ?

— Oui, la mère de Jordan. La femme du vice-amiral.

Sonya sortit un bac à glaçons du réfrigérateur et le posa brutalement sur le plan de travail.

— Mme Edgar est morte l'an dernier. Quant aux sœurs de Jordan, elles sont mariées, mais j'ignore à qui, et je n'ai pas essayé de les retrouver.

Ainsi, les sœurs de Jordan avaient disparu et sa mère était décédée… Rien de ce que Dianna déciderait de dévoiler aux médias ne l'affecterait donc. Andrew, en revanche, était bien vivant. Il avait allumé l'incendie dans lequel Jon Kaplan était mort, probablement combiné l'accident de voiture du New Jersey et, même s'il n'avait pas assassiné Hal Doherty, l'incendie du bungalow de Floride indiquait qu'il était prêt à tuer de nouveau s'il se sentait menacé. On ne pouvait laisser ce genre d'individu remplir des fonctions officielles, et surtout pas celles de gouverneur.

Dianna fixa les dossiers qu'elle tenait à la main. Ils contenaient des renseignements qui causeraient la perte d'Andrew Campbell. Alors, pourquoi hésitait-elle ? Elle n'allait tout de même pas renoncer sous prétexte que la méthode utilisée pour démolir Andrew ne lui plaisait pas ? Oui, il y avait des cas où la fin justifiait les moyens.

Elle inspira profondément et s'obligea à regarder Sonya bien en face.

— D'accord, je vais rendre cette affaire publique. Tu veux que je t'en donne l'exclusivité, Sonya ?

— Oh ! non…, rétorqua celle-ci avec un rire grinçant qui transperça le cœur de Dianna. Trouve quelqu'un d'autre ! Taper sur les homosexuels, ce n'est pas vraiment mon style… Pour des raisons évidentes.

Dianna n'insista pas. La révélation d'un tel scandale aurait pourtant servi la carrière de Sonya.

— Dans ce cas, annonça-t-elle, j'essaierai d'obtenir le maximum d'impact en divulguant la nouvelle à la télévision, à une heure de grande écoute. Andrew doit passer lundi prochain dans une émission politique diffusée par le réseau national, et je communiquerai au journaliste qui réalise l'émission les informations contenues dans ces dossiers. Je pense qu'il s'en servira, ne serait-ce que pour obliger Andrew à répondre à des questions qu'il a jusqu'ici toujours éludées, comme celle des homosexuels dans l'armée.

— De quelle émission s'agit-il ?

— Celle de Steve Sterne.

— Alors ne t'inquiète pas, il s'en servira ! Il n'est pas du genre à faire des cadeaux, et il mettra toute son équipe au travail. D'ici à lundi, il aura probablement trouvé des lettres d'amour écrites par Andrew à Jordan, ou quelque chose d'aussi sensationnel…

Sonya se leva, le visage livide, puis ajouta :

— Maintenant, excuse-moi, Di, mais je vais me retirer dans la salle de bains pour vomir. Ça me dégoûte déjà de jeter un de mes frères homosexuels dans la fosse aux lions, mais le pire, c'est qu'Andrew Campbell me paraît un type bien.

— Beaucoup d'assassins donnent cette impression, observa Dianna d'un ton brusque. Ils ne se promènent pas tous, l'écume aux lèvres, en brandissant une hache !

— Dis-moi la vérité, Di, demanda Sonya en se retournant. Je pense l'avoir mérité. Andrew Campbell est-il ton père ?

Dianna n'hésita qu'un quart de seconde.

— Non, répondit-elle avec un sourire triste. Andrew Campbell n'est pas mon père. Je te le jure.

12.

Contrairement à ce que disait le proverbe, pensa tristement Dianna, la vengeance n'était pas un plat qui devait se manger froid mais chaud, et même fumant : celle-ci avait un goût amer si on laissait à ses passions et à sa haine le temps de refroidir.

La jeune femme regarda l'interview d'Andrew par Steve Sterne — le mot « massacre » aurait été plus juste — le cœur battant, le souffle court.

Andrew était un habitué des débats télévisés et un brillant orateur, mais il avait ce soir en face de lui un redoutable polémiste. C'était même l'une des raisons qui avaient poussé Dianna à confier ses informations à Steve Sterne. Elle regretta cependant vite de ne pas avoir choisi un journaliste un peu moins brutal.

Car Steve prit immédiatement Andrew à la gorge et ne le lâcha plus. Il commença par lui poser quelques questions incisives sur les droits des homosexuels tels que les définissait la législation de Floride. Puis, pendant qu'Andrew tentait maladroitement d'esquiver le problème, Steve l'attaqua sur sa morale personnelle et ses relations avec Jordan Edgar.

Andrew commit alors l'erreur de prétendre ne pas connaître ce nom.

— Jordan Edgar ? Désolé, Steve, mais je ne me rappelle pas...

— Vous étiez dans le même lycée que lui, monsieur Campbell. Vous avez été dans la même classe et dans le même dortoir pendant cinq ans, et vous avez tous les deux préparé une licence de sciences politiques à l'université de Princeton.

Se rendant compte de sa bévue, Andrew essaya de la rattraper.

— Ah oui ! Bien sûr... Comment ai-je pu oublier ? Nous faisions tous les deux partie de l'équipe de tennis. Jordan a été mon partenaire de double pendant notre dernière année de lycée. C'était un excellent joueur, et un type formidable.

Andrew regarda la caméra bien en face et sourit, mais Dianna vit une goutte de sueur couler sur sa tempe, puis aller se perdre dans le col de sa chemise. Elle se demanda combien d'autres téléspectateurs s'en étaient aperçus.

Steve Sterne se tourna vers une autre caméra, et Andrew disparut de l'écran. Fixant son public invisible de l'air d'un homme uniquement animé par l'amour de la vérité, le journaliste observa :

— Je crois que l'histoire de l'amitié de M. Campbell et du lieutenant de vaisseau Jordan Edgar devrait intéresser beaucoup d'électeurs potentiels de ce pays. Mon équipe a donc mené une petite enquête. Elle a réussi à retrouver la sœur de Jordan Edgar, Christine, et, avec son aide, nous avons réalisé une rétrospective en images de la vie de son frère.

Il s'adressa alors de nouveau à Andrew, que la caméra surprit en train de s'éponger le front avec un mouchoir d'un blanc éclatant.

— Au cas où votre mémoire vous jouerait encore des tours, monsieur Campbell, continua Steve Sterne, je vous rappelle que la vie du lieutenant de vaisseau Jordan a pris un tour tragique pendant qu'il servait à bord du *Spirit of Freedom*, porte-avions sur lequel vous étiez vous aussi, je le précise.

Andrew marmonna quelques phrases incohérentes — Dianna ne saisit que les mots « fantastique bâtiment », « fantastique équipage ». Juste à ce moment-là, Steve Sterne demanda aux téléspectateurs de ne pas bouger car il reviendrait juste après une page de publicité.

Dianna baissa le son et regarda distraitement les messages défiler sur l'écran. « Souris ! se dit-elle. Réjouis-toi ! Andrew est mis sur la sellette devant des millions de gens... N'était-ce pas ce que tu voulais ? »

« Oui, lui répondit une petite voix intérieure, mais je ne m'attendais pas à ce que cette émission soit si déplaisante et Steve Sterne si mordant. »

« Et pourquoi donc ? Tu le connais, il est toujours comme ça. »

« Peut-être, mais je ne pensais pas que son équipe de journalistes retrouverait l'une des sœurs Edgar ! Ils n'ont eu que quelques jours... Qui aurait pu imaginer qu'ils présenteraient un film sur la vie de Jordan ? »

« Menteuse ! Tu savais parfaitement que Steve se débrouillerait d'une façon ou d'une autre pour arranger une confrontation bien théâtrale, et, pour cela, il était logique de partir à la recherche des sœurs de Jordan. »

Les enquêteurs de Sterne avaient dû travailler vingt-quatre heures sur vingt-quatre, songea Dianna en s'agitant nerveusement sur son siège. Elle n'eut pas le temps de pousser plus loin ses réflexions : la publicité se terminait et le visage souriant de Steve réapparut. La jeune femme utilisa sa télécommande pour monter le son et, tout de suite, la projection de la biographie filmée de Jordan Edgar commença. Il s'agissait d'un remarquable montage où alternaient des bouts de films d'amateur probablement fournis par Christine Edgar et des extraits de reportages sur l'époque agitée de la guerre du Viêtnam et des manifestations pacifistes.

Les monteurs n'avaient bien sûr choisi dans les bandes de la famille Edgar que les plans où Jordan et Andrew étaient ensemble. Ils se tenaient généralement très près l'un de l'autre, mais ne se touchaient pas, sauf dans une courte scène où l'on voyait Jordan passer son bras autour des épaules d'Andrew ; il se dégageait de ces images muettes une impression d'affection et de camaraderie.

Peut-être les gens penseraient-ils qu'Andrew et Jordan étaient seulement amis, songea Dianna. Après tout, rien dans ces films ne prouvait que des liens d'une autre nature les unissaient... A peine cette idée lui avait-elle traversé l'esprit que la jeune femme quitta le téléviseur des yeux pour s'obliger à se reprendre. Que lui arrivait-il ? Elle n'espérait quand même pas qu'Andrew sortirait indemne de cette émission ?

La rétrospective ne dura pas plus de cinq minutes au total. Pendant les soixante dernières secondes, une voix off parla du procès du lieutenant de vaisseau Edgar devant un tribunal militaire. Sans emphase, le commentateur expliqua que son refus de dévoiler le nom de son amant avait valu à Jordan la peine maximale. Le film se termina sur une photographie de Jordan Edgar en grand uniforme d'officier. Une femme invisible déclara alors être Christine Wallenstein, la sœur cadette de Jordan. Sur un ton empreint d'une profonde émotion, elle raconta la mort du vice-amiral Edgar et le suicide de Jordan dans une prison militaire de l'île de Guam.

Quand l'image du studio revint sur l'écran, une femme d'une cinquantaine d'années entrait sur le plateau. Elle alla s'asseoir en face d'Andrew, qu'elle considéra avec dégoût. Celui-ci ne parut pas s'apercevoir de sa présence : il regardait droit devant lui, l'air pétrifié.

— Voici Christine Wallenstein, la sœur de Jordan Edgar, annonça Steve Sterne en se tournant vers son invitée. Vous devez trouver que le suicide tragique de votre frère a prématurément mis fin à la vie d'un homme de valeur, Christine.

— Oui, c'est exactement mon sentiment. Mon frère était un garçon merveilleux, une personne chaleureuse et attentive aux autres. On l'a littéralement persécuté, et il en est mort.

— Si l'on s'en tient à la lettre de la loi telle qu'elle s'applique aux militaires, la peine infligée à votre frère est tout à fait juste. Quelle est votre opinion là-dessus ? Vous estimez que les juges se sont montrés équitables ?

— Bien sûr que non ! Avant le changement de politique intervenu en 1993, des centaines de gens ont été chassés de l'armée à cause de leur homosexualité, mais on ne les a pas jetés en prison. Au pire, ils sont passés devant un tribunal militaire avant d'être renvoyés dans leurs foyers sans certificat de bonne conduite. Des centaines d'autres ont pu rester dans l'armée et servir leur patrie, souvent avec l'approbation tacite de leur chef de corps. Dans le cas de mon frère, on a voulu faire un exemple, et cela pour une seule raison.

— Laquelle, Christine ?

— Il a refusé de révéler l'identité de son amant, dit-elle avec colère. Tout le monde sait que les huiles de la marine ont toujours peur que des relations homosexuelles se nouent entre les officiers d'un bâtiment, surtout en temps de guerre — c'est un secret de polichinelle. Mon frère n'a pas voulu donner le nom de son amant, et le commandant du porte-avions n'a pas supporté l'idée qu'un autre pédéraste se promène sur son navire, prêt à se jeter sur de bons petits Américains hétérosexuels. Mon frère a donc été sacrifié afin d'apaiser les craintes d'un commandant bourré de préjugés et d'une bande d'amiraux névrosés.

— Pensez-vous que les choses se seraient passées autrement pour votre frère si son amant s'était dénoncé ?

Christine réprima un sanglot.

— C'est évident ! Et tout le problème est là. Jordan était prêt à purger une peine de prison afin de protéger son amant. Mais cet amant était si lâche qu'il n'a pas eu le courage de se dénoncer. S'ils avaient tous les deux avoué, je suis sûre qu'on ne les aurait pas mis en prison.

— Je vois que vous éprouvez beaucoup de rancune, Christine, et les téléspectateurs n'auront pas de mal à comprendre pourquoi.

Steve Sterne se pencha en avant, toute son attitude promettant soutien et réconfort à Mme Wallenstein si elle acceptait de se confesser à lui.

— Les juges militaires n'ont jamais découvert le nom de l'amant de votre frère, reprit-il, et le compte rendu des audiences ne donne aucune indication sur l'identité de cet homme. Mais vous êtes la sœur de Jordan, sa sœur préférée même, je crois, et il s'est peut-être confié à vous. Est-ce le cas ?

— Il ne m'a pas écrit de lettre ni rien de ce genre, mais je sais qui était son amant. Je l'ai toujours su.

— Et vous avez gardé le silence pendant toutes ces années… Pourquoi ?

Christine secoua la tête comme si elle ne connaissait pas elle-même la réponse.

— Jordan était mort, finit-elle par déclarer. Rien ne pouvait le ramener. En outre, il avait préféré encourir une peine de prison plutôt que dévoiler le nom de son amant. J'ai estimé que je devais respecter sa volonté.

— Mais, aujourd'hui, vous avez changé d'avis ?

— Oui. Ma mère est morte l'an dernier, et j'ai beaucoup réfléchi, récemment, au problème des homosexuels dans l'administration. J'en suis arrivée à la conclusion que le silence renforce encore le sentiment d'hostilité du public envers les homosexuels. Il faut que les Américains prennent conscience que beaucoup des gens qu'ils admirent sont homosexuels et que cela ne veut rien dire en soi. Il y a parmi les homosexuels des hommes merveilleux et courageux, comme mon frère, et d'autres qui sont lâches et fourbes, comme son amant.

— Vous avez donc décidé de révéler le nom du mystérieux amant de votre frère. Et vous allez le faire ce soir, dans cette émission.

— Oui.

Christine se tourna lentement vers Andrew et planta ses yeux dans les siens.

— L'amant de mon frère était Andrew Campbell, annonça-t-elle d'une voix claire et ferme. Ils ont été amants pendant des années. Au moins depuis l'université, et probablement depuis le lycée.

Le cœur de Dianna s'arrêta un instant de battre. Elle inspira à fond et fixa l'écran, comme hypnotisée. Steve Sterne se renversa dans son siège sans parvenir à dissimuler son triomphe : il venait de réussir un grand coup médiatique, et il le savait. Il ne lui restait plus qu'à achever sa victime.

— Qu'avez-vous à répondre aux accusations de Mme Wallenstein, monsieur Campbell ? demanda-t-il. Etes-vous le mystérieux amant que Jordan Edgar, par sa mort, a voulu protéger ?

Sortant de son immobilité, Andrew regarda Christine avec une expression où se lisait un mélange de prière et de désespoir.

— Jordan m'a supplié de me taire, déclara-t-il. Je n'aurais cependant pas dû l'écouter. Je ne chercherai pas à excuser ma conduite, mais je regrette profondément ce qui s'est produit. Si c'était à refaire, je vous jure que j'agirais différemment. Votre frère était un garçon merveilleux, et je l'aimais.

Andrew s'interrompit, se passa la main sur le front, puis il enleva son micro-cravate et quitta le plateau tandis que la caméra s'attardait sur son fauteuil vide.

La régie envoya immédiatement une page de publicité, et Dianna poussa un long soupir. Voilà, elle avait atteint son but. Andrew Campbell était discrédité, non seulement pour avoir eu autrefois une aventure avec un homme, mais aussi parce qu'il avait laissé son amant subir seul les conséquences de leur liaison. Andrew était enfin puni de ses crimes.

Alors pourquoi ne se réjouissait-elle pas ? songea tristement Dianna. N'avait-elle pas réussi à ruiner la carrière politique d'Andrew et à venger ses victimes ?

Elle aurait dû être transportée de joie.

Et, au lieu de cela, elle pleurait.

Il était furieux, tellement furieux de voir tous ses projets anéantis qu'il en tremblait. Sharon, pleine de compassion, ne cessait de lui dire sottement que c'était affreux, mais que les électeurs de Floride comprendraient certainement. Puis, sans transition, elle commençait à gémir, déclarant qu'il devait avoir beaucoup de peine et que les gens mettraient des années à oublier ce scandale.

De la peine ? Quelle idée ! Il n'avait pas de peine… Il était fou de rage. Terminé, le mandat de gouverneur de

Floride, parti en fumée en vingt minutes de massacre télévisé.

Et, au-delà du mandat de gouverneur, c'était la perspective de la présidence des Etats-Unis qui s'évanouissait. En dix ans, les mentalités avaient certes évolué, mais le scandale de cette liaison homosexuelle avec Jordan Edgar resterait à jamais associé à son nom. Oui, il était si en colère qu'il avait envie de hurler comme un animal blessé.

Il marcha de long en large dans sa chambre de la maison de Pittsburgh, juste assez maître de lui pour s'empêcher d'attraper l'un des vases anciens d'Evelyn et de le lancer contre le mur. Bon Dieu ! Il avait travaillé si dur... C'était vraiment trop injuste !

Ce mandat de gouverneur, il comptait s'en servir comme d'un atout pour la course à la présidence, dans quelques années. Il voulait être président des Etats-Unis. Il le méritait. Il possédait toutes les qualités requises. Il avait du génie. Il bossait comme un fou. Il appartenait à une grande famille et était absolument incorruptible.

Sharon était blottie contre les oreillers et le regardait d'un drôle d'air, comme si elle avait peur de lui. Agacé, il se dirigea vers le lit, l'une de ces horribles antiquités italiennes chères à Evelyn, et considéra sa maîtresse en fronçant les sourcils.

— Pousse-toi ! lui ordonna-t-il.

Elle se dépêcha d'obéir, et ses boucles blondes dansèrent sur les oreillers bordés de dentelle. Elle avait les traits tirés, remarqua-t-il, de petites rides autour des yeux et les sourcils mal épilés. Elle paraissait bien ses trente-trois ans, ce soir. Peut-être était-il temps de s'en débarrasser.

C'était une excellente cuisinière, mais la nourriture ne l'intéressait pas tellement et il aimait les femmes jeunes. Jeunes et minces, avec quelque chose de virginal. Il était malheureusement difficile de dénicher des filles vierges, aujourd'hui, du moins parmi celles qui avaient atteint leur majorité. Et il n'était pas assez bête pour risquer qu'une mineure dotée d'un protecteur cupide le fasse chanter. Oh ! non… Il était bien trop intelligent pour aller se fourrer dans ce genre de pétrin !

Sharon tendit la main et lui caressa timidement le ventre, mais cela le laissa complètement froid. Il avait visiblement besoin de quelqu'un d'un peu plus sexy que Sharon dans son lit. De quelle utilité lui était une femme qui ne l'excitait plus ?

— Arrête ! s'écria-t-il en écartant sa main. Je réfléchis.

— A l'émission de ce soir ? demanda-t-elle, acceptant cette rebuffade sans broncher.

— Evidemment !

— J'ai encore du mal à y croire… Vous ne trouvez pas ce qui s'est passé un peu étrange, un peu inquiétant ?

— Je trouve étranges beaucoup de choses, mais de quoi parles-tu exactement ?

— Du fait que Steve Sterne était au courant de tous ces trucs à propos de Jordan Edgar et de… Enfin, vous voyez ce que je veux dire.

Il n'avait pas envie de penser à cette interview et encore moins d'en discuter, mais Sharon n'avait pas tort. Il croisa les mains derrière sa tête et fixa le plafond d'un air furieux.

— Steve Sterne est un journaliste d'investigation qui dispose de toute une équipe habituée à déterrer les scandales, déclara-t-il.

— Oui, mais…

— S'il était du genre à consacrer toute son émission au problème de la mise en valeur des Everglades, tu crois qu'il garderait son audience ? Le directeur de campagne aurait dû flairer un piège et refuser cette invitation.

Pour une fois, Sharon ne se rangea pas docilement à son avis.

— Je suis sûre que le directeur de campagne… Je suis sûre que tout le monde s'attendait à une interview difficile, mais il y a dans cette campagne des dizaines de dossiers épineux, et la plupart sont plus actuels que la guerre du Viêt-nam ou la façon dont les huiles de l'armée traitaient les homosexuels en 1969. Alors pourquoi Steve Sterne a-t-il brusquement décidé d'envoyer son équipe de journalistes fouiller dans la vie de Jordan Edgar ? Tout cela date d'il y a vingt-cinq ans ! Sterne n'a certainement pas lancé cette enquête au hasard.

Sharon était peut-être une blonde un peu décatie, mais elle ne manquait pas de bon sens. Il roula sur lui-même et effleura distraitement le bout de ses seins.

— C'est juste, admit-il. J'ai vraiment le cerveau ramolli, ce soir… Pourquoi n'y ai-je pas pensé tout seul ? Il est évident que quelqu'un a renseigné Sterne. Mais qui ?

Le corps de Sharon se tendit sous la caresse et se rapprocha du sien.

— Evelyn ? suggéra-t-elle avec un soupçon de nervosité dans la voix. C'est elle la mieux placée pour savoir... euh... enfin, pour savoir.

Sharon avait raison d'être nerveuse, mais il résolut de lui pardonner pour cette fois. Il détestait pourtant qu'elle mentionne le nom d'Evelyn et le lui avait déjà dit. Après tout, Evelyn était la patronne de Sharon, et il y avait quelque chose d'indécent à parler d'elle au moment où ils allaient baiser dans un de ses lits.

Se pouvait-il que ce soit Evelyn ? se demanda-t-il. Mais pourquoi maintenant, après toutes ces années de silence ? Il aurait compris qu'elle ait révélé tout cela juste après la disparition de Claire, mais aujourd'hui... ?

— Aïe ! cria Sharon en se tortillant. Vous me faites mal !

— Désolé ! murmura-t-il, l'esprit ailleurs.

Et puis, d'un coup, la vérité lui apparut : Claire ! Mais oui... Comment avait-il été assez bête pour ne pas reconnaître la main de Claire dans la catastrophe de ce soir ?

Il referma les doigts sur les seins de Sharon et s'enfouit le visage dans leur rondeur soyeuse, puis il en embrassa le bout, qu'il avait pincé par inadvertance, et chuchota encore quelques mots d'excuse. Sharon n'était pas une mauvaise fille, songea-t-il, et coucher avec elle l'aidait parfois à remettre de l'ordre dans ses idées. Elle écarta les jambes, se serra contre lui, et il sentit enfin son sexe se durcir.

Claire... Il répéta intérieurement ce nom jusqu'à cc qu'il retentît dans sa tête avec toute la force et la netteté d'une sonnerie de cloches par un matin d'hiver dans le Vermont. Claire Campbell, alias Dianna Mason.

Il était grand temps qu'il tue cette garce.

Et, cette fois, il veillerait à réussir son coup.

Dianna se tournait et se retournait dans son lit sans arriver à trouver une position confortable, mais cela provenait moins de la dureté de son matelas que d'un insupportable sentiment de culpabilité. Quand la sonnette tinta, la jeune femme sursauta violemment, puis éprouva une sorte de soulagement. Il était évident qu'elle ne parviendrait pas à s'endormir, et elle se réjouit d'avoir un prétexte pour se lever et oublier Steve Sterne et l'interview d'Andrew.

Enfilant un pantalon de survêtement, elle sortit de sa chambre, alla mettre son œil contre le judas et aperçut, sans en éprouver vraiment de surprise, Ben Maxwell qui marchait de long en large devant la porte. Il avait l'air sombre. « Comme d'habitude… », se dit-elle, désabusée. De toute évidence, le visage de Ben ne semblait jamais exprimer autre chose que de la colère ou du mépris quand il la voyait — ou pensait à elle.

Dianna ouvrit, en proie à des émotions contradictoires, mais surtout consciente du fait que, sombre ou pas, Ben exerçait sur elle un attrait irrésistible.

— Bonsoir, Ben ! lança-t-elle sans enlever la chaîne de sûreté. C'est une heure bizarre pour une visite.

— Désolé, mais j'ai passé une soirée épouvantable, déclara-t-il d'un ton las. J'étais avec Andrew et Evelyn, et je n'ai pas pu me libérer plus tôt. Laissez-moi entrer, je vous en prie… Il faut que nous parlions.

Après un bref moment d'hésitation, Dianna retira la chaîne, puis pénétra dans son atelier. Elle ne vérifia pas si Ben la suivait, mais elle entendit la porte se refermer et lui fit face quand il lui demanda sans préambule :

— Vous avez regardé l'émission de Steve Sterne ?

— Oui.

— C'est tout ce que ça vous inspire comme commentaire ? Vous n'avez pas éprouvé la moindre pitié pour Andrew ?

Elle caressa le bord de l'une de ses coupes, cherchant inconsciemment un peu de réconfort dans le contact dur et lisse du cristal. Le verre était une chose si simple… S'il présentait des défauts, il se brisait. Sinon, il était d'une limpidité absolue.

— Que me voulez-vous, Ben ? Pourquoi êtes-vous venu ? Vous savez très bien ce que je pense d'Andrew, je vous l'ai assez répété… Il n'est pas digne d'exercer des fonctions officielles, et il fallait que les électeurs l'apprennent. Je ne regrette pas ce qui s'est produit ce soir. Steve Sterne a tendu un miroir et montré Andrew Campbell sous son véritable jour.

Ben la fixa quelques secondes en silence. La lassitude qui se lisait sur son visage céda ensuite la place à une expression d'incrédulité, puis de fureur.

— Alors c'est vous ! Vous qui avez communiqué à Steve Sterne ce tissu de mensonges et d'absurdités ! Bon sang ! J'aurais dû m'en douter !

— Ce ne sont pas des mensonges, déclara-t-elle en reculant de quelques pas, impressionnée malgré elle par cette explosion de colère. Tout cela est vrai, et il faut être aveugle pour ne pas s'en rendre compte. Pendant son temps de service dans l'armée, Andrew s'est comporté de façon basse et déloyale. Il a laissé Jordan Edgar aller en prison — ce qui ne l'a pas empêché de passer les vingt-cinq années suivantes à se vanter de ses exploits au moment de la guerre du Viêt-nam. Andrew mérite ce qui lui arrive aujourd'hui.

— En êtes-vous sûre ? Les relations qu'il entretenait avec Jordan Edgar signifient-elles que les patrouilles effectuées au-dessus des côtes vietnamiennes étaient sans danger ? Parce qu'il a aimé Jordan, doit-on oublier qu'il s'est porté volontaire pour défendre son pays ? Quand Andrew s'est engagé dans la marine, il ne pouvait absolument pas savoir qu'il serait envoyé sur le même navire que Jordan. Il a agi par patriotisme et par sens du devoir, et ce qui s'est produit à bord du *Spirit of Freedom* jette un discrédit bien plus grave sur les huiles de la marine que sur lui. Depuis quand vous posez-vous en juge de la valeur morale d'Andrew ?

Le mépris de Ben fut la goutte d'eau qui fit déborder le vase : Dianna perdit son sang-froid.

— Depuis qu'il a essayé de me tuer ! hurla-t-elle, le corps agité de violents tremblements. Depuis que, par sa faute, Jon Kaplan a été brûlé vif dans un chalet du Vermont ! Depuis qu'il a trafiqué les freins d'une voiture et causé la mort d'une de mes amies ! Ou depuis que Hal Doherty et moi avons failli périr en Floride dans un incendie qu'il avait allumé ! C'est à un de ces moments-là que je me suis érigée en juge… Et je ne regrette rien. Vous voudriez, vous, que l'auteur de plusieurs meurtres devienne gouverneur de Floride ? Et se présente peut-être un jour aux élections présidentielles ?

Les larmes que Dianna contenait jusqu'ici à grand-peine ruisselèrent soudain sur ses joues, et elle n'eut plus alors qu'une envie : aller se réfugier dans son lit, sous ses couvertures. Obnubilée par cette idée, elle fonça droit devant elle. Ben se trouvait sur son passage, mais il ne lui vint pas à l'esprit de le contourner ou de lui ordonner de se pousser : elle se contenta de lui marteler la poitrine de coups de poing, comme s'il devait lire dans ses pensées et s'écarter ensuite de lui-même.

Mais, au lieu de cela, Ben lui saisit les poignets et l'obligea à reculer jusqu'à l'angle du mur situé entre l'établi et la fenêtre.

— Pour l'amour du ciel, Claire, calmez-vous !

— Ne m'appelez pas Claire ! Je ne suis pas Claire !

Il la regarda, le visage impassible.

— L'analyse de sang démontre le contraire. C'est l'une des choses que je suis venu vous dire. J'ai fait faire un examen comparatif d'ADN entre Evelyn Campbell et vous. Mieux vaut vous habituer à ce qu'on vous appelle Claire, car c'est votre nom.

« L'analyse de sang »… Ainsi, les Kleenex volés avaient finalement fourni à Ben la preuve qu'il cherchait… Mais de quel droit s'immisçait-il dans ses affaires ? cria-t-elle intérieurement.

Alors, sans se demander pourquoi elle éprouvait ce besoin irrésistible de riposter par des coups plutôt qu'avec des mots, aveuglée par la rage et la douleur de devoir affronter la réalité inéluctable de sa véritable identité, elle retourna sa colère contre Ben et lui lança son genou dans l'aine.

Apparemment averti par une sorte d'instinct, Ben s'écarta juste à temps pour que sa cuisse subît le plus fort de l'impact.

— Je suis plus fort que vous, remarqua-t-il, la poitrine haletante, en utilisant tout son poids pour l'empêcher de bouger. N'y a-t-il pas un autre moyen de régler cette dispute ?

Pour toute réponse, elle serra les poings et tenta de le frapper à la mâchoire, mais il lui immobilisa les mains au-dessus de la tête et la cloua au mur. Leurs deux corps étaient pressés l'un contre l'autre, et Dianna sentit contre son ventre le sexe dressé de Ben. Elle s'aperçut alors que, sous la fureur qui l'étouffait, elle brûlait elle aussi de désir. Un frisson d'horreur la parcourut à cette pensée, et Ben se figea immédiatement.

La jeune femme ferma les yeux et s'efforça de se reprendre. C'était pour cela qu'elle avait provoqué cette bagarre, songea-t-elle. Elle avait voulu oublier sa douleur en se perdant dans les sensations intenses d'un rapport sexuel brutal et violent. Elle aurait pourtant dû réfléchir avant d'essayer de faire jouer à Ben le rôle de violeur ; il n'était pas du genre à lui permettre de déguiser des émotions complexes en simple excitation des sens. Elle inspira à fond, et la fièvre qui l'habitait commença à s'apaiser.

— Vous pouvez me lâcher, dit-elle.

Ben desserra un peu son étreinte.

— Vous me promettez de ne rien me jeter à la figure ? Ces coupes sont bien trop belles pour que vous les cassiez.

— Je vous le promets. Je ne chercherai même pas à vous frapper.

— Nos relations s'améliorent, à ce que je vois ! observa Ben avec un petit sourire.

Il libéra les bras de la jeune femme, la regarda d'un air encore méfiant tandis qu'elle les laissait retomber mollement le long de son corps, puis, comme elle ne bougeait pas, il écarta les cheveux qui tombaient dans les yeux de Dianna, et son expression s'adoucit.

— Bon ! déclara-t-il. Le moment est venu de vous expliquer. Pourquoi croyez-vous qu'Andrew Campbell essaie de vous tuer ?

Bien qu'elle eût toujours la gorge nouée, elle trouva étrangement réconfortant de dire enfin la vérité à quelqu'un.

— Parce que je ne suis pas sa fille. Et parce que, quand mon père est mort, il m'a légué tout son argent.

13.

Claire avait à peine fini sa phrase que Ben se rendit compte qu'il ne voulait pas entendre la suite. Les mots qu'elle venait de prononcer le frappèrent au visage comme une bouffée d'air glacé, et il fronça les sourcils. La fatigue empêchait son cerveau de démêler l'écheveau de ces informations apparemment contradictoires, et il se concentra sur les deux seuls faits qui lui semblaient intelligibles : Claire croyait sincèrement qu'Andrew Campbell était un assassin, et lui, Ben, refusait de se demander si elle avait raison.

Ce n'était pas la première fois qu'elle accusait Andrew de tentative de meurtre, mais Ben n'avait jamais réussi à prendre cette accusation au sérieux. Il travaillait avec Andrew depuis six ans et n'en éprouvait que de la satisfaction. Son patron avait des défauts, comme tout le monde, mais c'était un homme intelligent, consciencieux, qui avait le sens de l'humour et de l'indulgence pour les faiblesses des autres.

Andrew lui avait toujours paru d'une parfaite intégrité, bien que ses relations avec Evelyn fussent pour le moins étranges — et les révélations de ce soir ne les rendaient pas plus compréhensibles. Evelyn savait-elle que son mari était homosexuel ? Andrew avait-il eu d'autres amants, qui allaient se présenter les uns après les autres sur les chaînes de télévision nationales ?

Ben n'en avait pas la moindre idée, mais il s'était toujours dit qu'il existait une certaine ressemblance entre son mariage raté et celui d'Andrew. Si Cheryl, sa propre femme, avait attendu un bébé, sans doute n'auraient-ils pas divorcé, dans l'intérêt de l'enfant, et leurs rapports seraient alors probablement devenus aussi froids et distants que ceux d'Andrew et d'Evelyn. De six mois sa cadette, Cheryl avait pourtant toujours eu une plus grande maturité d'esprit, et, avec le recul, il lui était reconnaissant d'avoir mis fin à leur union avant qu'aucun d'eux ne pût faire trop de mal à l'autre.

Ben s'approcha de l'évier et s'aspergea le visage d'eau froide. Il était 2 heures du matin, nota-t-il en jetant un coup d'œil à sa montre. S'étant levé la veille à 5 heures, il commençait à ressentir les effets de la fatigue. Quand il se retourna, il constata que Claire était toujours adossée au mur, à l'endroit même où il l'avait laissée. Sous la lumière crue du plafonnier de l'atelier, elle semblait avoir les yeux meurtris. Ben se sentait malheureux, mais Claire devait l'être encore beaucoup plus : bien qu'elle s'en défendît, elle avait sûrement souffert de voir son père humilié devant plusieurs millions de téléspectateurs.

— Il faut que nous discutions, déclara-t-il d'une voix douce, mais vous avez l'air exténuée. Vous seriez peut-être mieux sur le canapé de votre chambre ?

Elle le regarda, et une lueur moqueuse dansa un instant dans ses prunelles — comme quand elle était Dianna.

— Arrêtez de me parler sur ce ton protecteur, Ben ! Je ne délire pas. Andrew a vraiment essayé de me tuer, et le fait que je sois assise dans un siège confortable n'y changera rien, que cela vous plaise ou non.

Il l'avait en effet traitée de façon légèrement paternaliste, songea Ben, et, elle était trop sensible pour ne pas s'en être aperçue.

— Vous avez raison, admit-il. Je n'ai pas compris ce que vous me disiez, et au lieu de mettre cela sur le compte de ma fatigue à moi, je l'ai attribué à votre désarroi. Excusez-moi.

— Vous êtes agaçant, Ben ! observa-t-elle avec un froncement de sourcils. Pourquoi faut-il toujours que vous vous montriez raisonnable au moment précis où j'éprouve tant de satisfaction à être en colère contre vous ?

Elle était absolument adorable quand elle fronçait les sourcils, mais Ben jugea plus sage de garder ses impressions pour lui. Se juchant sur un tabouret, il la considéra d'un œil aussi inexpressif que possible.

— Expliquez-moi de nouveau pourquoi vous croyez qu'Andrew en veut à votre vie, demanda-t-il. Franchement, c'est une chose que je n'arrive pas à concevoir. J'aurais parié mon dernier centime qu'Andrew était incapable de tuer quelqu'un.

— Alors, vous l'auriez perdu.

— En réalité, j'ai tant de respect pour lui que mon cerveau se bloque chaque fois que vous portez cette accusation. Andrew est mon employeur, mais, d'une certaine façon, c'est un second père pour moi.

— Moi aussi, je l'aimais…

Elle s'interrompit, comme si cet aveu l'irritait. Puis, rejetant ses cheveux en arrière d'un brusque mouvement de tête, elle leva les yeux et regarda Ben avec un mélange de défi et de colère.

— Les motivations d'Andrew n'ont rien de très compliqué ni de très mystérieux, reprit-elle. Il me hait parce que je ne suis pas sa fille.

Ben n'était pas très fort au jeu des ressemblances, et, pourtant, il avait déjà remarqué que le nez, le front et les pommettes de la jeune femme étaient identiques à ceux d'Andrew.

— Comment pouvez-vous penser une chose pareille ? s'exclama-t-il. Vous êtes tout son portrait !

— Il est normal qu'il y ait entre nous un air de famille, répliqua-t-elle d'un ton faussement désinvolte. Je suis la fille de Douglas Campbell, le frère d'Andrew.

« Je suis la fille de Douglas Campbell... » Ces mots retentirent dans la tête de Ben comme un coup de tonnerre, et, brusquement, tout s'éclaira.

Claire était la fille de Douglas Campbell.

— Comment le savez-vous ? questionna Ben. Est-ce Evelyn qui vous l'a dit ? Ou Andrew ? Douglas avait une leucémie. Comme il devait déjà être malade au moment de votre naissance, ce n'est pas de lui que vous tenez cette information. Et vous étiez encore toute petite quand il est mort.

Ben se rendit compte que la jeune femme se méprenait sur le sens de ses questions : elle voyait dans son insistance un refus de la croire plutôt qu'une volonté de mieux comprendre.

— Il est impossible que ce soit une erreur, Ben. J'avais dix-sept ans lorsque j'ai appris le nom de mon véritable père, et la personne qui m'a renseignée est d'une fiabilité absolue. Mais je n'en ai évidemment jamais parlé ni à Andrew ni à Evelyn.

— Pourquoi ?

— Pourquoi ? répéta-t-elle en lui lançant un regard incrédule. Connaissant Evelyn, vous trouvez que c'est le genre de femme avec qui on peut discuter de choses comme celles-là ?

— Elle est en effet froide et distante, mais c'est votre mère…

— Je vous garantis qu'elle n'a jamais été plus chaleureuse avec moi qu'avec les autres.

La voix de Claire se brisa et son front se plissa. Comme d'habitude, elle semblait s'en vouloir d'avoir trahi son émotion.

« Pauvre gosse ! songea Ben. Depuis sept ans elle s'oblige à refouler ses sentiments. »

— Evelyn n'était pas une mauvaise mère, reprit Claire comme si elle s'efforçait d'être juste. C'était même à certains égards une mère trop parfaite. Elle m'a laissée cultiver mes passions, choisir mon école et mes amis. Elle témoignait un intérêt poli à tout ce que je faisais et me félicitait à chacun de mes succès, même quand il s'agissait de choses insignifiantes. Mais elle ne m'a jamais permis de me rapprocher d'elle, n'a jamais enlevé pour moi son masque de dignité aristocratique et de réserve hautaine. A dix-sept ans, j'étais aussi timide et inhibée que n'importe quelle autre adolescente. Vous m'auriez vue allant demander à Evelyn s'il était vrai qu'elle avait eu une liaison avec son beau-frère ?

— Difficilement, admit Ben avec un petit sourire de sympathie. Mais, si ce n'est ni Andrew ni Evelyn qui vous a révélé la vérité, alors qui est-ce ?

Claire changea les coupes de position, les disposant machinalement de façon que leur surface réfracte au mieux la lumière. Ben crut apercevoir des larmes au coin de ses yeux, mais, quand elle lui répondit, ce fut d'une voix ferme.

— C'est ma grand-mère. Elle souffrait d'un cancer généralisé, et elle a exigé de quitter l'hôpital et d'être ramenée dans la maison familiale de Pittsburgh. Elle souhaitait mourir dans son propre lit, sans tubes dans le nez ni aiguilles plantées dans les bras, a-t-elle expliqué.

Un sourire attendri illumina le visage de Claire.

— En fait, poursuivit-elle, grand-mère s'est exprimée en termes beaucoup plus crus. Elle n'était pas du genre à mâcher ses mots.

— On m'a raconté beaucoup de choses sur elle, observa Ben en souriant lui aussi. C'était apparemment une femme énergique.

— Oh ! oui, encore que grand-mère n'eût jamais utilisé ce type d'euphémisme pour parler d'elle-même. Elle affirmait être aussi têtue qu'une mule mais moins raffinée ! Comme c'était la femme la plus riche de Pittsburgh, on l'invitait à toutes les réceptions malgré son mépris des convenances. Elle prenait un malin plaisir à se rendre à des thés mondains organisés au profit de quelque cause respectable, comme les veuves de pasteurs, et, là, elle faisait un gros chèque pour cette œuvre à condition que toutes les personnes présentes en fassent un pour les prostituées atteintes de syphilis ou les mères divorcées qui voulaient aller à l'université. Elle a été l'une des premières à défendre les femmes battues et a fondé pour elles un foyer à Pittsburgh. C'est remarquable, quand on pense que, à l'époque, une épouse était supposée rester avec son mari même s'il la maltraitait.

— Andrew m'a souvent dit que c'était quelqu'un d'extraordinaire. Il l'aimait presque autant que vous semblez l'aimer.

A peine avait-il prononcé ces mots que Ben les regretta, car, à la seule mention du nom d'Andrew, le regard de Claire s'assombrit.

— Vraiment ? demanda-t-elle d'un ton froid. Personnellement, j'ai toujours eu du mal à connaître les véritables sentiments d'Andrew. Quoi qu'il en soit, les souvenirs que j'ai de ma grand-mère n'ont aucun rapport avec le sujet qui nous occupe. Vous vouliez savoir comment j'ai appris qu'Andrew n'était pas mon père ?

— Oui.

— Eh bien, c'est très simple. Deux jours avant sa mort, grand-mère m'a envoyé chercher. Elle a ordonné à l'infirmière de quitter la pièce et m'a annoncé qu'elle avait quelque chose à me donner. Elle était très faible et souffrait visiblement beaucoup, mais elle avait toute sa tête. Ce n'est que des années plus tard que j'ai compris qu'elle s'était privée de morphine afin d'être assez lucide pour me parler.

Claire s'interrompit et s'éclaircit la voix, puis, portant les mains à son cou, elle ouvrit le fermoir d'une chaîne cachée sous son sweat-shirt et présenta à Ben un lourd médaillon en or.

— Voilà ce que ma grand-mère m'a donné, ajouta-t-elle. Prenez-le et ouvrez-le !

Il s'agissait du bijou ancien que Ben avait trouvé par terre dans la chambre à coucher de la jeune femme le soir où ils avaient fait l'amour — bien que, conformément à ses conseils, elle eût entre-temps acheté une chaîne plus solide. Il avait eu envie de regarder à l'intérieur, ce soir-là, mais se l'était interdit : en emportant les Kleenex destinés à l'examen d'ADN, il avait estimé qu'il s'immisçait suffisamment dans la vie privée de Claire. Mais cette fois, à la demande de la jeune femme, il passa le doigt sur la jointure presque invisible qui séparait les deux moitiés du médaillon et appuya sur le minuscule poussoir. Le bijou s'ouvrit, révélant deux portraits en noir et blanc provenant apparemment de photographies plus grandes.

Sur le cliché de gauche, Ben reconnut immédiatement Evelyn, une Evelyn dont le visage juvénile exprimait une gaieté et une vivacité qu'il ne lui avait jamais vues. Le portrait de droite représentait un jeune homme qui rappelait un peu Andrew ; il était cependant d'une beauté moins classique, avec des traits énergiques et un sourire confiant qui paraissait défier le monde entier. Il ressemblait à Claire de façon hallucinante.

Ben examina les photos pendant un long moment avant de lever la tête.

— C'est Douglas ? questionna-t-il.

— Oui, Douglas Campbell, mon père.

Ces mots continuèrent à résonner dans le silence qui suivit.

— Votre grand-mère vous a dit explicitement que Douglas était votre père, quand elle vous a donné ce médaillon ? finit par interroger Ben.

— Oui. Elle m'a indiqué qu'au moment de sa mort Douglas avait sur lui cette photo de ma mère ainsi qu'une photo de moi prise le jour de mon baptême. Il les gardait toutes les deux dans le boîtier de la montre de son grand-père. Juste avant de mourir, il a demandé à sa mère de me révéler le secret de ma naissance quand elle me jugerait assez grande pour l'entendre. Grand-mère m'a précisé qu'elle n'était pas du tout sûre que je sois assez mûre pour l'entendre, mais que malheureusement Dieu la rappelait à Lui sans qu'elle ait pu choisir l'heure — ce qui signifiait que, s'Il l'avait laissée faire, elle aurait mené cette affaire de façon beaucoup plus satisfaisante.

— C'est probable, remarqua Ben en souriant. Vous a-t-elle expliqué comment Evelyn et Douglas étaient tombés amoureux l'un de l'autre ?

Dans l'absolu, le récit de Claire était crédible, mais Ben ne parvenait pas à imaginer Evelyn entretenant une liaison avec le frère cadet de son mari. Cette idée lui apparaissait comme une sorte de sacrilège. Autant émettre des doutes sur la moralité de Mère Teresa…

— De la façon dont grand-mère me l'a raconté, répondit Claire, la situation est moins étonnante qu'elle n'en a l'air. Douglas tentait l'ascension de l'Everest quand Andrew s'est fiancé à ma mère. Il est revenu deux jours avant le mariage, et il a eu le coup de foudre pour Evelyn. Le matin de la cérémonie, il a essayé de la persuader de tout annuler. Elle commettait une terrible erreur, qu'elle regretterait toute sa vie, lui a-t-il dit ; elle devait partir avec lui au Chili et se débarrasser de ses inhibitions en escaladant les Andes.

— Et, bien entendu, elle a refusé, déclara Ben. C'était pour lui absolument évident. Il arrivait à l'extrême rigueur à concevoir qu'Evelyn fût tombée amoureuse de Douglas, mais, qu'elle ait annulé son mariage alors que trois cents invités l'attendaient et que la cathédrale était déjà ornée de rubans de satin et de bouquets de fleurs, cela dépassait l'imagination.

— Bien entendu, répéta Claire avec un sourire désabusé. Ma mère est tout ce que ma grand-mère n'était pas.

— Un modèle de conformisme, murmura Ben.

— Exactement ! Mais, même moi, je peux lui trouver des excuses. Ses parents appartenaient tous les deux à de grandes familles de Philadelphie, ruinées mais résolues à sauver les apparences. On lui a appris dès son plus jeune âge que son statut social l'obligeait à se comporter avec dignité en toutes circonstances, et qu'une bonne éducation allait de pair avec un certain code de conduite. Les Duplessy n'ont jamais changé leur mode de vie, même quand l'argent leur a manqué au point que les domestiques étaient les seuls membres de la maisonnée à manger correctement.

— Ils n'ont jamais songé à renvoyer les domestiques et à s'acheter quelques livres de steak ?

— Bien sûr que non ! s'exclama Claire d'une voix où perçait le même mélange d'agacement et d'admiration qu'éprouvait Ben. Et, justement, Evelyn savait que son mariage avec Andrew lui permettrait de mener le genre d'existence élégant et raffiné que ses parents avaient privilégié au risque de mourir pratiquement de faim. Alors comment aurait-elle pu échanger ce mariage contre une union illégitime avec un jeune homme au passé rempli de liaisons éphémères et d'aventures sans lendemain ?

— Oui, cela lui aurait été difficile, convint Ben, mais je suis frappé par votre capacité à comprendre votre mère. Je pensais que vous condamneriez son manque de courage... Après tout, elle a épousé Andrew sans l'aimer.

Claire esquissa une petite grimace.

— Cette magnanimité est chez moi le résultat d'une centaine de séances très coûteuses chez un psychiatre. Je n'ai pas toujours été aussi indulgente.

— Un ban pour le psychiatre, alors ?

— Eh oui ! s'écria Claire en riant.

Quand elle riait comme ça, des mots interdits venaient à l'esprit de Ben, des mots comme « profond », « sérieux », « pour toujours ». Des mots que depuis dix ans il dissociait soigneusement de celui de « relation ». Sa gorge se serra et, pour cacher son trouble, ce fut avec un entrain un peu forcé qu'il observa :

— Pour l'instant, nous avons donc un Douglas amoureux fou de votre mère et une Evelyn qui refuse de partir avec lui. Il n'y a rien jusqu'ici qui indique l'adultère. Comment votre grand-mère a-t-elle expliqué votre venue au monde ?

— D'après son récit, Evelyn et Andrew se sont très vite aperçus qu'un mariage heureux exigeait plus que de l'amitié entre les époux. Mes parents sont allés en voyage de noces en Europe, dans la grande tradition américaine. Ils sont restés plusieurs semaines à Paris avant de se rendre sur la Côte d'Azur, puis à Florence et à Rome, mais cette lune de miel a sûrement été une catastrophe, du moins sur le plan sexuel. Quelques jours seulement après leur retour aux Etats-Unis, Andrew s'est engagé dans la marine et, quelques mois plus tard, il était affecté sur le *Spirit of Freedom*. Vous savez ce qui s'est passé ensuite, pour Andrew en tout cas.

Ben laissa échapper un long soupir.

— Votre grand-mère était-elle au courant des relations homosexuelles d'Andrew et de Jordan Edgar ? Est-ce elle qui vous en a parlé ?

— J'ignore complètement si elle était au courant ou non, répondit Claire d'un ton brusque. Peut-être a-t-elle deviné une partie de la vérité, mais elle n'y a pas fait la moindre allusion devant moi. Elle m'a juste dit que, pendant qu'Andrew était en mer, Evelyn est tombée amoureuse de Douglas, qui l'aimait toujours. Ils sont apparemment devenus amants quelques jours après le départ d'Andrew pour les Philippines. Evelyn avait l'intention de demander le divorce dès le retour d'Andrew, mais, pour des raisons évidentes, elle ne voulait pas lui envoyer une lettre de rupture pendant qu'il risquait sa vie au-dessus des côtes vietnamiennes.

La voix de Claire trahissait une émotion grandissante.

— Alors pourquoi Evelyn n'a-t-elle jamais demandé le divorce ? questionna Ben, perplexe. Ou est-ce Andrew qui a refusé ? Vu les circonstances, ç'aurait pourtant été la meilleure solution.

— Oui, sauf que, à peu près au moment où Evelyn s'est aperçue qu'elle était enceinte, Douglas a découvert qu'il était atteint de leucémie. Cette maladie ne se soignait pas aussi bien au début des années 70 que maintenant, et il est vite apparu que Douglas n'avait plus beaucoup de temps à vivre. D'après ma grand-mère, tout le monde — je la cite — a jugé préférable qu'Evelyn reste mariée à Andrew.

— Et « tout le monde » supposait qu'Andrew allait accepter cette situation ? s'exclama Ben, stupéfait. Sa femme le trompe avec son frère cadet, et il est censé endosser avec le sourire la paternité du bébé qui en résulte ?

Ben se rendit compte un peu tard de son manque de tact, car ce bébé, c'était Claire…

— La situation me semblait inexplicable à moi aussi, observa cette dernière, mais, maintenant, je crois savoir ce qui s'est passé.

— Maintenant ?

— Je n'ai appris que récemment la liaison d'Andrew avec Jordan Edgar, et cela m'a aidée à comprendre certaines choses.

— Vraiment ? Enfin, oui, je vois ce que vous voulez dire… Andrew revient des Philippines bourrelé de remords après la fin tragique de sa liaison avec Jordan Edgar. De son côté, votre mère se sent terriblement coupable de lui avoir été infidèle. Alors ils concluent un accord : elle lui pardonne pour Jordan s'il lui pardonne pour Douglas.

Jordan est mort, Douglas mourant… En quête de soutien moral, les deux survivants se tournent l'un vers l'autre.

— Quelque chose dans ce goût-là, déclara Claire d'un ton faussement désinvolte. Cette solution avait en outre l'énorme avantage de permettre à chacun de cacher son secret au reste du monde. Seul un petit problème subsistait : je suis née dix mois après le départ d'Andrew aux Philippines et, sur mon acte de naissance, il est écrit que je pesais à peine trois kilos… Un poids plutôt faible pour un bébé né avec un mois de retard !

Ben haussa les épaules.

— Ce détail n'a pas dû beaucoup inquiéter Evelyn et Andrew. Il n'est pas rare qu'un premier enfant se fasse un peu attendre, et Evelyn est si mince… Pourquoi aurait-elle donné le jour à un gros bébé ? Les gens ne se posent des questions que quand une femme accouche trop tôt. Si vous étiez née six mois après le mariage de vos parents, il y aurait probablement eu quelques médisances, mais, comme vous l'avez vous-même souligné, Andrew a été envoyé aux Philippines juste après son voyage de noces. Quoi d'étonnant dans le fait qu'Evelyn soit revenue enceinte de sa lune de miel ?

— Vous avez sans doute raison, puisque, autant que je sache, ma naissance n'a provoqué aucune rumeur malveillante, et que personne n'a jamais songé à attaquer la réputation d'Evelyn.

Ben avait l'impression d'accumuler des faits comme un statisticien espérant toujours qu'un chiffre, une étude, une analyse supplémentaires élucideraient soudain le mystère de la vie.

— Tout est donc clair, à présent, remarqua-t-il, sauf un point, celui-là même qui est à l'origine de toute cette discussion.

Claire le regarda d'un air étonné.

— Quel point ?

— Pourquoi pensez-vous qu'Andrew essaie de vous tuer ?

Cette question résonna dans le silence de la pièce avec la force d'une explosion, et Claire tressaillit violemment. Ben s'approcha d'elle, lui prit les mains et les serra fort dans les siennes pour tenter de lui faire voir les choses de son point de vue.

— Rien de ce que vous m'avez raconté, Claire, n'explique pourquoi Andrew serait devenu un dangereux assassin le jour de vos dix-huit ans. Il semble au contraire qu'il ait toujours su que vous n'étiez pas sa fille. Vous avez dit que vous l'aimiez, autrefois... Cela ne signifie-t-il pas qu'il vous traitait bien, que vous vous plaisiez en compagnie l'un de l'autre ? Pourquoi, au bout de dix-huit ans, se serait-il soudain mis à vous détester ?

— A cause de l'argent, répliqua-t-elle sèchement. Douglas m'a légué ses parts dans la société, plus quelques millions de dollars, sous forme de fonds en fidéicommis administrés par Andrew. Selon les dispositions du testament de Douglas, Andrew perdait en partie le contrôle de cet argent le jour de mes dix-huit ans : il ne pouvait plus l'investir sans mon accord et j'avais le droit de participer à toutes les décisions. Ensuite, le jour de mes vingt-cinq ans, j'acquérais la pleine propriété de ces biens. Vous comprenez, maintenant ? A partir de mon dix-huitième anniversaire,

Andrew ne disposait plus librement d'un argent dont il avait besoin pour combler le déficit de ses programmes immobiliers.

Ben la prit dans ses bras et, la serrant contre lui, caressa ses longs cheveux.

— Je sais que, s'agissant de la situation financière de Campbell Industries, vous n'avez pas entièrement confiance en moi, parce que vous voulez garder Campbell Crystal. J'aimerais pourtant que vous fassiez abstraction de vos émotions et que vous m'écoutiez : Andrew n'a pas besoin de votre argent.

— Alors pourquoi vendez-vous Campbell Crystal ? C'est mon arrière-grand-père qui a fondé cette compagnie, et on l'a toujours considérée comme le joyau de la couronne familiale.

— Les temps ont changé, déclara Ben, et le marché aussi. Nous avons décidé de vendre Campbell Crystal parce qu'il n'y a plus de synergie entre une fabrique de verrerie de luxe et une société immobilière. En outre, jusqu'à ce que vous reveniez, ce secteur n'intéressait aucun membre de votre famille. Cette vente n'est pas motivée par des problèmes de trésorerie dont souffrirait Campbell Construction. Des deux entreprises du groupe, c'est même Campbell Construction qui est de loin la plus rentable et la plus importante sur le plan du chiffre d'affaires.

— Comment est-ce possible ? Vers l'époque de mes dix-huit ans, le marché immobilier s'effondrait dans tout le pays. Chaque fois que j'ouvrais un journal, je lisais un nouvel article sur la hausse des taux d'intérêt, les immeubles de bureaux qui restaient désespérément vides et les difficultés dans lesquelles se débattaient les promoteurs.

Ben secoua la tête en souriant.

— Si vous l'avez lu dans les journaux, vous auriez dû vous douter que ce n'était qu'à moitié vrai… Le marché de l'immobilier commercial s'est en effet effondré à la fin des années 80, surtout dans des Etats comme celui du Texas et de New York, mais, à l'époque, Andrew avait déjà opéré une diversification dans les immeubles d'habitation et les programmes d'aménagement du territoire, deux secteurs en expansion presque partout. Campbell Construction a beaucoup mieux tenu le coup que la plupart de ses concurrents pendant la crise et, depuis deux ans, nos affaires sont florissantes. Je vous certifie, Claire, que jamais Andrew n'a eu besoin de votre argent pour combler un quelconque déficit.

— En tant que directeur général de sa société, vous êtes obligé de le couvrir.

— Si vous ne me croyez pas, vérifiez par vous-même, suggéra-t-il en lui soulevant le menton pour l'obliger à le regarder dans les yeux. Utilisez une partie de l'argent disponible de votre héritage pour engager un audit. Choisissez celui que vous voulez et demandez-lui d'étudier les comptes de ces dernières années. Je lui donnerai accès à tous les livres… et il reviendra vous annoncer que Campbell Industries est une entreprise parfaitement saine. Il vous confirmera aussi que Campbell Crystal est la société la moins rentable du groupe.

S'il avait espéré la persuader de l'innocence d'Andrew, il fut déçu : elle poussa un long soupir et eut soudain l'air épuisée, mais sa conviction resta inébranlable.

— Si ce que vous affirmez est vrai, remarqua-t-elle froidement en se libérant de l'étreinte de Ben, je ne vois aucune explication au fait qu'Andrew ait brusquement décidé de me tuer. Tout ce que je peux vous dire, c'est qu'il a essayé au moins trois fois.

Elle avait lancé cette accusation avec plus de tristesse que de colère, et Ben comprit qu'il devait cesser de défendre Andrew et examiner les preuves que Claire avait — ou pensait avoir — contre son père adoptif.

— Parlez-moi de ces tentatives de meurtre, proposa-t-il.

— A quoi bon ? Soit vous ne m'écouterez pas, soit vous m'affirmerez que je suis une hystérique souffrant de syndrome prémenstruel aigu.

— Je vous promets de vous écouter sans aucun parti pris.

Elle hésita, se demandant visiblement si cela valait la peine de tenter de le convaincre, puis elle commença à parler, lentement, presque péniblement.

— La première fois qu'Andrew Campbell a essayé de m'assassiner, c'était le lendemain de mon dix-huitième anniversaire, quand il a mis le feu au chalet du Vermont. Comme vous le savez, il a tué Jon Kaplan, mais, moi, je m'en suis tirée.

— Vous oubliez que Ted Jenkins a avoué ce crime.

— Aucun parti pris, Ben ? observa-t-elle avec un sourire triste.

— Désolé... Mais je ne vois pas...

— Eh bien, moi, j'ai vu, justement ! J'ai vu Andrew Campbell à l'extérieur du chalet.

Il la fixa, bouche bée.

— Vous avez vu Andrew le soir de l'incendie ? Comment ? Je veux dire, quand ?

— Au moment où le feu s'est déclaré, je me trouvais dans la salle de bains, et Jon Kaplan dormait par terre dans la salle de séjour. Dès que j'ai compris que le chalet brûlait, j'ai essayé de rejoindre Jon pour le réveiller. J'ai bien réussi à ramper jusqu'à lui, mais je n'ai pas pu le réveiller. Je crois... Je crois qu'il était déjà mort asphyxié. Ensuite, une poutre en feu lui est tombée dessus.

Ben se rendit compte que Claire se tordait les mains ; il les prit dans les siennes et les massa doucement, tentant de lui apporter un peu de réconfort, mais conscient que certaines blessures laissaient des cicatrices indélébiles.

— C'est à ce moment-là que vous avez vu Andrew ? questionna-t-il afin de chasser de l'esprit de la jeune femme l'image de la fin atroce de Jon Kaplan. Et Andrew, sait-il que vous l'avez vu ? Est-ce pour cela que vous le soupçonnez de vouloir vous tuer ?

— Je ne pense pas qu'il m'ait aperçue. Nous étions trop loin l'un de l'autre pour que nos regards se croisent.

— Mais assez près pour que vous soyez sûre qu'il s'agissait bien d'Andrew ?

— Oui, indiqua-t-elle tristement.

Malgré la chaleur de cette nuit d'été, elle avait les mains glacées, comme si elle revivait physiquement ce qui s'était passé dans les montagnes enneigées du Vermont.

— Je n'ai vu Andrew qu'une fois sortie du chalet, poursuivit-elle. J'ai couru vers un bois qui borde le côté ouest de la maison. Je me suis arrêtée sous les sapins pour me reposer, mais, à l'instant précis où je repartais, quelque chose — peut-être le bruit d'un moteur qui démarrait — m'a poussée à me retourner. C'est alors que je l'ai vu.

— Il montait dans la voiture ?

— Non, il était déjà dedans. La jeep s'éloignait du chalet. Assez lentement — c'est du moins ce qu'il m'a semblé. Et j'ai eu l'impression qu'il riait, penché sur le volant. C'était horrible.

Un vif sentiment de soulagement s'empara de Ben. Si c'étaient là tous les arguments qu'avait Claire pour étayer ses accusations, il ne serait pas difficile de les réfuter.

— Ne vous méprenez pas sur le sens de ma question, Claire… Il faut que je vous la pose. Comment pouvez-vous être certaine que la personne qui conduisait la jeep était bien Andrew ? Il faisait nuit et vous étiez bouleversée, sans doute presque en état de choc.

— Inutile d'essayer de me convaincre que je n'ai pas vu ce que je sais pertinemment avoir vu ! lança Claire en dégageant ses mains de l'étreinte de Ben. La jeep était immatriculée ABC 4, l'un des numéros minéralogiques du parc automobile privé d'Andrew. J'ai nettement distingué la plaque à la lueur des flammes.

— D'accord, vous avez vu la jeep d'Andrew, mais qui vous dit que c'était lui qui la conduisait ?

— J'avais déjà vu Andrew au volant de ce véhicule des centaines de fois, et le conducteur avait exactement la même allure que lui. C'était un homme de la même taille, qui portait une de ses casquettes de golf en tissu écossais avec une écharpe assortie.

Ben resta muet, mais Claire dut sentir son scepticisme, car elle secoua la tête d'un air furieux avant d'ajouter :

— Si un animal ressemble à un canard, fait coin coin comme un canard et nage comme un canard, il n'y a aucune raison de penser que c'est un poulet !

— Un poulet, peut-être pas, mais un canard artificiel ?

— Expliquez-vous plus clairement !

— Eh bien, en supposant que Ted Jenkins soit l'incendiaire, n'est-il pas possible qu'il ait conduit la jeep d'Andrew et porté une casquette et une écharpe semblables à celles d'Andrew ? Ce genre d'accessoires en tissu écossais n'est pas la propriété exclusive d'Andrew.

— C'est en effet possible, convint-elle, mais qui d'autre qu'Andrew aurait donné à Jenkins les clés de la jeep ?

— Je l'ignore.

— Exactement ! Par conséquent, si vous tenez absolument à mettre cet incendie sur le dos de Ted Jenkins, cela signifie qu'Andrew voulait me tuer. Simplement, afin d'avoir un alibi, il a engagé un pyromane alcoolique pour faire le sale boulot à sa place.

— Une minute ! Andrew a pu prêter sa jeep à quelqu'un sans lui demander en même temps de brûler le chalet.

— Si Andrew a prêté son véhicule à Jenkins pour un motif avouable, pourquoi n'en a-t-il jamais parlé à personne ?

Cette question réduisit Ben au silence. C'était une question fort pertinente, songea-t-il, saisi. Une question à laquelle il n'arrivait pas à trouver de réponse — ou du moins aucune réponse agréable. Malgré tout ce que lui avait dit Claire, il ne parvenait pas à croire Andrew capable de tuer sa fille adoptive. Etait-il capable, en revanche, de dissimuler des faits qui le montraient sous un jour défavorable ? Andrew avait-il eu avec Ted Jenkins des contacts qui, rendus publics, auraient nui à sa réputation ? Les faits révélés à l'émission de Steve Sterne établissaient qu'Andrew avait au moins une fois transigé sur l'honneur, et Ben, bien qu'à regret, le reconnut devant Claire.

— Peut-être Andrew a-t-il tu ses relations avec Ted Jenkins pour éviter de se mettre dans une situation embarrassante et non parce qu'elles recouvraient des desseins criminels, remarqua-t-il calmement. J'imagine qu'un homme capable de laisser son amant affronter seul un tribunal militaire n'hésiterait pas à cacher des détails gênants sur ses liens avec un incendiaire. Mais cela prouve qu'Andrew est faible, pas qu'il est un assassin.

Ben pensa que son argument avait porté, car une lueur d'intérêt, et même d'espoir, brilla dans les yeux de Claire… pour s'éteindre presque aussitôt.

— Je pourrais admettre qu'Andrew n'a rien à voir avec l'incendie du chalet, déclara-t-elle, si je n'étais pas pratiquement sûre qu'il a tué Dianna Mason en croyant me tuer moi.

— J'ai lu le rapport de police sur la mort de Dianna Mason. Rien n'indique que c'était autre chose qu'un banal accident de la circulation.

— Ben, j'ai dit qu'Andrew était un assassin, pas qu'il était stupide, répliqua Claire en le regardant avec une pointe de commisération. Vous ne trouvez pas curieux, vous, que Dianna Mason — qui me ressemblait et conduisait ma voiture — soit morte sur une autoroute du New Jersey ? Et ce, comme par hasard, quelques jours seulement après qu'un détective privé s'est présenté chez moi et m'a annoncé qu'il travaillait pour mon père depuis deux ans, ajoutant que celui-ci serait ravi d'apprendre que j'étais vivante et en bonne santé et que j'habitais le New Jersey.

Encore une fois, Ben ne sut que répondre. Quelques heures plus tôt, il aurait sans doute observé que la mort de Dianna Mason s'était en effet produite à un moment bizarre, mais que la vie était faite de coïncidences. Ce genre de raisonnement ne tenait plus, à présent ; il s'apparentait même à une échappatoire. Claire avait raison : la mort de Dianna Mason était suspecte. Mais, après tant d'années, comment découvrir la vérité ?

— Vous rappelez-vous le nom de ce détective ? finit-il par questionner.

— Oui, Daniel Webster, et il m'a montré une licence de l'Etat de New York. A l'époque, je me suis demandé pourquoi ses parents lui avaient donné le nom d'un dictionnaire, et j'en ai instinctivement conclu que le nom et la carte étaient faux. Il n'a d'ailleurs jamais repris contact avec moi.

Ben se sentit gagné par une rage froide.

— Tout ce que vous dites paraît accuser Andrew, Claire, et, pourtant, je n'arrive pas à croire à sa culpabilité ! Andrew, un meurtrier froid et calculateur ? Une sorte de Dr Jekyll et Mr Hyde ? Bon sang ! Je travaille à son côté depuis six ans, et vous voudriez me convaincre que cet homme, bon et respectable le jour, se transforme la nuit en monstre sanguinaire ?

— Je ne sais pas de quoi je veux vous convaincre, déclara-t-elle d'un ton las. Parfois je ne sais même plus quoi penser moi-même. Toutes les explications, toutes les excuses que vous avez inventées pour défendre Andrew, je les avais déjà inventées. Il m'a fallu passer des mois dans un hôpital psychiatrique avant de parvenir à songer à l'incendie du chalet sans piquer une crise de nerfs. J'avais même réussi à me persuader que je m'étais trompée. Après tout, qu'est-ce que j'avais vu ce soir-là ? La jeep d'Andrew conduite par quelqu'un qui ressemblait à Andrew… Et si le canard était un poulet, finalement ? Et puis il y a eu la mort de Dianna Mason, et le poulet est redevenu un canard.

Le doute commença à s'insinuer dans l'esprit de Ben.

— L'incendie, en Floride…, commença-t-il.

Mais il s'interrompit, incapable d'exprimer tout haut ses soupçons.

— L'incendie du bungalow m'a encore renforcée dans mon opinion, indiqua Claire. J'espérais qu'Andrew ne me reconnaîtrait pas si je me présentais à lui en compagnie d'un escroc patenté comme Hal Doherty. La fumée avait changé ma voix et j'avais apporté de légères modifications à mon apparence. Je m'imaginais qu'il me prendrait pour une autre de ces filles qui convoitaient la fortune des Campbell.

— Vous avez à moitié réussi, affirma Ben avec un sourire désabusé. J'étais convaincu que vous étiez une usurpatrice.

— Malheureusement, vous n'étiez pas la personne que je souhaitais convaincre. Je voulais juste qu'Andrew m'invite chez lui afin de tâter le terrain et peut-être trouver une preuve de ses crimes avant qu'il n'attente de nouveau à ma vie. Eh bien, les choses n'ont pas du tout tourné comme je l'avais prévu. Vous avez remarqué, le jour de notre première rencontre, l'empressement d'Andrew à m'affirmer qu'il m'aurait reconnue n'importe où et qu'il était absolument sûr que j'étais Claire Campbell ? C'était sa façon à lui de me mettre en garde. Et, comme j'ai négligé cet avertissement, il m'en a donné un second en incendiant le bungalow.

Ben marmonna quelques jurons. Cela ne faisait pas beaucoup avancer la discussion, mais c'était mieux que d'avouer sa totale impuissance. Pouvaient-ils s'adresser à la police ? Non, à moins de passer pour de parfaits imbéciles, estima-t-il. Arrêté et condamné, Ted Jenkins purgeait sa peine ; Dianna Mason était morte, et les experts de Floride accuseraient plutôt Blanche-Neige qu'Andrew Campbell d'avoir mis le feu au bungalow.

Comme toujours, Claire paraissait lire dans ses pensées.

— C'est énervant, hein ? observa-t-elle. Vous commencez à comprendre, maintenant, pourquoi j'ai transmis ces informations à Steve Sterne ?

Le pire, c'était qu'il le comprenait… Il la regarda, et son cœur se serra. Claire était grande, solidement charpentée, mais, ce soir, elle avait l'air si lasse, si vulnérable, si fragile, qu'un désir irrésistible de lui offrir sa protection le submergea.

— La journée a été longue, murmura-t-il, et la soirée aussi… Si nous allions nous coucher ?

Ce ne fut qu'en la voyant rougir qu'il perçut l'ambiguïté de sa phrase. Tant pis ! songea-t-il. N'était-ce pas ce qu'il voulait, au fond ? Coucher avec Claire ? En cet instant précis rien ne lui semblait plus tentant que de s'étendre près d'elle et de se perdre dans la magie de ses caresses.

Elle lui lança un coup d'œil méfiant.

— Je ne suis pas folle, Ben…

Il éclata de rire, puis se rendit compte de ce que cette réaction pouvait avoir de blessant pour quelqu'un qui avait séjourné plusieurs mois dans un hôpital psychiatrique. Il se pencha et posa les mains sur les épaules de la jeune femme.

— Non, dit-il gravement, vous n'êtes pas folle. Vous avez beaucoup de talent, vous êtes intelligente et très lucide. Vous êtes aussi extrêmement désirable.

— Merci.

Il s'éclaircit la voix.

— Ce n'est pas que je sois lâche ni que je manque de virilité, mais, si je vous embrasse, vais-je recevoir un coup de poing dans la figure comme les autres fois ?

Elle leva la tête, et une lueur de gaieté brilla dans ses prunelles.

— Essayez et vous le saurez.

Il l'enlaça, puis sa bouche effleura doucement celle de Claire. Elle s'abandonna contre lui, corps et lèvres offerts.

— Fais-moi l'amour ! chuchota-t-elle.

Toute la fatigue de Ben s'envola. Il sentit le désir monter en lui comme un feu d'artifice explosant dans l'obscurité de la nuit. Son baiser devint ardent, passionné.

— Oh ! Claire…

— Oui, Ben, oui…

Il la souleva dans ses bras et la porta jusqu'à la chambre, dont il referma la porte d'un coup de talon. Alors, il oublia le passé, l'avenir et tout ce qui n'était pas du domaine des sensations immédiates.

Plus tard, allongé à côté d'elle, dans un état proche de la béatitude, il s'aperçut que les mots interdits dansaient de nouveau dans sa tête.

« Engagement ». « Pour toujours ». Le mot « amour » lui traversa même l'esprit avant d'être repoussé dans les limbes de son subconscient.

Le pire, pensa Ben, c'était que ces mots commençaient à lui paraître extraordinairement séduisants. « Claire ». « Relation ». « Engagement ». Et zut ! Plus il les disait, plus ils lui plaisaient.

Claire. Amour. Mariage.

Allez ! Inutile de se causer des frayeurs… Il ferma les yeux.

14.

Claire — elle avait du mal à s'habituer à ce prénom, après l'avoir banni de son esprit pendant près de cinq ans — paya son taxi et pénétra dans le vestibule de l'immeuble de Madison Avenue. Le portier de service était nouveau et ne la connaissait pas.

— Vous désirez, mademoiselle ?

— Je suis Claire Campbell. Je viens voir ma mère, Mme Andrew Campbell.

— Si vous voulez bien attendre, mademoiselle, je vais la prévenir.

Le portier avait l'air sceptique. Peut-être ne la croyait-il pas..., songea ironiquement la jeune femme. Elle se dirigea vers l'ascenseur et attendit que le portier eût appelé Evelyn.

— Vous pouvez monter, mademoiselle, déclara celui-ci en raccrochant le combiné. L'appartement-terrasse.

Il pressa le bouton placé sur le bureau de la réception, et les portes de l'ascenseur s'ouvrirent. Claire y entra ; elle sentait le regard du portier fixé sur son dos. Le tapis de sol lui annonça qu'on était mercredi. Elle le savait déjà, mais fut contente d'en avoir la confirmation écrite.

« Allons, ça suffit ! se gronda-t-elle intérieurement. Tu te fais ces réflexions sarcastiques uniquement pour t'empêcher de penser à cette rencontre avec ta mère… »

L'ascenseur s'arrêta au dernier étage. Claire se braquait d'avance à l'idée d'une confrontation immédiate avec Evelyn, mais, quand les portes s'ouvrirent, ce fut la silhouette familière d'un homme qu'elle avait toujours beaucoup aimé qui lui apparut.

— Bainbridge ! s'exclama-t-elle en se jetant dans ses bras. Quelle joie de vous retrouver ! Vous n'avez pas changé du tout.

Le majordome ne fondit pas exactement devant ces démonstrations d'affection, mais il exprima plus d'émotion qu'elle ne l'avait jamais vu en manifester : ses joues rosirent, ses yeux s'embuèrent de larmes, et il dut s'éclaircir longuement la voix avant de se risquer à parler.

— Vous voilà enfin de retour, mademoiselle Claire ! Vous nous avez terriblement manqué.

Il alla même jusqu'à la serrer contre lui et à lui donner dans le dos de légères tapes ponctuées de petits cris inarticulés qui réconfortèrent étrangement la jeune femme.

— C'est bon d'être chez soi, Bainbridge !

Et, à cet instant précis, ça l'était en effet. Comment avait-elle pu supporter une si longue absence ? se demanda-t-elle. Comment avait-elle pu autoriser Andrew à la couper de gens qu'elle aimait tant ? Soudain ragaillardie, elle glissa son bras sous celui du majordome et le suivit à l'intérieur de l'appartement en poussant des oh ! et des ah ! admiratifs chaque fois qu'il lui montrait un changement apporté à la décoration.

— Votre mère va descendre dans quelques minutes, indiqua-t-il quand ils eurent enfin atteint le salon.

— Euh… parfait ! Rien ne presse… Cela fait si longtemps que nous attendons…

Les phrases décousues de Claire se noyèrent dans un accès de rire nerveux. De fait, Evelyn pouvait prendre tout son temps, car la jeune femme craignait que leur entrevue ne se passât pas aussi bien que les retrouvailles avec Bainbridge. Mal à l'aise, elle promena son regard autour de la pièce et aperçut une table basse recouverte d'une nappe damassée.

— Cette nappe me dit que vous allez nous apporter un en-cas matinal, Bainbridge. J'espère que ce sera une de vos spécialités !

Le majordome maintenait dans la maison certaines traditions britanniques, comme celle de servir à 11 heures précises du café au lait accompagné de biscuits. Quelques-uns des meilleurs souvenirs d'enfance de Claire étaient associés à ces demi-heures quotidiennes où, juchée sur un tabouret de cuisine, elle écoutait les histoires de Bainbridge en croquant de délicieux sablés écossais et en buvant du « café » — en réalité du lait chaud additionné de quelques gouttes de café.

— Il n'est pas impossible que je trouve des tartelettes à la confiture, annonça Bainbridge.

Claire sourit, car il lui semblait presque entendre le « si vous êtes sage » que le majordome ne manquait pas d'ajouter quand elle était petite.

— Mon gâteau préféré, s'écria-t-elle, les larmes aux yeux. Merci.

— De quoi ?

— De m'accueillir avec tant de gentillesse.

Il rougit de plaisir, puis fronça les sourcils et la considéra d'un air grave.

— Vous n'auriez pas dû disparaître ainsi, mademoiselle Claire. Quoi qu'il s'est passé dans le Vermont, vous auriez dû donner de vos nouvelles à votre mère.

Bainbridge faisait rarement des fautes de grammaire et, quand il laissait ainsi ses origines cockney reprendre le dessus, c'était toujours le signe d'une profonde émotion. Mais que lui répondre ? Qu'elle avait disparu parce que son prétendu père essayait de la tuer ? Qu'elle se sentait encore en danger, parce que, plus elle se rapprocherait d'Andrew, plus il serait facile à celui-ci d'organiser un autre accident ? Non, il n'était évidemment pas question de révéler à Bainbridge ce terrible secret.

— Je serais revenue avant si j'avais pu, finit-elle par murmurer.

— Mieux vaut tard que jamais, observa le majordome d'un ton bourru, mais ne vous sauvez plus sans informer votre maman de l'endroit où vous allez, c'est un ordre !

Il s'interrompit brusquement et reprit son air digne de vieux domestique stylé.

— Voilà Mme Campbell, mademoiselle. Je reviens dans quelques minutes avec le café et les gâteaux.

Malgré ses soixante-dix ans, Bainbridge avait l'ouïe fine, car Claire fut obligée de tendre l'oreille pour percevoir les pas de sa mère dans l'escalier. L'appartement comprenait en effet un petit étage, transformé des années plus tôt en boudoir, où Evelyn avait l'habitude de passer la majeure partie de son temps libre. A faire quoi ? se demanda Claire. Elle se rendit compte qu'elle ne s'était encore jamais posé la question.

Les talons hauts d'Evelyn résonnèrent sur les dalles de marbre du vestibule. Claire retint son souffle. Elle avait la gorge si serrée qu'elle dut avaler avant de pouvoir inspirer de nouveau.

Le bruit de pas s'arrêta un instant et un silence absolu régna dans le salon, puis Evelyn ouvrit la porte et s'immobilisa sur le seuil, froide apparition vêtue de lin bleu pâle et d'accessoires de cuir d'un bleu plus foncé.

— Bonjour, Claire, déclara-t-elle avec un sourire contraint. Bienvenue à la maison !

— Bonjour, maman.

Claire était clouée sur place. Une bouffée de chaleur l'envahit, immédiatement suivie par un frisson glacé. Elle avait tant de choses à dire à sa mère, et, pourtant, elle se sentait la tête complètement vide, et la gorge si sèche qu'elle n'était pas certaine de jamais recouvrer l'usage de la parole. Quelle idiote ! songea-t-elle. Elle s'était jetée dans les bras de Bainbridge, qui terrorisait tout le monde avec ses manières de majordome anglais du XIXe siècle… Alors pourquoi n'arrivait-elle pas à franchir quelques mètres pour aller embrasser sa mère ?

Evelyn s'avança. Peu de femmes de cinquante ans paraissaient à leur avantage dans la lumière éclatante du matin, mais l'architecture parfaite du visage d'Evelyn compensait les petites rides qui marquaient à présent son front et le contour de ses yeux. Bizarrement, Claire se réjouit que sa mère n'eût pas eu recours à la chirurgie esthétique pour effacer les outrages du temps.

Bien sûr, elle n'osa pas exprimer sa pensée. Adresser ce genre de remarque à Evelyn, c'était comme assurer la reine d'Angleterre qu'on aimait bien sa nouvelle coiffure… Claire regarda sa mère traverser la pièce. Le silence devenait oppressant. « Mon Dieu ! C'est horrible ! songea-t-elle. Il faut que je dise quelque chose. »

En désespoir de cause, elle bredouilla :

— Bainbridge va nous servir des tartelettes à la confiture.

— Vraiment ? Je… J'en suis ravie.

Evelyn avait l'air choquée, et ce n'était guère étonnant : après sept ans de séparation, elle s'attendait sans doute à ce que sa fille lui parle d'autre chose que du menu prévu par le majordome pour l'en-cas du matin.

— Tu as fait bon voyage ? demanda-t-elle, ramenant la conversation sur un sujet plus pertinent. Je suis contente que tu sois venue me rendre visite. Tu as bonne mine, Claire.

— Toi aussi. Toujours aussi belle et élégante !

— Merci.

Voilà qui couvrait le voyage, leur santé et leur apparence. Allaient-elles discuter du temps, à présent ? Non, tout de même pas… Claire se tourna vers la porte, espérant voir apparaître Bainbridge avec son plateau. Mais c'eût été trop beau… Elle jeta un coup d'œil furtif à sa mère et constata avec surprise que le mouchoir de dentelle qu'Evelyn tenait à la main était tout froissé. Il lui vint alors à l'esprit l'idée incroyable que le silence de sa mère pouvait être dû à la nervosité et non à la réprobation. Etait-il possible que la froide Evelyn eût peur ?

— Maman ? murmura Claire en avançant timidement d'un pas. Maman, ça va ?

— Bien sûr que ça va !

Evelyn avait répondu sur un ton calme, teinté d'arrogance, mais elle se détourna ensuite et Claire vit que ses épaules étaient secouées de frissons.

— Maman ? Qu'y a-t-il ? Dis-le-moi !

— Il y a que je suis une idiote ! s'exclama Evelyn avec un mélange de colère et de désespoir. J'ai passé la moitié de la nuit à chercher des sujets de conversation pour nous deux afin de ne pas commettre d'impair. Oh ! mon Dieu... Pourquoi suis-je incapable de te prendre dans mes bras, de pleurer sur ton épaule et de me demander seulement après si je ne me suis pas rendue ridicule ?

— Cela me semble une excellente idée...

Le cœur de Claire battait la chamade. Elle s'approcha d'Evelyn et, d'un geste hésitant, lui toucha le coude.

— Maman ? J'aimerais que tu me prennes dans tes bras.

— C'est vrai ?

Evelyn se retourna. Ses lèvres tremblaient et ses grands yeux bleus étaient noyés de larmes.

— Claire... Je pensais ne jamais te revoir... Je n'arrive pas à croire que tu es ici, dans la même pièce que moi. C'est... C'est merveilleux !

Elle tendit les bras, puis les laissa retomber, incapable de se libérer complètement du poids de son éducation et de ses inhibitions.

Sa mère craignait d'être repoussée, comprit alors la jeune femme. Elle craignait que ses manifestations de tendresse ne fussent mal accueillies.

— Oh ! maman..., dit Claire en se penchant et en mettant sa joue contre celle d'Evelyn. Je suis si contente d'être revenue !

L'odeur familière du parfum de sa mère monta aux narines de Claire, qui sentit des larmes lui couler sur le visage. Elle renifla. « Naturellement ! songea-t-elle, amère. Evelyn pleure et cela donne à ses beaux yeux plus d'éclat encore. Moi, je pleure, et j'ai le nez qui coule. »

— Tu m'as manqué, maman, balbutia-t-elle. Tu m'as beaucoup manqué.

— J'ai vécu un cauchemar, murmura Evelyn en l'étreignant. Tu ne peux pas t'imaginer l'épreuve qu'ont été toutes ces entrevues avec des usurpatrices, l'espoir qui renaissait chaque fois pour s'éteindre de nouveau...

— Excuse-moi. Je ne voulais pas te faire souffrir, maman, honnêtement...

— Tu es là, maintenant, c'est l'essentiel, affirma Evelyn avec un petit rire qui exprimait un soulagement presque enfantin. Tu vas me trouver bête, mais j'ai envie de me pincer pour être sûre que je ne rêve pas.

— Inutile de te pincer. Tu ne rêves pas.

— Non, et c'est un tel bonheur ! Ah ! voilà Bainbridge, pile à l'heure...

Evelyn se dirigea vers la table basse d'un pas énergique.

—Ça sent délicieusement bon, déclara-t-elle à Bainbridge.

— Je vous apporte votre café, madame, et des tartelettes à la confiture. J'espère que cela vous conviendra à toutes les deux.

Bainbridge s'était de nouveau glissé dans son personnage de majordome compassé, mais cela ne troubla pas Evelyn le moins du monde : elle lui sourit au contraire d'un air cordial.

— C'est parfait, Bainbridge, comme toujours.

— Merci, madame, répondit le majordome en s'inclinant. Je vous laisse servir le café, madame.

Claire éclata de rire, si heureuse qu'elle ne put s'empêcher de s'exclamer :

— Vous êtes un formidable acteur, Bainbridge ! On jurerait que vous avez appris votre rôle de vieux serviteur fidèle en regardant des films de Charles Boyer !

Evelyn et Bainbridge échangèrent un rapide coup d'œil, puis ce dernier sourit poliment et tendit à Claire une tasse et une soucoupe en porcelaine de Limoges.

— Charles Boyer est français, mademoiselle, observa-t-il, et je ne crois pas qu'il ait jamais joué le rôle d'un majordome. En tout cas pas celui d'un majordome anglais. Il en aurait été incapable, absolument incapable.

D'un petit signe de tête, Bainbridge signifia à la jeune femme que la discussion était terminée, puis il se retira. Claire le suivit des yeux, ennuyée.

— Mon Dieu ! Qu'ai-je dit ? J'ai dû le froisser…

— Mais non ! assura gaiement Evelyn en s'asseyant devant la table et en soulevant la lourde cafetière d'argent. Bainbridge aime bien nous remettre à notre place de temps en temps, c'est tout. Il n'a jamais vraiment accepté le fait de travailler pour des parvenus d'une ancienne colonie britannique, et il a sauté sur cette occasion pour nous rappeler que nous sommes des êtres inférieurs, incapables d'apprécier à leur juste valeur ses talents de majordome.

Claire se mit à rire et alla s'installer en face de sa mère. Elle prit une tartelette ; la pâte était tiède, la confiture de fraises riche et onctueuse. Fermant les yeux, la jeune femme mordit dedans avec délectation.

— Mmm… ! C'est divin ! Encore meilleur que ce dont je me souvenais.

Elle se lécha les doigts, soudain affamée, car l'appréhension l'avait empêchée de rien avaler au petit déjeuner.

— Elles sont bonnes, n'est-ce pas ? Prends-en une autre, Claire ! Sers-toi !

Bien entendu, Evelyn, elle, utilisait une fourchette à gâteaux en argent. Après avoir mangé sa tartelette à petites bouchées, elle se tamponna la bouche avec le coin de sa serviette, puis remua lentement son café — bien qu'elle n'y eût pas mis de sucre.

— Claire, il faut que je sache…, s'écria-t-elle soudain. Pourquoi t'es-tu enfuie ?

Sa cuiller heurta bruyamment la soucoupe au moment où elle posait cette question, ce qui en disait long sur l'état de ses nerfs.

— Que s'est-il passé, Claire ? poursuivit-elle. Pourquoi cette longue absence ? Tu nous as tellement manqué, à ton père et à moi… Nous étions désespérés.

Claire ignora l'allusion à Andrew.

— J'avais peur, répondit-elle. L'incendie du chalet m'a terrorisée et je n'ai peut-être pas réagi de façon très rationnelle.

— Je comprends. Après un violent traumatisme, on se conduit souvent bizarrement, on reste quelque temps en état de choc... Mais toi, Claire, tu as disparu pendant sept ans !

Evelyn s'interrompit et baissa les yeux, mal à l'aise, avant d'ajouter :

— Je suis ta mère, Claire... Pourquoi ne me donnes-tu pas la véritable raison de ta disparition ?

« Cette raison, elle la connaît déjà, pensa Claire. Elle sait que je me suis enfuie à cause d'Andrew. A cause de son mari. »

La jeune femme prit une fourchette et poussa distraitement les miettes de gâteau éparpillées sur son assiette. Le moment était venu, estima-t-elle. Le moment d'abattre le mur de silence qu'on avait érigé pour la protéger et qui, finalement, avait bien failli la tuer. Les mensonges ne l'ayant pas préservée du danger, peut-être fallait-il essayer la franchise... Claire défroissa sa serviette et la posa sur la table.

— C'est très compliqué, déclara-t-elle.

— Commence par le début et prends ton temps, répliqua sèchement Evelyn. Nous avons toute la journée. Rassemblant son courage, Claire se lança.

— Grand-mère m'a révélé la vérité sur mon père. Sur toi, sur Douglas, sur la liaison que vous avez eue et dont je suis le résultat.

— Je vois, murmura Evelyn en rougissant violemment. Je me suis souvent demandé si ta grand-mère t'en avait parlé… Nous avions l'intention de le faire, Andrew et moi, après tes dix-huit ans, mais les circonstances nous en ont empêchés.

Claire ne répondit pas. Elle fixa son assiette, et Evelyn soupira.

— Te sera-t-il plus facile de nous pardonner si je te dis que Douglas et moi étions tellement amoureux l'un de l'autre que la morale traditionnelle nous a un moment semblé ne pas s'appliquer à nous ?

— Je ne sais pas. N'est-ce pas ce que croient tous les adultères ?

De rouge, le visage d'Evelyn devint livide.

— Oui, tu as sans doute raison… Quoi qu'il en soit, j'étais très jeune, très naïve, et Douglas était le type d'homme qu'on ne rencontre qu'une seule fois dans sa vie. Mon éducation ne m'avait pas préparée à résoudre ce genre de problème. Mes parents appartenaient à un milieu social et à une génération pour lesquels une femme bien élevée ne ressentait pas de désir physique.

Une lueur d'ironie amère brilla un instant dans ses yeux, puis elle poursuivit :

— Douglas a éveillé en moi des sentiments dont rien de ce que j'avais pu apprendre, lire ou même rêver ne m'avait permis de soupçonner l'existence. J'ai donc dû inventer au fur et à mesure les règles de conduite qui allaient avec.

Etrangement, Claire pensa alors à Ben, mais elle chassa aussitôt cette image importune. Elle avait renversé des miettes de gâteau sur la nappe, et elle entreprit de les ramasser et de les remettre dans son assiette. S'éclaircissant la voix, elle finit par observer :

— Tu avais contracté des obligations à l'égard d'Andrew en l'épousant, et il était parti se battre pour sa patrie quand Douglas et toi êtes devenus amants. Tes vœux de mariage ne signifiaient-ils donc rien pour toi ? Ni pour Douglas, qui était tout de même le frère d'Andrew ?

Pourquoi se souciait-elle soudain des devoirs d'Evelyn envers son mari ? songea-t-elle.

— Bien sûr que si, j'attachais de l'importance à ces obligations, rétorqua Evelyn. Mais, pendant notre lune de miel, Andrew m'a dit…

Elle s'arrêta brusquement, puis reprit :

— La vie n'est pas toujours aussi simple sur le plan moral qu'on essaie de le faire croire aux enfants. Jamais je ne regretterai ni de t'avoir eue ni d'avoir aimé Douglas. Tu lui ressembles tellement…

Evelyn sourit doucement en prononçant ces mots. Claire refusa cependant de se laisser attendrir. Elle savait qu'elle avait hérité de son père son goût pour le travail du verre, mais quels autres traits de caractère lui avait-il transmis ? Une incapacité à nouer des relations durables ? Un besoin constant d'être le centre de l'attention générale ? Une tendance à dramatiser ?… Elle empila les miettes au centre de son assiette et s'appliqua à construire une pyramide parfaite.

— Cela t'intéressera peut-être d'apprendre, poursuivit Evelyn avec un soupir, que tu as éclairé les dernières années de la vie de ton père. Le fait que tu existes et que tu sois une enfant si gaie et si bien portante l'a aidé à supporter ses souffrances. Ton père était un homme remarquable. Je regrette que tu ne l'aies pas connu.

Claire n'avait jamais douté qu'il serait difficile de parler avec Evelyn de sa naissance illégitime, mais elle se rendait compte maintenant que c'était une chose d'imaginer une situation, une autre de l'affronter réellement. Malgré l'évolution des mentalités, elle avait du mal à accepter l'idée que sa mère avait eu une aventure extraconjugale. Elle n'arrivait pas à se débarrasser de la conviction puérile que les femmes pouvaient avoir des liaisons, mais pas les mères — et surtout pas la sienne. Cette attitude était irrationnelle, elle en avait conscience, mais les relations mère-fille relevaient-elles d'une quelconque logique ?

— J'étais en colère quand grand-mère m'a révélé ce qui s'est passé entre Douglas et toi, avoua-t-elle.

— Parce que cela te décevait de ma part ?

La réponse qui lui vint spontanément aux lèvres la surprit sans doute plus encore qu'Evelyn.

— Non, j'étais en colère parce que Andrew n'était pas mon père.

— Et je te l'avais enlevé pour te donner un mort à la place... Est-ce ainsi que tu as vu les choses ?

— Au début, oui. Mais plus tard, après l'incendie, ça n'a plus eu d'importance. J'étais contente, au contraire, qu'Andrew ne soit pas mon vrai père.

— Je ne comprends pas, remarqua Evelyn, l'air surpris. Pourquoi cet incendie aurait-il diminué ton amour pour Andrew ?

Claire sentit une rage froide monter en elle, dominant peu à peu le tumulte de ses autres émotions.

— Comme si tu ne le savais pas ! déclara-t-elle d'une voix rauque. Je t'en prie, maman, arrête de protéger Andrew sous prétexte que c'est ton mari et que tu te reproches de l'avoir trompé.

— Moi, je protège Andrew ? J'ai gardé le silence sur sa liaison avec Jordan, c'est vrai, mais… Enfin, Claire, de quoi parles-tu ?

L'odeur du café au lait tiède donna soudain la nausée à la jeune femme. Les contours des objets devinrent flous, et elle ferma les yeux.

— Je t'en supplie, maman, ne m'oblige pas à le dire ! Je ne peux pas, pas à toi…

— Tu le dois ! s'exclama Evelyn d'un ton d'où toute douceur avait disparu. Pourquoi penses-tu que je protège Andrew ? Pourquoi l'incendie du chalet t'a-t-il amenée à te cacher pendant sept ans ?

— Parce que Andrew a essayé de me tuer ! hurla Claire.

Il n'était pas dans ses intentions de crier, mais l'effort qu'il lui avait fallu fournir pour prononcer ces mots malgré la boule qu'elle avait dans la gorge était trop violent pour qu'elle parvînt à contrôler sa voix. Elle avait lancé plus d'une fois cette accusation à la tête de Ben, elle la formulait intérieurement depuis près de sept ans, et, pourtant, jamais la douleur d'avoir été trahie ne s'était atténuée.

« Oh ! Andrew, pourquoi m'as-tu fait cela ? » gémit-elle silencieusement.

Evelyn blêmit, mais resta silencieuse. Les deux femmes se regardèrent, muettes et figées, tandis que le tic-tac de la pendule Louis XVI, sur la cheminée, leur rappelait que le temps continuait de s'écouler et qu'elles allaient devoir affronter les problèmes causés par la déclaration de Claire.

Celle-ci se ressaisit la première. La bouche sèche, le cœur battant, elle écarta brusquement son fauteuil de la table.

— Je suis désolée, maman. Tu m'as demandé de te dire la vérité, mais j'ai l'impression que tu n'avais pas vraiment envie de l'entendre.

— Tu te trompes complètement ! Je voulais… Je veux entendre la vérité, et je suis contente de connaître enfin la raison de ta disparition. Mais comment peux-tu imaginer une chose pareille ? Andrew t'aime autant que s'il était ton père biologique. Tu sais très bien qu'il n'a jamais témoigné la moindre préférence pour Roger.

— Bien sûr que non ! observa Claire d'une voix ironique. Andrew est un être si grand et généreux que cela ne l'ennuie pas le moins du monde d'avoir en moi un souvenir vivant de la liaison de sa femme avec son frère cadet…

Evelyn tressaillit, mais ne perdit pas son sang-froid.

— Je considère en effet Andrew comme un homme grand et généreux à bien des égards. Ce n'est cependant pas à moi de le défendre. Tu dois avoir le courage de lui faire part directement de tes soupçons afin qu'il les dissipe.

— Quelle bonne idée ! s'exclama Claire, cruellement déçue de constater que sa mère, comme tout le monde — y compris Ben, probablement —, ne la croyait pas. Je me représente d'ici la scène :

«— Est-il vrai, papa, que tu as mis le feu au chalet du Vermont dans le but de me tuer ?

— Moi, te tuer ? Mon Dieu, ma petite Claire ! D'où te vient cette idée ridicule ? Je n'ai jamais essayé de te tuer, ma chérie.

— Ah ! quel soulagement, papa... C'est donc en rêve que je t'ai vu t'éloigner du chalet au volant de ta jeep. »

— Mais qu'est-ce que tu racontes ? coupa Evelyn. Insinuerais-tu qu'Andrew se trouvait dans le Vermont le soir où le chalet a brûlé ?

— Je ne l'insinue pas, je l'affirme ! J'ai vu Andrew près du chalet dans sa jeep, celle qui est immatriculée ABC 4.

— Tu as peut-être vu une de ses voitures, mais ce n'était pas Andrew qui la conduisait. Il m'a téléphoné des Lauriers ce soir-là pour m'informer de l'incendie. Il a ajouté que, d'après les pompiers, il y avait une chance pour que tu t'en sois tirée indemne.

— Comment sais-tu que c'est de Pittsburgh qu'Andrew a téléphoné ? C'est sans doute ce qu'il a prétendu, mais il a pu utiliser une carte et appeler de n'importe où. Je te jure que je l'ai vu, maman, de mes yeux vu.

— La gouvernante était avec lui dans la maison.

— L'as-tu interrogée pour vérifier si Andrew était réellement à Pittsburgh le soir de l'incendie ?

— Non, admit Evelyn. J'avais bien d'autres soucis en tête à ce moment-là... Nous nous efforcions d'aider les enquêteurs à découvrir la cause de l'incendie. Nous te faisions rechercher. Nous tentions de réconforter Mike et Michelle Kaplan, les malheureux parents de Jon... D'ailleurs, je n'avais aucune raison de penser qu'Andrew m'avait menti.

— Et voilà comment il a presque réussi à me tuer sans éveiller les soupçons !

— Toc, toc, intervint Roger en surgissant dans l'embrasure de la porte. Je peux entrer ? J'aimerais dire bonjour à ma sœur enfin retrouvée !

— Roger ! s'écria Evelyn, que cette diversion soulageait visiblement. Viens ! Je ne t'attendais pas, mais c'est une agréable surprise.

Roger pénétra dans le salon et donna à sa mère un rapide baiser sur la joue avant d'expliquer :

— Ben est arrivé très tôt au bureau ce matin et j'ai donc décidé de le laisser s'occuper des affaires familiales pendant que, moi, je sautais dans un avion pour participer à cette petite réunion.

Il sourit et, se tournant vers sa sœur, la serra un peu gauchement dans ses bras.

— Bienvenue à la maison, Claire !

— Merci. C'est un grand moment pour moi.

Claire était ravie de voir Roger, non seulement parce qu'elle l'aimait beaucoup, mais aussi parce que son apparition avait détendu l'atmosphère. Des souvenirs de leur enfance lui remontèrent à la mémoire et, attendrie, elle enlaça le jeune homme.

— Nos disputes m'ont énormément manqué pendant toutes ces années, remarqua-t-elle d'un ton léger.

— A moi aussi. Un garçon a toujours besoin d'une grande sœur pour l'embêter…

Se reculant de quelques pas, Roger la fixa intensément, puis ajouta :

— Tu ne ressembles pourtant que vaguement à la sœur que j'ai connue autrefois. Je le regrette, Claire, mais la vérité, c'est que je t'ai prise pour une usurpatrice lors de notre rencontre en Floride.

— Oui, s'exclama-t-elle en riant, j'ai eu la nette impression que, après m'avoir gratifiée d'un moment de bienveillance, tu me soupçonnais finalement de vouloir m'emparer de la fortune des Campbell !

— Il fallait bien que quelqu'un défende les intérêts de ma sœur…

— Merci de ta sollicitude ! déclara-t-elle en tirant avec espièglerie sur la cravate du jeune homme. Dis donc, tu es drôlement élégant ! Une vraie tenue d'homme d'affaires !

Roger feignit de se rengorger.

— C'est mon costume de gagneur. Il m'a coûté plus de sept cents dollars. Je le porte quand je veux vraiment impressionner quelqu'un.

— Et qui veux-tu impressionner, aujourd'hui ? interrogea Evelyn avec un sourire. Pas nous, j'imagine, puisque tu es venu ici suite à une impulsion subite.

— Non, j'ai mis ce costume en l'honneur de papa et de son état-major, répondit Roger, le visage soudain grave. Je m'envole tout à l'heure pour Palm Beach, où se tient une grande réunion. Les nouvelles de Floride ne sont pas très bonnes…

— Andrew m'a annoncé en partant qu'il allait inviter tous ses collaborateurs à la maison afin de faire le point, indiqua Evelyn. Ils essaient en ce moment d'évaluer les effets de cette maudite interview télévisée sur l'opinion.

— Oui, ils y travaillent jour et nuit. Ils effectuent des sondages par téléphone, ce genre de choses... Mais, en réalité, papa m'a demandé de le rejoindre parce qu'il va sans doute retirer sa candidature.

— Oh ! non, s'écria Evelyn, bouleversée. C'est franchement trop injuste qu'un événement vieux de vingt-cinq ans ruine la carrière politique d'Andrew alors qu'il a tant travaillé pour servir la collectivité.

Roger s'agita nerveusement, et Claire s'aperçut que cette conversation l'embarrassait beaucoup. Et c'était normal... Elle n'avait pas pensé aux conséquences de la chute d'Andrew pour Roger et se rendait compte à présent qu'il devait être très difficile pour un jeune homme d'apprendre que son père était homosexuel — ou du moins bisexuel. Dans sa hâte de châtier Andrew, elle n'avait pas assez pris en considération les sentiments de personnes qui, elles, étaient innocentes.

— L'homosexualité est un sujet qui gêne les Américains, observa Roger. Les résultats des derniers sondages sont arrivés et... euh... ils sont catastrophiques.

— Il ne faut pas toujours se fier à la première réaction des gens, indiqua Claire. Il se peut que la tendance s'inverse.

— Jusqu'ici, chaque nouvelle enquête montre que papa perd des points.

— C'est lamentable ! s'exclama Evelyn d'un ton véhément. Parce que Andrew a commis une faute il y a des années, on oublie tout ce qu'il a réalisé depuis ! Personne dans ce pays ne connaît mieux que lui les problèmes d'aménagement du territoire. Il aurait fait un remarquable gouverneur, surtout dans un Etat comme la Floride, où ces questions sont d'une importance capitale.

— Et, toi, tu aurais fait une femme de gouverneur formidable, affirma Roger.

— Très franchement, ce n'était pas un rôle qui m'intéressait beaucoup et, en ce qui me concerne, je ne regrette donc rien. J'ai toujours eu la certitude que je travaillais mieux en coulisse.

— A ton avis, maman, devons-nous tenter de convaincre papa de continuer sa campagne ? demanda Roger en tambourinant sur le dessus d'une console.

— C'est à lui de prendre la décision, répondit Evelyn, car c'est lui que la presse traînera dans la boue s'il maintient sa candidature. Pauvre Andrew ! Il faut que je l'appelle.

— Pourquoi ne m'accompagnes-tu pas en Floride au lieu de téléphoner ? suggéra Roger. Papa a besoin de soutien et, si tu es à son côté au moment où il annoncera qu'il se retire, cela découragera les médisances.

— Je pourrais en effet venir avec toi, mais Claire et moi avions l'intention de passer la journée ensemble.

— Ne t'inquiète pas pour moi, déclara Claire. Je vais rentrer à Boston. Je ne veux pas priver Andrew du réconfort de ta présence.

« Que tout le monde se rassemble donc autour de la pauvre victime, qui n'a rien fait pour mériter ce qui lui arrive ! » songea-t-elle, sarcastique.

Evelyn paraissait encore hésiter, mais Roger se montra persuasif, et elle accepta finalement d'aller voir Claire à Boston la semaine suivante et de renoncer à la réunion du conseil d'administration du musée Guggenheim qui devait avoir lieu le lendemain, pour pouvoir se rendre à Palm Beach avec Roger.

Claire aurait dû se réjouir et, pourtant, elle n'éprouvait aucun sentiment de triomphe : cette discussion sur la fin de la carrière politique d'Andrew — qu'elle avait ardemment souhaitée — ne lui inspirait qu'un profond dégoût d'elle-même.

« Sois prudent dans tes souhaits, car les dieux pourraient bien les exaucer », disait un proverbe anglais. Ces vieux adages avaient une fâcheuse tendance à se révéler justes quand il était trop tard pour en tenir compte.

La jeune femme leva la tête et s'aperçut qu'Evelyn la regardait d'un air interrogateur. Claire rougit et s'agita nerveusement sur son siège. Evelyn se demandait-elle qui avait fourni à Steve Sterne toutes ces informations sur Andrew et Jordan Edgar ? Ou, pire encore, l'avait-elle deviné ? Claire frémit à l'idée de devoir avouer à sa mère que c'était elle qui avait renseigné le journaliste. Comment réagirait Evelyn en apprenant que sa propre fille avait machiné la perte d'Andrew ?

Heureusement, quoi qu'elle pensât ou soupçonnât, Evelyn n'évoqua pas la question des sources de Steve Sterne.

— Pourquoi ne viens-tu pas avec nous en Floride, Claire ? suggéra-t-elle. Je suis sûre qu'Andrew serait ravi de te revoir, et vous avez tous les deux beaucoup de choses à vous dire.

— Oh ! non, s'empressa de répondre la jeune femme. Je ne veux pas compliquer encore les choses à un moment où pap... où And... où il a déjà tant de soucis. Nous aurons tout le temps de discuter ensemble un peu plus tard. D'ailleurs, il faut absolument que je me remette au travail. Mon atelier a été saccagé il y a une dizaine de jours et plusieurs de mes verreries ont été brisées, si bien que j'ai pris beaucoup de retard dans mes commandes.

— Mais c'est affreux ! s'exclama Roger. Je n'étais pas du tout au courant. Tu as tellement de talent… Comment quelqu'un a-t-il pu détruire des objets aussi beaux que ces coupes gravées ? L'idée qu'on ait pu pénétrer dans ton appartement et les casser me révolte.

— Je suis jalouse, observa Evelyn en se tournant vers lui. Quand as-tu vu les œuvres de Claire ? Moi, j'attends avec impatience de les admirer, mais je n'en ai pas encore eu l'occasion.

Roger releva la mèche de cheveux qui lui tombait dans les yeux.

— En réalité, je ne les ai pas vues, déclara-t-il. C'est Ben qui m'en a parlé, et il semble considérer Claire comme l'artiste la plus douée depuis Michel-Ange.

Il lança un coup d'œil et un sourire taquin à sa sœur avant d'ajouter :

— Même en tenant compte du fait qu'un homme amoureux exagère toujours un peu, Claire est sûrement une virtuose dans son domaine.

Evelyn haussa les sourcils, mais sa discrétion l'empêcha de faire aucun commentaire sur le rôle que jouait Ben dans l'existence de sa fille.

— Alors j'ai plus envie que jamais de voir son travail, affirma-t-elle, car Ben n'est pas du genre à chanter les louanges de quelqu'un à la légère.

— Tu risques d'être déçue, dit Claire d'un ton désinvolte afin de cacher la gêne que lui causaient ces compliments. Après moi, l'artiste préféré de Ben est un type qui peint des portraits d'Elvis sur du velours noir.

Au fond d'elle-même, la jeune femme était cependant ravie que Ben eût aimé ses réalisations au point d'en parler à Roger avec un tel enthousiasme. D'un autre côté, elle avait encore tant de mal à démêler ses sentiments à l'égard de Ben qu'il aurait mieux valu que Roger n'abordât pas ce sujet. Elle se demandait d'ailleurs comment il était au courant. Ben n'avait certainement pas pour habitude de raconter sa vie privée au bureau… Alors, l'attirance qu'ils éprouvaient l'un pour l'autre était-elle si évidente que tout le monde s'en apercevait ? C'était une idée troublante…

— Ces actes de violence gratuite sont toujours inquiétants, remarqua Evelyn. J'espère que tu as signalé l'incident à la police, Claire, car il est possible que ce vandale s'en prenne un jour non plus à tes verreries, mais à toi.

— Je ne cours aucun danger, répliqua la jeune femme. Je connais le coupable, et son acte n'avait rien de gratuit.

Un étrange désir de ne pas salir la mémoire de Hal l'empêcha de le dénoncer. Après tout, il était mort, songea-t-elle. Paix à ses cendres…

— Je crois qu'il a compris maintenant, ajouta-t-elle donc, et qu'il se tiendra tranquille à l'avenir.

— Tu as changé tes serrures, au moins ? questionna Roger.

— Oui, oui, je les ai changées, mentit-elle.

Juste à ce moment-là, le majordome frappa doucement sur le battant de la porte restée ouverte.

— Puis-je débarrasser, madame ?

— Oui, Bainbridge, merci.

— Les tartelettes à la confiture étaient délicieuses, observa Claire. Je ne sais pas comment j'ai réussi à m'en passer pendant si longtemps !

— Je suis heureux que vous les ayez appréciées, dit Bainbridge avec un sourire indulgent.

Il souleva le plateau et adressa à Roger un petit signe de tête.

— Bonjour, monsieur Roger. Désirez-vous que je vous apporte du café ?

— Non merci ! s'écria Roger en riant. Je suis absolument incapable d'avaler la mixture que vous servez, depuis que Sharon m'a fait goûter du vrai café ! Elle rend mes séjours chez papa très agréables.

Le majordome rajouta adroitement l'assiette de Claire sur le plateau déjà chargé.

— Sharon est en effet une excellente cuisinière, admit-il d'un air pincé en se dirigeant vers la porte. Juste avant de sortir, il se retourna et demanda :

— Combien de personnes y aura-t-il à déjeuner, madame ?

— Nous trois, répondit Evelyn.

Roger commença à expliquer qu'ils devaient partir pour l'aéroport, mais elle l'arrêta.

— Non, Roger, je t'accompagnerai en Floride, mais je veux rester encore quelques heures avec ma fille. Nous avons beaucoup de choses à nous raconter.

— Bien sûr, déclara Roger, il faut absolument que tu prennes le temps de bavarder avec Claire !

Il ne se rendit visiblement pas compte qu'on pouvait interpréter sa remarque comme une critique. L'espace d'un instant, Claire trouva qu'il ressemblait de façon frappante à Andrew, mais il présenta alors un de ses bras à sa sœur, l'autre à sa mère, et cette impression s'évanouit.

— Allons-nous braver l'humidité et sortir sur la terrasse ? questionna-t-il. Il y a quelque chose de merveilleusement décadent à être assis en plein centre de Manhattan, au-dessus de la circulation, entouré d'arbres et de fleurs.

— Personne jusqu'ici n'avait jamais qualifié ma terrasse de « décadente » ! s'exclama gaiement Evelyn. Je verrai désormais mes palmiers en pot sous un autre jour.

Roger porta la main de sa mère à ses lèvres et y déposa un baiser.

— C'est à cela que servent les fils, observa-t-il. Ils aident leurs parents à voir les choses sous un jour nouveau et plus intéressant.

Evelyn lui caressa affectueusement la joue, puis elle s'installa dans un fauteuil de rotin blanc et se tourna vers Claire.

— Nous avons une heure avant le déjeuner. Parle-moi de toi. Je veux que tu me dises tout ce qui t'est arrivé pendant ces sept ans.

— Laisse-la tranquille ! s'exclama Roger d'un ton irrité. Aucune fille n'a envie que sa mère connaisse tout de sa vie.

— D'accord, concéda Evelyn en souriant et en prenant la main de Claire. Je me contenterai d'une version expurgée pour vieux parents gâteux.

— Par où dois-je commencer ? demanda la jeune femme. C'est long, sept ans…

— Nous savons déjà que tu es allée à New York et que tu as vidé ton compte en banque. L'un des détectives privés qui travaillaient pour nous a découvert que tu avais été emmenée à l'hôpital et soignée pour des brûlures, mais, ensuite, nous avons perdu ta trace. Qu'es-tu devenue une fois sortie de l'hôpital ?

— J'ai réussi à survivre seule pendant trois semaines, répondit tristement Claire, puis je suis entrée dans un établissement psychiatrique du New Jersey.

— Pourquoi le New Jersey ? s'enquit Roger. Il y avait une raison particulière ?

— Non. C'est tout simplement là que je me trouvais quand j'ai compris que j'étais au bord de la folie. Je faisais des cauchemars tellement horribles que je n'osais plus me coucher ni même fermer les yeux. Après avoir passé vingt et un jours pratiquement sans dormir, j'ai commencé à souffrir de ce que le médecin de garde a poliment appelé des « troubles psychotiques ».

Evelyn poussa un petit grognement de pitié, et Roger se dirigea vers le balcon, où il resta à contempler la Ve Avenue et Central Park.

Claire parlait de l'appartement qu'elle avait partagé avec Dianna Mason quand Bainbridge vint annoncer que le déjeuner était servi.

Et Roger contemplait toujours Central Park.

15.

Ben téléphona de Pittsburgh le jeudi à l'heure du déjeuner et promit d'être à Boston dans la soirée. Claire avait cessé de prétendre ne rien éprouver pour lui. Elle espérait seulement que sa voix ne trahissait pas trop l'impatience où elle était de le voir.

— Au fait, dit Ben juste avant de raccrocher, regarde les informations, ce soir. Roger m'a appelé tout à l'heure pour m'informer qu'Andrew allait annoncer cet après-midi le retrait de sa candidature. Peut-être en parlera-t-on à la télévision.

En passant d'une chaîne à l'autre, Claire réussit en effet à avoir le discours d'Andrew sur les trois grands réseaux nationaux. Evelyn à sa gauche, Roger derrière lui, Andrew fit une déclaration courte et digne où il exprima son regret de ne pouvoir servir l'Etat de Floride et sa gratitude pour sa femme, sa famille et ses amis qui l'avaient fidèlement soutenu. Il refusa de répondre aux questions des journalistes et déclina toutes les demandes d'interviews.

Ce genre d'événement ne bénéficiait généralement pas d'une telle couverture, mais Andrew n'était pas seulement considéré jusqu'ici comme un candidat potentiel aux élections présidentielles : la révélation de sa liaison avec

Jordan Edgar avait provoqué des débats passionnés dans le public et les médias. L'une des chaînes proposa juste après le discours officiel d'Andrew une interview avec Christine Wallenstein, et une autre un long reportage sur le désaccord frappant entre la façon dont les citoyens se conduisaient dans leur vie privée et le comportement qu'ils exigeaient de leurs futurs élus.

« Génial ! marmonna Claire en éteignant la télévision et en se mettant à arpenter nerveusement son atelier. Ainsi, M. et Mme Tout-le-monde se sentent parfaitement libres d'avoir des aventures extraconjugales avec qui leur plaît, homo ou hétéro, mais les hommes politiques, eux, sont censés passer leurs nuits à chercher de nouveaux moyens de réduire le déficit budgétaire… C'est vraiment génial ! »

Condamner l'hypocrisie de la société américaine ne la calma cependant pas. La sonnette retentit alors que, regardant d'un œil critique les presse-papiers à facettes fabriqués la veille, elle commençait à les trouver horribles. Elle fronça les sourcils. Ben choisissait mal son moment ; les choses étaient déjà bien assez compliquées comme cela sans qu'il vienne encore les embrouiller. Elle allait le renvoyer, lui expliquer qu'ils ne devaient pas se revoir, qu'ils n'avaient rien en commun. Elle avait été folle de croire que des relations profondes pouvaient s'établir entre eux. Elle ouvrit la porte d'un geste brusque.

— Bonsoir, Claire.

Ben tenait à la main une rose entourée de fougères duveteuses.

— Je me suis dit que, si quelqu'un avait le vase idéal pour ce bouquet, c'était toi, ajouta-t-il.

— Merci.

Ce fut tout ce que la jeune femme parvint à articuler, car une stupide envie de pleurer lui nouait la gorge. De petites gouttes d'eau s'étaient formées sur les pétales, et un parfum léger lui monta aux narines. Une émotion presque douloureuse la submergea quand elle prit la fleur. Affolée, elle se rendit alors compte qu'il était trop tard pour se protéger, même si elle trouvait le courage de renvoyer Ben. Le chasser ne servirait à rien : sans qu'elle sache trop quand ni comment, elle était tombée amoureuse de lui.

Elle posa sur son visiteur des yeux que la peur écarquillait. L'amour et la perfidie étaient pour elle si étroitement liés qu'elle ressentait déjà la douleur de la trahison qui ne manquerait pas de se produire.

— Qu'y a-t-il ? demanda Ben.

— Rien, répondit-elle en s'efforçant de sourire. Entre ! Je vais chercher un vase. Cette rose est magnifique.

Après avoir refermé et verrouillé la porte d'entrée derrière lui, il la suivit dans la cuisine et, s'emparant de la fleur, la posa dans l'évier.

— Nous la mettrons dans un vase plus tard, déclara-t-il. Il y a plus urgent.

Ce n'était pas la première fois que Claire désirait un homme, et elle avait appris à satisfaire ses sens tout en gardant le contrôle de ses émotions. Mais, quand Ben l'enlaça, toutes ses défenses tombèrent. Le baiser qu'il lui donna était doux, presque timide, et elle aurait voulu qu'il dure éternellement. Elle se serra contre lui, envahie par un merveilleux sentiment de sécurité alors même que sa raison lui criait que jamais elle n'avait été en plus grand danger.

— Je t'aime, chuchota Ben. Je t'aime.

A ces mots, un frisson la parcourut, signe indubitable de sa vulnérabilité, et elle se recula immédiatement de peur de laisser échapper un aveu qu'elle regretterait ensuite.

— Tais-toi ! murmura-t-elle. Tu n'es pas obligé de me dire ce genre de chose.

— Je sais que je ne suis pas obligé, répliqua-t-il en lui entourant le visage de ses mains et en l'embrassant tendrement sur le bout du nez. Mais c'est comme ça. Je t'aime, Claire, et, pour te le prouver, je suis prêt, si tu l'exiges, à attendre deux longues minutes pour te porter jusqu'à ton lit. Personne ne pourra prétendre, après cela, que nous n'éprouvons l'un pour l'autre qu'une attirance physique.

Claire inspira à fond. Voilà qui était mieux... Il était beaucoup plus facile de parler de sexe que de sentiments.

— Pourquoi attendre ? interrogea-t-elle, satisfaite de parvenir à sourire avec désinvolture. Je suis tout aussi impatiente que toi, Ben. Tu fais très bien l'amour, comme j'ai déjà eu l'occasion de te le signaler.

— Je croyais, ma chérie, que nous avions déjà réglé cette question... Alors dis-moi que tu n'es pas sûre de m'aimer, dis-moi que tu as en ce moment trop de soucis pour t'engager dans une relation durable, mais ne réduis pas ce qui nous lie à une simple affaire de bonne entente sexuelle ! Il y a plus que cela entre nous, et nous en avons tous les deux parfaitement conscience.

— J'ai peur, avoua Claire presque malgré elle.

— Je le sais, déclara-t-il en l'enlaçant de nouveau, mais ce n'est pas par la fuite que tu résoudras tes problèmes. Tu fuis depuis sept ans, et regarde où cela t'a menée !

— Ici, rétorqua-t-elle. Avec toi.

— Exact ! admit-il en riant. Et c'est une raison supplémentaire pour cesser de fuir. Peut-être es-tu arrivée à destination.

Elle aurait voulu l'injurier, lui crier qu'il n'était qu'un sale arrogant toujours prêt à interpréter les choses de la façon la plus flatteuse pour lui, mais, bizarrement, elle ne réussit pas à se mettre en colère.

— Mais, Ben…, commença-t-elle.

— Il n'y a pas de « mais », ma chérie. Et les deux minutes sont largement écoulées.

Alors, sans autre commentaire, il l'embrassa, la souleva dans ses bras et se dirigea vers la chambre.

— Tu as vu comme je fais ça bien ? demanda-t-il. Encore mieux que Clark Gable dans *Autant en emporte le vent…*

Oui, elle avait remarqué… Ben était un amant merveilleux… Il la posa sur le lit, enleva ses chaussures et sa cravate, puis s'étendit à côté d'elle.

— Tu es si belle…, chuchota-t-il en lui caressant la joue.

Ben avait les yeux brûlants de désir, et Claire se dit que ce compliment avait pour seul but de la séduire, mais toutes ses défenses étaient tombées, abattues par le pouvoir d'une simple rose, et elle se tourna vers lui, incapable de dissimuler son émoi.

— Je te veux, murmura-t-elle.

Les mains qui lui écartèrent les cheveux du visage étaient à la fois douces et fiévreuses.

— Jamais je ne trahirai ta confiance, Claire. Tu le sais, n'est-ce pas, mon amour ?

Jusqu'à cet instant, la jeune femme n'avait jamais eu pleinement conscience du fardeau que représentait sa méfiance, véritable barrière qu'elle érigeait entre elle et les autres. Allongée là contre Ben, à écouter la musique de sa voix, elle sentit cette méfiance disparaître lentement. La peur qui ne l'avait pas quittée un instant depuis l'incendie du chalet commença à fondre comme une couche de glace, laissant enfin palpiter à l'air libre les puissantes émotions emprisonnées dessous. Elle avait également appris à ses dépens que vivre dans le mensonge pouvait avoir de terribles conséquences. Et elle découvrit soudain l'envers de cette vérité : un sentiment que l'on gardait secret n'en perdait pas sa force pour autant. Alors, elle tendit la main et effleura la joue de Ben.

— Je t'aime, dit-elle, partagée entre le rire et les larmes en voyant la facilité avec laquelle ces mots lui étaient venus.

— Enfin !

En souriant, il posa doucement la main sur la sienne.

La tête sur l'épaule de Ben, Claire regardait un rayon de lune qui dansait au plafond. Elle était béatement occupée à ne rien faire, si ce n'est à penser que les moments qui suivaient l'amour étaient presque aussi merveilleux que l'amour lui-même.

— J'ai retrouvé Daniel Webster, annonça soudain Ben.

La jeune femme tressaillit et se redressa si brusquement que deux oreillers tombèrent par terre. Au même instant, la lune se cacha derrière un nuage et la pièce fut plongée dans l'obscurité.

— Daniel Webster ? répéta-t-elle. Le détective ?

— Oui. C'est un privé qui a une licence de l'Etat de New York et occupe de superbes bureaux donnant sur Central Park.

— Comment l'as-tu retrouvé ? Il t'a appris quelque chose ?

L'engourdissement de Claire avait complètement disparu ; elle était suspendue aux lèvres de Ben.

— Je n'ai pas eu de mal à le retrouver. J'ai engagé un autre détective, qui m'a donné son rapport deux jours plus tard. Il a cependant été plus difficile de convaincre Webster de parler.

— Il doit respecter le secret professionnel, j'imagine… Comment l'as-tu persuadé de te renseigner ?

— J'ai pris le risque de lui téléphoner en me faisant passer pour Andrew Campbell, et je lui ai annoncé qu'il y avait encore quelques points que je souhaitais éclaircir au sujet de la disparition de ma fille.

— Quelle a été sa réaction ? demanda Claire, le cœur battant. Se souvenait-il d'avoir travaillé pour toi — enfin, pour Andrew ?

Ben tendit la main et attira doucement la jeune femme contre lui.

— Oui, répondit-il. Webster se rappelait très bien cette affaire, parce qu'il a été bouleversé par son issue tragique. Si on considère les choses de son point de vue, en effet, il avait réussi à découvrir où se cachait la personne recherchée, et, ensuite, elle est morte avant que son client n'ait pu la revoir.

— Je me mets à sa place, mais son témoignage est pour nous d'un intérêt capital. Tu as enfin la preuve que je ne divague pas complètement quand j'accuse Andrew d'essayer de me tuer.

— Oui, en apparence.

Le doute qu'exprimait cette phrase indigna Claire, qui, s'écartant brusquement de Ben, alluma la lampe de chevet.

— Comment cela, en apparence ? s'exclama-t-elle. Tu vois une autre explication ? Tu ne crois tout de même pas que la mort de Dianna Mason était purement fortuite ?

— Ecoute-moi et tu devras admettre que les relations d'Andrew avec Webster ont quelque chose d'étrange. Je suis par exemple parvenu à faire dire à Webster qu'il n'avait jamais rencontré son client, qu'il envoyait toutes ses factures à une boîte postale et qu'il avait toujours une permanence téléphonique quand il appelait le numéro fourni par Andrew.

— Ce n'est pas très surprenant… Quelle autre solution Andrew avait-il ? Il ne pouvait pas laisser les factures arriver à la maison, à cause d'Evelyn, et, si elles avaient été adressées à Pittsburgh, cela aurait risqué de provoquer des questions embarrassantes de la part de la secrétaire ou de la gouvernante.

— En effet, mais là n'est pas le problème. Je ne trouve pas bizarre qu'Andrew ait voulu éviter que Webster écrive ou téléphone chez lui. En revanche, je trouve très curieux qu'Andrew se soit présenté sous sa véritable identité. Il s'est donné beaucoup de mal pour agir discrètement, et, pourtant, il a été assez bête pour indiquer son vrai nom à un détective privé. Pourquoi ?

Claire avait la gorge sèche.

— Eh bien, répondit-elle, s'il avait prétendu s'appeler John Smith, peut-être que Webster n'aurait pas accepté ce travail.

— Et pourquoi ? Webster n'ayant aucune raison de penser que son client — John Smith ou n'importe qui — nourrissait des desseins criminels, cette enquête ne posait de problème ni légal ni moral.

— Alors, Andrew a donné son vrai nom faute de pouvoir expliquer autrement pourquoi il me faisait rechercher.

— Non, ma chérie, déclara Ben en secouant la tête. Ce raisonnement ne tient pas. Il y avait pour Andrew une douzaine de façons de justifier sa démarche, et toutes auraient satisfait Webster. Voici quelques exemples au hasard : il était le directeur de ta banque, ton petit ami, un cousin éloigné, un ancien camarade de classe, l'avocat de ta mère, le notaire chargé de régler ta succession... Andrew est un homme intelligent, qui a des intérêts dans un grand nombre de sociétés. S'il avait voulu engager un détective tout en préservant son anonymat, cela lui aurait été extrêmement facile.

Claire sentait s'envoler les certitudes sur lesquelles était construite sa vie depuis des années. Elle tenta de s'y cramponner, car la disparition de ces soupçons, de cette haine, si longtemps nourris soulèverait des interrogations bien plus angoissantes encore.

— Andrew a donc donné volontairement son nom, affirma-t-elle. Il devait avoir une raison précise de souhaiter que Webster connaisse sa véritable identité.

— Quelle raison ?

La jeune femme eut beau se creuser la tête, elle ne trouva pas de réponse.

— Je l'ignore, finit-elle par admettre, mais il y en a forcément une. Quelle est ton hypothèse à toi ?

— La voici : ce n'est pas ton père qui a engagé ce détective, et celui qui l'a fait s'est servi du nom d'Andrew à la fois pour garder l'incognito et pour détourner les soupçons.

— Quelqu'un d'autre aurait engagé Webster ? demanda Claire avec une moue sceptique.

— Oui.

— Mais, alors, cela signifie que ce quelqu'un d'autre a également tué Dianna Mason…

— Oui, dit Ben en lui prenant les mains et en les serrant fort dans les siennes. Et, si ce n'est pas Andrew qui a essayé de t'assassiner, qui est-ce ? Qui te hait suffisamment pour désirer ta mort ?

— Personne, murmura-t-elle. J'ai toujours su que c'était Andrew. C'est forcément lui.

— Réfléchis bien, déclara Ben, le visage grave, car il se peut que ta vie en dépende.

Il était parvenu à sourire devant les caméras de télévision, comme si tout cela lui était égal, comme si ses ambitions les plus chères ne s'évanouissaient pas un peu plus à chaque mot prononcé. Bon sang ! Il en avait marre de sourire en public alors que la colère qui bouillonnait en lui l'empêchait de dormir, de manger et même d'apprécier les visites nocturnes de Sharon.

Il sortit sur la terrasse et trempa ses pieds dans la piscine. Il faisait agréablement chaud, ce soir ! Une consolation, au milieu de tant de tracas... Tous ces crétins du parti, à Tallahassee, avec leur mine consternée... Eh bien, tant pis pour eux, et, puisque toute chance de carrière politique en Floride était désormais partie en fumée, il allait au moins pouvoir passer plus de temps dans des endroits qui lui plaisaient vraiment. Londres, par exemple. Ça, c'était une ville qui offrait des distractions intéressantes ! Contrairement à Miami, où la moitié de la population était sénile et l'autre moitié ne parlait pas un mot d'anglais...

Malheureusement, il devait attendre, pour partir à Londres, de s'être occupé de Claire, qui commençait à devenir dangereuse. Evelyn avait posé des questions au sujet de Maureen Bailey, la gouvernante qui travaillait aux Lauriers à l'époque de l'incendie du chalet. Il ne se sentait pas encore gravement menacé, mais Evelyn n'était pas une femme facile à tromper. Maintenant qu'elle envisageait la possibilité d'une mystification, elle chercherait la vérité jusqu'à l'avoir trouvée.

Sauf s'il réglait le problème en se débarrassant de Claire. Claire la bâtarde. Claire qui n'appartenait même pas vraiment à la famille. Claire qui avait hérité de tout l'argent de Douglas. Pourquoi fallait-il qu'elle habite si loin ? Quel alibi imaginer pour prouver qu'il n'était pas à Boston à l'heure où cette petite garce mourrait ?

Tout cela était si injuste qu'il étouffait de rage. Dieu merci, sa fureur ne l'empêchait pas d'avoir les idées claires, au contraire : comme toujours, ce fut au moment précis où la colère atteignait son point culminant qu'il comprit ce qu'il devait faire.

C'était en réalité d'une simplicité enfantine. Le feu... Lors du séjour de Claire en Floride, il avait essayé de la mettre en garde, de lui montrer ce qui se produirait si elle s'obstinait à revendiquer son héritage. Elle avait ignoré cet avertissement, et ce qui allait lui arriver était entièrement sa faute. Dommage qu'elle ne soit pas morte dans l'incendie du chalet... Mais, cette fois-ci, il réussirait son coup et terminerait le travail commencé sept ans plus tôt.

Il voyait déjà en esprit la lueur rougeoyante des flammes ; il sentait l'odeur âcre de la fumée et la chaleur du brasier. Un frisson de plaisir le parcourut.

Le feu... Une méthode infaillible pour résoudre les difficultés de l'existence.

La porte donnant sur la terrasse s'ouvrit derrière lui, et il pivota sur ses talons.

— Sharon ! s'écria-t-il. Je croyais que tu dormais.

— J'attendais votre retour, dit-elle d'un air langoureux, tandis que son peignoir glissait le long de ses épaules.

Mais il n'éprouvait plus aucune attirance pour elle.

— Va te coucher ! ordonna-t-il sèchement. Je veux être seul.

Sharon n'eut pas l'intelligence de lui obéir.

— Qu'y a-t-il ? demanda-t-elle en s'asseyant à son côté.

— Tu n'as donc pas regardé les informations à la télévision ?

— Bon, tout cela est très triste, mais, à bien y réfléchir, ça n'entraîne pas de conséquences tellement graves pour vous. La politique n'est pas tout. La vie continue, non ?

Elle avait émis ce lieu commun comme s'il s'agissait d'une pensée profonde, et, tendant la main, elle lui caressa la joue. Ses ongles étaient recouverts d'un vernis rouge vif qui commençait à s'écailler. Dégoûté, il se détourna.

— Baignons-nous ! suggéra-t-elle en essayant de l'entraîner dans la piscine. Cela nous rafraîchira.

« Ah ! tu me cherches ? songea-t-il. Eh bien, tu vas me trouver ! »

Sharon enleva son peignoir et sauta dans la piscine en riant. Il plongea à sa suite, l'attrapa par une cheville et la maintint sous l'eau. Il compta jusqu'à soixante. Elle se débattait, mais il attendit qu'elle fût complètement paniquée pour la laisser remonter à la surface. Il la cloua alors contre le bord tandis que, toussant et crachant, elle tentait de reprendre sa respiration.

— Vous avez failli me noyer ! finit-elle par hoqueter. Qu'est-ce qui vous arrive ?

— Rien.

Il sortit de la piscine, débordant d'énergie. L'affolement de Sharon l'avait revigoré.

— Allez, au lit, maintenant ! déclara-t-il en tirant la jeune femme hors de l'eau. On va s'amuser un peu, tous les deux !

— Je n'en ai plus envie, répliqua-t-elle, encore tremblante, tandis qu'elle se penchait pour ramasser son peignoir.

— Moi si, murmura-t-il.

Lui saisissant le poignet, il la traîna jusqu'à sa chambre et la força à s'allonger.

— Arrêtez ! dit-elle. Vous m'effrayez ! Lâchez-moi ou je crie !

— Tu n'es tout de même pas assez bête pour crier, hein, Sharon ? demanda-t-il d'une voix douce.

Elle se mit à pleurer, à petits sanglots étouffés, et, bizarrement, il sentit son sexe se durcir devant ce spectacle, alors que la vue du corps nu de Sharon, tout à l'heure, ne l'avait pas du tout excité. Il lui immobilisa alors les poignets au-dessus de la tête et la pénétra brutalement.

— Souris, nom de Dieu ! C'est ça que tu voulais, non ? C'est ça que toutes les femmes veulent. Vous êtes toutes des putains et des hypocrites !

— Je vous en supplie, balbutia-t-elle, laissez-moi partir ! Vous me faites mal !

Il ne l'écoutait pas. Ce n'était qu'une cuisinière, après tout, et, maintenant que les machinations de Claire avaient brisé son avenir politique, il n'y avait plus aucune raison pour qu'un homme riche et important comme lui écoute une simple cuisinière.

Attrapant un oreiller, il l'appliqua contre le visage de Sharon afin de ne plus entendre ses gémissements. Les yeux de la jeune femme se révulsèrent et elle s'évanouit. Sans doute sous l'effet de la peur. Quelle idiote !

Il trouva très érotique le silence qui régna soudain dans la pièce.

16.

Claire entendit le téléphone par-dessus le vrombissement de sa roue à graver. Quand elle travaillait, elle le laissait généralement sonner jusqu'à ce que le répondeur se déclenchât, mais, ce matin, cela ne l'ennuyait pas d'être interrompue, au contraire. Après avoir arrêté la roue et relevé ses lunettes de protection sur son front, elle décrocha.

— Allô ? dit-elle.

— Bonjour, Claire. Ici, ton… ton père.

La main de la jeune femme se crispa sur le combiné. « Mon père ? Nous savons tous les deux qu'il est mort », songea-t-elle en fixant le téléphone. Mais la façon dont Andrew avait prononcé ce mot était empreinte d'un mélange de défi et de prière qui lui serra le cœur. Elle battit plusieurs fois des paupières pour tenter de maîtriser son émotion.

Il lui semblait parfois être un otage qui, enfermé dans un placard obscur, se mettait à aimer son ravisseur parce que c'était lui qui ouvrait la porte, permettait d'entrevoir un instant la lumière et apportait à manger. Elle éprouvait à l'égard d'Andrew le même genre de sentiment ambivalent : logiquement, elle aurait dû le haïr pour avoir essayé de la tuer, mais elle n'y parvenait pas car des souvenirs d'enfance lui remontaient sans cesse à la mémoire.

Le souvenir de promenades dans la campagne de Pennsylvanie à l'automne, quand le sol était jonché de feuilles mortes. Le souvenir de châteaux de sable construits sur des plages brûlantes de Floride. Le souvenir de samedis matin où, perchée sur le bureau d'Andrew, elle photocopiait sa prpore main pendant qu'il allait lui chercher des canettes de Coca-Cola et les lui rapportait avec un sourire complice, parce que Evelyn considérait que les enfants devaient boire exclusivement du lait et des jus de fruits.

Trop de souvenirs. Trop de souvenirs heureux…

— Pourquoi m'appelles-tu ? demanda-t-elle d'un ton que l'effort pour contenir son trouble rendait agressif. Que veux-tu ?

— M'entretenir avec toi, répondit Andrew. Rapidement, de préférence, et ce soir même si c'est possible. Il faut que nous dissipions tous les malentendus qui nous séparent, Claire, et je me reproche de ne pas avoir encore pris le temps de le faire.

— Tu étais très occupé, observa-t-elle, affectant l'amabilité. Par ta campagne électorale, notamment.

— Ça, au moins, c'est un problème réglé.

— A quelque chose malheur est bon.

Andrew marqua une petite pause avant de déclarer calmement :

— J'aurais servi les habitants de la Floride au mieux de mes capacités, mais là n'est pas la raison de mon coup de téléphone. Je suis à New York avec ta mère, dans son appartement. Nous avons beaucoup parlé, elle et moi, de choses dont nous aurions d'ailleurs dû discuter bien plus tôt… Mais peu importe… Evelyn m'a expliqué pourquoi tu avais disparu, la façon dont tu t'imaginais que les choses s'étaient passées le soir de l'incendie…

— Elle t'a expliqué que je t'avais vu t'éloigner du chalet au volant de ta jeep ? coupa Claire.

— Mais je n'étais pas là, ma chérie, et tu n'as donc pas pu me voir !

— Evelyn t'a-t-elle dit que les flammes t'éclairaient ? Je t'ai vu, il n'y a aucun doute là-dessus. Tu as mis le feu à la maison, et ensuite tu es parti, sans te presser, sans même te retourner, nous abandonnant, Jon Kaplan et moi, à une mort atroce.

La jeune femme entendit son interlocuteur chercher sa respiration. Un long silence s'installa, puis Andrew s'éclaircit la voix et, ayant apparemment recouvré une partie de son sang-froid, précisa :

— Evelyn m'a informé de ce que tu croyais avoir vu, et c'est justement l'un des points qu'il nous faut éclaircir.

— Tu as essayé de me tuer, lança Claire avec une brutalité délibérée. Maman t'a-t-elle également indiqué que, pour moi, la mort de Dianna Mason n'était pas accidentelle ?

— Oui, Evelyn m'a tout raconté.

Andrew s'éclaircit de nouveau la voix.

— Ecoute, Claire, reprit-il, il y a là une énigme que nous devons absolument résoudre. Je ne suis peut-être pas un père parfait, je ne suis certainement pas un homme aussi fascinant que l'était mon frère, mais je t'aime, je t'ai toujours considérée comme ma fille. Et, toi aussi, tu m'aimais… Au nom de cet amour, laisse-moi au moins tenter de dissiper les horribles soupçons que tu nourris contre moi.

Claire s'aperçut qu'elle pleurait. D'un geste brusque, elle releva plus haut les lunettes sur son front et essuya ses larmes avec la paume de sa main. Et si Andrew disait la vérité ? se demanda-t-elle. Si ce n'était pas lui qui conduisait la jeep ? Cela faisait maintenant un certain temps qu'elle avait des doutes sur la culpabilité d'Andrew, et, depuis les révélations de Ben, ces doutes s'étaient renforcés.

Pouvait-elle avoir mal interprété ce qu'elle avait vu le soir de l'incendie ? La jeep, avec sa plaque minéralogique personnalisée, était certes celle d'Andrew — et Claire en gardait l'image gravée dans sa mémoire… Le conducteur portait indubitablement la casquette et l'écharpe préférées d'Andrew… Mais il était vrai que la distance et les effets du traumatisme subi l'avaient empêchée de bien distinguer les traits du conducteur. Et si Ted Jenkins avait volé la jeep sur le parking de l'aéroport, où Andrew la laissait souvent ? Et s'il portait la casquette et l'écharpe en tissu écossais d'Andrew parce que, tout simplement, elles se trouvaient dans la voiture et qu'il faisait froid ? Et s'il avait mis le feu au chalet parce qu'il passait devant par hasard et que c'était un pyromane doublé d'un alcoolique ? Fin soûl, il n'avait pas remarqué les lumières aux fenêtres, qui indiquaient la présence de gens dans la maison.

Pour avoir lu le compte rendu du procès de Ted Jenkins, Claire savait qu'il avait spontanément avoué sa culpabilité. Pourquoi avait-elle donc tant de mal à admettre qu'il disait la vérité ? L'explication la plus simple était pourtant souvent la bonne...

Mais, même si Andrew n'était pour rien dans l'incendie du chalet, il restait de nombreux points obscurs. Qui avait engagé Daniel Webster, par exemple ? Si ce n'était pas Andrew, qui avait utilisé son nom et pourquoi ? Qui avait tué Dianna Mason, ou bien sa mort n'était-elle qu'un banal accident de la route ? Et, plus récemment, qui avait mis le feu au bungalow de Floride ? Pas Ted Jenkins, en tout cas, puisqu'il était derrière les barreaux depuis sept ans. A moins que...

Le sang de Claire se glaça dans ses veines. La télévision avait beaucoup parlé, récemment, de la libération anticipée de détenus — de dangereux criminels, parfois — à cause de la surpopulation carcérale. Mon Dieu ! Ted Jenkins aurait-il été relâché ?

— Pap... Andrew, Ted Jenkins est-il encore en prison ?

— Sûrement. Enfin, je crois... Je n'ai évidemment pas vérifié. J'ai toujours supposé qu'on nous préviendrait s'il était élargi, mais je me trompe peut-être. Il est possible qu'on lui ait accordé la liberté conditionnelle sans nous en avertir. Pourquoi cette question ?

— A cause de l'incendie du bungalow. Tu penses qu'il pourrait s'agir d'une vengeance de la part de Ted Jenkins ?

— Cela me semble peu probable. Au moment de son arrestation, il souffrait de démence alcoolique chronique. Ses capacités intellectuelles ne lui auraient pas permis de suivre ma trace jusqu'à Palm Beach, même s'il brûlait de se venger.

— Il a sûrement subi une cure de désintoxication, en prison, remarqua Claire, et a donc peut-être recouvré toutes ses facultés mentales.

— En effet, mais pourquoi m'en voudrait-il, à moi ou à un membre de ma famille ? C'est la police qui l'a arrêté. Nous n'avons rien à voir là-dedans.

— Tu devrais quand même te renseigner sur l'endroit où il se trouve actuellement.

Claire se demanda soudain comment la conversation avait pris ce tour surréaliste. Pourquoi diable priait-elle Andrew de s'informer sur un homme qui, selon toute probabilité, lui servait de bouc émissaire ?

— D'accord, déclara Andrew d'un ton presque enjoué. Quelques coups de téléphone suffiront. Cela signifie-t-il que tu acceptes de me rencontrer ce soir ? Ce serait un entretien très utile pour nous deux.

— Je ne sais pas… Je suis très occupée.

Sa raison disait à Claire qu'une explication franche était nécessaire, mais elle en redoutait les effets sur le plan affectif. Le moment n'était-il pas venu, cependant, de vider l'abcès qui lui empoisonnait la vie depuis tant d'années ? Ses craintes, ses doutes, ne fallait-il pas les exposer au grand jour et avoir le courage d'en assumer les conséquences, quelles qu'elles soient ?

La jeune femme inspira à fond. Les mots qu'elle allait prononcer étaient si banals, si ordinaires, et, pourtant, si difficiles à articuler…

— Tu veux que je prenne la navette de New York ? Je peux me débrouiller pour partir dans l'après-midi et arriver à l'appartement de maman avant le dîner. Nous discuterons, cela n'engage à rien.

— Non, répliqua Andrew, faisons le contraire. C'est moi qui vais me déplacer. Tu te sentiras plus libre de parler si tu es sur ton propre terrain et si nous sommes seuls. Il faut que nous soyons parfaitement honnêtes l'un envers l'autre, et la présence de ta mère risquerait de nous gêner. Ces problèmes ne concernent que toi et moi, Claire, personne d'autre.

Les soupçons de la jeune femme se réveillèrent immédiatement.

— Toi et moi, hein ? lança-t-elle d'un ton sarcastique. En tête à tête ? Non, Andrew, je refuse. Si l'idée que maman soit mêlée à ça te déplaît, j'accepte de te rencontrer chez moi ce soir, mais en présence de témoins.

— Si tu penses que c'est mieux...

— Je pense que c'est indispensable, rétorqua-t-elle froidement. Je tiens beaucoup à survivre à cette entrevue.

Pour la première fois, Andrew se mit en colère.

— Franchement, Claire, tes insinuations sont ridicules, et même odieuses !

— Ben Maxwell sera là, indiqua-t-elle tranquillement. Et, pour plus de sûreté, j'informerai mon amie Sonya de ta visite. Tu te souviens de Sonya Harvey ? Vous vous êtes croisés le jour où elle est venue m'annoncer l'assassinat de Hal Doherty.

— Oui, je m'en souviens. C'est une journaliste d'investigation qui travaille au *Globe* de Boston.

— Exactement. Et crois-moi, s'il m'arrive quelque chose, elle remuera ciel et terre pour que la police ouvre une enquête, même si ma mort paraît accidentelle. Que je tombe d'une fenêtre ou que je me tue en voiture, tu peux être sûr d'être le suspect numéro un.

Il y eut une courte pause, à l'autre bout du fil, puis Andrew déclara d'une voix lasse :

— Je m'étonne que tu juges nécessaire de prendre toutes ces précautions. Te rends-tu compte du mal que tu me fais en me témoignant une telle méfiance ?

— Et, toi, te rends-tu compte du mal que cela m'a fait de découvrir que mon prétendu père avait essayé de me supprimer ?

Un silence tendu suivit cette riposte.

— Nous tournons en rond, finit par observer Andrew. Sans doute vaut-il mieux attendre d'être face à face pour continuer cette discussion. A ce soir, Claire. Il faut que je réunisse quelques informations avant de partir, mais je devrais arriver chez toi à 20 heures au plus tard.

Il raccrocha sans lui laisser le temps de répondre, comme s'il craignait qu'elle ne lui adressât d'autres paroles blessantes. Un instant, la jeune femme éprouva du remords, et elle se surprit à se demander si, pendant ces sept dernières années, elle n'avait pas fui la mauvaise personne. Puis elle chassa cette pensée. Pour la persuader que Dianna Mason était morte dans un banal accident de la route et que Ted Jenkins avait allumé les incendies du Vermont et de Floride, il faudrait qu'on lui présente des preuves sacrément convaincantes ! En réfléchissant à sa conversation avec Andrew, en se remémorant ses propos exacts, elle s'aperçut d'ailleurs que pas une fois il n'avait nié formellement avoir tenté de la tuer — alors qu'elle l'en avait explicitement accusé à plusieurs reprises. S'il était vraiment innocent, pourquoi ce refus de se disculper ?

Dans l'état d'agitation où elle se trouvait, Claire ne pouvait envisager de se remettre à sa gravure : elle avait plus de chances de se couper un doigt que de faire du bon travail. La jeune femme rangea donc son matériel, enleva ses lunettes de protection et, décrochant le téléphone, appela Ben à Pittsburgh. L'idée qu'il serait là ce soir pour partager avec elle l'épreuve de la visite d'Andrew lui était d'un immense réconfort, mais elle avait besoin de lui parler maintenant. Peut-être cela la calmerait-il de lui annoncer la venue d'Andrew.

Le numéro qu'elle composa était censé la relier directement au bureau de Ben, sans le relais de la secrétaire. Après quatre sonneries, Claire se dit qu'il était absent, et elle s'apprêtait à raccrocher lorsque quelqu'un répondit.

— Le bureau de Ben Maxwell, annonça une voix d'homme.

— C'est toi, Roger ? Claire, à l'appareil.

— Ravi de t'entendre, Claire.

Roger s'exprimait sur un ton poli, comme toujours, mais la jeune femme eut la nette impression qu'il était pressé. Elle alla donc droit au but.

— Il faut absolument que je joigne Ben, Roger. Tu sais s'il aurait une minute à me consacrer ?

— Désolé de te décevoir, mais il est en réunion avec quelques-uns de nos chefs de projet. Tu veux lui laisser un message ?

— Oui. Excuse-moi de t'embêter avec ça, tu dois être très occupé, mais c'est important.

— Ne t'inquiète pas ! J'ai du papier et un crayon. Vas-y !

— Andrew est à New York, chez maman, et il vient me voir ce soir.

C'était une bonne chose que Roger soit lui aussi au courant, songea Claire. Peut-être se méprenait-elle complètement sur le compte d'Andrew, mais peut-être pas, et deux précautions valaient mieux qu'une. Après tout, Andrew avait refusé sa proposition de se rendre à Manhattan et insisté pour la rencontrer à Boston. A bien y réfléchir, elle n'avait aucune preuve de sa présence chez Evelyn et, s'il avait menti, celle-ci ignorait probablement tout des projets de son mari. Quoi qu'il en soit, plus il y aurait de gens informés de cette visite, moins elle courrait de risques.

— C'est tout ? demanda Roger.

— Non. Ben m'a dit qu'il tâcherait d'être chez moi vers 21 heures, mais j'aimerais qu'il arrive plus tôt. Tu peux le lui signaler ?

— D'accord, répondit Roger.

Il marqua une pause, et la jeune femme devina qu'il hésitait entre les exigences de son travail et le besoin de lui parler. Finalement, il coupa la poire en deux.

— Ecoute, Claire, il y a beaucoup de choses dont je voudrais discuter avec toi. Quand le chalet a brûlé… quand tu as disparu… je n'avais que quinze ans, et, en plus, je manquais de maturité pour mon âge. Alors je crois que cela nous ferait du bien à l'un comme à l'autre d'avoir une conversation franche sur certains problèmes familiaux.

— Bien sûr, Roger ! Dès que tu as un week-end libre, viens chez moi. Tu fixes la date, et je m'arrangerai pour être totalement disponible. Boston est une très belle ville, et je suis sûre que nous nous amuserons beaucoup.

— Ce serait formidable ! Mais tu pourrais aussi descendre à Pittsburgh. Tu dois avoir très envie de revoir Les Lauriers. Papa menace toujours de vendre le domaine, et, moi, je m'efforce de l'en dissuader.

Il s'interrompit, et la jeune femme entendit un autre téléphone sonner.

— C'est une vraie maison de fous, ici ! reprit Roger. Il faut que je te quitte, mais on se rappelle la semaine prochaine, d'accord ?

— D'accord, dit Claire. Au revoir, Roger.

Bien que courte, cette conversation avec son frère l'avait ragaillardie et, poussée par un besoin subit d'en finir une fois pour toutes avec les mensonges, elle décida de passer au bureau de Sonya au lieu de lui téléphoner pour l'informer de la visite d'Andrew.

Une fois sortie de Cambridge, elle traversa la rivière et se dirigea vers le centre de Boston. Comme toujours, il y avait des embouteillages, mais elle ouvrit sa vitre et, sans se préoccuper des gaz d'échappement, savoura la beauté de cette journée d'été. Des petits nuages couraient haut dans le ciel, et la brise fraîche qui soufflait du port avait chassé l'humidité qui pesait d'habitude sur la ville. Claire s'arrêta en chemin à un restaurant thaïlandais et acheta un choix de ses plats préférés. Une fois arrivée à proximité de l'immeuble du *Globe*, elle trouva une place pour se garer après avoir tourné cinq minutes seulement — une sorte de miracle — et monta dans la salle de la rédaction, où un box servait de bureau à Sonya.

— Salut, Dianna ! s'exclama celle-ci, à demi cachée par un épais nuage de fumée de cigarette. Entre !

Sonya dut poser sur un coin de sa table trois canettes de bière vides et une pile de livres pour permettre à son amie de s'asseoir.

— Tu as le temps de déjeuner ? demanda Claire. J'ai apporté tout ce qu'il faut.

— Quand c'est pour manger, j'ai toujours du temps ! Et, visiblement, tu sais apprécier les bonnes choses, car je reconnais sur ce sac en papier le logo du *Jardin thaïlandais.*

— Crevettes à la sauce piquante, cosses de pois aux noix et riz au cumin, annonça Claire en installant les boîtes sur le bureau tandis que Sonya sortait des couverts et des assiettes en carton.

— Les gargouillements de mon pauvre ventre affamé devaient s'entendre jusque chez toi ! déclara la journaliste. Mais, sérieusement, dis-moi ce qui t'amène en ville, Di.

— Andrew Campbell m'a téléphoné ce matin. Il va venir me voir ce soir. Il voulait avoir un entretien en tête à tête avec moi. Juste nous deux.

Sonya, qui tendait déjà la main vers l'une des boîtes fumantes, suspendit son geste.

— Pourquoi vient-il ? Pour se plaindre à propos de l'émission de Steve Sterne ?

— Non, je ne pense pas. Très franchement, j'ai eu l'impression que le retrait de sa candidature n'était pas ce qui le préoccupait le plus en ce moment.

— Que désire-t-il, alors ?

— Discuter de l'incendie du chalet et d'un tas d'autres choses du passé.

— C'est bizarre, observa Sonya en piquant une crevette avec sa fourchette. Pourquoi éprouve-t-il le besoin de parler avec toi de ses affaires de famille ? Tu veux que je fasse office de chaperon ?

— Non, merci, mais je souhaitais que tu sois au courant de cette rencontre. Si tu entends aux informations qu'on a repêché dans le port de Boston mon corps lesté avec des pierres, ne t'imagine surtout pas qu'il s'agit d'un suicide, d'accord ?

Le visage soudain grave, Sonya se pencha en avant.

— Ecoute, Di, il n'y a pas là matière à plaisanter…

— Je le sais. Et j'ai quelque chose à t'avouer.

Claire posa sa fourchette et croisa nerveusement les mains sur ses genoux.

— Je ne suis pas Dianna. Je suis Claire, Claire Campbell. C'est Dianna Mason qui est morte il y a cinq ans dans cet accident de voiture.

— Mon Dieu ! s'écria Sonya en manquant s'étrangler avec une bouchée de riz. C'est Dianna Mason qui est morte ? Tu m'avais pourtant dit que c'était Claire ! Tu m'as même montré son acte de décès.

— Oui, mais Dianna me ressemblait, et, comme c'est à moi qu'on a demandé d'identifier le corps, la supercherie a été facile. Ben Maxwell a été le premier à émettre des doutes sur cet acte de décès.

L'air pensif, Sonya baissa un instant les yeux, puis regarda de nouveau son amie.

— Tu peux m'expliquer pourquoi tu as décidé de te faire passer pour morte et de prendre l'identité d'une autre personne ?

— Pour une raison bien simple : parce que, une fois Claire Campbell déclarée morte, il y avait toutes les chances pour qu'on n'essaie plus de l'assassiner.

— Je trouve ce plan complètement extravagant.

— Il a marché, pourtant.

Repoussant son assiette, Sonya attrapa son paquet de cigarettes et en alluma une d'une main qui tremblait visiblement.

— Ainsi, tu n'es pas Dianna Mason, artiste fauchée, mais Claire Campbell, l'héritière de plusieurs dizaines de millions de dollars...

— Oui, tu as devant toi Claire Helen Campbell en chair et en os, formellement reconnue comme telle grâce à une analyse de sang.

— Si tu es Claire Campbell, remarqua Sonya avec colère, tu m'as menti, l'autre jour... Je t'ai demandé si Andrew Campbell était ton père, et tu m'as juré que non.

— Excuse-moi... En réalité, je t'ai dit l'entière vérité, tout en sachant que tu donnerais un autre sens à mes paroles.

— Une minute ! J'aimerais comprendre... Tu es Claire Campbell, mais Andrew n'est pas ton père ?

— Exactement ! Cela résume très bien la situation.

— Mon Dieu ! Tu as été adoptée, alors ?

Sonya secoua la tête et, sans laisser à Claire le temps de parler, répondit elle-même à sa question.

— Non… Tu ressembles trop à Evelyn. Evelyn est ta mère. Je me trompe ?

— Tu ne te trompes pas, et je te remercie de ton tact, car tu as sûrement déjà deviné que ma mère a eu une liaison dont je suis le fruit.

— Et Roger ? Ce n'est pas non plus le fils d'Andrew ?

— Si. Mon père biologique est mort plusieurs mois avant que Roger ne soit conçu.

— Ton père est mort ?

Claire leva les yeux et regarda son amie bien en face.

— Oui, je suis la fille de Douglas Campbell.

— Douglas Campbell ! Mais bien sûr ! s'écria Sonya comme si elle s'en voulait de ne pas avoir trouvé toute seule la clé de l'énigme. C'était un type formidable… Excuse-moi, Di… enfin, Claire… les mots me manquent pour t'exprimer ma sympathie.

— Ne t'en fais pas ! Douglas est mort il y a très longtemps. J'aurais aimé le connaître, mais c'est un regret un peu abstrait.

— Andrew a-t-il été un beau-père cruel ? Est-ce pour cela que tu le détestes tant ?

— Au contraire, déclara Claire avec un sourire contraint. Jusqu'à ce qu'il prenne la décision de me tuer, Andrew a été un père de remplacement formidable.

— Tu es toujours convaincue que c'est lui le responsable de l'incendie du chalet et de l'accident de Dianna ?

Claire hocha la tête affirmativement.

— Mais, lorsque tu as rencontré Hal Doherty chez moi, observa Sonya en écrasant le mégot de sa cigarette dans le cendrier, pourquoi ne lui as-tu pas révélé ta véritable identité ? Quand je pense que pendant deux mois entiers il t'a préparée à jouer ton propre rôle… C'est vraiment dingue ! Et pourquoi ne m'as-tu pas dit la vérité à moi non plus ?

— Je ne pouvais pas.

— N'est-on pas censé avoir confiance en ses amis ?

— Je t'en prie, Sonya, ne te vexe pas… J'ai confiance en toi, mais il m'était impossible de te révéler mon secret, et, si tu réfléchis un peu, tu comprendras pourquoi.

— Non, j'ai beau me creuser la cervelle, je ne comprends pas.

— Eh bien, je ne me sentais en sécurité que si tout le monde, même toi, continuait à me prendre pour Dianna Mason.

— Alors pourquoi diable as-tu accepté de participer à l'arnaque de Hal ? Si tu tenais à rester Dianna Mason, pourquoi aller chez les Campbell en affirmant être Claire ? Et, si cela te démangeait soudain de revendiquer ton héritage, pourquoi ne pas te présenter tout simplement à eux et te faire reconnaître ? A quoi rimait cette mascarade ?

— Je n'avais pas envie de mourir.

Sonya secoua la tête avec impatience.

— Et tu t'es débrouillée pour être invitée dans la maison de l'homme que tu soupçonnais d'être ton assassin ?

— Cela me paraissait logique, à ce moment-là. Je partais du principe qu'Andrew en voulait uniquement à la vie de sa fille.

— Ça ne me dit pas pourquoi tu as monté cette combine avec Hal.

— Des dizaines d'usurpatrices avaient déjà tenté de mettre la main sur mon argent, expliqua Claire, dont six au moins me ressemblaient assez pour obtenir une entrevue avec Hal Doherty, Ben Maxwell ou même un membre de la famille. Elles ont toutes été arrêtées et condamnées pour escroquerie, mais aucune n'est morte, si bien que jeter le doute sur mon identité m'a semblé un bon moyen de me protéger.

— C'est le raisonnement le plus stupide que j'aie jamais entendu !

— Mais ça a marché, non ? Je suis encore vivante. Et Andrew ne deviendra jamais gouverneur de Floride, en grande partie grâce à tes informations, d'ailleurs.

— Je ne suis pas sûre d'avoir envie qu'on me rappelle le rôle que j'ai joué dans cette affaire. Si Andrew est un assassin, il n'a que ce qu'il mérite, mais, pour moi, le fait qu'il soit homosexuel ne le rend pas automatiquement inapte à remplir des fonctions officielles.

— Pour moi non plus, observa Claire, mal à l'aise. C'est l'exemple même d'une bonne décision prise pour de mauvaises raisons.

Sonya remit les boîtes à peine entamées dans le sac en papier, puis elle leva les yeux et fixa son amie avec attention.

— En fait, je ne suis pas si surprise que tu sois vraiment Claire. Les sentiments que tu éprouvais à l'égard d'Andrew Campbell étaient trop intenses pour qu'ils te soient inspirés par l'histoire d'une autre. Tu le haïssais avec une violence que seule suscite la trahison d'un membre de sa propre famille.

— Et tu es bien placée pour le savoir…, murmura Claire.

— Oh ! oui…

Ayant finalement réussi à faire entrer les assiettes du déjeuner dans sa corbeille à papier déjà débordante, Sonya se redressa et ajouta :

— J'ai eu un coup de téléphone inattendu, hier soir. Mon frère m'a appelée du Wyoming.

— Pas pour t'annoncer une mauvaise nouvelle, j'espère ?

— Non, c'était au sujet de Hal Doherty. Il le connaissait bien. Ils jouaient autrefois dans la même équipe de football, bien que mon frère soit de trois ans l'aîné de Hal.

— Tu as dû être contente de l'entendre. Vous ne vous étiez pas parlé depuis la mort de ta mère ?

— Non. On va célébrer une messe à la mémoire de Hal le premier dimanche de septembre, et mon frère m'a proposé, si je venais, de coucher chez lui.

— Formidable ! Je suis contente pour toi… Cela ne compense pas les méchancetés qu'il t'a dites le jour de l'enterrement de ta mère, mais c'est manifestement une offre de réconciliation.

Sonya haussa les épaules avec une désinvolture qui cachait mal son émotion.

— Sans doute… Il a des gosses adorables, et j'étais malade à l'idée de ne jamais les revoir. C'est bête, mais, même quand on a une famille qui vous rend fou, il est difficile de rompre complètement les liens avec elle.

— L'expérience m'a appris cela, à moi aussi… Ecoute, il faut que je m'en aille, maintenant. Je te raconterai demain mon entrevue avec Andrew.

— D'accord ! Mais sois prudente ! Je n'ai pas beaucoup d'amis milliardaires, et je voudrais que tu m'invites à dîner au moins une fois dans un restaurant chic avant qu'on ne te retrouve noyée dans le port de Boston.

Claire ne put s'empêcher de rire.

— Voilà qui m'évite de me demander si on m'aime pour mon argent ou pour moi-même !

— Fais attention à toi, dit Sonya. N'oublie pas que je compte sur toi pour ce dîner…

Entre deux réunions, Ben entra dans le bureau de Nancy, sa secrétaire, pour prendre connaissance de ses messages téléphoniques.

— Il y a eu des appels importants ? questionna-t-il en jetant un rapide coup d'œil à la pile de petites feuilles jaunes, toutes marquées du tampon « urgent ».

— Il n'y a eu que ça, répondit Nancy avec un sourire désabusé.

Ben lui rendit son sourire, puis consulta sa montre. Presque 15 heures… Encore une de ces journées si chargées qu'elles paraissent se terminer avant même d'avoir commencé…

— Rien dont je doive m'occuper immédiatement, j'espère, parce que je suis déjà en retard à mon rendez-vous avec Sanchez.

— Rien qu'on ne puisse repousser jusqu'à lundi.

— Pas d'appels personnels ?

— Ici, non, mais je crois que sur votre ligne…

La sonnerie du téléphone interrompit Nancy, qui décrocha le combiné.

— Le bureau de Ben Maxwell.

Ben perçut le murmure d'une voix de femme, à l'autre bout du fil. Ce n'était pas celle de Claire, dont il aurait reconnu à vingt pas le timbre rauque et sensuel. Il se dirigea vers la porte. Sanchez, le directeur de projet chargé de la maison de retraite à Daytona Beach, l'attendait depuis le début de l'après-midi. Nancy l'arrêta juste au moment où il sortait dans le couloir.

— Je pense que vous devriez prendre cet appel, Ben.

— Qui est-ce ? demanda-t-il en retraversant la pièce pour aller dans son propre bureau. Sanchez a un avion dans une heure, et je n'ai pas plus de deux minutes à consacrer à cette personne.

— Elle insiste pour vous parler, mais refuse de donner son nom. Elle téléphone visiblement d'une cabine, et elle a l'air affolée.

« C'est Claire, songea Ben en décrochant. J'ai surestimé ma capacité à identifier sa voix… Mon Dieu ! Qu'est-il arrivé ? »

— Allô ? Ici, Ben.

— Quelqu'un peut nous entendre ? chuchota sa correspondante.

Ben poussa un soupir de soulagement. Ce n'était pas Claire, finalement.

— Non, personne, répondit-il. Cette ligne ne passe pas par le standard.

— Roger est là ?

Son interlocutrice parlait si bas qu'il était obligé de tendre l'oreille. Il lui semblait pourtant reconnaître cette voix... Oui, c'était celle de Sharon Kruger. Mais pourquoi diable la cuisinière d'Andrew l'appelait-elle ? Et pourquoi cette femme d'habitude calme et posée paraissait-elle si nerveuse ?

— Non, Roger n'est pas là. Et vous pouvez parler plus fort. Je vous assure que personne n'écoute... C'est vous, Sharon ? Où êtes-vous ?

— Ne prononcez pas mon nom ! hurla-t-elle, comme frappée d'épouvante. Je suis à l'aéroport de Miami, en partance pour le Mexique. Dans cinq minutes, je serai hors de danger.

— Comment cela, hors de danger ? demanda Ben en jetant un coup d'œil inquiet à sa montre. Expliquez-vous... Vous avez besoin de quelque chose ?

— Non, pas moi. J'ai compris, maintenant, et je m'en vais.

Les quelque mille cinq cents kilomètres de fibres optiques qui les séparaient n'empêchèrent pas Ben de percevoir dans la voix de Sharon un mélange d'amertume et d'hystérie. Il sentit également que son interlocutrice était sur le point de couper la communication, et il s'écria :

— Ne raccrochez pas, Sharon ! Qu'y a-t-il ? Si vous ne m'exposez pas votre problème, je ne pourrai pas vous aider.

— Ce n'est pas moi qu'il faut aider. J'ai cinquante mille dollars sur mon compte en banque, plus d'argent que je n'en ai jamais vu de toute ma vie, mais je l'ai bien gagné !

Elle eut une sorte de hoquet — quelque chose qui ressemblait à un hoquet, ou à un rire convulsif —, puis reprit :

— Vous voulez savoir comment j'ai gagné cet argent ?

— Oui.

— C'est Roger qui me l'a donné, annonça-t-elle, haletante. Il m'a payée pour que je quitte le pays sans dire à personne qu'il avait failli me tuer.

— Roger a failli vous tuer ? répéta Ben, médusé.

— Exactement ! Ça en fiche un coup à son image de bon petit Américain vertueux et travailleur, hein ? Il m'a posé un oreiller sur la figure et, un peu plus, je mourais étouffée. Il a toujours été assez vicieux, côté sexe, mais je m'en accommodais parce que j'étais assez bête pour croire qu'il m'épouserait. Quelle idiote j'ai fait... Et puis, hier soir, il est devenu fou. Complètement fou. Il m'a presque noyée, ensuite il m'a violée...

Ben commençait à éprouver un certain soulagement. Les révélations de Sharon le consternaient, bien sûr, et il prenait très au sérieux cette accusation de viol, mais il y avait une différence entre des sévices sexuels et une tentative de meurtre...

— Vous avez besoin de soins médicaux, Sharon ? questionna-t-il. Ecoutez, si nous voulons régler cette affaire, vous devez me raconter ce qui s'est passé exactement, depuis le début.

— Je n'ai pas le temps. D'ailleurs, je suis capable de me débrouiller toute seule. Mais les Campbell m'ont toujours bien traitée, surtout Andrew, et l'idée que Roger cause du tort à sa famille me révolte. Alors j'ai décidé de prévenir quelqu'un, et, comme je me suis aperçue que vous étiez amoureux de Claire... de Dianna... Ah ! on annonce le départ de mon vol... Il faut que j'y aille. Il faut que je quitte la Floride, que j'échappe à Roger...

— Ecoutez-moi, Sharon ! déclara Ben, s'efforçant de parler d'un ton calme et rassurant. Vous avez encore au moins vingt minutes pour embarquer, et cela vous laisse largement le temps de m'expliquer la raison de votre appel. De quoi vouliez-vous me prévenir ? C'est encore au sujet de Roger ?

— Oui. Il va tuer Claire, j'en suis sûre. Il faut faire enfermer ce malade avant qu'il ne mette son projet à exécution.

Les mots de Sharon retentirent dans la tête de Ben comme un coup de tonnerre. Roger allait tuer Claire... Il s'obligea à dominer sa panique afin de poser des questions intelligentes et obtenir le maximum de renseignements.

— Comment va-t-il la tuer ? demanda-t-il. Quand ? Et comment le savez-vous ?

Il y eut un déclic à l'autre bout du fil.

— Sharon ! hurla Ben en secouant le combiné. Sharon !

Seule la tonalité lui répondit. Il raccrocha brutalement, courut jusqu'à la porte qui séparait son bureau de celui de Nancy et l'ouvrit à toute volée.

— Où est Roger ? cria-t-il.

— Vous l'avez manqué de peu... Il est parti. Il avait un rendez-vous, m'a-t-il dit.

— Ici ? Dans l'immeuble ?

— Je l'ignore.

— Appelez le service de sécurité. Qu'on fouille le bâtiment ! Si Roger y est, qu'on m'avertisse ! Il faut absolument le trouver.

De retour dans son bureau, Ben se précipita sur son carnet d'adresses pour chercher le numéro de Claire à Boston. « Tu dramatises », pensa-t-il en composant les chiffres. Sharon avait l'air au bord de la crise de nerfs, et il ne fallait pas prendre ses incroyables accusations pour argent comptant. Elle ne serait pas la première femme déçue à porter de fausses accusations... N'avait-elle pas admis son espoir d'être épousée par Roger ? C'était sans doute l'amertume et la colère qui la poussaient à calomnier le jeune homme. Oui, cela semblait logique..., songea Ben. Mais, alors, pourquoi avait-il la gorge nouée et les jambes molles ?

La ligne de Claire était occupée. Ben appuya sur la touche bis. Encore occupé.

Il n'y avait aucune raison de s'affoler, se dit-il. Le fait que Claire fût au téléphone prouvait qu'elle allait bien. Plus calme, il appela l'opératrice et, après lui avoir donné le nom et le numéro de Claire, expliqua :

— Il faut absolument que je joigne cette personne, mais c'est toujours occupé.

— Je vais essayer d'obtenir la communication, monsieur.

Ben attendit, le cœur battant. Au bout de quelques minutes, l'opératrice lui annonça aimablement :

— Je suis désolée, monsieur, mais il y a visiblement un problème avec ce numéro. Je le signale immédiatement.

— Quel genre de problème ? Le téléphone est décroché ?

— Il n'y a personne en ligne, mais je ne peux pas faire un diagnostic d'ici, monsieur. Il faut envoyer un technicien sur place.

Reposant brusquement le combiné, Ben sortit de son bureau.

— Des nouvelles du service de sécurité ? demanda-t-il à Nancy. Quelqu'un a vu Roger ?

— On n'a pas trouvé sa trace dans l'immeuble. Je crois qu'il a parlé de passer le week-end aux Lauriers pour se mettre à jour dans ses rapports. Qu'y a-t-il, Ben ?

— Je pars pour Boston par le premier avion, se contenta-t-il de répondre. Je vais chez Claire. Si Andrew appelle, indiquez-lui où je suis, s'il vous plaît.

— Très bien.

— Et, si Roger réapparaît, laissez un message pour moi à l'aéroport.

— Entendu. Et M. Sanchez ?

Mais Ben avait déjà quitté la pièce.

Sans trop savoir pourquoi, Claire jugea important de soigner son apparence pour son entretien avec Andrew. A 18 heures — alors que ni Ben ni Andrew n'arriverait vraisemblablement avant 20 heures —, elle s'était déjà douchée, séché les cheveux et maquillée. Après avoir hésité plusieurs minutes devant sa garde-robe pourtant modeste, elle choisit un pantalon de coton et un chemisier de mousseline blanche, puis compléta sa tenue avec des accessoires d'inspiration indienne — une ceinture argentée ornée de turquoises et des boucles d'oreilles assorties. L'image que lui renvoya la glace de sa chambre évoquait nettement une artiste, et la jeune femme se demanda si elle devait rire ou pleurer de ce besoin évident d'affirmer son indépendance. Ses vêtements annonceraient en effet sans équivoque à Andrew qu'il avait affaire à Claire, créatrice de verreries presque célèbre, et non à Claire, riche héritière.

Désœuvrée, elle arpentait son atelier lorsque la sonnette retentit. Les battements de son cœur s'accélérèrent sous l'effet d'une peur subite, puis se calmèrent. Andrew n'était pas complètement idiot… Il n'allait pas la tuer alors qu'il serait forcément le suspect numéro un… Elle aurait pourtant tout donné pour que ce visiteur soit Ben et non Andrew. Il lui serait tellement plus facile d'affronter son prétendu père en présence de Ben…

Mais il ne s'agissait ni de l'un ni de l'autre : quand elle ouvrit la porte, ce fut son frère, un petit sac de voyage sur l'épaule, qui lui apparut.

— Roger ! s'exclama-t-elle avec un sourire d'autant plus large qu'il devait dissimuler sa déception de ne pas voir Ben. Quelle bonne surprise ! Entre !

— Merci, dit-il en pénétrant dans l'appartement tandis que Claire refermait la porte derrière lui. Je t'apporte malheureusement une nouvelle qui va diminuer ta joie : Ben ne viendra pas ce soir, pas avant minuit tout du moins. Il m'a chargé de le remplacer, si cela te convient.

— Bien sûr que cela me convient ! Je suis ravie que tu sois là.

Et elle était en effet vraiment contente d'avoir Roger pour la protéger, même si l'absence de Ben la désappointait. Elle embrassa son frère sur la joue, puis le conduisit jusqu'au coin séjour aménagé dans un angle de son atelier.

— Tu arrives juste de Pittsburgh ? demanda-t-elle. Il y avait du monde dans l'avion ?

— C'était bourré, comme tous les vendredis.

— Mon pauvre ! Tu as faim ? Tu veux que je te prépare un sandwich ?

— Non, merci. Je prendrais bien un verre, en revanche.

— Je t'en apporte un tout de suite.

Claire s'interrompit et eut un petit rire gêné.

— C'est bizarre, non ? Je reçois chez moi mon propre frère, et je ne sais même pas ce qu'il aime boire.

— Je ne suis pas difficile, répliqua Roger en souriant.

— Ouf !... Alors, j'ai une bouteille de chablis dans le réfrigérateur, du Coca-Cola, du soda et de la citronnade. Fais ton choix !

— De la citronnade, s'il te plaît. J'ai dû me dépêcher pour attraper l'avion, et je suis encore en nage.

— Desserre ta cravate et donne-moi ta veste !

Roger enleva sa cravate, la lança sur le dos d'une chaise, puis déboutonna son col de chemise.

— Merci, je me sens mieux comme ça, mais je crois que je vais garder ma veste.

Se levant, il s'approcha de l'établi de Claire et caressa d'un air admiratif les presse-papiers à facettes posés dessus.

— C'est extraordinaire, cette différence de réfraction sur ces presse-papiers selon leur position par rapport à la lumière, s'écria-t-il. Ces verreries sont magnifiques, Claire !

— Merci, répondit la jeune femme, touchée par le compliment. Ce qui rend ce type de réalisation passionnant, c'est la recherche d'un motif intérieur qui produira des réfractions intéressantes.

Elle remplit deux verres et en apporta un à Roger.

— Ce doit être un passe-temps très prenant, observa celui-ci. Au fait, ta citronnade est délicieuse.

— Ravie que tu l'aimes. C'est l'une de mes boissons préférées, à cette période de l'année.

Pour éviter de se disputer avec son frère, Claire décida de ne pas lui faire remarquer qu'il était plutôt insultant de qualifier son travail de « passe-temps ».

Roger posa son verre et regarda avec attention la coupe qu'elle avait gravée le matin.

— Voilà un motif original, constata-t-il, plus abstrait que ce que tu fais d'habitude. J'ai adoré ta coupe ornée de feuilles de lierre.

— Oui, ce motif-ci est beaucoup plus abstrait, bien qu'il ne soit pas entièrement géométrique. Il se fonde sur la forme d'un pétale de rose.

— En effet, déclara Roger, qui s'était penché pour examiner la coupe de plus près, mais, si tu ne me l'avais pas signalé, je ne l'aurais pas remarqué. Je crois bien, Claire, que tu as hérité de tous les dons artistiques des Campbell, en plus de la plus grande partie de leur argent.

Troublée, la jeune femme fixa son frère. Sa gorge se serra, et la citronnade lui parut soudain affreusement acide.

— Attends ! s'écria-t-elle. Comment sais-tu que le décor de cette verrerie est plus abstrait que ce que je fais d'habitude ? Comment sais-tu que j'ai fabriqué une coupe à motif de feuilles de lierre ?

— Ce doit être Ben qui m'en a parlé, répliqua Roger en se retournant, le sourire aux lèvres.

— Mais non, c'est impossible… Ben n'a jamais vu cette coupe. Elle était en mille morceaux la première fois qu'il est venu dans mon appartement, et les débris en étaient mélangés à ceux de mes autres commandes en cours.

— Vraiment ? Laisse-moi réfléchir… Comment puis-je connaître l'existence de cette coupe, alors, je me le demande…

Sous la feinte perplexité de Roger perçait une ironie à peine dissimulée. Claire posa sa citronnade, tandis que la stupeur cédait peu à peu la place à l'indignation et à un horrible sentiment de trahison.

— Tu connais cette coupe parce que tu es déjà venu dans mon atelier, dit-elle d'une voix rauque.

— Oui, tu as sûrement raison, convint Roger d'un ton franchement sarcastique, cette fois. Je suis forcément venu dans ton atelier, puisque j'ai déjà vu tes jolies coupes…

— Et tu les as détruites ! Ce n'était donc pas Hal Doherty le coupable. C'était toi !

— Exact. C'était moi.

— Mais pourquoi, bon sang ? Pourquoi ?

— Tu as vraiment besoin de le demander ? questionna durement Roger. Toute ma vie, j'ai vécu dans ton ombre. Toi, la grande sœur que tout le monde adorait… Toi, la grande sœur qui posséderait un jour vingt millions de dollars… Toi, la grande sœur qui avait hérité des talents d'artiste de notre arrière-grand-père… Personne ne paraissait s'apercevoir que j'étais deux fois plus intelligent que toi.

Les traits tordus par l'amertume et la colère, il donna un violent coup de poing sur l'établi avant de poursuivre :

— Tu n'es qu'une bâtarde, pourtant ! C'est moi l'héritier légitime de la fortune des Campbell ! C'est moi que papa aurait dû aimer !

— Mais il t'aime…

— Cela ne l'a pas empêché de ruiner toutes mes ambitions politiques !

— Comment cela ? interrogea Claire en se rapprochant furtivement du téléphone.

— A cause de sa liaison avec Jordan Edgar, évidemment ! La révélation de ce scandale a définitivement terni le nom des Campbell dans l'opinion publique.

Roger décrocha brutalement le combiné et le tendit à sa sœur.

— C'est ça que tu veux ? Tu me crois assez bête pour ne pas avoir pris mes précautions ? J'ai coupé les fils en arrivant.

Une peur atroce s'empara de Claire.

— Roger…, murmura-t-elle. Que vas-tu faire ?

Pour toute réponse, le jeune homme se jeta sur elle et l'immobilisa en lui passant son bras replié autour du cou. A demi asphyxiée, elle se débattit faiblement et tenta de parler pour le raisonner, mais ne put émettre qu'un râle. Elle sentit ensuite la piqûre d'une aiguille qui s'enfonçait dans son bras. Des taches rouges commencèrent à danser devant ses yeux. Puis tout devint flou.

Roger…, pensa-t-elle. C'était Roger qui conduisait la jeep cette nuit-là, dans le Vermont…

Il allait la tuer.

Les taches rouges se transformèrent en un voile noir et uniforme. Elle ferma les yeux.

17.

Il faisait une chaleur étouffante. Elle entendait le grondement assourdi des vagues qui déferlaient sur le rivage. Ce bruit aurait dû être rassurant, et, pourtant, Claire sentait monter en elle une angoisse grandissante.

Elle était allongée sur le sable depuis trop longtemps. Le soleil lui brûlait la peau et elle avait mal partout.

La jeune femme savait qu'il lui fallait se mettre à l'ombre, mais elle n'en avait pas la force. Sans soulever la tête, elle chercha un endroit plus frais sur son matelas de plage. Ce petit mouvement suffit à lui donner la nausée, et tous ses muscles protestèrent.

La douleur la persuada de se laisser glisser de nouveau dans une torpeur bienfaisante, et elle resta longtemps immobile, vaguement consciente que, faute de bouger, elle allait mourir, mais dépourvue de la volonté ou de l'énergie nécessaire pour agir en conséquence.

Cette chaleur était vraiment terrible, songea Claire. Et puis, avec une lenteur insupportable, une autre pensée cohérente se forma dans son cerveau.

Elle n'était pas en train de prendre un bain de soleil sur la plage. Elle se trouvait dans son appartement.

Sans qu'elle comprît bien pourquoi, cette idée l'effraya, et elle la chassa : éprouver de la peur exigeait trop d'efforts. Alors qu'elle était sur le point de perdre connaissance, un mot s'imposa à son esprit. Un mot dont la seule évocation la remplit d'épouvante.

Roger.

Ce nom résonna dans sa tête comme un signal d'alarme. Elle savait qu'il lui fallait absolument bouger, s'asseoir, secouer sa léthargie, mais elle ne le pouvait pas.

Roger.

Puisant dans ses dernières réserves d'énergie, la jeune femme ouvrit les yeux et vit un sol en ciment. Elle avait donc raison, se dit-elle en refermant les paupières. Elle ne se trouvait pas sur la plage, mais dans son appartement.

Roger.

Tout en se demandant pourquoi il était si important de faire cet effort, Claire rouvrit les yeux. Elle était étendue par terre dans son atelier, chevilles et poignets attachés avec du chatterton. Un cri d'horreur lui monta aux lèvres, mais aucun son n'en résulta car sa bouche était recouverte d'un grand morceau de sparadrap.

La pièce se mit soudain à tourner autour d'elle et une nausée la prit, mais un reste d'instinct de conservation l'avertit qu'elle ne devait pas vomir sous peine de mourir étouffée. Elle ferma de nouveau les yeux, attendit que le vertige soit passé, puis les rouvrit.

Cette fois, il ne lui fallut que quelques secondes pour s'orienter. Elle était allongée sous son établi, face au petit four qui lui servait à fabriquer du verre de silice. Il était allumé, constata-t-elle, et marchait même à pleine puissance, produisant un ronflement que, dans son état de semi-inconscience, elle avait confondu avec le bruit des vagues.

La température à l'intérieur d'un four à verre pouvait atteindre plus de cinq cents degrés, et il régnait à proximité immédiate une chaleur presque insupportable. Celui de Claire, cependant, était neuf, bien isolé et équipé de nombreux dispositifs de sécurité destinés à éviter toute surchauffe. Au pire, elle attraperait un coup de chaleur, pensa la jeune femme, mais Andrew ou Ben ne tarderait pas à arriver et à la délivrer. Elle ne risquait rien.

Sauf si le four explosait.

Avec la lucidité que donne l'imminence du danger, Claire se dit que son four, pour perfectionné qu'il fût, n'était pas à l'abri d'une tentative de sabotage. Roger avait un diplôme d'ingénieur des travaux publics, et, enfant, il passait beaucoup de temps sur les chantiers de construction. Il s'y connaissait sûrement assez en mécanique pour démonter un thermostat. Et quelle meilleure méthode pour tuer sa demi-sœur que de maquiller ce meurtre en accident ? Il avait probablement enlevé les différents dispositifs de sécurité, rebranché le thermocouple et mis le four à la puissance maximale, puis il s'était dépêché de partir. Sans doute pour avoir un alibi en béton quand il faudrait prouver qu'il se trouvait loin de Boston au moment de l'explosion du four.

Explosion, estima Claire, qui ne tarderait pas à se produire, à en juger par la température qui régnait dans l'atelier. Le joint de l'un des conduits reliant le four à la source d'alimentation allait fondre, du gaz se répandrait dans la pièce, et il en résulterait une déflagration assez puissante pour détruire tout l'appartement. Il n'était guère étonnant que Roger l'ait droguée et ligotée sans se soucier de la future enquête de la police : si elle était près du four quand il sauterait, pas besoin de commander un cercueil pour son enterrement… On ramasserait des fragments calcinés de son corps pendant des semaines !

Eh bien, non ! cria intérieurement la jeune femme, envahie par un brusque sentiment de révolte et de colère. Il n'était pas question de rester là à attendre la mort !

D'accord, mais que faire ?… Claire se rendit vite compte que ses liens étaient trop serrés pour lui permettre d'avancer à quatre pattes. Elle ne pouvait pas non plus atteindre la porte en roulant sur elle-même car elle n'avait pas la place de sortir de sous l'établi sans se cogner contre le four brûlant. Il n'y avait qu'une solution : couper le ruban adhésif, ce qui ne serait pas trop difficile si elle parvenait à atteindre l'un des nombreux instruments tranchants alignés sur l'établi.

Suant et soufflant, à demi étouffée par son bâillon, la jeune femme se mit sur le ventre et se souleva sur les genoux, mais cette série de mouvements lui donna mal au cœur, et elle s'immobilisa immédiatement.

« Non, tu ne vomiras pas ! se dit-elle. Et tu vas te lever ! »

Un instant, il lui sembla que ni son estomac ni ses jambes n'allaient lui obéir, mais, au bout de quelques secondes, la nausée disparut, et Claire put se redresser suffisamment pour s'agripper à son tabouret de travail. Grâce à ce support, il lui fallut à peine une minute pour réussir à poser son menton sur le rebord de l'établi et à se tenir presque droite. Un soupir de soulagement lui échappa quand elle aperçut, rangés à leur place habituelle près des roues à graver, les gros ciseaux qui lui servaient à couper le verre fondu.

Poussée par un sentiment d'urgence d'autant plus fort que le salut était à portée de la main, Claire attrapa gauchement les ciseaux. Comme il n'y avait pas moyen de les orienter de façon à couper les liens de ses poignets, elle les ouvrit et en appuya l'une des pointes contre son bâillon, qu'elle fendit en faisant glisser la lame de droite à gauche. Le sparadrap resta collé à son visage et à ses cheveux, mais, à présent, elle pouvait enfin respirer par la bouche.

Le risque de vomir et de s'étouffer étant désormais pratiquement éliminé, la jeune femme s'attaqua aux couches de chatterton enroulées autour de ses chevilles. Le four ronflait de plus en plus fort et la température de l'atelier avoisinait les cinquante degrés. Claire transpirait à grosses gouttes, et les ciseaux menaçaient sans cesse de lui échapper des doigts, mais elle s'obstina, et le ruban adhésif finit par se rompre.

Riant et pleurant à l'idée qu'elle était sauvée, qu'elle avait vaincu Roger par la seule force de sa volonté, de son courage et de son ingéniosité, la jeune femme se rua vers la porte d'entrée, saisit la poignée et tira.

Rien ne se produisit. Le lourd battant ne bougea pas.

« Du calme ! se dit-elle. Surtout ne t'affole pas ! »

Elle courut jusqu'à la porte de communication avec le garage, tourna le bouton, mais là encore sans résultat.

Bien qu'au bord de l'hystérie, Claire s'obligea à réfléchir. La situation n'était malheureusement que trop simple : il était impossible de s'enfuir par les fenêtres, toutes munies de barreaux en fer pour décourager les cambrioleurs, et, faute de pouvoir sortir par l'une des deux portes, elle était prisonnière.

Le visage ruisselant de larmes, elle retourna devant la porte d'entrée, tira, poussa et, devant la vanité de ses efforts, finit par la marteler à coups de poing. La surface en était brûlante, et la jeune femme s'aperçut alors que la plaque de métal, de chaque côté de la serrure, avait dû se dilater sous l'action de la chaleur car le vantail avait gauchi. Il faudrait pour l'ouvrir exercer une forte pression de l'extérieur, avec une pince-monseigneur ou peut-être un marteau.

Comprenant le problème mais impuissante à le résoudre, la jeune femme ne résista plus à la tentation de se laisser glisser dans une bienheureuse inconscience. A quoi bon lutter ? Roger avait gagné. Elle allait mourir.

« Pardon, Andrew, s'excusa-t-elle intérieurement. Je me suis méprise sur ton compte et je regrette amèrement le tort que je t'ai causé. »

Elle ferma les yeux et songea à Ben. Un sentiment poignant de regret l'envahit à l'idée de tous les plaisirs qu'ils n'avaient pas partagés, de toutes les découvertes qu'ils ne feraient jamais ensemble. Elle avait envie de le voir une dernière fois. Pour lui dire qu'elle ne l'appréciait pas seulement comme amant, mais qu'elle trouvait merveilleux le simple fait d'être avec lui. Elle se demanda s'il aimait Vivaldi ou les Rolling Stones, ou les deux, s'il savait jouer au Scrabble... Il y avait tant de choses qu'elle ne connaîtrait jamais sur Ben...

Cette pensée était affreusement triste. L'esprit de la jeune femme se mit à errer au gré d'une rêverie de plus en plus incohérente qui l'entraînait insensiblement vers des ténèbres chaudes et enveloppantes.

Quand Claire entendit des coups frappés de l'autre côté de la porte, il lui fallut presque une minute pour se rendre compte que c'était un bruit réel et non une création de son imagination.

— Claire ? Tu es là ? Ouvre, ma chérie ! Que se passe-t-il ? Ouvre, je t'en prie !

— Ben ?

Elle se releva et, pleurant de soulagement, s'appuya contre la porte sans se soucier de la chaleur qui lui brûlait les joues.

— Je ne peux pas ouvrir, Ben. Le battant est coincé.

— Je comprends. Tire, et moi je pousse.

— Ça ne servira à rien. Il faut forcer la serrure. Dépêche-toi ! Le four de mon atelier est sur le point d'exploser.

Ben ne perdit pas son temps à demander des explications.

— Bloque la poignée en position d'ouverture. Ensuite recule-toi, mais ne t'éloigne pas trop. D'accord ?

— D'accord.

Elle suivit les instructions de Ben, puis annonça :

— Voilà !

— J'ai ramassé une pierre dans la cour. Je vais casser la serrure.

Les premières tentatives de Ben ne donnèrent aucun résultat : la porte vibra, mais ne bougea pas. Il recommença, encore et encore. Le battant trembla, puis s'ouvrit d'un coup vers l'intérieur, avec une telle force que Ben tomba à quatre pattes dans le vestibule.

Il se redressa immédiatement et jeta un rapide coup d'œil au four rougeoyant avant de saisir les poignets toujours liés de la jeune femme et de l'entraîner dehors.

— Vite ! dit-il. L'air qui vient d'entrer dans la pièce risque de tout faire sauter !

Claire tenait déjà à peine debout ; elle se sentait donc incapable de traverser une cour pavée à la surface inégale. Ben s'en aperçut et, s'arrêtant une seconde, la souleva dans ses bras. Il avait franchi une centaine de mètres lorsque la déflagration se produisit. Instantanément, il jeta Claire sur la pelouse de la maison voisine et la couvrit de son corps.

Quand, enfin, le bruit des explosions cessa, il la regarda, anxieux.

— Claire, ma chérie, ça va ? Tu n'es pas blessée ?

— Non.

Elle souffla en l'air pour chasser un brin d'herbe de son nez, fixa Ben à travers l'enchevêtrement de cheveux et de ruban adhésif qui lui collaient au visage, puis demanda :

— Tu sais jouer au Scrabble ?

— Au Scrabble ?

Ben la considéra d'un air ahuri, puis un sourire se dessina sur ses lèvres, et il répondit :

— Bien sûr que je sais jouer au Scrabble !

— Tant mieux ! déclara-t-elle avant de s'évanouir.

*
* *

Lorsque Claire reprit connaissance, elle vit qu'on l'avait attachée sur une civière et qu'on était en train de la mettre dans une ambulance. Ben se tenait à son côté et Andrew était penché sur elle, le visage ravagé par l'angoisse.

— Pardon, murmura-t-elle.

— Non, Claire, c'est nous qui te devons des excuses, répliqua Andrew en lui tapotant gauchement la main. Tu n'as rien à te reprocher, rien du tout… Maintenant, on va t'emmener à l'hôpital, te faire examiner, réhydrater, et, demain à la même heure, tu te sentiras beaucoup mieux.

Si le souvenir de son épouvante n'avait pas été si vif, si elle n'avait pas été si fiévreuse et endolorie, la jeune femme aurait parlé avec plus de ménagement, mais, là, ce fut la vérité toute nue qui s'échappa de ses lèvres.

— Roger a tenté de me tuer. Pas seulement ce soir, mais les autres fois aussi, dans le Vermont, dans le New Jersey…

— Je suis au courant, indiqua Andrew, la bouche douloureuse. Mon Dieu ! Claire… Je ne sais pas quoi te dire…

— La police le recherche, intervint Ben. Il ne lui échappera pas et ne te fera plus jamais de mal, je te le promets.

— Je compte sur toi, chuchota-t-elle.

Puis elle ferma les yeux et sombra dans le sommeil.

Roger éteignit l'autoradio dès qu'il eut écouté le bulletin d'informations du matin, et, accablé, réfléchit à ce qu'il venait d'entendre. Claire n'était pas morte, et la police avait déclenché une alerte générale afin de retrouver son assassin. Lui-même. S'il avait essayé de quitter Boston, s'il n'avait pas été assez malin pour louer une voiture à l'aéroport, la veille, sous une fausse identité, on l'aurait probablement déjà arrêté.

Pourquoi Andrew agissait-il ainsi ? songea Roger, se sentant affreusement trahi. Comment avait-il pu laisser cette garce raconter des mensonges à la police ? Claire n'était pas sa fille, et, pourtant, il la chérissait. Cela lui était-il donc égal que Claire soit une bâtarde, une usurpatrice, une putain, comme sa mère ? Une artiste à la manque qui conduirait Campbell Industries droit à la faillite ?

Et Ben, qui aurait imaginé ça de Ben ? Roger s'était décarcassé pour aider ce crétin à rester à son poste, et que s'était-il passé ? Cet ingrat était tombé amoureux de Claire !

Roger tambourina sur le volant ; il savait ce qu'il devait faire et s'en réjouissait à l'avance. Il se pencha et ouvrit la boîte à gants. La crosse de son Smith & Wesson calibre 9 mm brilla doucement à la lumière. Quand tous ses autres plans avaient échoué, un homme pouvait toujours compter sur son revolver.

Après avoir vérifié que l'arme était chargée, Roger la mit dans la poche intérieure de sa veste, puis il descendit de voiture et se dirigea d'un pas vif vers l'entrée de l'hôpital.

Une bonne odeur de café régnait dans le hall d'accueil ; des gens allaient et venaient, l'air affairé. Il acheta des fleurs dans la boutique de l'entrée, puis s'approcha du guichet des renseignements et demanda le numéro de la chambre de Claire. Le personnel de l'hôpital avait visiblement pour instruction de faciliter les démarches aux visiteurs — y compris aux assassins —, car l'employée lui donna obligeamment toutes les informations voulues.

« Aile ouest, troisième étage, chambre 327 », lui dit-elle. Il fallait prendre l'ascenseur marqué d'une bande rouge, et quel joli bouquet ! Roger la remercia poliment de son aide.

Une infirmière lui sourit quand il monta dans l'ascenseur. Elle était jeune et jolie. Dans d'autres circonstances, il aurait engagé la conversation, mais, là, il l'ignora. La pensée de toutes ces tentatives ratées pour tuer Claire le mettait en rage. Comment cette idiote avait-elle réussi à déjouer des plans aussi habiles ? Mais, aujourd'hui, songea-t-il en longeant le couloir qui menait à la chambre 327, aujourd'hui, ce serait différent.

La porte de la chambre était ouverte. Il jeta un coup d'œil à l'intérieur et constata que Claire avait de la compagnie. Ben était là, et, à en juger par ses vêtements froissés, il avait passé la nuit dans un fauteuil à côté d'elle. Un instant, un désespoir si profond s'empara de Roger qu'il resta cloué sur place. Puis il comprit comment il allait résoudre le problème de la présence de Ben, et un merveilleux sentiment de paix l'envahit. Dans une minute tout serait terminé.

Il sortit le revolver de sa poche, le dissimula derrière le bouquet de fleurs et entra dans la pièce.

Ben le vit une fraction de seconde trop tôt et, se ruant vers le lit, poussa Claire et la moitié des couvertures sur le sol.

— Ne faites pas ça, Roger ! hurla-t-il. Pour l'amour du ciel, ne faites pas ça !

Roger jeta le bouquet par terre et pointa son arme sur la forme allongée à côté du lit, mais sa main tremblait et, juste avant d'appuyer sur la détente, il sut qu'il manquerait sa cible. Avait-il inconsciemment décidé de la manquer ?

— Non, Roger ! Je t'en supplie !

La voix de Claire.

Il entendit cette prière en même temps que des pas précipités, dans le couloir. Il leva de nouveau son revolver, le doigt sur la détente. Depuis que Claire était revenue, depuis leur rencontre en Floride, il avait l'obscur pressentiment que les choses finiraient ainsi.

Du coin de l'œil, il aperçut une infirmière qui s'immobilisait sur le seuil. Il pivota sur ses talons. Elle cria et, au même moment, une sirène retentit. Elle avait dû presser le bouton d'un système d'alarme quelconque. Pourquoi tout le monde s'affolait-il alors que, lui, il se sentait enfin serein ?

Roger plia le bras et dirigea lentement le canon du revolver vers son visage, puis il ouvrit la bouche et tira.

Épilogue

Les jardins de la Maison Blanche. Un an plus tard

Bainbridge se leva au moment où, sortant de la Maison Blanche, le président et sa femme apparurent dans la lumière éblouissante de ce bel après-midi d'été. Des applaudissements éclatèrent, auxquels Bainbridge daigna brièvement se joindre. En réalité, il avait obtenu sa naturalisation des années plus tôt et était extrêmement fier d'être américain, mais jamais il ne le montrait car cela aurait détruit l'illusion qu'il avait mis tant de temps à créer. Evelyn Campbell l'avait engagé à une époque où il avait à peine de quoi manger, il se devait donc de lui offrir ce qui se faisait de mieux en matière de service, et le fin du fin, dans la haute société, c'était d'avoir un majordome britannique hautain que n'impressionnait pas le rituel de la démocratie américaine. Bainbridge croisa le regard d'un journaliste et prit immédiatement un air de condescendance royale.

Bien sûr, Evelyn avait découvert l'imposture dès la première semaine. Vingt-cinq ans plus tôt, Bainbridge était acteur — un acteur le plus souvent au chômage —, et la seule expérience qui le qualifiait pour cet emploi, c'était le rôle de maître d'hôtel anglais qu'il avait joué dans un feuilleton télévisé et une demi-douzaine de pièces. Mais, au lieu de le renvoyer séance tenante, Evelyn l'avait aidé à devenir un majordome presque aussi bon dans la vie qu'au théâtre. Et, à présent, il se réjouissait que les choses aillent mieux pour elle, après les tragédies de ces dernières années. Le chagrin et les remords causés par le suicide de Roger l'avaient rongée pendant des mois. En fait, toute la famille commençait seulement à se remettre de la mort du jeune homme lorsque Claire et Ben s'étaient mariés, aux dernières vacances de Noël.

Mais, maintenant, la page était tournée et l'avenir s'annonçait brillant. Andrew Campbell venait d'être nommé secrétaire d'Etat à l'Environnement, et, dans quelques secondes, il allait prononcer son serment d'investiture. Les caméras ronronnèrent quand il s'approcha des micros. Derrière lui, on apercevait les visages souriants de Claire et de Ben.

Bainbridge se permit de hocher la tête d'un air d'approbation affectueuse lorsque Evelyn, extrêmement élégante dans un tailleur de soie bleu marine, tendit à son mari la bible que Jaime et Hector Campbell avaient apportée avec eux en Amérique, un siècle plus tôt. Andrew posa la main sur la couverture fatiguée et prêta serment d'une voix forte et assurée.

Il fit ensuite une brève allocution — juste quelques phrases où il promit de suivre une politique de l'environnement qui tiendrait compte des besoins économiques spécifiques des différentes régions des Etats-Unis. « Voilà un homme intelligent ! » songea Bainbridge. Tout le monde était d'accord sur le principe, mais personne n'avait envie d'entendre un discours long et compliqué. Les journalistes préféraient sûrement manger des fraises à la crème et boire du punch plutôt qu'écouter disserter un nouveau secrétaire d'Etat.

Andrew et Evelyn rejoignirent le couple présidentiel et se mêlèrent avec lui aux invités, mais Claire et Ben se détachèrent de la foule pour s'approcher de Bainbridge. Claire glissa affectueusement son bras sous celui du vieux majordome. Bainbridge savait que ses airs hautains ne l'avaient jamais impressionnée, mais il nota en revanche avec amusement et satisfaction qu'il intimidait encore Ben.

— Bonjour, déclara-t-il gravement. C'est un plaisir de vous voir tous les deux si resplendissants.

— Merci, Bainbridge, répondit Claire, tandis qu'elle entraînait les deux hommes vers le buffet. L'approbation de la nomination d'Andrew par le Sénat a donné lieu à des auditions assez pénibles, parce que tout le monde tenait à éviter le sujet de la vie privée d'Andrew, mais c'est fini, maintenant, et papa va faire de l'excellent travail.

— J'en suis sûr, affirma Bainbridge en lui tapotant la main. Le fait que sa candidature ait été appuyée à la fois par les écologistes et par les chambres de commerce témoigne de l'étendue de ses compétences.

Ben leur tendit à chacun une coupe de fraises.

— Evelyn a l'air rayonnante, observa-t-il.

— Je crois que M. et Mme Campbell sont très impatients de s'installer à Washington, indiqua Bainbridge. Et

Mme Campbell est une maîtresse de maison si accomplie qu'on se battra bientôt pour être invité à ses dîners.

— Forcément ! s'exclama Claire en riant. C'est un honneur et un plaisir de se rendre à une réception dont vous êtes l'ordonnateur !

— Merci, madame Maxwell. Je suis très sensible à ce compliment.

— Oh ! Bainbridge, arrêtez de jouer les vieux domestiques stylés ! Et rappelez-moi de vous envoyer un service des nouveaux verres de Campbell Crystal pour la maison de maman à Washington. J'ai travaillé dix-huit heures par jour à leur conception, et j'ai finalement réussi à atteindre un résultat satisfaisant.

— J'en suis persuadé, madame Maxwell. Votre père et votre mère m'ont montré quelques-unes de vos réalisations, et elles sont magnifiques.

— Merci, Bainbridge, murmura Claire, rougissante. Des éloges venant de vous ont une valeur toute particulière.

Puis elle se tourna à demi vers Ben qui la regardait avec tant d'amour dans les yeux que Bainbridge eut du mal à rester impassible.

— Nous avons quelque chose à vous annoncer, Ben et moi, ajouta la jeune femme.

— Quoi donc, madame Maxwell ?

— Nous allons avoir un bébé.

C'était Ben qui avait répondu. Il enlaça Claire et sourit fièrement.

— Au début de janvier, précisa-t-il. Juste pour les fêtes du nouvel an.

Un bébé ! Cette nouvelle remplit Bainbridge d'un bonheur si profond que, oubliant sa dignité, il serra Claire dans ses bras.

— C'est merveilleux ! s'écria-t-il. Absolument merveilleux ! Je suis ravi pour vous !

Claire rit, d'un rire joyeux qui balayait toutes les souffrances passées.

— Oui, dit-elle. Nous aussi, nous trouvons cela merveilleux.

DANS LA MÊME COLLECTION
Par ordre alphabétique d'auteur

BARBARA BRETTON	*Le lien brisé*
JASMINE CRESSWELL	*La Manipulatrice*
JASMINE CRESSWELL	*Le secret brisé*
JASMINE CRESSWELL	*La mort pour héritage*
MARGOT DALTON	*Amnésie*
WINSLOW ELLIOT	*L'innocence du mal*
LYNN ERICKSON	*Le Prédateur*
TESS GERRITSEN	*Présumée coupable*
HEATHER GRAHAM	*L'invitation*
HEATHER GRAHAM	*L'ennemi sans visage*
HEATHER GRAHAM	*Le complot*
HEATHER GRAHAM	*Soupçons*
GINNA GRAY	*Le voile du secret*
GINNA GRAY	*La cavale*
KATHRYN HARVEY	*La clé du passé*
CHRISTIANE HEGGAN	*Miami Confidential*
CHRISTIANE HEGGAN	*L'Alibi*
CHRISTIANE HEGGAN	*Intime conviction*
GWEN HUNTER	*Faux diagnostic*
GWEN HUNTER	*Virus*
PENNY JORDAN	*De mémoire de femme*
PENNY JORDAN	*La femme bafouée*
R.J. KAISER	*Qui a tué Jane Doe ?*
ALEX KAVA	*Sang Froid*
ALEX KAVA	*Le Collectionneur*
ALEX KAVA	*Les âmes piégées*
ALEX KAVA	*Obsession meurtrière*
RACHEL LEE	*Neige de sang*
RACHEL LEE	*Le lien du mal*
CARLA NEGGERS	*L'énigme de Cold Spring*
MEG O'BRIEN	*Le piège*
MEG O'BRIEN	*En lettres de sang*
MEG O'BRIEN	*Pluie de sang*
MEG O'BRIEN	*La déchirure*

.../...

DANS LA MÊME COLLECTION
Par ordre alphabétique d'auteur

EMILIE RICHARDS	*Le refuge irlandais*
EMILIE RICHARDS	*Mémoires de Louisiane*
EMILIE RICHARDS	*Le testament des Gerritsen*
EMILIE RICHARDS	*L'héritage des Robeson*
EMILIE RICHARDS	*L'écho de la rivière*
HELEN R. MYERS	*Mortelle impasse*
NORA ROBERTS	*Le cercle brisé*
NORA ROBERTS	*Possession*
NORA ROBERTS	*Et vos péchés seront pardonnés*
NORA ROBERTS	*Tabous*
NORA ROBERTS	*Coupable innocence*
NORA ROBERTS	*Maléfice*
NORA ROBERTS	*Enquêtes à Denver*
NORA ROBERTS	*Crimes à Denver*
FRANCIS ROE	*L'engrenage*
FRANCIS ROE	*Soins intensifs*
JOANN ROSS	*La femme de l'ombre*
TAYLOR SMITH	*Le carnet noir*
ERICA SPINDLER	*Rapt*
ERICA SPINDLER	*Black Rose*
ERICA SPINDLER	*Le venin*
ERICA SPINDLER	*La griffe du mal*
ERICA SPINDLER	*Trahison*
ERICA SPINDLER	*Cauchemar*
ERICA SPINDLER	*Pulsion meurtrière*
ERICA SPINDLER	*Le silence du mal*
CHARLOTTE VALE ALLEN	*L'enfance volée*

6 TITRES À PARAÎTRE EN MARS 2006

MIRA

Composé et édité par les
éditions Harlequin
Achevé d'imprimer en décembre 2005

par

LIBERDÚPLEX

Dépôt légal : janvier 2006
N° d'éditeur : 11812

Imprimé en Espagne